LA NUIT EST MON ROYAUME

D'abord secrétaire puis hôtesse de l'air, ce n'est qu'au décès de son mari que Mary Higgins Clark se lance dans la rédaction de scripts pour la radio. Son premier ouvrage est une biographie de George Washington. Elle décide ensuite d'écrire un roman à suspense, *La Maison du guet*, son premier best-seller. Encouragée par ce succès, elle continue à écrire tout en s'occupant de ses enfants. En 1980, elle reçoit le Grand prix de littérature policière pour *La Nuit du renard*. Mary Higgins Clark publie alors un titre par an, toujours accueilli avec le même succès par le public. Elle est traduite dans le monde entier et plusieurs de ses romans ont été adaptés pour la télévision.

MARY HIGGINS CLARK

La nuit est mon royaume

ROMAN TRADUIT DE L'ANGLAIS PAR ANNE DAMOUR

ALBIN MICHEL

Titre original :

NIGHTTIME IS MY TIME
Simon & Schuster, New York.

Pour Vincent Viola,
diplômé de l'Académie militaire de West Point,
et sa charmante épouse, Theresa.
Avec toute mon affection et mon amitié.

La définition du hibou lui avait toujours plu : « Rapace nocturne... armé de serres puissantes, doté d'un plumage léger qui lui permet un vol silencieux... S'applique au figuré à une personne qui vit la nuit... »

« *Je suis le Hibou*, prononçait-il tout bas après avoir choisi sa proie, *et la nuit est mon royaume.* »

1

C'était la troisième fois en un mois qu'il venait à
Los Angeles dans l'intention d'observer ses faits et
gestes. « Je sais tout sur tes allées et venues », murmura-t-il tandis qu'il attendait dans la cabine de bain.
Il était sept heures moins une minute. Les rayons du
soleil matinal perçaient à travers les arbres, faisant
miroiter l'eau qui se déversait en cascade dans la
piscine.

Alison sentirait-elle qu'elle n'avait plus qu'une
minute à vivre ? Avait-elle éprouvé un obscur pressentiment ce matin, une envie inexpliquée de renoncer à
son bain quotidien ? Quand bien même elle ne viendrait pas, cela ne servirait à rien. Il était trop tard.

La porte vitrée coulissante s'ouvrit et elle apparut
dans le patio. À trente-huit ans, Alison était infiniment
plus séduisante qu'elle ne l'avait été vingt ans plus tôt.
Dans son minuscule bikini, son corps mince et bronzé
était exquis. Ses cheveux couleur de miel encadraient
son visage, adoucissant son menton aigu.

Elle jeta sa serviette sur un transat. La colère aveugle
qui avait longtemps couvé en lui se mua en une rage
que vint aussitôt apaiser un sentiment de paix, à la pensée du geste qu'il allait accomplir. Il avait entendu un

plongeur, spécialiste des scènes dangereuses au cinéma, affirmer qu'à l'instant de sauter le fait de savoir qu'il risquait sa vie lui procurait une sensation indescriptible, une excitation d'une intensité inouïe qu'il avait besoin de revivre sans cesse.

« *C'est différent en ce qui me concerne,* pensa-t-il. *C'est à l'instant de me dévoiler devant elles que j'éprouve cette excitation. Je sais qu'elles vont mourir, et qu'en m'apercevant elles comprennent ce que je vais leur faire.* »

Alison s'avança sur le plongeoir et s'étira. Il la regarda sautiller doucement, éprouvant la souplesse du tremplin, puis placer ses bras en position devant elle.

Il ouvrit la porte de la cabine à l'instant où ses pieds quittaient le plongeoir. Il désirait qu'elle le voie au moment où elle se trouverait en l'air. Juste avant de toucher l'eau. Il voulait qu'elle prenne conscience de sa vulnérabilité.

Pendant cette fraction de seconde, leurs regards se croisèrent. Il surprit son expression au moment où elle pénétrait la surface de l'eau. Une expression d'épouvante. Elle savait qu'elle n'avait aucun moyen de lui échapper.

Il sauta dans l'eau avant qu'elle ne remonte à la surface. Il l'étreignit contre sa poitrine, riant de la voir battre l'air des bras, donner des coups de pied. Quelle idiote ! Mieux valait accepter l'inévitable. « Tu vas mourir », chuchota-t-il d'une voix calme, posée.

Ses cheveux lui balayaient la figure, l'aveuglaient. Il les repoussa d'un geste impatient. Rien ne devait le distraire du plaisir de la sentir se débattre contre lui.

La fin était proche. Dans un effort désespéré pour

respirer, elle avait ouvert la bouche et avalait de l'eau. Elle fit une dernière tentative éperdue pour lui échapper, puis son corps fut parcouru de faibles tremblements et s'amollit. Il l'étreignit plus fort, il aurait voulu pouvoir lire dans ses pensées. Priait-elle ? Suppliait-elle Dieu de la sauver ? Voyait-elle cette lumière dont parlent ceux qui ont approché la mort ?

Il attendit trois longues minutes avant de la relâcher. Avec un sourire satisfait, il regarda son corps couler au fond de la piscine.

Il était sept heures cinq quand il se hissa hors de l'eau, enfila un pull, un short, mit des tennis, une casquette, chaussa des lunettes noires. Il avait déjà choisi l'endroit où il déposerait la marque discrète de son passage, la carte de visite que personne ne remarquait jamais.

À sept heures dix, il commença son jogging dans la rue déserte, mordu de l'exercice physique matinal dans la ville des mordus de la forme.

2

Sam Deegan n'avait pas prévu d'ouvrir le dossier concernant Karen Sommers. Il avait fouillé dans le dernier tiroir de son bureau à la recherche de ses pilules contre la toux qu'il se rappelait vaguement y avoir fourrées. Lorsque ses doigts effleurèrent la chemise usagée et étrangement familière, il hésita une seconde, puis, avec une moue, il la sortit et l'ouvrit. En regardant la date inscrite sur la première page, l'idée lui vint qu'il ne l'avait pas prise par hasard. Karen Sommers avait été assassinée vingt ans auparavant. L'anniversaire de sa mort tombait le jour de Columbus Day, la semaine suivante.

Le dossier aurait dû être classé avec les autres affaires non élucidées, mais les enquêtes menées par trois procureurs successifs du comté d'Orange l'avaient poussé à le garder sous le coude. Vingt ans auparavant, Sam avait été le premier inspecteur à répondre à l'appel téléphonique affolé d'une femme qui hurlait que sa fille venait d'être poignardée.

En arrivant quelques minutes plus tard sur les lieux, une maison située dans Mountain Road, à Cornwall-on-Hudson, il avait trouvé la chambre de la victime envahie d'une foule horrifiée. Penché sur le lit, un voisin tentait en vain de pratiquer le bouche-à-bouche. D'autres s'efforçaient d'éloigner les parents désespérés par la vue déchirante du corps affreusement meurtri de leur fille.

Les longs cheveux de Karen étaient répandus sur l'oreiller. Lorsqu'il avait écarté le secouriste improvisé, Sam avait vu les traces des violents coups de couteau portés à la poitrine et à la hauteur du cou, cause probable d'une mort instantanée.

Sa première pensée avait été que la jeune fille n'avait sans doute pas entendu son agresseur pénétrer dans sa chambre. Elle ne s'était jamais réveillée, songeait-il aujourd'hui en ouvrant le dossier. Les cris de la mère avaient attiré non seulement les voisins, mais un jardinier et un livreur qui se trouvaient à proximité. Résultat, la scène du crime était complètement brouillée et l'enquête compromise.

Il n'y avait aucun signe d'effraction. Rien n'avait été dérobé. Vingt-deux ans, étudiante en médecine, Karen Sommers était venue à l'improviste passer la soirée et la nuit chez ses parents. Le suspect logique aurait dû être son ex-petit ami, Cyrus Lindstrom, étudiant en troisième année de droit à Columbia. Il avait reconnu que Karen désirait prendre un peu de recul, qu'elle lui avait proposé de voir d'autres gens. Lui-même avait admis qu'elle avait raison, car il n'était pas non plus prêt à s'engager sérieusement. Son alibi (il prétendait avoir passé la nuit dans l'appartement qu'il partageait avec trois autres étudiants) avait été vérifié, mais ses trois camarades avaient déclaré qu'ils s'étaient couchés vers minuit et ignoraient par conséquent s'il était sorti après cette heure-là. D'après le légiste, Karen était morte entre deux et trois heures du matin.

Lindstrom était venu chez les Sommers à plusieurs reprises. Il savait qu'un double des clés était dissimulé sous le faux rocher à l'arrière de la maison. Il savait que la chambre de Karen était la première pièce à droite de l'escalier du fond. Mais il n'existait aucune preuve qu'il ait parcouru quarante miles en voiture en pleine nuit, depuis Amsterdam Avenue et la 104e Rue à Manhattan jusqu'à Cornwall-on-Hudson, et qu'il l'ait tuée.

« Un individu pas catholique. »

C'est ainsi que nous qualifions les types tels que Lindstrom, songea Sam. J'ai toujours pensé qu'il était coupable. Je ne comprends pas pourquoi les Sommers l'ont soutenu. Bon Dieu, on aurait cru qu'ils défendaient leur propre fils.

Impatiemment, Sam referma le dossier, se leva et alla à la fenêtre. Elle donnait sur le parking et il se rappela le jour où un prisonnier jugé pour meurtre s'était jeté sur son garde, avait sauté par la fenêtre de la salle d'audience, franchi le parking au pas de course, agressé un type en train de monter dans sa voiture et s'était enfui au volant de ladite voiture.

On n'a pas mis vingt minutes à le rattraper, se rappela Sam. Alors, pourquoi en vingt ans ai-je été incapable de découvrir le fumier qui a assassiné Karen Sommers ? Pour moi, c'est toujours Lindstrom.

Lindstrom était aujourd'hui un avocat puissant à la cour d'assises de New York. Champion pour tirer d'affaire le plus crapuleux des assassins. Normal, puisqu'il en était un.

Il haussa les épaules. C'était une journée pourrie, pluvieuse et inhabituellement froide pour la mi-octobre.

J'aimais mon boulot jadis, pensa-t-il, mais plus maintenant. J'approche de la retraite. J'ai cinquante-huit ans, j'ai passé la plus grande partie de ma vie dans la police. Je devrais faire valoir mes droits à la retraite et tirer ma révérence. Perdre un peu de poids. Voir mes enfants, passer davantage de temps avec mes petits-enfants. Ils seront à l'université avant même que je m'en aperçoive.

Conscient d'un vague mal de tête, il passa la main dans ses cheveux clairsemés. Kate me reprenait chaque fois que je faisais ce geste. Elle disait que j'affaiblissais les racines.

Avec un demi-sourire au souvenir de l'analyse peu scientifique de sa femme aujourd'hui décédée, il revint à son bureau et contempla à nouveau le dossier étiqueté Karen Sommers.

Encore aujourd'hui, il rendait visite régulièrement à la mère de Karen, Alice, qui avait déménagé dans une résidence en ville. Il savait qu'elle se sentait réconfortée à la pensée qu'ils n'avaient pas renoncé à retrouver le responsable de la mort de sa fille, mais il y avait davantage. Sam avait l'intuition qu'un jour Alice mentionnerait un détail auquel elle n'avait jamais attaché d'importance, quelque chose leur permettant d'identifier l'individu qui s'était introduit dans la chambre de Karen cette nuit-là.

C'est pour cette raison que je suis resté à mon poste deux ans de plus, pensa-t-il. Je voulais à tout prix résoudre cette affaire. Aujourd'hui, je ne peux plus attendre davantage.

Il retourna à son bureau, ouvrit le tiroir du fond et hésita. Pourquoi s'entêter ? Il était temps de classer ce dossier avec les autres affaires non élucidées. Il avait fait tout ce qu'il avait pu. Durant les douze premières années, il était allé au cimetière le jour anniversaire du meurtre, restant posté toute la journée, caché derrière un mausolée, à surveiller la tombe de Karen. Il avait même installé un micro afin d'enregistrer ce que disaient les visiteurs. Il était arrivé qu'on surprenne un meurtrier venu contempler la sépulture de sa victime le jour anniversaire de sa mort, lui rappelant même à voix haute la façon dont il l'avait tuée.

Les seules personnes qui venaient se recueillir sur la tombe de Karen à cette occasion étaient ses parents, et il avait eu le sentiment douloureux de violer leur intimité en les entendant évoquer leur fille unique. Il avait fini par renoncer à aller au cimetière voilà huit ans, après le décès de Richard Sommers, quand Alice s'était retrouvée seule devant la tombe où son mari et sa fille reposaient désormais ensemble. Il s'était éloigné alors, ne voulant pas être témoin de son chagrin. Il n'était jamais revenu.

Sam se redressa et s'empara du dossier de Karen, sa décision prise. Il ne l'ouvrirait plus. La semaine suivante, pour le vingtième anniversaire de la mort de Karen, il se plongerait dans les paperasses concernant sa retraite.

Et je ferai une dernière halte au cimetière, pensa-t-il. Pour lui dire combien je regrette de n'avoir pu faire mieux.

3

Elle avait roulé pendant presque sept heures depuis Washington, traversant le Maryland, le Delaware et le New Jersey pour atteindre enfin Cornwall-on-Hudson

Jane Sheridan n'avait éprouvé aucun plaisir à faire ce voyage – non à cause de la distance, mais parce que Cornwall, la ville où elle avait grandi, lui rappelait trop de souvenirs douloureux.

Quels que soient les arguments persuasifs avancés par Jack Emerson qui présidait la vingtième réunion des anciens élèves du lycée, elle s'était juré d'invoquer le travail, d'autres rendez-vous, des ennuis de santé, n'importe quoi pour éviter d'y participer.

Elle n'avait aucune envie de fêter l'anniversaire de son diplôme de la Stonecroft Academy, bien qu'elle reconnût les bienfaits de l'éducation qu'elle y avait acquise. Elle ne se souciait pas davantage de la distinction honorifique qu'elle devait y recevoir, même si sa bourse pour Stonecroft l'avait aidée à obtenir celle qui lui avait permis de continuer ses études à Bryn Mawr, suivies d'un doctorat à Princeton.

Mais en apprenant qu'une cérémonie commémorative en l'honneur d'Alison faisait partie du programme, elle s'était trouvée dans l'impossibilité de refuser.

La mort d'Alison paraissait encore tellement irréelle que Jane s'attendait presque à entendre le téléphone sonner et au bout du fil sa voix familière, saccadée, les mots se bousculant comme si tout devait être dit en l'espace de dix secondes : « Jeannie. Tu n'as pas appelé récemment. Tu as oublié que j'étais en vie ou quoi ? Je te déteste. Non, ce n'est pas vrai. Je t'aime. Tu m'épateras toujours. Tu es tellement intelligente. Il y a une première à New York la semaine prochaine. Curt Ballard est un de mes clients. Un acteur épouvantable, mais si beau que tout le monde s'en moque. Et sa dernière petite amie en date sera présente également. Tu t'évanouirais si je te disais son nom. Bref, es-tu libre mardi prochain, cocktail à six heures, suivi du film, puis dîner privé pour vingt, trente ou cinquante personnes ? »

Oui, Alison se débrouillait toujours pour vous communiquer ce genre de message en dix secondes, se souvint Jane, et elle était furieuse les quatre-vingt-dix fois sur cent où je ne pouvais pas tout laisser tomber et courir la rejoindre à New York.

Alison était morte un mois auparavant. Penser qu'elle avait peut-être été assassinée, aussi incroyable que cela puisse paraître, était insupportable. Bien sûr, elle s'était fait beaucoup d'ennemis au cours de sa carrière. Personne ne devient le numéro un de la plus grande agence de casting du pays sans s'attirer envie et haine. En outre, l'esprit acéré et cruellement sarcastique d'Alison avait été maintes fois comparé à la férocité de la légendaire Dorothy Parker[1]. Quelqu'un

---

1. Dorothy Parker, critique littéraire (1893-1967) et dramatique, poétesse et romancière, figure de la société new-yorkaise des années 1920-1940 (*N.d.T.*).

qu'elle avait ridiculisé, ou renvoyé, lui en aurait-il voulu au point de la tuer ? se demanda Jane.

Je préfère penser qu'elle a eu un étourdissement après avoir plongé dans la piscine. Je ne veux pas croire que quelqu'un l'ait maintenue de force sous l'eau.

La vue de son sac posé à côté d'elle, sur le siège du passager, détourna son esprit, lui rappelant soudain l'enveloppe qu'il contenait. Que faire ? Qui me l'a envoyée et pourquoi ? Comment quelqu'un avait-il découvert l'existence de Lily ? Était-elle en danger ? Oh, mon Dieu, je ne sais pas quoi faire. Que *puis-je* faire ?

Ces questions l'avaient gardée éveillée des nuits entières durant plusieurs semaines depuis qu'elle avait reçu les résultats du laboratoire.

Elle se trouvait à la bretelle d'accès qui menait de la Route 9-W à Cornwall. Et, au-delà de Cornwall, vers West Point. La gorge serrée, elle essaya de se concentrer sur le charme de cette après-midi d'octobre. Les arbres étaient magnifiques dans leur parure automnale où se mêlaient l'or, l'orange et le rouge feu. Au loin s'élevaient les montagnes, dans leur immuable sérénité. Les Highlands de l'Hudson River. J'avais oublié la beauté de ces paysages, se dit-elle.

Cette réflexion raviva inévitablement le souvenir des dimanches à West Point, des journées semblables à celle-ci où elle demeurait assise sur les marches du monument aux morts. C'est là qu'elle avait commencé à écrire son premier livre, une histoire de West Point.

Elle avait mis dix ans à le terminer. Parce que je suis

restée longtemps sans pouvoir écrire une ligne sur ce sujet.

Le cadet Carroll Reed Thornton Jr., du Maryland. Ce n'est pas le moment de penser à Reed, se reprit-elle.

Prendre l'embranchement de la Route 9 vers Walnut Street fut presque un réflexe machinal de sa part. Le Glen-Ridge House à Cornwall, ainsi nommé d'après l'une des pensions de famille les plus connues de la ville au XIXᵉ siècle, était l'hôtel choisi pour la réunion. La promotion de Jane comptait quatre-vingt-dix élèves. Selon le dernier programme qui lui avait été envoyé, quarante-deux d'entre eux avaient l'intention d'être présents, plus les épouses, maris ou équivalents et leur progéniture.

En ce qui la concernait, elle n'avait eu à faire aucune réservation supplémentaire.

C'était Jack Emerson qui avait décidé d'organiser la réunion en octobre plutôt qu'en juin. À la suite d'un sondage auprès des participants, il avait conclu que, juin étant le mois où les enfants passaient leurs examens, il était plus difficile aux parents de s'éloigner.

Elle avait reçu dans un même courrier son badge d'identification avec en haut sa photo prise en classe de terminale et son nom inscrit au-dessous. Le tout accompagné du programme du week-end : vendredi soir, cocktail d'ouverture et buffet. Samedi, excursion à West Point, déjeuner-buffet, match de football Army-Princeton, cocktail et dîner de gala. Le dimanche, les réjouissances auraient dû s'achever par un brunch à Stonecroft, mais après la mort d'Alison il avait été décidé d'inclure une brève cérémonie en son honneur.

Elle était enterrée dans le cimetière voisin de l'école et le service aurait lieu devant sa tombe.

Alison avait souhaité faire une importante donation au fonds qui attribuait les bourses de Stonecroft. C'était la raison principale de cette cérémonie planifiée à la hâte.

Main Street n'a pas changé, songea Jane en parcourant lentement la ville au volant de sa voiture. Elle en était partie bien des années auparavant. L'année où elle avait reçu son diplôme, son père et sa mère s'étaient enfin séparés, ils avaient vendu la maison et suivi leurs chemins respectifs. Aujourd'hui, son père dirigeait un hôtel à Maui. Sa mère était retournée vivre à Cleveland où elle avait passé sa jeunesse, et s'était remariée avec son amoureux d'alors. « Ma plus grande erreur a été de ne pas m'être mariée avec Eric il y a trente ans », avait-elle avoué le jour de ce mariage.

Et moi, où cela m'a-t-il menée ? pensait Jane à ce moment. Mais la rupture avait eu au moins pour conséquence heureuse de mettre fin à sa vie à Cornwall.

Elle résista à l'envie de faire un détour par Mountain Road et de passer devant son ancienne maison. J'irai peut-être durant le week-end, pensa-t-elle, mais pas tout de suite. Trois minutes plus tard, elle pénétrait dans l'allée qui menait au Glen-Ridge, et le portier, un sourire professionnel plaqué sur le visage, ouvrait la porte de la voiture. « Bienvenue chez nous. » Jane pressa sur le bouton d'ouverture du coffre et le regarda prendre sa housse à vêtements et sa valise.

« Allez directement à la réception, lui conseilla-t-il. Nous allons nous occuper de vos bagages. »

Le hall de l'hôtel était élégant et accueillant, avec

son épaisse moquette et ses fauteuils confortables. Le bureau de la réception se trouvait sur la gauche. À l'opposé, les invités se pressaient déjà au bar, en attendant le cocktail.

Une banderole était tendue au-dessus de la réception, souhaitant la bienvenue aux anciens élèves.

« Ravi de vous avoir parmi nous, mademoiselle Sheridan », dit le réceptionniste, un homme d'une soixantaine d'années. Son sourire dévoilait une rangée de dents éblouissantes. Ses rares cheveux teints s'accordaient à la perfection avec l'acajou verni du bureau. En lui tendant sa carte de crédit, Jane se demanda de façon incongrue s'il avait découpé un copeau du bureau pour le montrer à son coiffeur.

Elle n'avait pas envie de rencontrer tout de suite ses anciens camarades et espérait gagner discrètement l'ascenseur. Elle désirait rester seule pendant une demi-heure, le temps de prendre une douche et de se changer, avant d'épingler à son revers le badge avec la photo de la jeune fille triste et craintive qu'elle était alors, puis de rejoindre les autres. Alors qu'elle prenait la clé de sa chambre et s'apprêtait à s'éloigner, le concierge l'arrêta : « Oh ! mademoiselle Sheridan, j'allais oublier. Nous avons reçu un fax pour vous. » Il jeta un coup d'œil au nom inscrit sur l'enveloppe. « Excusez-moi, j'aurais dû dire professeur Sheridan. »

Sans répondre, Jane ouvrit l'enveloppe d'un geste vif. Le fax provenait de sa secrétaire à l'université. « Professeur Sheridan, désolée de vous importuner. Il s'agit probablement d'une plaisanterie ou d'une erreur, mais j'ai pensé que vous aimeriez jeter un coup d'œil là-dessus. » Était jointe une simple feuille de papier qui avait été faxée à son bureau. « *Jane, à l'heure qu'il est, vous avez certainement compris que je connais Lily. Je suis devant un dilemme. Dois-je l'embrasser ou la tuer ? Je plaisante. Je vous tiendrai au courant.* »

Sur le moment, Jane resta pétrifiée, incapable de bouger ni de penser. La tuer ? la tuer ? mais pourquoi ? pourquoi ?

Il était au bar, aux aguets, impatient de la voir arriver. Pendant des années, il avait regardé sa photo sur la jaquette de ses livres et, chaque fois, il avait éprouvé un choc à la vue de la femme élégante qu'était devenue Jeannie Sheridan.

Intelligente et réservée. C'était l'image qu'elle avait toujours donnée d'elle à Stonecroft. Elle s'était montrée gentille à son égard, quoique de façon très discrète. Il ne lui avait pas accordé grande attention jusqu'au jour où Alison lui avait raconté qu'elles s'étaient toutes bien moquées de lui. Il savait qui « elles » étaient : Laura, Catherine, Debra, Cindy, Gloria, Alison et Jane. Toutes déjeunaient à la même table.

N'étaient-elles pas charmantes alors ? Il sentit la rancœur affluer en lui. Aujourd'hui Catherine, Debra, Cindy, Gloria et Alison n'étaient plus. Il avait gardé Laura pour la fin. Le plus drôle, c'est qu'il n'avait pas encore pris de décision concernant Jane. Pour une raison quelconque, il n'avait pas vraiment envie de la tuer. Il se souvenait de l'époque où, nouveau venu, il avait voulu intégrer l'équipe de baseball. Il avait été éliminé tout de suite et avait fondu en larmes, des larmes de bébé qu'il n'avait pu retenir.

Pleurnichard. Pleurnichard.

Il avait quitté le terrain en courant et, un peu plus tard, Jeannie était venue le trouver. « On n'a pas voulu de moi comme majorette, lui avait-elle dit. Et alors ? »

Il savait qu'elle l'avait suivi par compassion. Aussi était-il enclin à croire qu'elle ne faisait pas partie de celles qui s'étaient moquées de lui quand il avait demandé à Laura de l'accompagner au bal de fin d'année. Mais elle l'avait blessé d'une autre manière.

Laura était la plus jolie fille de la classe – des cheveux d'un blond doré, des yeux bleu clair, un corps superbe que ne parvenaient pas à dissimuler le chemisier strict et la jupe d'uniforme. Convaincue de son pouvoir sur les garçons. Faite pour vous mettre l'eau à la bouche.

Alison avait toujours été cruelle. « Dans les coulisses », sa chronique dans le journal du lycée, était supposée rapporter les activités scolaires, mais elle trouvait toujours le moyen de lancer une pique. Dans une critique de la représentation théâtrale de l'école, elle avait écrit : « À la surprise générale, Roméo, alias Joel Nieman, est parvenu à retenir la plus grande partie de son texte. » À cette époque, les élèves les plus populaires trouvaient Alison tordante. Les nuls la fuyaient.

Les minables comme moi, pensa-t-il, savourant le souvenir de la terreur qui avait envahi le visage d'Alison au moment où elle l'avait vu s'avancer vers elle depuis la cabine de bain.

Jane faisait partie des élèves populaires, mais elle était différente des autres. Elle avait été élue déléguée de classe. Elle était si silencieuse que vous l'auriez crue incapable de dire *un mot*, pourtant chaque fois qu'elle prenait la parole en cours, elle apportait la bonne réponse. Elle était déjà férue d'histoire à cette époque. Le plus surprenant aujourd'hui c'était qu'elle soit devenue aussi jolie. Ses cheveux jadis plats et châtains avaient foncé et s'étaient épaissis, encadrant son visage d'un casque brun. Elle était mince et non plus maigre comme un coucou. Et avec le temps elle avait appris à s'habiller. Sa veste et son pantalon étaient d'une coupe parfaite. Il la regarda ranger à la hâte un fax au fond de son sac. Il aurait aimé voir l'expression de son visage.

« Je suis le hibou et je vis dans un arbre. »

Il croyait entendre Laura l'imiter. « Elle te connaît par cœur, lui avait lancé Alison de sa voix stridente ce soir-là. Et elle nous a dit que tu avais pissé dans ton froc. »

Il les imaginait toutes se moquant de lui, les éclats aigus de leurs rires moqueurs lui parvenaient encore maintenant.

Il était en neuvième, il avait sept ans. Il avait joué dans la pièce de l'école. Son texte se résumait à une seule phrase. Mais il n'avait pu articuler un mot. Il avait bafouillé, bégayant tellement que tous les gosses sur scène et même quelques parents s'étaient mis à pouffer.

« Je suuuuis le le hiiiiboubou et et je viviiiills dans un un un... »

Il n'avait jamais pu prononcer le mot « arbre ». Il avait éclaté en sanglots et s'était enfui de la scène, tenant la branche serrée dans sa main. Son père l'avait frappé et traité de mauviette. Sa mère avait dit : « Laisse-le. C'est un abruti. Un bon à rien. Regarde-le. Il a encore mouillé son pantalon. »

Le souvenir de l'humiliation mêlé aux éclats de rire des filles tournoyait dans sa tête tandis qu'il regardait Jane Sheridan pénétrer dans l'ascenseur. Pourquoi devrais-je t'épargner ? pensa-t-il. Laura d'abord, toi après. Ensuite vous pourrez toutes les deux vous moquer de moi en enfer.

Il entendit prononcer son nom et tourna la tête. Dick Gormley, le champion de baseball de leur classe, se tenait près de lui au bar, le regard fixé sur son badge. « C'est formidable de vous revoir », disait Dick chaleureusement.

Tu mens, pensa-t-il, et pour moi ce n'est pas formidable de te revoir.

4

Laura venait d'introduire sa clé dans la serrure quand le chasseur apparut avec ses bagages : une housse à vêtements, deux grosses valises et un sac de voyage. Elle devina la réflexion qu'il se faisait : *Ma petite dame, la réunion dure quarante-huit heures, pas deux semaines.*

Mais elle l'entendit dire : « Madame Wilcox, ma femme et moi n'avons jamais raté un épisode de *Henderson County* le mardi soir. Vous y étiez formidable. Y a-t-il une chance qu'ils le redonnent un jour ? »

Pas plus de chance que de voir la neige en juillet, pensa Laura, mais l'évidente sincérité de l'homme venait à point nommé pour lui remonter le moral. « Sans doute pas *Henderson County* mais j'ai fait une émission-pilote pour Maximum Channel, dit-elle. Elle sera peut-être diffusée après le 1er janvier. »

Ni tout à fait vrai ni tout à fait faux. Maximum avait approuvé l'émission-pilote et pris une option sur la série. Mais deux jours avant sa mort, Alison avait téléphoné.

« Laura, mon chou, je ne sais comment te l'annoncer mais il y a un hic. Maximum veut quelqu'un de plus jeune pour le rôle d'Emmie.

– Plus jeune ! avait-elle hurlé. Bon Dieu, Alison, j'ai trente-huit ans ! La mère dans la série a une fille de douze ans. Et je suis plutôt pas mal conservée. Non ?

– Ne m'engueule pas, avait crié Alison à son tour. Je fais de mon mieux pour les convaincre de te garder. Et quant à être séduisante, entre la chirurgie au laser, le Botox et les liftings, tout le monde est jeune et beau dans ce business. C'est pourquoi on a un mal de chien à trouver une actrice pour jouer une grand-mère. Personne n'a l'air d'une grand-mère de nos jours. »

Nous étions convenues de venir ensemble ici, se rappela Laura. Alison m'avait dit que, d'après la liste des anciens élèves ayant répondu positivement à l'invitation, Gordon serait présent et qu'il venait d'acquérir des parts de Maximum. Elle avait ajouté qu'il possédait assez d'influence pour m'aider à obtenir le rôle, à condition de le convaincre d'utiliser son pouvoir.

Laura avait alors pressé Alison de téléphoner à Gordie sur-le-champ, pour qu'il pousse Maximum à lui attribuer le rôle. Excédée, Alison lui avait répondu : « D'abord, ne l'appelle pas Gordie. Il déteste ça. Ensuite, j'essayais de faire preuve de tact, chose qui n'est pas tellement dans mes habitudes, mais autant te parler franchement. Tu es encore belle, certes, cependant tu n'es pas une actrice de premier plan. Les gens de Maximum pensent que cette série a des chances de faire un tabac, mais pas avec toi. Gordon pourra peut-être les faire changer d'avis. À toi de le charmer. Il avait un faible pour toi, non ? »

Le chasseur était retourné dans le hall prendre la dernière valise. Il frappa à la porte et entra à nouveau. Laura avait machinalement ouvert son portefeuille et sorti un billet de vingt dollars à son intention. Son fervent « Merci beaucoup, mademoiselle Wilcox » la fit grimacer. Une fois de plus, elle avait joué les grandes dames. Dix dollars auraient largement suffi.

Gordie Amory était un des garçons qui avaient eu un vrai béguin pour elle à Stonecroft. Qui eût deviné qu'il deviendrait aussi important ? Seigneur, on ne peut jamais savoir, songea Laura en ouvrant sa housse à vêtements. Nous devrions tous avoir une boule de cristal pour lire l'avenir.

La penderie était étroite, la pièce de petite dimension. Avec une fenêtre riquiqui. Une moquette marron, un fauteuil capitonné marron, une courtepointe dans des tons d'orange et de marron. Impatiemment, Laura sortit ses tenues de cocktail et de soirée. Elle savait déjà qu'elle porterait le tailleur Chanel ce soir. Allons-y pour les paillettes. Avoir l'air prospère, même si elle avait le fisc aux trousses.

Alison lui avait dit que Gordie Amory était divorcé. Son dernier conseil résonnait encore aux oreilles de Laura : « Écoute, mon chou, si tu n'arrives pas à le persuader de te faire engager dans ce feuilleton, peut-être pourrais-tu le convaincre de t'épouser. Il paraît qu'il en impose maintenant. Oublie le minable qu'il était à Stonecroft. »

5

« Désirez-vous autre chose, mademoiselle Sheridan ? » demanda le chasseur.

Jane secoua la tête.

« Vous vous sentez bien ! mademoiselle ? Vous êtes toute pâle.

— Tout va bien. Merci.

— Bon, n'hésitez pas à nous appeler si vous avez besoin de quelque chose. »

La porte se referma enfin derrière lui et Jane put se laisser tomber sur le bord du lit. Elle avait rangé le fax dans le compartiment extérieur de son sac. Elle s'en empara et relut la phrase énigmatique : « *Jane, à l'heure qu'il est, vous avez certainement compris que je connais Lily. Je suis devant un dilemme. Dois-je l'embrasser ou la tuer ? Je plaisante. Je vous tiendrai au courant.* »

Vingt ans auparavant, elle était allée trouver le Dr Connors à Cornwall pour lui confier qu'elle était enceinte. Il avait reconnu à regret avec elle qu'il valait mieux ne rien en dire à ses parents. « Je ferai adopter mon bébé, quoi qu'ils en disent. J'ai dix-huit ans et c'est ma décision. Mais ils seront bouleversés, furieux et me rendront la vie encore plus difficile qu'elle ne l'est », avait-elle expliqué en pleurant.

Le Dr Connors lui avait parlé d'un couple qui avait renoncé à l'espoir de concevoir un enfant et projetait d'en adopter un. « Si vous êtes certaine de ne pas vouloir garder votre bébé, je peux vous promettre qu'ils lui donneront le meilleur des foyers. »

Il lui avait procuré un travail dans une maison de repos à Chicago jusqu'à la naissance du bébé. Puis il était venu en personne l'accoucher et prendre l'enfant. Au mois de septembre suivant, elle était entrée à l'université et, dix ans plus tard, elle avait appris que le Dr Connors avait succombé à une crise cardiaque après qu'un incendie eut entièrement détruit son cabinet médical. Jane avait entendu dire que tous ses dossiers avaient brûlé.

Mais peut-être n'avaient-ils pas tous disparu. Et dans ce cas, qui les avait trouvés ? Et pourquoi cette personne la contactait-elle après tant d'années ?

Lily – c'était le nom qu'elle avait donné au bébé qu'elle avait porté neuf mois et connu pendant quatre heures à peine.

Trois semaines avant la cérémonie de remise des diplômes qui avait lieu le même jour à West Point et à Stonecroft, elle s'était aperçue qu'elle était enceinte. Reed et elle avaient été pris de panique, mais ils avaient résolu de se marier tout de suite après.

« Mes parents t'aimeront, Joannie », avait affirmé Reed. Elle savait pourtant qu'il était inquiet de leur réaction. Son père lui avait recommandé de ne pas s'engager sérieusement avant l'âge de vingt-cinq ans. Reed ne leur avait jamais parlé d'elle. Une semaine avant la cérémonie, il avait été tué par un inconnu qui circulait en voiture sur le campus et avait foncé sur la route étroite où il marchait. Au lieu de pouvoir féliciter leur fils reçu cinquième de sa promotion, le général à la retraite et Mme Carroll Reed Thornton avaient accepté le diplôme et l'épée de leur fils qui leur avaient été remis lors d'une cérémonie spéciale.

Ils n'avaient jamais su qu'ils avaient une petite-fille.

Même si quelqu'un avait récupéré le dossier de son adoption, comment avait-il pu s'approcher assez près de Lily pour s'emparer de sa brosse, avec de longs cheveux blonds encore accrochés à ses soies ? se demanda Jane.

Le premier envoi, terrifiant, contenait la brosse et une note qui disait : « *Vérifiez son ADN – c'est celui de votre enfant.* » Stupéfaite, Jane avait fait analyser par un laboratoire privé une mèche des cheveux de son bébé qu'elle avait conservée et ceux qu'elle venait de recevoir. Les résultats étaient sans équivoque. Les cheveux sur la brosse appartenaient à sa fille, âgée aujourd'hui de dix-neuf ans et demi.

À moins que... Se pouvait-il que ce couple exemplaire qui l'avait adoptée sache qui elle était et tente de lui extorquer de l'argent ?

Il y avait eu beaucoup de publicité autour d'elle lorsque son livre sur Abigail Adams était devenu un bestseller puis un film qui à son tour avait fait un tabac.

Faites que ce soit seulement une histoire d'argent, pria Jane en se relevant pour défaire sa valise.

6

Carter Stewart jeta son sac sur le lit. Outre des sous-vêtements et des chaussettes, il contenait deux vestes Armani et plusieurs pantalons. Cédant à une impulsion, il résolut d'assister à la première soirée en jean et sweater.

À l'école, il avait été un gamin maigrelet et débraillé, fils d'une mère maigrelette et débraillée. Lorsqu'elle se souvenait de mettre ses vêtements dans le lave-linge, elle manquait le plus souvent de détergent. Elle versait alors de l'eau de Javel, détériorant définitivement tout ce qui se trouvait dans la machine. Jusqu'à ce qu'il décide de planquer ses affaires et de les apporter lui-même à la laverie, il était allé en classe ficelé comme l'as de pique.

Se mettre sur son trente et un pour rencontrer ses anciens camarades de classe risquait de lui attirer des remarques sur la façon dont il était jadis accoutré. Que verraient-ils aujourd'hui ? Non plus l'écolier gringalet, mais un homme de taille moyenne au corps athlétique. Au contraire des cheveux de ceux qu'il avait repérés dans le hall, pas un seul fil gris ne striait son épaisse chevelure châtaine parfaitement coiffée. Son badge d'identification le montrait avec une crinière en bataille, les yeux presque clos. Un journaliste avait récemment fait allusion à « ses yeux marron où brûle soudain une lueur jaune quand il est en colère ».

Impatiemment, il parcourut la chambre du regard. Il avait travaillé dans cet hôtel l'été de sa première année à Stonecroft. Il était probablement entré dans cette pièce miteuse à plus d'une occasion, portant leurs petits déjeuners aux hommes d'affaires, aux dames participant à des excursions organisées dans l'Hudson Valley, ou aux parents qui rendaient visite à leur progéniture à West Point. Voire aux couples d'amoureux clandestins qui venaient ici en douce, fuyant leurs foyers et leurs familles. Je les repérais aussitôt, se rappela-t-il. Il leur disait avec un sourire entendu : « C'est votre lune de miel, n'est-ce pas ? » et déposait devant eux le plateau du petit déjeuner. Leur expression coupable était impayable.

Il avait détesté cet endroit alors, et il ne l'aimait guère plus aujourd'hui, mais puisqu'il était là, autant descendre au rez-de-chaussée et se plier au rituel de la feinte cordialité, des tapes dans le dos.

S'assurant d'emporter le rectangle de plastique qui servait de clé, il quitta sa chambre et longea le couloir jusqu'à l'ascenseur.

La salle Hudson Valley où avait lieu le cocktail d'ouverture se trouvait à l'entresol. En sortant de l'ascenseur il fut frappé par le volume de la musique électronique que les voix cherchaient à dominer. Une quarantaine de personnes étaient déjà rassemblées. Deux serveurs avec des plateaux chargés de verres de vin se tenaient à l'entrée. Il prit un verre de vin rouge et but une gorgée. Un mauvais merlot. Il l'aurait parié.

Au moment où il pénétrait dans la salle, quelqu'un lui donna une tape discrète sur l'épaule. « Monsieur Stewart, je suis Jake Perkins et je couvre cette réunion pour la *Stonecroft Academy Gazette*. Puis-je vous poser quelques questions ? »

Irrité, Stewart se retourna et dévisagea le petit rouquin qui se tenait à quelques centimètres de lui, plein d'impatience. La règle élémentaire pour obtenir quelque chose de votre interlocuteur est d'éviter de le regarder en face, pensa-t-il et, en reculant, il sentit ses épaules heurter le mur derrière lui. « Je vous propose de sortir d'ici et de trouver un endroit tranquille, à moins que vous ne sachiez lire sur les lèvres, Jake.

– Je n'ai pas ce talent, malheureusement, monsieur. Vous avez raison. Mieux vaut aller ailleurs. Suivez-moi. »

Après une seconde d'hésitation, Stewart décida de ne pas abandonner son verre. Haussant les épaules, il se retourna et emboîta le pas à l'étudiant dans le couloir.

« Avant de commencer, monsieur Stewart, puis-je vous dire que je suis un fan de vos pièces ? J'aimerais écrire moi aussi. Bien sûr, je suppose que je sais écrire, mais je voudrais connaître votre succès. »

Nous y voilà, pensa Stewart. « Tous ceux qui m'interviewent expriment le même souhait, dit-il. La plupart, si ce n'est tous, n'y parviendront jamais. »

Il attendit la manifestation d'irritation ou d'embarras qui suivait en général cette déclaration. Déçu, il vit au contraire le visage poupin de Jake Perkins s'éclairer d'un sourire. « Mais moi, j'y arriverai, j'en suis convaincu. Monsieur Stewart, j'ai fait pas mal de recherches sur vous et les autres invités auxquels on rend honneur aujourd'hui. Vous avez tous une particularité en commun. Les trois femmes connaissaient déjà la réussite en classe, alors qu'aucun de vous, les quatre hommes, n'a jamais brillé à Stonecroft. En réalité, dans votre cas particulier, je n'ai pas trouvé une seule activité annexe indiquée dans l'annuaire des anciens élèves et vos notes étaient au mieux médiocres. Vous ne teniez aucune rubrique dans le journal de l'école ni... »

Quel culot a ce gosse ! pensa Stewart. « Si vous voulez mon avis, cette gazette n'était qu'un truc d'amateur même pour un lycée, dit-il sèchement, et je suis persuadé que c'est toujours le cas. Je n'ai jamais été un athlète et mes talents d'écrivain étaient réservés à mon journal intime.

— Vous inspirez-vous de ce journal pour écrire vos pièces ?

— C'est possible.

— Elles sont plutôt noires.

— Je crois n'avoir aucune illusion sur la vie, pas plus que je n'en avais lorsque je faisais mes études ici.

— Vous diriez donc que vos années à Stonecroft n'ont pas été heureuses ? »

Carter Stewart but une gorgée de vin. « Elles n'ont pas été heureuses, en effet.

— Dans ce cas, qu'est-ce qui vous a amené à assister à cette réunion ? »

Stewart eut un sourire froid. « L'occasion d'être interviewé par vous. Maintenant, si vous voulez bien m'excuser, j'aperçois Laura Wilcox, la reine de notre classe, qui sort de l'ascenseur. Voyons si elle me reconnaît. »

Il ignora la feuille de papier que Perkins cherchait à lui tendre.

« Accordez-moi juste une minute de plus, monsieur Stewart. J'ai ici une liste qui pourrait vous intéresser. »

Perkins en fut réduit à observer la svelte silhouette de Carter Stewart se dirigeant à grandes enjambées vers la superbe blonde qui entrait dans la salle. Ça en dit long, pensa Perkins, d'arriver en jean, sweater et baskets au mépris de tous ceux qui se sont mis sur leur trente et un pour la soirée. Il n'est pas venu pour le seul plaisir de ramasser une malheureuse médaille sans signification. Alors, qu'est-ce qui l'amène ici ?

Voilà la question qu'il poserait en conclusion de son article. Il avait déjà fait quantité de recherches sur Carter Stewart. Le futur dramaturge avait commencé à écrire, lorsqu'il était étudiant, des pièces en un acte qui avaient été jouées par la troupe théâtrale de l'université et lui avaient permis de passer un doctorat de troisième cycle à Yale. C'est alors qu'il avait abandonné son prénom de Howard, ou le diminutif Howie dont on l'avait gratifié à Stonecroft. Il n'avait pas trente ans lorsqu'il avait connu son premier triomphe à Broadway. Il avait la réputation d'un solitaire qui se réfugiait dans l'une de ses quatre maisons pour écrire. Renfermé, odieux, perfectionniste, génial, tels étaient les qualificatifs qui revenaient le plus souvent à son sujet dans la presse. Je pourrais en rajouter quelques autres, pensa Jake Perkins d'un air sombre. Et je ne vais pas m'en priver,

7

Mark Fleischman mit plus longtemps qu'il n'avait prévu pour faire le trajet de Boston à Cornwall. Il avait espéré profiter d'une ou deux heures pour se promener à pied dans la ville avant d'affronter ses anciens copains de classe. Il voulait à cette occasion mesurer la différence entre le souvenir qu'il avait de lui-même pendant ses années de jeunesse à Cornwall et son personnage actuel. Est-ce que j'espère exorciser mes propres démons ? se demanda-t-il.

Tout en progressant à une lenteur exaspérante sur l'autoroute surchargée du Connecticut, il ne cessait de penser aux propos que lui avait tenus le père d'un de ses patients le matin même : « Docteur, vous savez aussi bien que moi que les enfants sont cruels. Ils étaient cruels de mon temps et ils n'ont pas changé. Ce sont des lions qui s'acharnent sur une proie blessée. Ils s'acharnent sur mon enfant aujourd'hui. Ils se sont acharnés sur moi lorsque j'avais son âge. Et vous savez quoi, docteur ? Je suis un type qui a plutôt bien réussi dans la vie, mais lorsqu'il m'arrive d'assister à une réunion d'anciens élèves, en dix secondes je ne suis plus le président-directeur général d'une des cinq cents plus grandes compagnies américaines. Je ne suis plus que le pauvre imbécile à qui tout le monde s'en prenait. C'est insensé, non ? »

Tandis que la voiture ralentissait à nouveau, avançant comme un escargot, Mark décida que, selon la terminologie hospitalière, l'autoroute du Connecticut se trouvait dans un état constant de survie artificielle. Le trajet était parfois interrompu par des travaux gigantesques qui réduisaient chaque fois trois voies à une seule, provoquant d'inévitables encombrements.

Il se mit à comparer les problèmes de l'autoroute à ceux qu'il décelait chez des patients comme ce jeune garçon dont le père s'était confié à lui. L'enfant avait tenté de se suicider l'année précédente. Un autre gosse, rejeté et tourmenté comme lui, aurait pu s'emparer d'un fusil et le braquer sur ses camarades de classe. Colère, souffrance et humiliation mêlées devaient trouver un exutoire. Certains tentaient de se détruire eux-mêmes. D'autres cherchaient à détruire les auteurs de leur tourment.

Psychologue spécialiste des troubles de l'adolescence, Mark animait une émission télévisée de conseil psychologique avec appels en direct, depuis peu diffusée sur plusieurs chaînes. « Grand, mince, réconfortant, plein d'humour et de sagesse, le Dr Mark Fleischman apporte des réponses de bon sens aux problèmes de ce douloureux passage appelé l'adolescence », avait écrit un critique à propos de l'émission.

Peut-être pourrai-je enfin tout oublier après ce week-end, pensa-t-il.

Il n'avait pas pris le temps de déjeuner et il se rendit directement au bar de l'hôtel en arrivant, commanda un sandwich et une bière légère. Dès que les autres participants commencèrent à affluer, il régla rapidement sa note, abandonna la moitié de son sandwich et se dirigea vers sa chambre.

Il était cinq heures moins le quart et les ombres s'accentuaient, plus épaisses. Il se tint quelques instants à la fenêtre. Ce qu'il avait à faire lui pesait. Mais ensuite, je pourrai tirer un trait, pensa-t-il. La page sera blanche. Et je serai véritablement réconfortant et plein d'humour, et peut-être même sage.

Il sentit les larmes gonfler dans ses yeux et se détourna brusquement.

Gordon Amory pénétra dans l'ascenseur avec son badge dans sa poche. Il le sortirait pour aller au cocktail. Pour l'instant, il lui plaisait de rester anonyme, de passer inaperçu auprès de ses anciens camarades de classe, et de jeter un coup d'œil sur les noms et photos de ceux qui, à chaque étage, le rejoignaient dans l'ascenseur.

Jenny Adams fut la dernière à s'engouffrer dans la cabine. La gamine boulotte de ses souvenirs avait minci, bien qu'elle fût encore plutôt forte. Elle avait un côté petite bourgeoise de province avec son tailleur de satin et ses bijoux de pacotille. Elle était accompagnée par un grand costaud dont les biceps tiraient sur les coutures de sa veste étriquée. Tous deux arboraient un large sourire, et lancèrent un bonsoir joyeux à la cantonade.

Gordon ne répondit pas. Les autres, une demi-douzaine, portant tous leurs badges, répondirent par un chœur de salutations. Trish Canon, dont Gordon se rappelait qu'elle avait fait partie de l'équipe d'athlétisme et qui était toujours maigre comme un haricot, s'exclama d'une voix perçante : « Jenny ! tu es ravissante !

– Trish Canon ! » Les bras de Jenny se tendirent vers son ancienne copine. « Herb, Trish et moi nous nous refilions nos devoirs de maths. Trish, je te présente mon mari, Herb.

– Voici Barclay, dit Trish. Et... »

L'ascenseur s'arrêta à l'entresol. Au moment de le quitter, Gordon sortit à regret son badge et l'épingla. Les coûteuses opérations de chirurgie plastique avaient complètement transformé le gamin au visage de fouine de la photo. Le nez était désormais droit, les yeux aux lourdes paupières avaient été agrandis. Il avait aujourd'hui un menton volontaire et ses oreilles étaient parfaitement ourlées et attachées. Des implants et l'art du meilleur spécialiste de la coloration avaient transformé ses maigres et tristes cheveux bruns en une épaisse chevelure châtaine. Il savait qu'il était devenu un homme séduisant. La seule manifestation rappelant le gosse complexé d'autrefois se produisait dans des moments de tension, quand il ne pouvait s'empêcher de se ronger les ongles.

Le Gordie qu'ils ont connu n'existe plus, se dit-il en se dirigeant vers la salle Hudson Valley. Il sentit une tape sur son épaule et se retourna.

« Monsieur Amory. »

Un jeune rouquin au visage étroit se tenait près de lui, un calepin à la main.

« Je me présente, Jake Perkins, reporter pour la *Stonecroft Academy Gazette*. J'interviewe les lauréats. Puis-je vous demander une minute de votre temps ? »

Gordon se força à lui adresser un sourire chaleureux. « Bien sûr.

– Permettez-moi de vous dire que vous avez beaucoup changé en vingt ans, depuis votre photo d'écolier.

– J'espère bien.

– Vous possédez déjà la majorité des actions de quatre chaînes câblées. Pourquoi entrez-vous dans le capital de Maximum ?

– Maximum a une forte audience familiale. J'ai pensé que cela nous permettrait d'atteindre un segment du marché qui complétera l'éventail de nos programmes.

– On parle d'une nouvelle série et la rumeur court qu'une ancienne élève de votre classe, Laura Wilcox, pourrait en être la vedette. Est-ce exact ?

– Aucun casting n'a encore eu lieu pour la série à laquelle vous faites allusion.

– Votre chaîne "Crimes et châtiments" a été critiquée pour sa violence. L'admettez-vous ?

– Absolument pas. Elle offre une réalité sans fard, au contraire de ces situations ridicules et fabriquées qui sont le pain quotidien des autres chaînes commerciales. À présent, si vous voulez bien m'excuser.

– Juste une autre question, je vous prie. Voudriez-vous jeter un coup d'œil sur cette liste ? »

D'un geste impatient, Gordon Amory prit la feuille de papier que lui tendait Perkins.

« Reconnaissez-vous ces noms ?

– Des élèves de ma promotion, semble-t-il.

– Ce sont cinq femmes, anciennes élèves de cette classe, qui sont mortes ou ont disparu au cours des vingt dernières années.

— Je n'en ai rien su. »

Perkins insista. « Le rapprochement m'a surpris quand j'ai commencé mes recherches. Tout a commencé avec Catherine Kane, il y a dix-neuf ans. Sa voiture a dérapé et sombré dans le Potomac quand elle était en première année à l'université George-Washington. Cindy Lang a disparu alors qu'elle skiait à Snow Bird. Gloria Martin se serait suicidée. Debra Parker pilotait son propre avion ; voilà six ans, l'appareil s'est écrasé, et elle est morte dans l'accident. Le mois dernier, Alison Kendall s'est noyée dans sa piscine. Diriez-vous qu'il s'agit d'une classe maudite ? Et estimeriez-vous intéressant d'en faire un sujet d'émission sur l'une de vos chaînes ?

— Je parlerais plutôt d'une classe frappée par le malheur, et franchement, non, je n'aimerais pas en faire un sujet d'émission. Maintenant, si vous voulez bien m'excuser.

— Bien sûr. Une dernière question. Que signifie pour vous le fait de recevoir cette médaille de Stonecroft ? »

Gordon Amory sourit. Pour moi, cela signifie : Allez vous faire voir tous autant que vous êtes. En dépit de tout ce que j'ai enduré ici, j'ai réussi, aurait-il aimé répondre. Il se contenta de dire : « C'est l'aboutissement de mes rêves, voir mon succès reconnu par mes camarades de classe. »

Robby Brent avait réservé sa chambre d'hôtel à partir du jeudi. Il venait de terminer un engagement de six jours au Trump Casino d'Atlantic City où son célèbre numéro avait connu son habituel succès et il n'avait donc aucun intérêt à rentrer à San Francisco pour en repartir immédiatement. Pas plus qu'il n'avait eu envie de s'attarder à Atlantic City ni de s'arrêter à New York.

Il avait pris la bonne décision, pensa-t-il en s'habillant pour le cocktail. Il choisit dans la penderie une veste bleu marine, l'enfila et se regarda d'un air critique dans le miroir. Malgré l'éclairage déplorable, il était encore pas mal. On l'avait comparé à Don Rickles, non seulement parce qu'il avait la même vivacité de jeu, mais aussi à cause de son apparence. Visage rond, crâne luisant, silhouette massive ; il y avait assurément une certaine similitude. Pourtant cette apparence n'avait pas empêché les femmes d'être attirées par lui. Mais seulement après Stonecroft, ajouta-t-il *in petto*, après Stonecroft.

Il lui restait encore deux minutes avant de descendre rejoindre les autres. Il alla à la fenêtre et regarda au-dehors, se souvenant que la veille, après son arrivée à l'hôtel, il s'était promené en ville, avait repéré les maisons de ceux qui, comme lui, étaient les lauréats de cette réunion.

Il était passé devant la maison de Jane Sheridan, se rappelant comment parfois les voisins avertissaient les flics que ses parents se bagarraient dans l'allée. Il avait entendu dire qu'ils avaient divorcé depuis longtemps. Un coup de chance. Les gens prédisaient que leurs disputes finiraient mal un jour ou l'autre.

La première maison de Laura Wilcox était voisine de celle de Jane. Ensuite son père avait hérité d'un paquet de fric et la famille avait déménagé dans une superbaraque, la McMansion, sur Concord Avenue. Il se rappela qu'il passait souvent devant la première maison de Laura quand il était môme, espérant la voir sortir et pouvoir engager la conversation avec elle.

Des gens du nom de Sommers avaient acheté la maison de Laura. Leur fille y avait été assassinée. Ils avaient fini par la vendre. Vous avez plutôt tendance à fuir un endroit où votre enfant a été poignardé. Ça s'était passé pendant le week-end de Columbus Day, se rappela-t-il.

L'invitation à la réunion était posée sur le lit. Il y jeta un coup d'œil. Les noms des lauréats et leurs biographies étaient inclus dans l'enveloppe. Carter Stewart. Quand avait-on cessé de l'appeler « Howie » ? se demanda Robby. Sa mère se prenait pour une artiste et on la voyait se promener en ville avec son carnet de croquis. De temps en temps, elle persuadait la galerie d'art d'exposer ses œuvres. Franchement nulles, se souvint-il. Le père de Howie était une brute, toujours en train de lui filer une trempe. Pas étonnant que ses pièces fussent si noires. Howie s'enfuyait de chez lui et allait se cacher de son père dans les arrière-cours des voisins. Peut-être avait-il du succès aujourd'hui mais, au fond de lui-même, il était resté le fouineur qui espionnait les gens à travers leur fenêtre. Il pensait qu'on ne le voyait pas, mais je l'ai surpris à une ou deux occasions. Son amour pour Laura lui sortait par tous les pores.

Moi aussi j'étais dingue d'elle, reconnut Robby avec un regard ironique vers la photo de Gordie Amory, réussite accomplie de la chirurgie plastique. Un vrai top model. En se promenant la veille, il avait jeté un coup d'œil à la maison de Gordie et constaté qu'elle avait été entièrement rénovée. Bizarrement peinte en bleu à l'origine, elle était aujourd'hui deux fois plus grande et d'un blanc étincelant. Comme les dents neuves de Gordie.

Sa première maison avait brûlé lorsqu'ils étaient gosses. On avait dit en ville que c'était la seule façon de la nettoyer de fond en comble. La mère de Gordie la laissait toujours sale comme une porcherie. Beaucoup pensaient qu'il y avait mis le feu exprès. Je crois qu'il en était capable, pensa Robby. Il était franchement bizarre. À propos, je ne dois pas l'appeler Gordie, mais « Gordon » lorsque nous nous reverrons au cocktail, se rappela-t-il. Il l'avait rencontré ici ou là au cours des années. Toujours aussi coincé, et encore un qui était fou de Laura.

De même que Mark Fleischman, lauréat lui aussi. En classe, Mark était plutôt timide mais on sentait bien que ça bouillonnait ferme à l'intérieur. Il avait toujours vécu dans l'ombre de son frère aîné Dennis, le surdoué de Stonecroft, le premier de la classe, un athlète exceptionnel. Tout le monde le connaissait. Il avait été tué dans un accident de voiture quelques semaines après la rentrée universitaire. Aussi différents que le jour et la nuit, les deux frères. Il était bien connu que si Dieu avait dû prendre l'un de leurs fils, les parents de Mark auraient préféré que ce soit lui et non Dennis qui parte. Il y avait une telle rancœur accumulée en lui que c'était miracle que sa tête n'ait pas explosé, conclut-il avec un sourire amer.

Il prit la clé de sa chambre, prêt à affronter la foule, et ouvrit la porte. Je méprisais ou détestais à peu près tous mes camarades, pensa-t-il. Alors pourquoi ai-je accepté cette invitation ? Il appuya sur le bouton de l'ascenseur. Je vais rassembler de nouveaux matériaux pour mon show, se promit-il. Il avait une autre raison, naturellement, mais il l'écarta de son esprit. Non, je n'irai pas. La porte de l'ascenseur s'ouvrit. En tout cas, pas maintenant.

9

À leur arrivée au cocktail, Jack Emerson, le président du comité, invita les lauréats à pénétrer dans l'alcôve à l'extrémité de la salle Hudson Valley. Rubicond, le visage couperosé caractéristique du gros buveur, il était le seul membre de cette promotion à avoir choisi de demeurer à Cornwall et, par conséquent, à s'être occupé des aspects pratiques de la réunion. « Lorsque nous présenterons les anciens élèves individuellement, je veux réserver votre groupe pour la fin », expliqua-t-il.

Jane arriva dans l'alcôve au moment où Gordon Amory faisait remarquer : « Jack, je suppose que c'est à vous que nous devons le privilège d'avoir été élus lauréats.

– C'est mon idée en effet, répondit Emerson avec fierté. Et vous le méritez, tous autant que vous êtes. Gordie, je veux dire Gordon, vous êtes une personnalité importante de la télévision. Mark est psychiatre, éminent spécialiste du comportement adolescent. Robby est un acteur comique et un imitateur de grand talent. Howie, ou plutôt Carter Stewart, un dramaturge de premier plan. Jane Sheridan... oh, vous voilà, Jane, enchanté de vous voir... est responsable du département d'histoire d'une grande université, et en outre un auteur à succès. Laura Wilcox a longtemps été la vedette d'une série télévisée. Et Alison Kendall était directrice d'une agence artistique réputée. Comme vous le savez, elle aurait été notre septième lauréate. Nous adresserons sa médaille à ses parents. Je suis certain qu'ils seront heureux d'apprendre que sa promotion lui a rendu honneur. »

« La classe maudite », songea Jane avec un serrement de cœur tandis qu'Emerson se précipitait vers elle et lui plantait un baiser sur la joue. C'étaient les termes utilisés par ce petit reporter, Jake Perkins, lorsqu'il l'avait forcée à lui accorder une interview. Ce qu'il lui avait rapporté alors l'avait bouleversée. Après la cérémonie des diplômes, j'ai perdu la trace de tous les élèves à l'exception d'Alison et de Laura, se souvint-elle. L'année où Catherine est morte, j'étais à Chicago, où j'ai travaillé pendant une année avant d'entrer à l'université. J'ai appris que l'avion de Debby Parker s'était écrasé, mais je n'ai pas su ce qui était arrivé à Cindy Lang et à Gloria Martin. Et le mois dernier, Alison. Mon Dieu, nous étions toujours toutes assises à la même table du réfectoire.

Et aujourd'hui ne restent plus que Laura et moi. Quel destin tragique plane donc au-dessus de nos têtes ?

Laura l'avait prévenue au téléphone qu'elle la retrouverait à la réception. « Jeannie, je sais que nous avions prévu de nous voir plus tôt, mais je ne suis pas prête. Je dois faire mon entrée en beauté, avait-elle expliqué. J'ai deux jours pour séduire et convaincre Gordie Amory de me donner le rôle-titre dans sa nouvelle série. »

Loin d'être déçue, Jane s'était sentie soulagée. Ce moment de répit lui avait permis de téléphoner à Alice Sommers, leur ancienne voisine. Mme Sommers vivait à présent dans une résidence non loin de l'autoroute. Les Sommers étaient venus s'installer à Cornwall deux ans avant que leur fille Karen soit assassinée. Jane n'avait jamais oublié le jour où Mme Sommers était venue la chercher à l'école. « Jane, je vais t'emmener faire des courses avec moi, avait-elle proposé. Mieux vaut ne pas rentrer chez toi tout de suite. »

Ce jour-là, elle lui avait épargné la vue humiliante d'une voiture de police garée devant sa maison, et de ses parents qui en sortaient les menottes aux poignets. Elle n'avait jamais réellement connu Karen Sommers. Karen était étudiante à l'école de médecine de Columbia, à Manhattan, et les Sommers avaient un appartement en ville, à New York. Ils allaient souvent voir leur fille. En réalité, jusqu'à la nuit de sa mort, Karen était rarement venue à Cornwall.

Je suis toujours restée en contact avec eux, songea-t-elle. Chaque fois qu'ils venaient à Washington, ils téléphonaient pour m'inviter à dîner. Richard Sommers était décédé quelques années auparavant, mais Alice avait été informée de la réunion et avait prié Jane de venir la retrouver à dix heures pour le petit déjeuner avant la visite prévue à West Point.

Profitant de ce moment de tranquillité, Jane avait pris sa décision. Lorsqu'elle verrait Alice Sommers le lendemain, elle lui parlerait de Lily et lui montrerait le fax et le premier envoi avec la brosse et les cheveux de Lily. Pour être au courant de l'existence du bébé, il a fallu avoir accès aux dossiers du Dr Connors, pensa-t-elle. Il s'agit probablement de quelqu'un qui faisait partie de son entourage à l'époque, ou qui connaissait une personne de son entourage susceptible d'avoir accès aux dossiers. Alice pourra m'indiquer à qui m'adresser dans les services de police. Elle disait qu'ils n'avaient jamais cessé de rechercher le meurtrier de Karen.

« Jane, quel plaisir de vous revoir ! » Mark Fleischman avait interrompu sa conversation avec Robby Brent pour se diriger vers elle. « Vous êtes ravissante, mais vous semblez troublée. Ce petit journaliste vous aurait-il coincée vous aussi ? »

Elle hocha la tête. « Oui. Mark, j'ai été bouleversée par ce qu'il m'a dit. Je n'étais pas au courant de ces décès, à l'exception de ceux de Debby et d'Alison, bien sûr. »

Mark resta un instant songeur. « Moi non plus. En fait, je n'ai jamais rien su, même pour Debby. J'avais coupé tous les ponts avec Stonecroft jusqu'à ce que Jack Emerson me contacte.

– Que vous a demandé Perkins ?

– Il voulait savoir, puisque ces cinq femmes ne sont pas mortes dans un même accident, si en tant que psychiatre un tel pourcentage de morts dans un si petit groupe ne me paraissait pas anormal. Je lui ai répondu que je n'avais pas besoin de réfléchir longtemps pour savoir qu'en effet ce n'était pas normal. »

Jane hocha la tête. « Il m'a dit que, selon ses recherches, ce genre de statistique se retrouve le plus souvent en temps de guerre, mais il a ajouté qu'il existe des exemples de familles, de membres d'une même classe ou d'une même équipe sportive qui semblent marqués par le destin. Mark, je ne crois pas qu'il s'agisse d'une malédiction. Je trouve ça étrange et angoissant. »

Jack Emerson avait surpris leur conversation. Le sourire qu'il avait arboré en énumérant les talents de ses invités fit place à une expression contrariée. « J'ai demandé que ce petit Perkins cesse d'importuner tout le monde avec cette liste », dit-il.

Carter Stewart les rejoignit, suivi de Laura Wilcox, à temps pour entendre Emerson. « Je peux vous assurer qu'il ne se gêne pas pour la montrer, dit-il sèchement. Je suggère à tous ceux qui n'ont pas encore eu le plaisir de répondre à ce petit emmerdeur de l'envoyer sur les roses. C'est ce que j'ai fait. »

Jane se tenait un peu à l'écart et Laura ne la vit pas en entrant. « Oh ! ces messieurs complotent, fit-elle. À moins que je ne me sois égarée dans un club réservé aux hommes ? »

Souriante, elle alla de l'un à l'autre, examinant de près leurs badges, embrassant chacun d'eux sur la joue. « Mark Fleischman, Gordon Amory, Robby Brent, Jack Emerson. Et, bien sûr, Carter, que je connaissais sous le nom de Howie, et qui semble me dédaigner. Vous êtes tous magnifiques. C'est là que réside la différence, voyez-vous. J'étais à mon apogée à l'âge de seize ans, puis vint la dégringolade. Vous quatre et Howie, je veux dire Carter, vous ne faisiez que commencer votre ascension. »

Puis elle aperçut Jane et se précipita pour l'embrasser.

C'était la diversion dont ils avaient besoin. Mark Fleischman vit l'atmosphère se détendre, la politesse compassée faire place aux sourires et les verres se vider.

Laura est toujours fabuleuse, pensa-t-il. Trente-huit ou trente-neuf ans comme la plupart d'entre eux, mais on lui en donnait à peine trente. Vêtue d'un ensemble ultrachic, visiblement très, très coûteux. La série télévisée dont elle avait été la vedette deux ans auparavant avait pris fin. Il se demanda si elle avait beaucoup travaillé depuis. Il savait qu'elle avait divorcé dans des conditions détestables, une vraie bataille de procédure dont il avait lu le compte rendu à la page des potins du *New York Post*. Il sourit secrètement en la voyant embrasser Gordie pour la seconde fois. « Vous étiez amoureux de moi autrefois », le taquina-t-elle.

Vint alors son tour. « Mark Fleischman, souffla-t-elle. Vous étiez jaloux de me voir sortir avec Barry Diamond. Est-ce que je me trompe ? »

Il sourit. « Vous avez raison, Laura. Mais le temps a passé.

— Je sais, mais je n'ai pas oublié. » Son sourire était radieux. Il avait lu que la duchesse de Windsor savait donner à chacun des hommes auxquels elle s'adressait l'impression d'être le seul dans la pièce. Il la vit se tourner vers un autre visage familier. « Je n'ai pas oublié non plus, Laura, dit-il doucement. Je n'ai jamais oublié. »

10

Il constata avec amusement que Laura était comme toujours le centre de l'attention générale, bien qu'elle fût la moins brillante de tous les lauréats. Dans la série télévisée qui avait été son seul titre de gloire, elle jouait une blonde évaporée qui ne s'intéressait qu'à son reflet dans le miroir. Le casting parfait, pensa-t-il. Elle était encore très belle, certes, mais le changement ne tarde-rait pas. Déjà apparaissaient de fines rides autour des yeux et de la bouche. Il se souvint que sa mère avait ce même grain de peau lisse comme du papier enclin à vieillir vite et mal. Si Laura vivait encore dix ans, même la chirurgie esthétique ne pourrait plus grand-chose pour elle.

Mais elle ne vivrait pas dix ans de plus.

Parfois, pendant plusieurs mois de suite, le Hibou se retirait dans un endroit secret, au plus profond de lui-même. Durant ces périodes, il lui arrivait de croire que les actes commis par le Hibou n'avaient existé qu'en rêve. À d'autres moments, cependant, comme aujour-d'hui, il sentait vivre le rapace en lui. Il voyait sa tête avec ses yeux noirs dans leur halo jaune. Il sentait ses serres agripper la branche d'un arbre. Il percevait la douceur de son plumage velouté, l'emplissant d'un frisson intérieur. Il sentait le souffle de l'air sous ses ailes quand il fondait sur sa proie.

La vue de Laura l'avait poussé à s'élancer de son perchoir. Pourquoi avait-il attendu si longtemps pour la retrouver ? se demanda-t-il, redoutant la réponse. Était-ce parce que, le jour où elle et Jane n'existeraient plus, son pouvoir sur la vie et la mort aurait disparu avec elles ? Laura aurait dû mourir il y a vingt ans. Mais cette erreur l'avait libéré.

Cette erreur, cet accident du destin, l'avait transformé de pleurnichard qui bégayait : « Je suuuuis le le hiiiiboubou et et je vvivi... » en prédateur, puissant et sans pitié.

Quelqu'un examinait son badge, un bigleux à lunettes et au cheveu rare, vêtu d'un complet gris foncé de bonne coupe. L'homme sourit et lui tendit la main. « Joel Nieman », dit-il.

Joel Nieman. Bien sûr, il jouait Roméo dans la pièce de théâtre donnée par les élèves de terminale. C'était lui qu'Alison avait assassiné dans sa rubrique. « À la surprise générale, Roméo, alias Joel Nieman, est parvenu à se souvenir de la plus grande partie de son texte. »

« Avez-vous renoncé au théâtre ? » demanda le Hibou en lui rendant son sourire.

Nieman sembla surpris. « Vous avez une sacrée mémoire, mon vieux. J'ai décidé que la scène pouvait se passer de moi, dit-il.

— Je me souviens de l'article d'Alison vous concernant. »

Nieman éclata de rire. « Et moi donc ! J'aurais aimé lui dire qu'elle m'avait rendu un sacré service. Je me suis tourné vers la comptabilité et ce fut un meilleur choix. Ce qui lui est arrivé est effroyable, n'est-ce pas ?

– Effroyable.

– J'ai lu qu'il avait été question d'ouvrir une enquête pour homicide au début, mais que la police aujourd'hui croit plutôt qu'elle a perdu connaissance en heurtant l'eau.

– Les policiers sont idiots. »

L'expression de Nieman trahit l'étonnement. « Vous croyez donc qu'Alison a été *assassinée* ? »

Le Hibou se rendit compte qu'il avait pris un ton trop véhément. Il se reprit. « D'après ce que j'ai lu, elle s'était fait bon nombre d'ennemis dans le métier, dit-il avec précaution. Mais la police a probablement raison. Qui sait ? C'est pourquoi il est recommandé de ne jamais se baigner seul. »

« Roméo, mon Roméo », s'écriait une voix perçante.

Marcy Rogers, qui avait été la Juliette de la pièce, tapotait le bras de Nieman. Il se retourna brusquement.

Marcy avait toujours la même masse de boucles châtaines, aujourd'hui éclairées de mèches dorées. Elle prit une pose théâtrale. « Que le monde entier sera amoureux de la nuit... »

« Incroyable ! C'est Juliette ! » s'exclama Joel Nieman, l'air radieux.

Marcy s'aperçut de la présence du Hibou. « Oh ! bonjour. » Et revint à Nieman. « Viens faire la connaissance de mon Roméo dans la vie. Il est au bar. »

L'indifférence. Telle qu'il l'avait toujours connue à Stonecroft. Marcy ne s'était même pas donné la peine de jeter un coup d'œil à son badge. Elle ne s'intéressait pas à lui, un point c'est tout.

Le Hibou regarda autour de lui. Jane Sheridan et Laura Wilcox faisaient la queue ensemble devant le buffet. Il examina le profil de Jane. Au contraire de Laura, elle était le genre de femme qui embellissait en prenant de l'âge. Elle semblait pourtant différente, bien que ses traits n'aient pas changé. Ce qui avait changé, c'était son allure, sa voix, sa contenance. Oh, certes, sa coiffure et ses vêtements accentuaient la différence, mais la transformation était intérieure. Adolescente, elle avait souffert du comportement de ses parents. À deux occasions, les flics étaient venus les embarquer.

Le Hibou se dirigea vers le buffet et prit une assiette. Il commençait à comprendre l'ambivalence de ses sentiments envers Jane. À l'époque de Stonecroft, à deux reprises, comme le jour où il n'avait pas été admis dans l'équipe de football, elle était sortie de sa réserve pour le consoler. En terminale, il avait même songé à lui demander de sortir avec lui. Il était certain qu'elle n'avait pas de petit ami. Le samedi, par de chaudes soirées de printemps, il se cachait derrière un arbre, dans l'allée des amoureux, et guettait les voitures qui s'y arrêtaient après le cinéma. Il n'avait jamais vu Jane dans aucune d'elles.

De toute façon, il était trop tard pour changer le cours des événements. Voilà seulement deux heures, en la voyant arriver à l'hôtel, il avait pris la décision de la tuer elle aussi. Il comprenait maintenant pourquoi il avait pris cette décision irrévocable. Parce que, comme le disait sa mère, « il n'est pire eau que l'eau qui dort ». Jeannie s'était peut-être montrée gentille avec lui, mais au-delà des apparences elle ressemblait à Laura, se moquait du pauvre crétin qui avait mouillé son pantalon et pleurait et bégayait.

Il se servit de la salade. D'ailleurs, qu'il ne l'ait jamais vue dans l'allée des amoureux avec l'un des abrutis de la classe ne prouvait rien. Mademoiselle Tout-sucre-tout-miel filait le parfait amour avec un cadet de West Point. Il le savait.

La rage le traversa, cinglante, signal du réveil prochain du Hibou.

Il dédaigna les pâtes, choisit le saumon poché et les haricots verts, et regarda autour de lui. Laura et Jane venaient de s'asseoir à la table des lauréats. Jane croisa son regard et lui fit un signe de la main. Lily te ressemble, pensa-t-il. C'est tout ton portrait.

Cette pensée accrut son ardeur.

11

À deux heures du matin, Jane renonça à s'endormir, alluma la lampe de chevet et ouvrit un livre. Mais, après avoir lu pendant une heure et s'être aperçue qu'elle n'avait pas retenu un seul mot, elle reposa le livre avec impatience et éteignit la lumière à nouveau. Tous les muscles de son corps étaient noués, tendus, et elle avait un début de migraine. L'effort qu'elle avait fourni pendant toute la soirée pour paraître aimable, en dépit de l'inquiétude qui la rongeait, l'avait épuisée. Les heures lui semblaient interminables, elle avait hâte d'aller voir Alice Sommers et de lui parler de Lily.

Les mêmes pensées la harcelaient. Pendant toutes ces années, je n'ai jamais parlé d'elle à personne, songeait-elle. L'adoption n'a pas fait l'objet d'une déclaration officielle. Le Dr Connors est mort, et ses dossiers ont été détruits. Qui a pu avoir connaissance de l'existence de Lily ? Si ses parents adoptifs ont appris mon nom et retrouvé ma trace, peut-être l'ont-ils dit à quelqu'un d'autre qui veut se mettre en rapport avec moi. Mais pourquoi ?

La fenêtre de sa chambre, à l'arrière de l'hôtel, était ouverte et la pièce s'était refroidie. Après un instant d'hésitation, Jane soupira et repoussa les couvertures.

Si je veux avoir le moindre espoir de m'endormir, je ferais mieux de la refermer, pensa-t-elle. Pieds nus, elle alla en frissonnant refermer la vitre, jetant machinalement un regard à l'extérieur. Une voiture tous phares éteints pénétrait dans la zone de stationnement longue durée du parking de l'hôtel. Sa curiosité éveillée, elle vit la silhouette d'un homme en sortir et s'avancer d'un pas pressé vers l'entrée de service.

Le col de son manteau était relevé, mais lorsqu'il ouvrit la porte, elle distingua son visage. Elle se détourna de la fenêtre, se demandant ce qu'un de ses distingués compagnons de table avait trouvé à faire dans cette ville jusqu'à cette heure indue.

12

L'appel parvint au bureau du procureur de Goshen à trois heures du matin. Helen Whelan, de Surrey Meadows, avait disparu. Célibataire d'une quarantaine d'années, elle avait été vue pour la dernière fois par un voisin alors qu'elle promenait son berger allemand, Brutus, vers minuit. À trois heures du matin, un couple qui habitait quelques rues plus loin, à la limite du parc municipal, avait été réveillé par les hurlements et les aboiements d'un chien. Au bout de quelques minutes, ils avaient découvert un berger allemand qui tentait péniblement de se remettre debout. Il avait été sauvagement frappé à la tête et au dos avec quelque chose de lourd. Une chaussure de femme de taille trente-neuf avait été trouvée non loin de là, sur la route.

Dès quatre heures du matin, Sam Deegan avait été averti qu'il devait rejoindre la brigade des inspecteurs enquêtant sur la disparition. Il commença par interroger le Dr Siegel, le vétérinaire qui avait soigné l'animal blessé. « Mon diagnostic est qu'il est resté inanimé durant deux heures à la suite des coups assénés sur sa tête, lui dit Siegel. Avec un instrument qui pourrait être un démonte-pneu. »

Sam imagina la scène. Helen Whelan avait détaché

la laisse du chien afin de le laisser courir en liberté dans le parc. Quelqu'un l'ayant vue seule sur la route avait essayé de l'attirer dans une voiture. Le berger allemand qui s'était élancé pour la défendre avait été battu et abandonné inconscient.

Il alla en voiture jusqu'à la rue où l'animal avait été retrouvé et commença méthodiquement à sonner aux portes. À la quatrième maison, un vieil homme affirma avoir entendu un chien aboyer avec frénésie vers minuit trente.

Helen Whelan était professeur de gymnastique au lycée de Surrey Meadows. Elle était très populaire. Sam apprit par plusieurs de ses collègues qu'elle avait l'habitude de promener son chien tard dans la soirée. « Elle n'avait jamais peur. Elle nous disait que Brutus serait mort plutôt que de laisser quiconque lui faire du mal, lui avait rapporté avec tristesse le principal du lycée.

– Elle avait raison, lui dit Sam. Le vétérinaire a dû piquer Brutus. »

Dès dix heures, il avait compris que cette affaire ne serait pas facile à élucider. Selon sa sœur, qui vivait à Newburg, dans les environs, Helen n'avait aucun ennemi. Elle était sortie pendant plusieurs années avec l'un de ses collègues, mais il était en congé sabbatique en Espagne jusqu'à la fin du semestre.

Disparue ou morte ? Sam était convaincu que celui qui avait si sauvagement agressé un chien n'avait eu aucune pitié pour une femme. L'enquête serait longue et il allait commencer ses recherches dans le voisinage d'Helen et à son établissement. Il fallait envisager toutes les possibilités. Par exemple que l'un de ces ados inadaptés et rejetés par l'école ait nourri de la rancune contre elle. D'après sa photo, c'était une très belle femme. Peut-être un voisin, tombé amoureux d'elle, et qu'elle aurait éconduit ?

Il espérait seulement ne pas être en présence d'un de ces meurtres commis au hasard par un inconnu sur la première personne venue, dont la seule faute était de se trouver au mauvais endroit au mauvais moment.

Ces enquêtes étaient les plus difficiles à mener, et le crime n'était en général jamais élucidé. Chose qu'il détestait.

Le fil de ses pensées le conduisit inévitablement à Karen Sommers. Mais faire la lumière sur sa mort n'avait pas été sorcier. La seule difficulté était de trouver des preuves.

Le meurtrier de Karen, vingt ans auparavant, était Cyrus Lindstrom, le petit ami qu'elle avait plaqué. De ça, il était sûr. Mais à partir de la semaine prochaine, lorsque j'aurai décroché, ce dossier ne me concernera plus, se rappela Sam.

Et je ne m'occuperai plus de vous non plus, pensa-t-il, contemplant d'un œil compatissant la récente photo d'Helen Whelan, avec ses yeux bleus et ses cheveux auburn, officiellement déclarée « disparue, présumée morte ».

13

Laura avait été tentée de faire la grasse matinée et de garder toute son énergie pour le déjeuner prévu à West Point avant le match, mais à son réveil, le samedi matin, elle changea d'avis. Ses efforts pour séduire Gordie Amory lors du dîner qui avait suivi le cocktail n'avaient eu qu'un succès mitigé. Les lauréats étaient assis à la même table et Jack Emerson s'était joint à eux. Resté silencieux au début, Gordie avait fini par s'animer, allant même jusqu'à lui faire un compliment : « J'imagine que tous les garçons de la classe ont eu le béguin pour vous à un moment ou à un autre, avait-il dit.

– Pourquoi utiliser un temps passé ? » l'avait-elle taquiné.

Sa réponse avait été encourageante. « Pourquoi en effet ? »

Et au bout du compte la soirée s'était révélée étonnament fructueuse. Robby Brent leur avait annoncé qu'on lui avait offert un rôle dans une sitcom pour HBO et que le script lui plaisait. « Le public finit par en avoir marre de tous ces programmes de télé-réalité, les gens ont envie de rire. Rappelez-vous les comédies classiques : *I Love Lucy*, *All in the Family*, *The Honeymoo-*

ners, The Mary Tyler Show. Elles avaient un humour véritable et, croyez-moi, l'humour est sur le point de faire un vrai comeback. » Puis il s'était tourné vers elle. « Vous savez, Laura, vous devriez postuler pour le rôle de ma femme. J'ai l'impression que vous seriez formidable. »

Elle s'était demandé s'il était sérieux, car Robby était un comique professionnel. D'un autre côté, s'il ne plaisantait pas, et si elle n'arrivait à rien avec Gordie, ce pourrait être une chance à saisir. Peut-être la dernière.

« La dernière chance. » Sans s'en rendre compte, elle prononça ces mots tout haut. Ils lui procurèrent un drôle de sentiment, une sensation de malaise. Elle avait fait des rêves confus pendant la nuit. Elle avait rêvé de Jake Perkins, ce crampon de journaliste avec sa liste des cinq filles assises à la même table du réfectoire qui étaient décédées depuis. Catherine, Debra, Cindy, Gloria, Alison. Cinq d'entre elles. Elle avait rêvé qu'il barrait leurs noms de la liste, l'un après l'autre, jusqu'à ce que Jeannie et elle soient les seules à être encore en vie.

Nous étions toutes les deux proches d'Alison, pensa-t-elle, et aujourd'hui il ne reste que nous deux. Jeannie et moi étions trop différentes pour être intimes. Elle est trop gentille. Contrairement à nous, elle ne se moquait pas des garçons.

Ça suffit ! Ne pense pas à une prétendue malédiction, se reprit Laura. Tu as aujourd'hui et demain pour saisir ta chance. Il suffisait d'un seul mot tombant de la bouche redessinée de Gordie Amory pour la faire engager dans la série de Maximum. Et voilà que Robby

Brent pouvait faire bouger les choses. À moins qu'il ne la fasse marcher. S'il la voulait réellement dans son spectacle, elle avait un espoir d'obtenir le rôle. Et je suis bonne dans la comédie, se dit Laura. Très bonne.

Et il y avait Howie – non, Carter. Lui aussi avait le pouvoir de lui ouvrir des portes s'il le voulait. Pas dans ses pièces, naturellement. Seigneur ! elles étaient non seulement horriblement déprimantes, mais incompréhensibles. Le caractère obscur de ses œuvres, toutefois, ne le rendait pas moins influent dans le milieu théâtral.

Je ne verrais pas d'inconvénient à jouer dans une pièce à succès, songea-t-elle. Maintenant qu'Alison était morte, elle avait aussi besoin d'un nouvel agent.

Elle consulta brièvement sa montre. Il était temps de s'habiller. Elle se félicita de son choix pour l'excursion à West Point – le tailleur de daim bleu Armani avec une écharpe Gucci serait parfaitement adapté au froid annoncé par la météo. D'après les prévisions, la température n'excéderait pas dix degrés.

Je n'ai aucun goût pour le plein air, pensa Laura, mais puisque tout le monde a l'intention d'assister au match, j'irai aussi.

Gordon, se rappela-t-elle en nouant son écharpe. Gordon, pas Gordie. Carter, pas Howie. Au moins Robby était-il toujours Robby, et Mark toujours Mark. Et Jack Emerson, le Donald Trump de Cornwall, n'avait pas encore décidé de se faire appeler Jacques.

Lorsqu'elle descendit à la salle à manger, elle fut déçue de ne trouver à la table d'honneur que Mark Fleischman et Jane. « J'ai à peine le temps de prendre un café, expliqua Jane. J'ai rendez-vous avec une amie pour le petit déjeuner. Je vous rejoindrai au déjeuner.

– Tu viendras pour la parade et le match ? demanda Laura.

– Bien sûr.

– J'y ai rarement assisté, dit Laura. Contrairement à toi, Jeannie. Tu étais une mordue d'histoire. À propos, tu connaissais un cadet qui a été tué avant la cérémonie de remise des diplômes, n'est-ce pas ? Comment s'appelait-il déjà ? »

Mark Fleischman but une gorgée de café et vit les yeux de Jane s'embuer. Elle hésita et il serra les lèvres. Il avait failli répondre à sa place. « Reed Thornton. Le cadet Carroll Reed Thornton Jr. »

14

La semaine la plus pénible de l'année pour Alice Sommers était celle qui précédait l'anniversaire de la mort de sa fille. Et cette année, elle avait été particulièrement douloureuse.

Vingt ans, pensa-t-elle. Deux décennies. Karen aurait quarante-deux ans aujourd'hui. Elle serait médecin, sans doute cardiologue. C'était son objectif lorsqu'elle avait commencé ses études de médecine. Elle serait probablement mariée, aurait deux enfants.

Alice Sommers imaginait les petits-enfants qu'elle n'avait jamais eus. Le garçon, grand et blond, comme Cyrus – elle avait toujours cru que lui et Karen finiraient par se marier. C'était son seul véritable désaccord avec Sam Deegan, pour qui Cyrus était, sans discussion possible, l'auteur du meurtre de Karen.

Et leur fille ? Elle aurait ressemblé à Karen, avait décidé Alice. Menue, avec des yeux bleu-vert et des cheveux de jais. Bien sûr, elle ne le saurait jamais.

Faites remonter le temps, Seigneur. Faites que cette nuit atroce n'ait pas existé. C'était une prière qu'elle avait murmurée des centaines de fois au long des années.

Sam Deegan était convaincu que Karen ne s'était pas

réveillée quand l'intrus avait pénétré dans sa chambre. Mais Alice avait toujours conservé un doute. Avait-elle ouvert les yeux ? Avait-elle senti une présence ? Avait-elle vu un bras se dresser au-dessus du lit, avait-elle senti le coup terrible qui lui avait ôté la vie ?

Ces questions, elle pouvait les poser à Sam, alors qu'elle n'avait jamais osé les exprimer devant son mari. Il avait besoin de croire que son enfant unique n'avait pas connu cet instant de pure terreur.

Alice Sommers n'avait cessé de tourner et retourner ces interrogations dans sa tête. En se réveillant le samedi matin, elle se sentit moins triste à la pensée qu'elle allait revoir Jeannie Sheridan.

À dix heures la sonnette de l'entrée résonna. Elle alla ouvrir la porte et embrassa Jane avec chaleur. C'était si bon de pouvoir serrer la jeune femme dans ses bras. Elle n'ignorait pas que son effusion s'adressait à Karen autant qu'à Jane.

Au fil des années, elle avait vu la timide et secrète adolescente de seize ans qui habitait la maison voisine de la leur devenir une historienne de renom et une romancière à succès.

Durant ces deux années où ils avaient été voisins, avant que Jane ne quitte le lycée, son diplôme en poche, pour aller travailler à Chicago et ne revienne ensuite faire ses études à l'université de Bryn Mawr, Alice avait appris à admirer et plaindre la jeune fille. Comment pouvait-elle être l'enfant de ses parents, des gens tellement enfermés dans leur aversion mutuelle qu'ils ne voyaient pas l'effet ravageur de leurs querelles publiques sur leur fille ?

Même alors, elle avait montré beaucoup de dignité,

se rappela Alice, s'écartant de Jane pour l'examiner, puis la serrant à nouveau contre elle. « Sais-tu que je ne t'ai pas vue depuis huit mois ? demanda-t-elle. Jeannie, tu m'as manqué.

– Vous m'avez manqué aussi. » Jane regarda la femme qui lui faisait face avec une profonde affection. Alice Sommers était encore très jolie, avec ses cheveux gris argenté et ses yeux bleus que voilait toujours une ombre de tristesse. Mais son sourire était chaleureux et vif. « Et vous êtes superbe.

– Pas trop mal pour soixante-trois ans, reconnut Alice. J'ai décidé de cesser de faire la fortune du salon de coiffure, ce que tu vois est donc authentique. »

Bras dessus, bras dessous, elles se dirigèrent vers la salle de séjour. « Jeannie, je me rends compte que tu n'es jamais venue ici. Nous nous sommes toujours vues à New York ou à Washington depuis ton départ de Cornwall. Viens, je vais te faire visiter la maison, à commencer par le panorama extraordinaire sur l'Hudson. »

Tandis qu'elles parcouraient la maison, Alice expliqua : « J'ignore pourquoi nous sommes restés si longtemps dans l'autre maison. Je suis tellement heureuse ici. Je crois que Richard avait l'impression qu'en partant nous abandonnerions Karen. Il n'a jamais accepté de l'avoir perdue, tu sais. »

Jane revit la belle maison de style Tudor qu'elle admirait tant quand elle était jeune. Je la connaissais comme ma poche, pensa-t-elle. J'y venais souvent lorsque Laura y habitait ; et ensuite Alice et M. Sommers ont été si gentils avec moi. J'aurais voulu mieux connaître Karen. « La maison a-t-elle été achetée par quelqu'un de ma connaissance ? demanda-t-elle.

– Je ne crois pas. Les gens qui l'ont acquise venaient du nord de l'État. Ils l'ont vendue l'an dernier. On m'a dit que le nouveau propriétaire a fait des travaux de rénovation et qu'il a l'intention de la louer meublée. Beaucoup de gens croient que le véritable acheteur est Jack Emerson. La rumeur court qu'il possède nombre de propriétés en ville. Il a parcouru un sacré chemin depuis l'époque lointaine où il faisait le ménage dans les bureaux. Aujourd'hui, il est l'exemple même du chef d'entreprise qui a réussi, C'est l'organisateur de notre réunion.

– L'organisateur et le moteur. Il n'y a jamais eu autant de tapage publicitaire pour un vingtième anniversaire d'anciens élèves de Stonecroft. » Alice Sommers haussa les épaules. « Au moins cela t'a-t-il permis de venir ici. J'espère que tu as faim. Il y a des gaufres et des fraises pour le petit déjeuner. »

Jane attendit la seconde tasse de café pour sortir de son sac le fax et l'enveloppe contenant la brosse et la mèche de cheveux et les montrer à Alice. Puis elle lui parla de Lily. « Le Dr Connors connaissait un couple désireux d'avoir un enfant. Des patients à lui, ce qui permet de supposer qu'ils vivaient dans la région. Alice, je ne sais pas si je dois m'adresser à la police ou engager un détective privé. Je me sens tellement démunie. »

Alice se pencha par-dessus la table et prit la main de Jane.

« Tu veux dire que tu as eu un bébé à l'âge de dix-huit ans et que tu n'en as parlé à personne ?

– Vous connaissiez ma mère et mon père. Ç'aurait été à celui qui aurait hurlé le plus fort pour savoir qui m'avait mise dans pareil pétrin. Autant distribuer des prospectus pour répandre la nouvelle dans toute la ville.

– Et tu ne t'es jamais confiée à personne ?

– Pas à âme qui vive. J'avais entendu dire que le Dr Connors aidait les couples à adopter des bébés. Il voulait que je prévienne mes parents, mais j'étais majeure et une de ses patientes venait d'apprendre qu'elle était stérile. Elle et son mari avaient formé le projet d'adopter un enfant, il m'avait promis que c'étaient des gens merveilleux. Lorsqu'il leur a parlé, ils ont immédiatement dit qu'ils étaient prêts à accueillir le bébé. Il m'a trouvé un job dans l'administration d'une maison de repos à Chicago, prétexte me permettant d'annoncer que je désirais travailler pendant un an avant d'entrer à Bryn Mawr.

– Nous avons été si fiers de toi en apprenant que tu avais obtenu ta bourse.

– Je suis partie pour Chicago tout de suite après mon diplôme. J'avais besoin de m'éloigner. Et pas uniquement à cause du bébé. J'avais besoin de pleurer la mort de Reed. J'aurais aimé que vous le connaissiez. Il était si différent des autres. Je crois que c'est pour cette raison que je ne me suis jamais mariée. » Des larmes brillèrent dans les yeux de Jane. « Je n'ai jamais éprouvé pareil sentiment pour quelqu'un. » Elle secoua la tête et reprit le fax. « J'ai envisagé de montrer cette lettre à la police, mais je vis à Washington. Que pourraient-ils faire ? *"Dois-je l'embrasser ou la tuer ? Je plaisante."* Ce n'est pas nécessairement une menace, n'est-ce pas ? Mais il est vraisemblable que les parents adoptifs de Lily habitaient la région puisque le Dr Connors était leur médecin. Il me semble donc préférable d'avertir la police locale. Alice, qu'en pensez-vous ?

— Je crois que tu as raison et je connais la personne adéquate, dit Alice d'un ton ferme. Sam Deegan est inspecteur au bureau d'investigation du procureur. Il était présent le matin où nous avons trouvé Karen morte et n'a jamais refermé son dossier. C'est devenu un très bon ami. Il saura t'aider. »

15

Le départ du bus pour West Point était prévu à dix heures. À neuf heures quinze, Jack Emerson quitta l'hôtel et passa rapidement chez lui chercher la cravate qu'il avait oublié d'emporter. Rita, avec qui il était marié depuis quinze ans, lisait le journal tout en buvant son café à la table de la cuisine. Elle leva vers lui un regard indifférent.

« Comment se déroule le grand raout, Jack ? » L'ironie qui perçait dans chaque mot qu'elle lui adressait était particulièrement sensible ce matin.

« Je dirais qu'il se déroule à la perfection, Rita, répondit-il aimablement.

– Ta chambre d'hôtel est-elle confortable, pour autant que tu puisses en juger ?

– Aussi confortable que peuvent l'être les chambres du Glen-Ridge. Pourquoi ne pas venir vérifier par toi-même ?

– Peut-être y ferai-je un tour. » Coupant court, elle se replongea dans son journal. Il s'attarda à la regarder. Elle avait trente-sept ans, et n'était pas de ces femmes qui s'améliorent avec l'âge. Rita avait toujours eu une attitude réservée, mais au fil des années ses lèvres minces avaient pris un pli boudeur. À vingt ans, avec ses cheveux tombant librement sur ses épaules, elle avait été vraiment séduisante. Aujourd'hui, elle portait un chignon serré, sa peau avait perdu de sa souplesse. Tout en elle semblait crispé et renfrogné. Alors qu'il se tenait debout devant elle, Jack se rendit compte à quel point il l'avait en aversion.

Se sentir obligé d'expliquer sa présence dans sa propre maison le mit en rage. « Je n'ai pas la cravate voulue pour le dîner de ce soir, dit-il d'un ton sec. Voilà pourquoi je suis passé. » Elle reposa son journal. « Jack, quand j'ai insisté pour que Sandy aille en pension au lieu de continuer ses études dans ton bien-aimé Stonecroft, tu aurais dû comprendre qu'il y avait quelque chose dans l'air.

– Je crois que je l'ai compris. »

Nous y voilà, pensa-t-il.

« Je retourne vivre dans le Connecticut. J'ai loué une maison à Westport pour les six mois à venir, en attendant de trouver quelque chose à acheter. Nous nous arrangerons pour les droits de visite à Sandy. Si tu as été un piètre mari, tu t'es montré un père raisonnablement correct, et il est préférable que nous nous séparions à l'amiable. Je sais exactement ce que tu vaux, aussi ne perdons pas de temps et d'argent avec les avocats. » Elle se leva. « Affable, jovial, drôle, modèle d'esprit civique, homme d'affaires avisé, tel est Jack Emerson. C'est ce que les gens disent de toi, Jack. Mais outre que tu cours les femmes, il y a quelque chose de corrompu chez toi. Par simple curiosité, j'aimerais bien savoir quoi. »

Jack Emerson eut un sourire froid. « En t'entendant insister pour inscrire Sandy à Choate, j'ai su tout de suite que tu préparais ton retour dans le Connecticut. J'ai hésité à t'en parler. En fait, j'ai hésité pendant dix secondes. Puis je me suis réjoui. »

Et continue à croire que tu sais combien je vaux, ajouta-t-il, riant en son for intérieur.

Rita haussa les épaules. « Tu as toujours voulu avoir le dernier mot. Tu sais, Jack, sous le vernis tu es resté le même vulgaire petit gardien d'immeuble obligé de faire le ménage après l'école. Et si tu ne te montres pas fair-play pour divorcer, je pourrais dire aux autorités que tu m'as avoué avoir été à l'origine de l'incendie de ces bâtiments médicaux voilà dix ans. »

Il lui lança un regard stupéfait. « Je ne t'ai jamais dit ça !

– Mais ils me croiront, non ? Tu avais travaillé dans l'immeuble, tu en connaissais chaque centimètre carré, et tu voulais ce terrain pour le centre commercial que tu avais l'intention de construire. Après l'incendie, tu l'as eu pour une bouchée de pain. » Elle haussa les sourcils. « Dépêche-toi d'aller chercher ta cravate, Jack. J'aurai quitté les lieux dans deux heures. Peut-être pourras-tu ramener ici une de tes ex-camarades de classe, et organiser une petite soirée intime. Fais comme chez toi. »

16

La pensée de savoir enfin quoi faire apporta à Jane un peu de tranquillité. Alice Sommers avait promis de téléphoner à Sam Deegan et d'organiser un rendez-vous le dimanche après midi. « Il me rend souvent visite pour l'anniversaire de Karen », dit-elle.

Rien ne m'attend à la maison demain, pensa Jane. Je peux rester à l'hôtel pendant au moins une semaine. Je suis douée pour les recherches. Peut-être puis-je trouver quelqu'un ayant travaillé dans le cabinet du Dr Connors, une infirmière ou une secrétaire capable de m'indiquer où il enregistrait les naissances des bébés adoptés ? Peut-être gardait-il certains dossiers hors de son bureau ? Sam Deegan pourra m'aider à mettre la main dessus, à supposer qu'ils existent.

Le Dr Connors était venu chercher son bébé à Chicago. Avait-il enregistré la naissance sur place ? La mère adoptive avait-elle fait le voyage avec lui, ou avait-il ramené seul Lily à Cornwall ?

Il avait été demandé aux anciens élèves qui préféraient se rendre séparément à West Point de se garer dans le parking près de l'hôtel Thayer. Jane sentit une boule lui serrer la gorge au moment où elle franchissait la grille du parc. Elle n'oublierait jamais la dernière fois où elle était venue à West Point, le jour de la remise des diplômes de la classe de Reed, cet instant où elle avait vu la mère et le père du jeune cadet recevoir son diplôme et son épée à sa place.

La plupart des membres du groupe étaient en train de visiter West Point. Ils avaient tous rendez-vous à midi trente pour déjeuner au Thayer. Ensuite ils assisteraient à une parade militaire puis se rendraient au match.

Avant de rejoindre les autres, Jane prit le chemin du cimetière à l'autre bout du parc pour aller se recueillir sur la tombe de Reed. Le trajet à pied était long, mais elle savoura ce moment de calme et de réflexion. J'ai trouvé la paix ici, pensa-t-elle. Qu'eût été mon existence si Reed était resté en vie, si ma fille était auprès de moi, et non avec des étrangers, je ne sais où ? Elle n'avait pas osé assister aux funérailles de Reed. Elles avaient eu lieu le jour de la remise de son diplôme à Stonecroft. Ses parents n'avaient jamais rencontré Reed et ne savaient rien de lui. Comment leur aurait-elle expliqué qu'elle ne pouvait pas être présente à sa propre remise de diplôme ?

Elle passa devant Cadet Chapel, se rappelant les concerts auxquels elle était venue, d'abord seule, puis plus tard avec Reed. Elle passa devant les monuments où étaient gravés les noms célèbres qui avaient laissé leur marque dans l'histoire, poursuivit son chemin vers la section 23 et s'immobilisa devant la tombe qui portait son nom : LIEUTENANT CARROLL REED THORNTON, JR. Une rose avait été déposée sur la pierre, une rose unique à laquelle était fixée une enveloppe. Jane frémit. Son nom était écrit dessus. Elle ramassa la rose, retira la carte de l'enveloppe et sentit ses mains trembler en lisant les quelques mots qu'elle contenait : « *Jane, cette rose vous est destinée. Je savais que vous viendriez.* »

Sur le chemin qui la ramenait au Thayer, elle s'efforça de retrouver son calme. Ce message était la preuve qu'un membre de leur groupe était au courant de l'existence de Lily, et jouait au chat et à la souris avec elle. *Qui d'autre aurait pu savoir que je me trouverais ici aujourd'hui et que j'irais sur la tombe de Reed ?* se demanda-t-elle.

Nous sommes quarante-deux anciens élèves de notre classe. Cela réduit à quarante et un le nombre des personnes susceptibles de chercher à me contacter. Je trouverai qui c'est, et je saurai où est Lily. Elle ignore peut-être qu'elle est une enfant adoptée. Je ne troublerai pas son existence, mais il faut que je sache si rien ne la menace. Je voudrais seulement la voir une fois, même de loin.

Elle accéléra le pas. Elle n'avait que deux jours pour étudier de près chacun des anciens de Stonecroft présents à la réunion, chercher à savoir qui était allé au cimetière. *Je vais parler à Laura,* pensa-t-elle. *Rien ne lui échappe. Si elle a participé à la visite qui incluait le cimetière, elle aura peut-être remarqué quelque chose.*

Au moment où elle pénétrait dans la salle réservée pour le déjeuner, Mark Fleischman s'avança vers elle. « La visite était très intéressante, dit-il. Dommage que vous l'ayez manquée. J'ai honte d'avouer que lorsque je vivais à Cornwall, je n'allais à West Point que pour faire du jogging. Mais vous y veniez souvent en terminale, n'est-ce pas ? Je me souviens que vous avez écrit des articles sur l'Académie militaire pour le journal de l'école.

— C'est exact », fit Jane avec prudence.

Un kaléidoscope de souvenirs envahit brusquement son esprit. Les dimanches après-midi de printemps où elle empruntait le sentier qui menait à Trophy Point, elle s'asseyait sur l'un des bancs pour écrire. Les bancs de granite rose avaient été offerts à West Point par la promotion de 1939. Elle pouvait réciter par cœur les mots qui y étaient gravés : DIGNITÉ, DISCIPLINE, COURAGE, INTÉGRITÉ, LOYAUTÉ. Cette inscription me rappelait cruellement la médiocrité de la vie que menaient mes parents, songea-t-elle.

Elle reporta son attention vers Mark.

« Notre chef de groupe, Jack Emerson, a décrété que les membres d'honneur devaient se mêler aux autres aujourd'hui et s'asseoir où bon leur semblait, disait-il. Ce qui risque de poser un problème pour Laura. Avez-vous remarqué la façon dont elle joue les vamps ? Hier soir au dîner, elle s'est attaquée à notre producteur de télévision, Gordon, à notre dramaturge, Carter et à notre acteur, Robby. Dans le bus, elle était assise à côté de Jack Emerson et lui a fait un charme d'enfer. Il est devenu un gros promoteur immobilier, m'a-t-on dit.

— C'est vous l'expert du comportement des adolescents, Mark. Laura a toujours été attirée par les garçons qui réussissaient en classe. Cela continue en général à l'âge adulte, non ? Et de toute façon, elle peut à loisir se concentrer sur ces quatre-là. Ses ex, comme Doug

Hanover, sont soit absents, soit obligés de traîner leur femme avec eux. »

Jane avait pris un ton amusé.

Mark souriait, mais elle perçut un changement dans son expression, une tension dans le regard. Vous aussi ? Elle s'avoua déçue que Mark ait pu faire partie du lot, qu'il ait pu être amoureux de Laura. Et qui sait, peut-être l'était-il encore ? Bon, elle cherchait l'occasion de parler à Laura, et il avait envie d'aller la retrouver, ça tombait à pic. « Allons la rejoindre, proposa-t-elle. Nous déjeunions toujours ensemble au lycée. » L'image de leur table commune à Stonecroft jaillit dans son esprit. Elle revit Catherine, Debra, Cindy, Gloria, Alison.

Et Laura et moi.

Et Laura... et moi...

17

Le hibou s'attendait à ce que la disparition d'une femme à Surrey Meadows, dans l'État de New York, ne fasse pas la une des journaux du dimanche, mais il constata avec plaisir qu'elle était mentionnée à la radio et à la télévision. Il en écouta les comptes rendus pendant le petit déjeuner après avoir pansé son bras. La morsure du berger allemand était une conséquence directe de son insouciance. Il aurait dû remarquer la laisse dans la main de la femme avant de se garer le long du trottoir et de la saisir par le bras. Sortant de nulle part, le berger allemand avait bondi et s'était jeté sur lui en montrant les crocs. Heureusement, il avait pu s'emparer du démonte-pneu qu'il gardait toujours à portée de la main sur le siège du passager lors de ses expéditions nocturnes.

Aujourd'hui, Jane était assise à la même table que lui et il était clair qu'elle avait trouvé la rose sur la tombe. Elle allait certainement demander à Laura si elle avait repéré quelqu'un avec une rose à la main ou qui s'était esquivé durant la visite du cimetière. Il n'était pas inquiet. Laura n'avait rien remarqué du tout. Il en aurait mis sa tête à couper. Beaucoup trop occupée à chercher qui prendre dans ses filets. Elle est ruinée et aux abois, pensa-t-il triomphalement.

En apprenant par hasard l'existence de Lily quelques années plus tôt, il avait compris qu'il existait de nombreux moyens d'exercer son pouvoir sur les autres. Tantôt il se plaisait à en user, tantôt il se contentait d'attendre. Il y a trois ans, une lettre anonyme adressée au Trésor public avait entraîné le redressement fiscal de Laura. Aujourd'hui, sa maison était hypothéquée. Bientôt tout ça n'aurait plus d'importance, mais savoir qu'avant de mourir elle avait craint de perdre sa maison le comblait.

L'idée d'entrer en contact avec Jane à propos de Lily lui était seulement venue lorsqu'il avait fait par hasard la connaissance des parents adoptifs de sa fille. Bien que n'était pas certain de vouloir tuer Jane, je voulais la faire souffrir, pensa-t-il sans l'ombre d'un regret.

Déposer la fleur sur la tombe avait été un trait de génie. Au cours du déjeuner au Thayer, il avait lu le désarroi dans les yeux de Jane. Lors de la parade, avant le match de football, il s'était arrangé pour s'asseoir à côté d'elle. « C'est un spectacle émouvant, n'est-ce pas ? avait-il demandé.

– Oui, émouvant. »

Il savait qu'elle pensait à Reed Thornton.

Les tambours et les clairons des Hellcats, la fanfare de West Point, défilaient devant l'estrade. Regarde bien, Jeannie. Ta gamine est là, à l'extrémité du deuxième rang.

18

De retour au Glen-Ridge, Jane s'arrangea pour prendre l'ascenseur avec Laura et la suivre jusqu'à sa chambre. « Laura, mon chou, il faut que je te parle, dit-elle.

— Oh, Jeannie, j'ai seulement envie de me plonger dans un bain chaud et de me reposer, protesta Laura. L'expédition à West Point et le match étaient peut-être formidables, mais ces sorties au grand air ne sont pas ma tasse de thé. Ne peut-on se voir plus tard ?

— Non, dit Jane d'un ton ferme. Je dois te parler tout de suite.

— C'est bien parce que tu es mon amie », soupira Laura. Elle introduisit la carte dans la serrure. « Bienvenue au Taj Mahal ! »

Elle ouvrit la porte et appuya sur l'interrupteur. Les lampes de chevet de part et d'autre du lit et sur le bureau s'allumèrent, jetant une lumière incertaine dans la chambre où s'allongeaient déjà les ombres du couchant.

Jane s'assit au bord du lit. « Laura, c'est très important. Tu es allée au cimetière pendant la visite de West Point, n'est-ce pas ? »

Laura déboutonna lentement sa veste de daim.

« Hum. Jeannie, je sais que tu y allais souvent lorsque nous étions à Stonecroft, mais moi, c'était la première fois que je visitais ce cimetière. Seigneur, quand on pense à toutes ces célébrités qui y sont enterrées. Le général Custer. Je croyais qu'il avait complètement foiré l'attaque contre les Indiens, mais depuis, grâce à sa femme, ils ont décidé que c'était un héros. Devant sa tombe aujourd'hui, je me suis souvenue d'une réflexion que tu m'avais faite autrefois, tu disais que les Indiens appelaient Custer "Chef Cheveux Jaunes". Tu sortais toujours des trucs de ce genre.

— Est-ce que tout le monde a visité le cimetière ?

— Tous ceux qui étaient dans le bus en tout cas. D'autres, qui avaient emmené leurs enfants, sont venus en voiture et sont partis de leur côté. Je les ai vus se promener seuls. Quand tu as un enfant, est-ce que tu as envie de regarder des tombes ? » Laura alla suspendre sa veste dans la penderie. « Jeannie, je t'adore, mais il faut que je m'allonge. Tu devrais en faire autant. Un grand soir nous attend. Nous allons recevoir la médaille ou la plaque ou je ne sais quoi. Ils ne vont pas nous faire chanter l'hymne de l'école, j'espère ! »

Jane se leva et posa ses mains sur les épaules de son amie. « Laura, c'est important. As-tu remarqué si quelqu'un dans le bus tenait une rose à la main, ou as-tu vu quelqu'un cueillir une rose dans le cimetière ?

— Une rose ? Non, bien sûr que non. J'ai vu d'autres gens orner de fleurs certaines tombes, mais personne de notre groupe. Qui parmi nous aurait pu connaître quelqu'un d'assez proche pour fleurir sa tombe ? »

J'aurais dû m'en douter, pensa Jane. Laura ne s'intéressait qu'aux gens qui comptaient pour elle. « Je vais te laisser, dit-elle. À quelle heure sommes-nous attendues en bas ?

— Sept heures pour le cocktail, huit heures pour le dîner. Nous recevrons nos médailles à dix heures. Et demain, il y a seulement la cérémonie en souvenir d'Alison et le brunch à Stonecroft.

— Comptes-tu rentrer directement en Californie ? »

Impulsivement, Laura serra Jane dans ses bras. « Mes plans ne sont pas encore arrêtés, mais disons que j'ai peut-être une meilleure option. À tout à l'heure, chérie. »

Lorsque la porte se referma derrière Jane, Laura retira sa housse à vêtements de la penderie. Dès la fin du dîner, ils s'éclipseraient. Il lui avait dit : « J'en ai assez de cet hôtel, Laura. Prépare quelques effets pour la nuit et je les mettrai dans le coffre de la voiture avant le dîner. Mais ne dis rien. L'endroit où nous passerons la nuit ne regarde personne. Tu vas regretter de ne pas avoir su m'apprécier il y a vingt ans. »

Tandis qu'elle disposait une veste de cachemire dans la valise en prévision du lendemain, Laura sourit secrètement. Je lui ai dit que je tenais absolument à assister à la cérémonie en l'honneur d'Alison, mais que je me fichais de rater le brunch.

Puis elle fronça les sourcils. Il avait répliqué : « Je n'ai jamais envisagé de manquer la cérémonie. » Bien sûr il voulait dire que nous y serions ensemble, se dit-elle.

19

À trois heures de l'après-midi, Sam Deegan reçut un appel téléphonique surprenant d'Alice Sommers. « Sam, seriez-vous libre ce soir pour m'accompagner à un dîner de gala ? »

Il marqua un instant d'hésitation.

« Je vous prends à l'improviste, n'est-ce pas ? dit Alice, confuse.

— Non, pas du tout. La réponse est oui, je suis libre, et je dois avoir un smoking propre et repassé quelque part dans ma penderie.

— Il y a une réception en l'honneur de quelques anciens élèves de Stonecroft. Des places pour le dîner ont été mises en vente. Il s'agit en réalité de réunir des fonds au profit de la nouvelle aile qu'ils veulent ajouter à l'école. Je n'avais pas l'intention d'y aller, mais j'aimerais vous présenter l'une des lauréates. Elle s'appelle Jane Sheridan. Elle habitait près de chez nous autrefois et j'ai beaucoup d'affection pour elle. Elle a un grave problème et a besoin de conseils. J'avais prévu à l'origine de vous inviter à la maison demain avec elle. Puis j'ai eu envie d'assister à sa remise de médaille, et je me suis dit... »

Sam se rendit compte qu'Alice Sommers l'avait

invité sur une impulsion et qu'elle regrettait peut-être de lui avoir téléphoné.

« Alice, je serai ravi de vous accompagner, sincèrement. » Il ne lui dit pas qu'il avait travaillé depuis quatre heures et demie du matin sur le cas d'Helen Whelan, et qu'il venait de rentrer chez lui avec l'intention de se coucher tôt. Un somme d'une ou deux heures réparera la fatigue, se dit-il. « De toute façon, j'avais l'intention de passer chez vous demain », ajouta-t-il.

Alice savait ce qu'il voulait dire.

« Je m'y attendais, répondit-elle. Si vous venez me prendre vers sept heures, je vous offrirai d'abord un drink, et ensuite nous irons ensemble à l'hôtel.

— Entendu. À tout à l'heure, Alice. »

Sam raccrocha et s'aperçut qu'il était singulièrement heureux de cette invitation ; puis il en chercha la raison. Quel était le problème qui préoccupait l'amie d'Alice, Jane Sheridan ? Aussi alarmant qu'il soit, il n'avait sans doute rien de comparable avec ce qui était arrivé à Helen Whelan tandis qu'elle promenait son chien au petit matin.

20

« C'est impressionnant, n'est-ce pas Jane ? » fit Gordon Amory.

Il était assis à sa droite, dans la deuxième rangée sur l'estrade où trônaient les lauréats. Un rang plus bas, le député local, le maire de Cornwall, les sponsors du dîner, le président de Stonecroft et plusieurs membres du conseil d'administration observaient d'un œil satisfait la salle bondée.

« Oui, répondit Jane.

– Avez-vous pensé à inviter vos parents à cette grande occasion ? »

S'il n'y avait pas eu une note malicieuse dans la voix de Gordon, Jane se serait rebiffée, mais elle répondit avec le même humour : « Non. Vous est-il venu à l'esprit d'inviter les vôtres ?

– Bien sûr que non. À la vérité, vous avez probablement remarqué qu'aucun de nos petits camarades n'a amené ses parents béats d'admiration à partager ce moment de triomphe.

– D'après ce que je sais, les parents de la plupart d'entre nous n'habitent plus ici. Mon père et ma mère ont quitté Cornwall l'été où j'ai terminé mes études à

Stonecroft. Ils sont partis et se sont séparés, ainsi que vous le savez sans doute, ajouta Jane.

– Comme les miens. En nous voyant tous les six, soi-disant l'honneur de notre promotion, je me dis que de nous tous, Laura est probablement la seule à avoir été heureuse ici. Je crois savoir que vous ne l'étiez pas, tout comme moi, tout comme Robby, Mark et Carter. Robby était un élève médiocre dans une famille d'intellectuels, et il a toujours redouté de perdre sa bourse pour Stonecroft. L'humour est devenu son armure et son refuge. Les parents de Mark n'ont jamais caché qu'ils auraient préféré perdre Mark plutôt que son frère. Sa réaction fut de devenir psychiatre, spécialiste des adolescents. Je me demande s'il a cherché à soigner l'adolescent en lui. »

Médecin, guéris-toi toi-même, pensa Jane, et elle supposa que Gordon avait raison.

« Howie, ou plutôt Carter puisqu'il tient à ce qu'on l'appelle ainsi, avait un père qui les battait fréquemment, lui et sa mère, poursuivit Gordon. Howie restait donc hors de chez lui le plus souvent possible. Vous savez qu'il a été surpris espionnant aux fenêtres. Cherchait-il à épier une vie familiale normale ? Pensez-vous que ce soit pour cette raison que ses pièces sont si noires ? »

Jane évita de répondre. « Restent vous et moi, fit-elle tranquillement.

– Ma mère était une vraie souillon. Vous vous souvenez sans doute que lorsque notre maison a pris feu, tout le monde en ville a dit en riant que c'était la seule façon de la nettoyer. J'ai à présent plusieurs maisons et j'avoue que je suis obsédé par la propreté de chacune d'entre elles. C'est sans doute l'une des raisons de l'échec de mon mariage. De toute façon, ce fut une erreur dès le début.

— Quant à mon père et ma mère, ils avaient des querelles épouvantables en public. N'est-ce pas le souvenir que vous avez gardé me concernant, Gordon ? »

Elle savait que c'était exactement ce qu'il pensait.

« Je me rappelle que nous étions plus ou moins tous mal dans notre peau et, à l'exception de Laura qui fut toujours la petite reine de notre classe, vous, Carter, Robby, Mark et ou moi-même, nous avons eu la vie dure. Et nous n'avions pas besoin que nos parents rendent les choses plus cruelles, bien qu'ils s'y soient tous employés d'une manière ou d'une autre. Quant à moi, Jane, j'ai tellement voulu changer que je me suis fait faire un nouveau visage. Pourtant dans les moments difficiles, parfois, je me réveille et je suis encore Gordie le minable, le pauvre débile que tout le monde s'amusait à harceler. Vous vous êtes fait un nom dans les cercles universitaires, et vous êtes l'auteur d'un livre qui non seulement est acclamé par la critique, mais qui est devenu un best-seller. Mais qui êtes-vous dans votre for intérieur ? »

Qui suis-je ? En secret je suis encore le petit canard en mal d'affection, pensa Jane, mais la réponse lui fut épargnée par Gordon lui-même qui disait avec un sourire puéril : « On ne devrait jamais philosopher pendant un dîner. Peut-être me sentirai-je différent une fois qu'ils m'auront accroché cette médaille sur la poitrine. Qu'en pensez-vous, Laura ? »

Le voyant s'adresser à Laura, Jane se tourna vers

Jack Emerson assis à sa gauche. « Vous sembliez avoir une discussion animée avec Gordon », fit-il remarquer.

La curiosité se lisait sur son visage. Elle n'avait certes pas envie de poursuivre avec lui la conversation qu'elle avait entamée avec Gordon. « Oh, nous évoquions seulement les années où nous avons grandi ici », dit-elle d'un ton indifférent.

J'étais si peu sûre de moi, se souvint-elle. J'étais si maigre et si gauche. Mes cheveux étaient plats et ternes. Je redoutais sans cesse de voir mon père et ma mère se quereller. Je me sentais tellement coupable quand ils me disaient qu'ils restaient ensemble uniquement pour moi. Mon seul désir, c'était de devenir adulte et de m'en aller aussi loin que possible. Et c'est ce que j'ai fait.

« Cornwall était un endroit formidable pour les jeunes, disait Emerson. Je n'ai jamais compris pourquoi aucun de vous ne s'y est installé, ni pourquoi vous n'avez pas acheté de maison de campagne dans les environs, maintenant que vous avez tous si bien réussi. À propos, si jamais vous désiriez revenir au pays, Jeannie, j'ai quelques propriétés à vendre qui sont de vrais bijoux. »

La rumeur prétendait que Jack Emerson était le nouveau propriétaire de l'ancienne maison d'Alice, se rappela Jane. « En avez-vous dans mon ancien quartier ? » demanda-t-elle.

Il secoua la tête. « Non. Je parle de propriétés avec des vues exceptionnelles sur le fleuve. Quand puis-je vous emmener les visiter ? »

Jamais, pensa Jane. Jamais je ne reviendrai vivre ici. Je n'ai qu'une envie, fuir ces lieux le plus vite possible.

Mais d'abord je dois découvrir qui cherche à me faire peur. Mon intuition me dit que l'auteur de ces messages est ici, dans cette pièce, en ce moment même. J'ai hâte que ce dîner prenne fin pour aller rejoindre Alice et l'inspecteur qu'elle a amené ce soir. Espérons qu'il m'aidera à retrouver Lily et à mettre fin aux menaces. Et lorsque je serai assurée qu'elle est en sécurité et heureuse, je regagnerai mon univers de femme adulte. Vingt-quatre heures ont suffi pour me faire prendre conscience d'une chose : pour le meilleur ou pour le pire, ce que je suis devenue est le fruit de la vie qui a été la mienne ici et avec laquelle je dois me réconcilier.

« À ma connaissance, je ne cherche pas de maison à Cornwall, dit-elle à Jack Emerson.

— Peut-être pas maintenant, Jeannie, répondit-il avec un éclair dans le regard. Mais je parie que bientôt je trouverai un endroit où vous pourriez séjourner. À dire vrai, j'en suis convaincu. »

21

À ce genre de réception, les lauréats sont habituellement présentés par ordre croissant d'importance, pensa
le Hibou avec un sourire railleur lorsque fut appelé le
nom de Laura. Elle était la première à recevoir sa
médaille, décernée en même temps par le maire de
Cornwall et Alfred Downes, le président de Stonecroft.

Le sac de voyage de Laura et son tailleur se trouvaient dans le coffre de sa voiture. Il les y avait lui-
même apportés en passant subrepticement par l'escalier
de service et l'entrée des fournisseurs. À titre de précaution, il avait brisé l'ampoule du plafonnier dans
l'entrée de service et revêtu une veste et une casquette
pouvant passer pour une tenue de livreur si quelqu'un
venait à l'apercevoir.

Laura était superbe, comme toujours. Elle portait une
robe du soir en lamé or qui « ne laissait aucune place
à l'imagination ». Son maquillage était impeccable, le
collier de diamants était probablement faux mais faisait
de l'effet. Ses boucles d'oreilles étaient sans doute
authentiques. Peut-être le dernier, ou presque, des
bijoux qu'elle avait reçus de son second mari. Un petit
talent, aidé par un physique exceptionnel, lui avait permis de connaître quinze minutes de gloire. Et il fallait

le reconnaître, elle possédait une personnalité attachante, à condition de ne pas être l'objet de son mépris.

À présent elle remerciait le maire, le président de Stonecroft et ses hôtes. « Cornwall-on-Hudson était un endroit formidable pour les jeunes..., dit-elle dans un élan. Et les quatre années que j'ai passées à Stonecroft ont été les plus merveilleuses de ma vie. »

Avec un frisson d'impatience, il imagina le moment où ils seraient dans la maison, quand il refermerait la porte derrière elle et verrait la terreur dans son regard, le moment où elle comprendrait qu'elle était prise au piège...

Ils applaudissaient le petit discours de Laura, le maire annonça le second lauréat.

Puis la cérémonie prit fin et ils purent se lever pour partir. Il sentit que Laura se tournait vers lui, mais il ne chercha pas à croiser son regard. Ils étaient convenus de se mêler aux autres pendant quelques minutes puis de monter séparément dans leurs chambres pendant que l'assistance se séparait. Ensuite, elle le rejoindrait à la voiture.

Les autres invités quitteraient l'hôtel dans la matinée et se rendraient individuellement au service commémoratif en l'honneur d'Alison, suivi du brunch d'adieu. Personne ne remarquerait l'absence de Laura jusqu'à ce moment-là, et ensuite on supposerait simplement qu'elle en avait eu assez de la réunion et était rentrée plus tôt chez elle.

« C'est le moment de vous féliciter, je suppose », dit Jane en posant sa main sur son bras, au-dessus du poignet. Elle avait touché la plaie douloureuse de la morsure du chien. Le Hibou sentit le sang jaillir de la blessure et mouiller sa veste de smoking, et s'aperçut que la manche de la robe du soir bleue de Jane frôlait la sienne.

Serrant les dents, il parvint à dissimuler la douleur cuisante qui irradiait dans son bras. Jane ne s'était rendu compte de rien. Elle se détourna pour saluer un couple d'une soixantaine d'années qui s'avançait vers elle.

Pendant un instant, le Hibou songea aux traces de sang qui s'étaient répandues sur la chaussée lorsque le chien l'avait mordu. L'ADN. C'était la première fois qu'il laissait une preuve physique derrière lui, à l'exception de son symbole naturellement, mais personne, nulle part, n'y avait jamais prêté attention. D'un côté, il s'était senti déçu par cette bêtise, mais d'un autre il s'en était réjoui. Si on reliait les morts de toutes ces femmes, il lui serait plus difficile de continuer. *À condition* qu'il choisisse de continuer après Laura et Jane.

Même si Jane s'apercevait que la tache était du sang, elle ne saurait pas d'où elle provenait ni comment elle avait pu se trouver sur sa manche. En outre, aucun policier, fût-il Sherlock Holmes, ne ferait le rapport entre une tache sur la robe d'une ancienne élève de la Stonecroft Academy et quelques gouttes de sang répandues sur la chaussée à vingt miles de là.

Jamais, même en un million d'années, décida le Hibou, repoussant cette idée absurde une fois pour toutes.

Dès l'instant où elle se trouva en présence de Sam Deegan, Jane comprit pourquoi Alice lui avait parlé de lui si chaleureusement. Son visage énergique qu'éclai raient des yeux d'un bleu sombre et pénétrant lui plut immédiatement. Tout comme son sourire cordial et sa ferme poignée de main.

« J'ai parlé à Sam de Lily, et du fax que vous avez reçu hier, dit Alice, à voix basse.

– Il y en a eu un deuxième, murmura Jane. Alice, j'ai horriblement peur pour Lily. J'ai dû me forcer pour assister au dîner. C'était affeux de soutenir une conversation alors que je ne sais pas ce qui peut lui arriver. »

Avant qu'Alice ait eu le temps de répondre, Jane sentit qu'on la tirait par la manche et une voix joyeuse s'exclama : « Jane Sheridan ! Quelle surprise, je suis vraiment heureuse de te retrouver ici. Tu venais garder mes enfants quand tu avais treize ans. »

Jane parvint à sourire. « Oh, madame Rhodeen, c'est merveilleux de vous revoir.

– Jane, dit Sam, il y a des gens qui veulent vous parler. Alice et moi allons nous installer à une table au bar. Venez nous rejoindre dès que possible. »

Il lui fallut un quart d'heure avant de pouvoir se

libérer d'anciennes connaissances qui se souvenaient d'elle quand elle était enfant, ou qui avaient lu son livre et désiraient en discuter avec elle. Elle finit malgré tout par retrouver Alice et Sam à une table d'angle où ils pouvaient parler à l'abri des oreilles indiscrètes.

Tandis qu'ils buvaient le champagne que Sam avait commandé, elle les mit au courant pour la rose et pour la note qu'elle avait découvertes au cimetière. « La rose venait d'être déposée, dit-elle nerveusement. Et elle n'avait pu l'être que par un membre de notre groupe, quelqu'un qui savait que j'irais à West Point et que je me rendrais sur la tombe de Reed. Mais pourquoi il (ou elle) s'amuse-t-il à ce jeu ? Pourquoi ces vagues menaces ? Pourquoi ne pas se dévoiler et dire pour quelle raison il désire entrer en contact avec moi maintenant ? »

« Pourrais-je entrer en contact avec vous maintenant ? » demanda au même moment Mark Fleischman d'un ton enjoué. Il se tenait devant la chaise inoccupée voisine de la sienne, un verre à la main. « Je vous ai cherchée partout pour vous proposer de prendre un dernier verre, expliqua-t-il. J'ai fini par vous apercevoir ici. »

Il vit l'expression de surprise des deux personnes qui étaient à la table de Jane et ne s'en étonna pas. Il était parfaitement conscient d'interrompre une discussion, mais il voulait savoir avec qui se trouvait Jane et de quoi ils parlaient.

« Voulez-vous vous joindre à nous ? » offrit Jane en s'efforçant de lui faire bon accueil. Qu'avait-il surpris de leur conversation ? se demanda-t-elle en le présentant à Alice et à Sam.

« Mark Fleischman, dit Sam. Le *docteur* Mark Fleischman. Je regarde votre émission avec beaucoup d'intérêt. Vos interventions sont toujours très pertinentes. J'admire particulièrement la façon dont vous vous y prenez avec les gamins. Sur le plateau, vous savez les laisser exprimer leurs sentiments tout en les mettant en confiance. Si davantage de jeunes pouvaient se livrer ainsi et profiter de tels conseils, ils se rendraient compte qu'ils ne sont pas abandonnés, et leurs problèmes ne leur sembleraient pas aussi accablants. »

Jane vit le visage de Mark Fleischman s'éclairer d'un sourire de contentement devant la sincérité manifeste de Sam Deegan.

Il était tellement silencieux quand il était jeune, se souvint-elle. Si timide. Je n'aurais jamais imaginé qu'il deviendrait une personnalité de la télévision. À écouter Gordon, Mark était devenu psychiatre spécialiste des troubles comportementaux chez les adolescents à cause des problèmes qu'il avait connus à la mort de son frère.

« Je sais que vous avez passé votre jeunesse ici, Mark. Avez-vous toujours de la famille en ville ? demanda Alice Sommers.

– Mon père. Il n'a jamais quitté notre ancienne maison. Il est à la retraite, mais je crois qu'il voyage beaucoup. »

Jane s'étonna. « Au dîner, Gordon et moi avons évoqué le fait que personne d'entre nous n'avait plus de racines ici.

– Je n'y ai pas de racines, Jane, dit doucement Mark. Je n'ai pas eu de contact avec mon père depuis plusieurs années. Je suis sûr qu'avec tout le battage fait autour de cette réunion et des lauréats couronnés par

Stonecroft, il est au courant de ma présence ici, pourtant il ne m'a pas donné signe de vie. »

Il perçut la note d'amertume contenue dans sa voix et s'en voulut. Qu'est-ce qui me prend de me confier ainsi devant Jane Sheridan et deux parfaits inconnus ? se demanda-t-il. Je suis censé être celui qui écoute. « Le Dr Mark Fleischman. Grand, mince, réconfortant, plein d'humour et de sagesse. » C'était ainsi qu'on le présentait à la télévision.

« Votre père est peut-être absent en ce moment, suggéra Alice.

— Dans ce cas, il brûle de l'électricité pour rien. La lumière était allumée chez lui hier soir. » Mark haussa les épaules puis sourit. « Excusez-moi. Je n'avais pas l'intention de vous faire partager mes états d'âme. Je vous ai interrompus parce que je voulais féliciter Jane pour le petit discours qu'elle a prononcé sur le podium. Elle s'est montrée charmante et naturelle, et a heureusement racheté les bouffonneries d'un ou deux de nos collègues.

— Vous aussi, dit vivement Alice Sommers. J'ai trouvé que Robby Brent était complètement déplacé, et que Gordon Amory tout comme Carter Stewart avaient un air sinistre. Mais si vous devez féliciter Jeannie, n'oubliez pas de souligner qu'elle est vraiment ravissante.

— Je doute franchement qu'en présence de Laura personne m'ait remarquée », dit Jane.

Cependant elle ne put se cacher que le compliment inattendu de Mark lui avait fait plaisir.

« Je suis certain que tout le monde vous a remarquée et vous a trouvée très belle, dit Mark en se levant. Je voulais aussi vous dire que j'étais content de vous avoir revue, Jane, au cas où nous n'aurions pas l'occasion de nous rencontrer demain. J'assisterai à la cérémonie à la mémoire d'Alison, mais je ne pourrai peut-être pas rester pour le brunch. »

Il adressa un sourire à Alice Sommers et tendit la main à Sam Deegan. « J'ai été ravi de faire votre connaissance. J'aperçois deux personnes que je voudrais saluer maintenant, car je crains de les rater demain. » Il tourna les talons et traversa la pièce à longues enjambées.

« Ce garçon est très séduisant, Jane, déclara Alice Sommers catégoriquement. Et il est évident qu'il s'intéresse à toi. »

Mais ce n'est peut-être pas la seule raison qui l'a poussé à venir à notre table, pensa Sam Deegan. Il nous surveillait depuis le bar. Il voulait savoir de quoi nous parlions. En quoi était-ce tellement important pour lui ?

Le hibou était presque sorti de sa cage. Il s'en déga-geait. Il savait presque toujours quand intervenait la séparation. Le meilleur de lui-même – la personne qu'il eût pu devenir dans des circonstances différentes – s'éloignait peu à peu. Il s'observa en train de sourire et de plaisanter, d'accepter les baisers affectueux de plusieurs femmes dans le groupe.

Puis il s'échappa. Vingt minutes plus tard, sentant autour de lui la douce enveloppe soyeuse de son plu-mage, il était assis dans sa voiture et attendait Laura. Il la regarda sortir par la porte de service de l'hôtel, surveillant les alentours pour éviter de rencontrer quel-qu'un. Elle avait même pris soin d'enfiler un imper-méable à capuche par-dessus sa robe du soir.

Puis elle apparut à la portière de la voiture, l'ouvrit. Elle se glissa sur le siège à côté de lui. « Emmène-moi, chéri, dit-elle en riant. C'est amusant, non ? »

24

Jake Perkins resta debout tard pour rédiger son article sur le banquet destiné à la *Stonecroft Academy Gazette*. Sa maison dans Riverbank Lane donnait sur l'Hudson, et peu de choses dans sa vie comptaient autant que cette vue. À seize ans il se considérait en quelque sorte comme un philosophe doublé d'un écrivain et d'un observateur attentif du comportement humain.

Dans un moment d'intense réflexion, il avait décrété que les marées et les courants du fleuve symbolisaient les passions et les humeurs des êtres humains. Voilà le genre de dimension qu'il aimait introduire dans ses reportages. Il savait naturellement que les articles qu'il voulait écrire ne seraient jamais acceptés par M. Holland, le professeur anglais qui était à la fois conseiller et secrétaire de rédaction de la *Gazette*. Mais pour son plaisir personnel, Jake écrivit l'article qu'il eût souhaité voir publier avant de rédiger celui qu'il soumettrait au journal.

La salle de bal quelque peu décrépite du pompeux Glen-Ridge House était vaguement égayée de banderoles et de milieux de table dans les tons bleu et blanc de Stonecroft. Le repas était aussi dramatiquement médiocre que prévu, débutant par un prétendu cocktail de crevettes, suivi d'un tournedos à peine tiède, accompagné de pommes de terre rôties dures comme des pierres et de haricots verts racornis aux amandes. Une glace à demi fondue recouverte de chocolat chaud parachevait les efforts gastronomiques du chef.

Les habitants de la ville ont manifesté leur soutien à l'événement en venant honorer les lauréats, qui tous ont résidé à Cornwall dans leur jeunesse. Il est de notoriété publique que Jack Emerson, le président et la cheville ouvrière de cette réunion, nourrissait d'autres intentions que celle d'embrasser ses condisciples en organisant cette cérémonie. Le banquet donnait en effet le coup d'envoi d'un projet d'extension de Stonecroft, l'addition d'un nouveau bâtiment s'élevant sur un terrain offert par Emerson et qui sera construit par un entrepreneur qu'Emerson a dans sa poche.

Nos six lauréats trônaient sur l'estrade aux côtés du maire Walter Carlson, du président de Stonecroft Alfred Downes, et des administrateurs...

Leurs noms importent peu dans cette version de l'histoire, décida Jake.

Laura Wilcox fut la première à recevoir la médaille honorifique des anciens élèves. Quasi hypnotisés par sa robe de lamé or, la plupart des hommes n'ont pas accordé la moindre attention à son petit discours sur le bonheur d'être née dans cette ville. Comme elle n'y était jamais revenue et que personne ne se rappelait l'élégante Mme Wilcox

106

se promenant dans Main Street ou s'arrêtant dans la boutique de tatouage récemment ouverte, ses remarques furent accueillies par des applaudissements polis et quelques sifflets.

Le Dr Mark Fleischman, psychiatre, vedette de la télévision, prononça une allocution mesurée et applaudie, dans laquelle il recommandait aux parents et aux enseignants de donner aux enfants la force morale nécessaire pour affronter un monde cruel. « C'est à vous qu'il revient de leur donner confiance en eux-mêmes tout en leur indiquant les limites à ne pas franchir », a-t-il déclaré.

Carter Stewart, l'auteur dramatique, a prononcé un discours à deux niveaux. Il a d'abord révélé que certains résidents et élèves présents à ce dîner avaient servi de modèles à des personnages de ses pièces. Puis il a ajouté que, contrairement au Dr Fleischman, son père croyait au vieux principe : « Qui aime bien châtie bien. » Il a rendu ainsi hommage à la mémoire de son père, le remerciant de lui avoir donné une vision pessimiste de l'existence qui lui avait été très utile.

Les propos de Stewart ont suscité quelques rires nerveux et peu d'applaudissements.

L'acteur Robby Brent a déridé l'assistance avec ses imitations hilarantes des professeurs qui menaçaient sans cesse de le coller et de lui faire perdre sa bourse d'études. L'un de ces professeurs, présent dans la salle, accueillit avec un sourire courageux la parodie féroce de ses gestes et de ses manies, ainsi que l'imitation parfaite de sa voix. Mais Mlle Ella Binder, le pilier du département de mathématiques, faillit éclater en sanglots lorsque Brent déchaîna l'hilarité générale en parodiant sa voix de tête et ses petits fous rires nerveux.

« J'étais le dernier et le plus bête des Brent, conclut Robby. Vous me l'avez toujours rappelé. Je me suis défendu grâce à l'humour, et je ne vous en remercierai jamais assez. »

Il cligna alors des yeux et plissa les lèvres, mimant le président Downes, et lui remit un chèque d'un dollar, sa contribution à la nouvelle aile de Stonecroft.

Comme l'assistance manifestait sa surprise, il s'écria : « Je plaisante », et brandit un chèque de dix mille dollars qu'il tendit cérémonieusement.

Certains le trouvèrent désopilant. D'autres, comme le Pr Jane Sheridan, s'offusquèrent de ses clowneries. On l'entendit plus tard confier à quelqu'un qu'elle jugeait déplacé de manier l'humour avec autant de cruauté.

Gordon Amory, notre magnat de la télévision, était l'orateur suivant. « J'ai eu beau faire, je ne suis jamais parvenu à entrer dans aucune équipe sportive de Stonecroft, dit-il. Vous ne pouvez imaginer les prières que j'ai adressées à Dieu pour avoir une chance d'être sélectionné. Ce qui prouve la véracité du vieil adage : "Soyez prudent dans vos prières. Vous pourriez être exaucé." Je me suis consolé en devenant un accro de la télévision, puis je me suis mis à analyser les émissions que je regardais. Très vite, j'ai compris pourquoi certains programmes, feuilletons ou fictions historiques avaient du succès tandis que d'autres étaient des flops. Ce fut le début de ma carrière ; fondée sur le rejet, la déception et l'amertume. Ah, j'oubliais, avant que je parte, laissez-moi tordre le cou à une rumeur. Je n'ai pas mis le feu volontairement à la maison de mes parents. J'étais en train de fumer une cigarette et je n'ai pas remarqué, après avoir éteint la télévision et être monté me coucher, que le mégot encore allumé était tombé derrière le carton vide de la pizza que ma mère avait laissé traîner sur le canapé. »

Avant que l'assistance ait le temps de réagir, M. Amory a fait don d'un chèque de cent mille dollars destiné au nouveau bâtiment et dit en plaisantant au président Downes : « Puisse la noble tâche que s'est donnée la Stonecroft Academy de former les esprits et les cœurs se perpétuer longtemps dans le futur. »

Il aurait pu aussi bien dire : « Allez tous vous faire voir », pensa Jake au souvenir du sourire suffisant qu'arborait Amory quand il avait repris sa place sur l'estrade.

La dernière lauréate, le Pr Jane Sheridan, parla de sa jeunesse à Cornwall, une ville qui avait été un îlot réservé aux riches et aux privilégiés cent cinquante ans auparavant. « Grâce à une bourse, j'ai pu profiter d'un enseignement exceptionnel à Stonecroft. Mais en dehors de l'enceinte de l'école existait une autre source d'enseignement, la ville et ses environs. J'y ai acquis le goût de l'histoire qui a orienté ma vie et ma carrière. C'est un bienfait dont je serai éternellement reconnaissante. »

Le Pr Sheridan n'a pas précisé si elle avait été heureuse ou non à Stonecroft, pensa Jake Perkins, pas plus qu'elle n'a dit que tous les anciens élèves se souvenaient des querelles de ses parents qui s'entendaient d'un bout à l'autre de la ville, ni qu'elle pleurait souvent en classe à la suite de ces scènes publiques.

Bon, tout sera fini demain. Jake s'étira et alla à la fenêtre. Les lumières de Cold Spring, de l'autre côté de l'Hudson, s'estompaient dans un brouillard blanchâtre. J'espère qu'il se dissipera demain, pensa Jake. Il avait prévu de couvrir la cérémonie commémorative qui aurait lieu sur la tombe d'Alison Kendall dans la matinée et d'aller au cinéma l'après-midi. Il avait entendu dire que les quatre autres élèves de cette même promotion qui étaient décédées seraient également honorées durant le service.

Jake retourna à son bureau et contempla la photo qu'il avait sortie de ses archives. Par une invraisemblblable singularité, les cinq disparues avaient non seulement partagé la même table de réfectoire que deux des lauréates, Laura Wilcox et Jane Sheridan, durant leur année de terminale, mais elles y étaient assises dans l'ordre où elles étaient mortes.

Cela signifie que Laura Wilcox devrait être la prochaine, pensa Jake. S'agit-il d'une bizarre coïncidence ou devrait-on creuser la question ? C'est absurde. Ces femmes sont mortes sur une période de vingt ans, de manière chaque fois différente, aux quatre coins du pays. L'une d'elle se trouvait même à l'étranger, elle a été prise dans une avalanche alors qu'elle skiait.

La fatalité, conclut Jake. Rien que la fatalité.

25

« J'ai l'intention de rester quelques jours de plus, dit Jane à l'employé de la réception qui répondait au téléphone le dimanche matin. Est-ce possible ? »

Elle savait que la réponse serait affirmative. La plupart des participants à la réunion reprendraient sans doute la route après le brunch, et de nombreuses chambres seraient vacantes.

Il était à peine huit heures et quart, mais elle était déjà debout et habillée, avait avalé le jus d'orange, le café et grignoté le muffin du petit déjeuner qu'on lui avait servi dans sa chambre. Elle avait prévu de retourner chez Alice Sommers après le brunch. Sam Deegan serait présent et ils pourraient parler sans crainte d'être interrompus. Sam lui avait dit que l'adoption, toute privée qu'elle fût, avait été nécessairement enregistrée et qu'un avocat avait dû rédiger un acte. Il avait demandé à Jane si elle avait une copie du document qu'elle avait signé en abandonnant ses droits sur l'enfant.

« Le Dr Connors ne m'a laissé aucun papier, avait-elle expliqué. À moins que j'aie refusé de conserver la moindre trace de ce que je faisais. Je n'en ai aucun souvenir. J'ai eu l'impression qu'on m'arrachait le cœur quand il m'a pris mon bébé. »

Mais cette conversation avait ouvert d'autres possibilités. Elle avait prévu d'assister à la messe de neuf heures à Saint-Thomas de Canterbury le dimanche matin, avant la cérémonie à la mémoire d'Alison au cimetière. Saint-Thomas était son église autrefois. En parlant avec Sam Deegan, elle s'était souvenue que le Dr Connors faisait partie de la même paroisse. Au milieu de la nuit, cherchant le sommeil, elle avait réfléchi qu'il n'était peut-être pas impossible que les parents adoptifs de son enfant y appartiennent aussi.

J'avais dit au Dr Connors que je voulais que Lily soit élevée dans la religion catholique, se souvint-elle. Et si la famille en question était catholique et appartenait à la paroisse de Saint-Thomas de Canterbury à l'époque, il était logique qu'ils y aient fait baptiser Lily. Si je pouvais consulter les registres de baptême entre la fin mars et la mi-juin de cette année-là, j'aurais un point de départ pour mes recherches.

Elle s'était réveillée à six heures, les joues baignées de larmes, ses lèvres prononçant la prière devenue un leitmotiv de son subconscient : « Faites que personne ne lui fasse du mal. Protégez-la, je vous en prie. »

Elle savait que la sacristie ne serait pas ouverte un dimanche. Malgré tout, elle espérait pouvoir parler au curé après la messe et prendre rendez-vous. J'ai besoin d'avoir l'impression de faire *quelque chose*, pensat-elle. Peut-être même y a-t-il encore dans la paroisse un prêtre qui se trouvait là il y a vingt ans et qui se souviendra d'une famille ayant adopté une petite fille à cette époque.

Le pressentiment d'un malheur imminent, la certitude croissante que Lily courait un danger immédiat étaient si forts que Jane sut qu'elle ne pourrait passer cette journée sans rien faire.

À huit heures trente, elle descendit dans le parking et se mit au volant de sa voiture. Le trajet pour aller à l'église lui prendrait cinq minutes. Elle aborderait le curé à la sortie de la messe, au moment où il saluait les paroissiens sur le parvis de l'église.

Elle prit la direction de Hudson Street, se rendit compte qu'elle avait vingt minutes d'avance et, obéissant à une impulsion, bifurqua en direction de Mountain Road pour voir la maison où elle avait grandi.

Elle était située presque au milieu de la rue sinueuse. À l'époque où Jane y vivait, l'extérieur était revêtu de bardeaux marron avec des volets de couleur beige. Les actuels propriétaires avaient non seulement agrandi la maison, mais repeint les bardeaux en blanc et les volets en vert foncé. Ils avaient visiblement compris qu'arbres et arbustes pouvaient créer un cadre agréable et améliorer l'aspect général d'une habitation relativement modeste. Elle était exquise dans la brume matinale.

La maison de brique et de stuc où vivaient jadis les Sommers était elle aussi dans un état parfait, bien que personne ne semblât l'habiter en ce moment. Les stores intérieurs étaient baissés, mais les encadrements des fenêtres avaient été fraîchement repeints, les haies étaient impeccablement taillées, et les pavés de grès de la longue allée d'accès à la maison étaient neufs. J'ai toujours aimé cette maison, pensa Jane en arrêtant sa voiture pour mieux la regarder. Les parents de Laura l'avaient bien entretenue du temps où ils l'habitaient, et les Sommers après eux. Je me souviens qu'à l'âge

113

de huit ou neuf ans Laura m'avait dit qu'elle trouvait notre maison affreuse. Je n'aimais pas non plus sa couleur marron mais je ne l'aurais jamais reconnu devant elle. Je me demande ce qu'elle en dirait aujourd'hui.

Quelle importance ! Jane fit demi-tour et rebroussa chemin vers Hudson Street. Laura n'a jamais eu l'intention de me faire de la peine, pensa-t-elle. On lui a appris à ne se préoccuper que d'elle-même, éducation qui l'a desservie, au bout du compte. La dernière fois que j'ai parlé à Alison, elle m'a dit qu'elle se démenait pour lui trouver un rôle dans une nouvelle série, mais que ce n'était pas chose facile.

Elle m'a dit que Gordie – « Gordon », avait-elle rectifié en riant – pouvait lui donner un coup de pouce, mais qu'elle doutait qu'il le fasse, se souvint encore Jane. Laura avait toujours été la reine du bal. C'était presque pathétique de la voir se jeter à la tête de tous les hommes, y compris Jack Emerson. Un frisson la parcourut. Il y avait quelque chose de franchement déplaisant chez cet homme. En vertu de quoi osait-il affirmer qu'elle finirait par acheter une maison dans le coin ?

Plus tôt dans la matinée, la brume avait paru sur le point de se lever, mais comme souvent en octobre, les nuages s'étaient épaissis et le brouillard s'était transformé en un crachin humide et froid. Il faisait ce même temps le jour où elle avait su qu'elle était enceinte, se souvint-elle. Sa mère et son père s'étaient disputés une fois de plus, mais leur querelle cette fois-là s'était conclue par un semblant de paix. Jane allait partir à l'université. Ils n'auraient plus besoin de vivre ensemble. Ils avaient accompli leur devoir de parents et il était désormais temps pour eux de mener séparément leur vie.

Ils allaient mettre en vente la maison ; avec de la chance, ils en seraient débarrassés au mois d'août.

Jane se souvenait d'avoir descendu l'escalier sur la pointe des pieds, de s'être faufilée hors de la maison et d'avoir marché, marché, marché. Je ne savais pas ce que Reed dirait, pensa-t-elle. Je devinais qu'il aurait l'impression d'avoir trahi les espérances que son père avait nourries pour lui.

Vingt ans auparavant, le père de Reed était général de corps d'armée, en poste au Pentagone. C'était sans doute pourquoi Reed me tenait éloignée de ses camarades de promotion, songea Jane. Il ne voulait pas que revienne aux oreilles de son père qu'il avait une histoire sérieuse avec une jeune fille.

Et je n'avais pas envie qu'il rencontre mes parents.

S'il avait vécu, si nous nous étions mariés, notre mariage aurait-il duré ? C'était une question qu'elle s'était souvent posée, pour y apporter toujours la même réponse. Il aurait duré. Malgré la désapprobation de la famille de Reed, en dépit du fait qu'il m'aurait probablement fallu des années pour acquérir l'éducation requise, il aurait duré.

Je l'ai connu si peu de temps, pensa Jane en entrant dans le parking. Je n'avais jamais eu personne avant lui. Et un jour où je me tenais sur les marches du monument aux morts de West Point, il est venu s'asseoir à côté de moi. Mon nom était inscrit sur la couverture du cahier que j'avais apporté avec moi. Il a dit : « Jane Sheridan », puis ajouté : « J'aime la musique de Stephen Foster et savez-vous à quelle chanson vous me faites penser ? » Je n'en savais rien bien sûr, et il a dit : « Elle commence par : *"I dream of Jeannie, with the light brown hair..."* »

Je rêve de Jeannie, avec ses cheveux châtain clair... Jane gara sa voiture dans le parking. Trois mois plus tard, il était mort, pensa-t-elle, et je portais son enfant. Et lorsque j'ai vu le Dr Connors dans cette église et que je me suis souvenue qu'il s'occupait des adoptions, j'ai eu comme une illumination me montrant la voie à suivre.

Aujourd'hui, j'aurais bien besoin d'une illumination de ce genre.

26

Jake Perkins calcula le nombre de personnes présentes devant la tombe d'Alison Kendall. Moins de trente. Les autres avaient préféré se rendre directement au brunch. Il ne les blâmait pas. La pluie redoublait. Ses pieds s'enfonçaient dans l'herbe trempée et boueuse. Il n'y a rien de pire que d'être enterré par un jour de pluie, pensa-t-il, et il nota de se rappeler ce trait d'esprit.

Le maire n'avait pas assisté à la cérémonie, mais le président Alfred Downes, qui avait déjà loué la générosité et le talent d'Alison, prononçait à présent une prière propre à satisfaire chacun – sauf un athée confirmé, s'il y en avait dans l'assistance.

Elle avait certes du talent, pensa Jake, mais c'est surtout sa générosité qui nous rassemble aujourd'hui au risque d'attraper une pneumonie. Je connais quelqu'un qui n'a pas pris ce risque. Il regarda autour de lui pour s'en assurer. Laura Wilcox n'était pas là. Tous les autres lauréats étaient présents. Jane Sheridan se tenait près d'Alfred Downes et sa tristesse était sincère. À deux reprises elle s'était tamponné les yeux avec un mouchoir. Les autres semblaient attendre avec impatience que Downes en ait terminé afin d'aller se mettre à l'abri et de se réchauffer avec un Bloody Mary.

« Souvenons-nous aussi des amies d'Alison qui ont quitté ce monde, énonça sobrement Downes. Catherine Kane, Debra Parker, Cindy Lang, et Gloria Martin. De cette promotion dont nous célébrons le vingtième anniversaire sont assurément issus de nombreux exemples de brillante réussite, mais jamais avant elle une classe n'a souffert autant de pertes. »

Amen, pensa Jake, et il décida d'utiliser la photo des sept filles en train de déjeuner ensemble pour illustrer son article sur la réunion. Il avait déjà trouvé la légende (Downes venait de la lui offrir) : « Jamais auparavant une classe n'a souffert autant de pertes. »

Au début de la cérémonie, deux étudiantes avaient distribué une rose à tous les membres de l'assistance. Et à la fin du discours, chacun à son tour alla déposer sa fleur devant la tombe avant de traverser le cimetière pour regagner l'école. Plus ils s'éloignaient de la tombe, plus ils pressaient le pas. Jake devinait ce qu'ils pensaient tous : « Ouf ! c'est fini. J'ai cru geler. »

La dernière à partir fut Jane Sheridan. Immobile, elle semblait triste et absorbée dans ses pensées. Jake remarqua que le Dr Fleischman s'était arrêté pour l'attendre. Jane Sheridan tendit la main et effleura le nom d'Alison gravé dans la pierre. Ensuite seulement elle se retourna et Jake nota qu'elle paraissait heureuse de voir le Dr Fleischman. Ils se dirigèrent ensemble vers l'école.

Bien qu'ayant peu de goût pour ce genre de cérémonie, Jake n'avait pu refuser la rose que lui tendait l'étudiante. À l'instant où il s'apprêtait à la déposer devant la tombe, il remarqua quelque chose sur le sol et se pencha pour le ramasser.

C'était une petite broche métallique en forme de hibou, d'environ trois centimètres. Jake vit du premier coup d'œil qu'elle n'avait aucune valeur, sans doute pas plus de deux dollars. Le genre d'objet de pacotille qu'aurait pu porter un enfant ou un écologiste menant une croisade pour la protection des hiboux. Jake était près de le jeter puis il changea d'avis. Il l'essuya et le mit dans sa poche. Il l'offrirait à l'un de ses petits-cousins en lui disant qu'il l'avait trouvé dans une tombe.

27

Jane regretta que Laura n'ait pas pris la peine d'assister à la cérémonie, mais n'en fut pas surprise. Laura ne s'était jamais beaucoup intéressée aux autres, et il eût été étonnant qu'elle change d'attitude maintenant. Connaissant Laura, elle n'allait pas rester dehors sans bouger dans le froid et la pluie. Elle se rendrait directement au brunch.

Mais Laura n'apparut pas davantage à midi, et Jane se sentit étrangement inquiète. Elle en fit part à Gordon Amory. « Gordon, vous avez longuement parlé avec Laura hier. Vous a-t-elle dit quelque chose qui expliquerait son absence aujourd'hui ?

— Nous avons bavardé pendant le déjeuner et durant le match, corrigea-t-il. Elle faisait du forcing pour que je lui confie le premier rôle dans notre nouvelle série. Je lui ai dit que je n'intervenais pas dans les choix des responsables du casting de mes émissions. Comme elle insistait malgré tout, je lui ai confirmé un peu brutalement que je ne faisais jamais d'exception, en particulier pour des copines de classe dont je jugeais le talent discutable. Sur ce, elle m'a gratifié de quelques mots peu amènes et a préféré exercer ses charmes sur notre insupportable promoteur, Jack Emerson. Comme vous le savez probablement, il se vante de posséder une fortune considérable. Et durant la soirée d'hier il a annoncé d'un air ravi que sa femme l'avait quitté. Il devenait donc une proie toute trouvée pour Laura, j'imagine. »

Laura semblait d'excellente humeur pendant le dîner, se rappela Jane. Et elle était en forme quand j'ai voulu lui parler dans sa chambre avant le dîner. Quelque chose de fâcheux s'est-il produit hier soir ? Ou bien a-t-elle simplement décidé de paresser au lit ce matin ?

C'est un point que je peux tout de suite vérifier, pensa-t-elle. Elle était assise entre Gordon et Carter Stewart au déjeuner. « Je reviens dans une minute », leur dit-elle, et elle quitta la salle, se faufila entre les tables sans regarder personne. Le brunch était servi dans la salle de conférences du lycée. Elle se glissa dans le couloir qui menait à la salle où avait lieu l'appel des élèves de première année et téléphona à l'hôtel.

Personne ne répondit dans la chambre de Laura. Après un moment d'hésitation, Jane décida d'interroger la réception. Elle se nomma et demanda si Laura Wilcox avait quitté l'hôtel. « Je suis un peu inquiète, expliqua-t-elle. Mme Wilcox devait se joindre à notre groupe, et elle n'est toujours pas arrivée.

— Non, elle n'a pas quitté l'hôtel, répondit le réceptionniste. Je peux envoyer quelqu'un voir dans sa chambre si elle ne s'est pas réveillée, mademoiselle Sheridan. Mais vous en prenez la responsabilité si elle est furieuse. »

C'est le type aux cheveux acajou, pensa Jane, recon

naissant la voix et l'intonation. « J'en prends la responsabilité », fit-elle.

Pendant qu'elle attendait, Jane jeta un regard dans le couloir. Mon Dieu, j'ai l'impression de n'être jamais partie d'ici, pensa-t-elle. Mme Clemens était le professeur chargé de faire l'appel lorsque j'étais en première année, et mon pupitre était le deuxième de la quatrième rangée. Elle entendit la porte de la salle de conférences s'ouvrir et se retourna pour voir Jake Perkins en sortir.

« Professeur Sheridan. » La voix du réceptionniste avait perdu son ton désinvolte.

« Oui. » Jane se rendit compte qu'elle serrait le portable entre ses doigts. Il s'est passé quelque chose, pensa-t-elle. *Il s'est passé quelque chose.*

« La femme de chambre est entrée chez Mme Wilcox. Son lit n'a pas été défait. Ses vêtements sont toujours dans la penderie, mais la femme de chambre a remarqué qu'une partie de ses affaires de toilette sur la coiffeuse ne s'y trouve plus. Pensez-vous qu'elle ait eu un problème ?

– Oh, si elle a emporté quelques effets personnels, je pense que non. Je vous remercie. »

Si jamais elle est partie avec quelqu'un, Laura serait la dernière à apprécier que je pose des questions à son sujet, pensa Jane. Elle coupa la communication et referma son téléphone portable. Mais avec qui avait-elle bien pu partir ? Si elle en croyait Gordon, il l'avait repoussée et il insinuait qu'elle avait cherché à séduire Jack Emerson, mais n'avait négligé ni Mark, ni Robby, ni Carter. La veille, durant le déjeuner, elle parlait d'un ton badin avec Mark du succès de son émission, ajoutant qu'elle avait envie de suivre une psychothérapie avec lui. Je l'ai entendue dire à Carter qu'elle adorerait jouer à Broadway et plus tard elle était au bar où elle prenait un dernier verre avec Robby.

« Professeur Sheridan, puis-je vous parler une minute ? »

Surprise, Jane se retourna brusquement. Elle avait oublié la présence de Jake Perkins. « Désolé de vous déranger, dit-il sans paraître le moins du monde gêné, mais peut-être pourriez-vous me dire si Mme Wilcox compte venir aujourd'hui.

– J'ignore quelles sont ses intentions, dit Jane d'un ton sec. Et maintenant, si vous le voulez bien, je dois regagner ma place. »

Laura s'est probablement entichée de l'un ou l'autre des hommes présents au dîner hier soir, et elle est partie passer la nuit avec lui, pensa-t-elle. Si ses bagages sont encore à l'hôtel, c'est qu'elle reviendra plus tard.

Jake Perkins observa attentivement l'expression de Jane au moment où elle passait devant lui. Elle est inquiète, se dit-il. Parce que Laura Wilcox n'est pas apparue au brunch ? Se pourrait-il qu'elle ait disparu ? Il sortit son portable, appela le Glen-Ridge et demanda la réception. « Je dois livrer des fleurs à Mme Laura Wilcox, dit-il, mais on m'a demandé de m'assurer qu'elle n'avait pas quitté l'hôtel.

– Non, elle n'a pas quitté l'hôtel, lui répondit-on, mais elle s'est absentée la nuit dernière et nous ignorons quand elle doit revenir prendre ses bagages.

– Avait-elle l'intention de rester pour le week-end ? demanda Jake d'un ton détaché.

– Son départ était prévu à quatorze heures. Elle a

commandé un taxi pour la conduire à l'aéroport. Je ne sais pas quoi vous dire pour vos fleurs, mon vieux.

– Je pense que je vais contacter mon client. Merci. »

Jake éteignit son téléphone et le glissa dans sa poche. Je sais exactement où me trouver à quatorze heures, pensa-t-il, dans le hall du Glen-Ridge, pour voir si Laura Wilcox se présente pour régler sa note.

Il reprit le chemin de la salle de conférences. Supposons qu'elle ne réapparaisse pas à l'hôtel, pensa-t-il. Supposons qu'elle ait simplement disparu. Dans ce cas... il sentit un frisson le parcourir. Il savait ce que c'était : l'instinct du journaliste pour un scoop. Trop juteux pour la *Stonecroft Academy Gazette*. Mais ça plairait au *New York Post*. Je vais faire agrandir l'ancienne photo de la table du réfectoire et je l'aurai sous la main, prête à être publiée en même temps que l'article. Il imaginait déjà le titre : « La classe maudite : encore une nouvelle victime. » Pas mal.

Ou mieux encore : « Il n'en reste plus qu'une. »

J'ai pris deux ou trois bonnes photos de Jane Sheridan, pensa-t-il. Je vais les faire tirer pour les refiler au *Post*.

Au moment où il ouvrait la porte de la salle de conférences, les premières mesures de l'hymne de l'école retentissaient, entonnées par l'assemblée. « Nous te saluons, Stonecroft, gardienne de nos rêves... »

La réunion des lauréats du vingtième anniversaire s'achevait.

28

« Il faut donc nous quitter, Jane. J'ai été heureux de vous revoir. » Mark Fleischman lui tendait sa carte de visite. « Je vous la donne contre la vôtre, dit-il en souriant.

— Bien sûr. » Jane fouilla dans son sac et sortit une carte de son portefeuille. « Je suis contente que vous ayez pu assister au brunch finalement.

— Moi aussi. Quand partez-vous ?

— Je vais rester à l'hôtel quelques jours de plus. Des recherches à faire. » Jane s'efforçait de prendre l'air naturel.

« J'enregistre plusieurs émissions à Boston demain. Sinon je serais resté et vous aurais proposé de dîner tranquillement avec moi ce soir. » Il hésita, puis se pencha et l'embrassa sur la joue. « Encore une fois, j'ai été vraiment heureux de vous revoir.

— Au revoir, Mark. » Jane se retint d'ajouter : « Téléphonez-moi si vous passez par Washington. »

Leur poignée de main se prolongea un instant, puis Mark partit.

À côté l'un de l'autre, Carter Stewart et Gordon Amory prenaient congé de leurs anciens condisciples. Jane s'approcha d'eux. Avant qu'elle ait prononcé un mot, Gordon demanda : « Avez-vous des nouvelles de Laura ?

– Pas encore.

– On ne peut jamais se fier à Laura. C'est une des raisons qui expliquent l'échec de sa carrière. Elle a la détestable habitude de faire attendre tout le monde. Alison avait remué ciel et terre pour lui trouver du travail. Dommage que Laura n'ait pas daigné s'en souvenir aujourd'hui.

– Bon... » Jane préféra ne rien manifester de ses sentiments. Elle se tourna vers Carter Stewart. « Repartez-vous pour New York, Carter ?

– Non. En fait, j'ai l'intention de quitter le Glen-Ridge et de prendre une chambre à l'Hudson Valley à l'autre bout de la ville. Pierce Ellison, qui met en scène ma nouvelle pièce, habite à dix minutes de là, à Highland Falls. Nous devons revoir le script ensemble et il m'a proposé de travailler au calme chez lui. Pas question cependant de rester dans cet hôtel. En cinquante ans, ils n'ont pas mis un sou dans la rénovation des lieux.

– Je peux vous le confirmer, renchérit Amory. J'ai été aide-serveur ici, puis garçon d'étage et j'en ai gardé trop de mauvais souvenirs. Je vais aller m'installer au Country Club. J'attends plusieurs de mes collaborateurs. Nous cherchons à construire le siège social de ma société dans la région.

– Parlez-en à Jack Emerson, dit Stewart d'un ton sarcastique.

– Plutôt mourir. Mon secrétariat a déjà sélectionné quelques endroits.

– Alors ce n'est pas tout à fait un au revoir, dit Jane.

126

Nous nous rencontrerons peut-être en ville. De toute façon, j'ai été ravie de me retrouver parmi vous. »

Elle ne vit ni Robby Brent ni Jack Emerson, mais elle ne désirait pas s'attarder davantage. Elle devait retrouver Sam Deegan chez Alice Sommers à quatorze heures, et il ne lui restait que quelques minutes.

Avec un dernier sourire, un dernier mot à l'intention de ceux de ses ex-condisciples qu'elle rencontra en partant, elle se dirigea d'un pas vif vers le parking. En montant dans sa voiture, elle tourna les yeux vers le cimetière en bordure du parc de l'école. L'irréalité de la mort d'Alison la frappa à nouveau. Il semblait si étrange de la laisser là par ce jour si froid, si humide. Je disais toujours à Alison qu'elle aurait dû naître en Californie, se rappela-t-elle en tournant la clé de contact. Elle avait horreur du froid. Pour elle, le paradis c'était de sortir du lit le matin, d'ouvrir la porte et de piquer une tête dans une piscine.

C'était ce qu'avait fait Alison le matin de sa mort.

Cette pensée ne cessa de la hanter pendant qu'elle se dirigeait vers la maison d'Alice Sommers.

29

Carter Stewart avait retenu une suite dans le nouvel Hudson Valley Hotel en bordure du parc régional de Storm King. Perché à flanc de coteau au-dessus de l'Hudson, avec son bâtiment principal flanqué de deux tours jumelles, il ressemblait à un aigle aux ailes déployées.

L'aigle, qui symbolisait la vie, la lumière, la puissance et la majesté.

Le titre pressenti pour sa nouvelle pièce était *L'Aigle et le Hibou*.

Le hibou. Symbole de nuit et de mort. Oiseau de proie. Le titre plaisait à Pierce Ellison, son metteur en scène. Je ne suis pas convaincu pour ma part, songea Stewart en descendant de voiture devant l'hôtel. Pas vraiment convaincu.

Trop évident ? Les symboles sont destinés à des gens qui réfléchissent, pas à être servis sur un plateau au premier venu. Encore que ce ne soit pas le premier venu qui se précipite pour voir ses pièces.

« Je vais m'occuper de vos bagages, monsieur. »

Carter Stewart glissa un billet de cinq dollars dans la main du portier. Au moins n'avait-il pas dit : « Bienvenue chez nous. »

Cinq minutes plus tard, un whisky à la main, il se tenait à la fenêtre de sa suite. L'Hudson était maussade et agité. On était au milieu d'une après-midi d'octobre et une impression hivernale flottait déjà dans l'air. Dieu soit loué, cette maudite réunion est terminée. J'ai même eu plaisir à revoir quelques personnes, songea Carter, ne serait-ce que pour me rappeler le chemin parcouru depuis que j'ai quitté cet endroit.

Pierce Ellison pensait qu'il fallait donner de l'épaisseur au personnage de Gwendolyn dans la pièce. « Trouver une vraie blonde évaporée, avait-il insisté. Pas une actrice qui *joue* les blondes évaporées. »

Carter Stewart rit tout haut en pensant à Laura. « Elle aurait fait l'affaire comme personne. Je lève mon verre à cette idée, bien qu'il n'y ait aucune chance qu'elle se réalise jamais. »

30

Il n'avait pas échappé à Robby Brent que beaucoup de ses anciens camarades l'évitaient après son discours. Certains lui avaient fait des compliments mi-figue, mi-raisin, le félicitant pour son talent d'imitateur, tout en soulignant qu'il s'était montré un peu dur avec leurs anciens professeurs et le directeur. Il lui était aussi revenu aux oreilles que Jane Sheridan avait fait remarquer qu'humour ne rimait pas avec cruauté.

Rien ne pouvait le réjouir davantage. Mlle Ella Binder, la prof de maths, était allée pleurer dans les toilettes après le dîner. Vous semblez oublier, mademoiselle Binder, le nombre de fois où vous m'avez rappelé que je n'avais aucune aptitude pour les mathématiques, pas le dixième des facultés intellectuelles de mes frères et sœurs, songea-t-il. J'étais votre souffre-douleur, mademoiselle Binder. Le dernier et le plus nul des Brent. Et aujourd'hui vous avez le culot d'être offensée lorsque j'imite vos manières de sainte-nitouche et votre malheureuse habitude de passer votre langue sur vos lèvres. Tant pis pour vous.

Il avait laissé entendre à Jack Emerson qu'il songeait à investir dans l'immobilier, et Emerson était venu lui tenir la jambe après le brunch. Emerson était bouffi de vanité dans bien des domaines, se dit Robby en s'engageant dans l'allée qui menait au Glen-Ridge, mais il savait de quoi il parlait en matière de transactions immobilières et d'investissements dans la région.

« Les terrains, avait-il expliqué. Leur valeur ne cesse de grimper. Les impôts sont peu élevés pour ceux qui ne sont pas encore viabilisés. Attendez vingt ans et vous aurez gagné une fortune. Décidez-vous avant qu'il ne soit trop tard, Robby. J'ai quelques superbes parcelles à vendre, toutes avec vue sur l'Hudson, certaines situées au bord de l'eau. Vous n'en reviendrez pas. Je les achèterais bien pour moi, mais j'ai déjà ce qu'il me faut. Je n'ai pas envie que mon gosse devienne trop riche plus tard. Restez dans le coin et je vous emmènerai faire un tour demain. »

« La terre, Katie Scarlett, la terre. » Robby eut un sourire amusé en se rappelant la mine stupéfaite d'Emerson quand il lui avait cité *Autant en emporte le vent*. Il avait dû lui expliquer que, pour le père de Scarlett, la terre était le fondement de la sécurité et de la richesse.

« Je m'en souviendrai, Robby. C'est une phrase épatante et juste. La terre est la vraie richesse, la vraie valeur. La terre ne vous glisse pas entre les doigts. »

La prochaine fois, j'essaierai une citation de Platon, se promit Robby en garant sa voiture devant l'entrée du Glen-Ridge. Autant laisser le voiturier la ranger. Je n'ai pas l'intention de ressortir avant demain, et de toute façon nous prendrons la voiture d'Emerson.

Si ce pauvre Emerson avait seulement idée de tout ce que je possède, pensa-t-il. W.C. Fields ouvrait un compte en banque dans toutes les villes où il s'était produit. Moi, j'achète des terrains vierges et je fais poser un écriteau : « PROPRIÉTÉ PRIVÉE. DÉFENSE D'ENTRER. »

Pendant toute mon enfance j'ai vécu dans une maison louée. Ces intellectuels qu'étaient mon père et ma mère n'ont jamais été fichus de mettre trois sous de côté pour se payer la première pierre d'une vraie maison. Aujourd'hui, outre ma résidence à Las Vegas, je pourrais faire construire à Santa Barbara, à Minneapolis, à Atlanta, à Boston, dans les Hamptons, à La Nouvelle-Orléans, à Palm Beach ou à Aspen, sans compter les milliers d'hectares que je possède dans l'État de Washington. La terre est mon secret, pensa Robby avec un sourire satisfait en pénétrant dans le hall du Glen-Ridge.

Et mes secrets y sont enfouis.

31

« J'étais au cimetière ce matin, dit Alice Sommers à Jane. J'ai vu le groupe des anciens élèves de Stonecroft qui assistaient à la cérémonie commémorative. La tombe de Karen n'est pas très éloignée de l'endroit où Alison Kendall est enterrée.

– L'assistance était moins nombreuse que je l'aurais souhaité, dit Jane. La plupart ont préféré aller directement au brunch. »

Elles s'étaient installées dans le confortable petit salon. Alice avait allumé un bon feu dans la cheminée et les flammes leur réchauffaient le cœur. Alice Sommers avait pleuré. Ses yeux étaient gonflés, mais Jane nota sur son visage une sérénité qui n'y était pas la veille.

Comme si elle lisait dans ses pensées, Alice Sommers se tourna vers elle : « Comme je te l'ai dit hier, les jours qui précèdent l'anniversaire de la mort de Karen sont les plus douloureux. Je repasse dans mon esprit chaque minute de sa dernière journée. Aurions-nous pu faire quelque chose pour assurer la sécurité de Karen ? C'est une question que je ne cesse de me poser. Naturellement, nous n'avions pas de système d'alarme il y a vingt ans. Aujourd'hui, personne n'irait se coucher sans brancher l'alarme. »

Elle saisit la théière et remplit leurs tasses. « Je vais mieux aujourd'hui, dit-elle avec un entrain nouveau. En fait, j'ai réfléchi que prendre ma retraite n'était pas nécessairement une bonne idée. Une de mes amies est fleuriste et a besoin d'une aide dans sa boutique. Elle m'a offert de travailler avec elle deux jours par semaine. J'ai l'intention d'accepter.

– C'est une merveilleuse idée ! Je me souviens de votre jardin. Il était si beau.

– Richard disait que si j'avais passé autant de temps à la cuisine que dans mon jardin, j'aurais été un cordon-bleu de réputation mondiale », dit Alice. Elle jeta un coup d'œil par la fenêtre. « Oh ! voilà Sam qui arrive. Pile à l'heure, comme toujours. »

Sam Deegan s'essuya soigneusement les pieds sur le tapis-brosse avant de sonner à la porte. Il s'était arrêté sur la tombe de Karen en chemin, mais n'avait pu se résoudre à avouer qu'il allait renoncer à poursuivre son assassin. Quelque chose avait arrêté les justifications qu'il s'était préparé à lui donner. Il s'était contenté de murmurer : « Karen, je vais prendre ma retraite. J'y suis obligé. Je confierai votre dossier à l'un de mes jeunes collègues. Quelqu'un de plus malin que moi pourra peut-être démasquer votre assassin. »

Alice ouvrit la porte avant même qu'il ait pu poser son doigt sur la sonnette. Il ne fit pas allusion à ses yeux rougis mais lui saisit les deux mains. « Je ne voudrais pas laisser des traces de boue dans la maison », dit-il.

Il a été au cimetière, pensa Alice avec gratitude. Je le savais. « Entrez, dit-elle. Et ne vous inquiétez pas pour quelques malheureuses traces. » Sam dégage une impression de force rassurante, pensa-t-elle encore en le débarrassant de son manteau. J'ai eu raison de lui demander de venir aider Jane.

Il avait apporté un carnet et, après avoir salué Jane et accepté une tasse de thé, il aborda directement le sujet qui les préoccupait. « Jane, j'ai beaucoup réfléchi. Nous devons prendre ces messages au sérieux. L'individu qui vous les envoie est capable de s'attaquer à Lily. Il s'est approché d'elle suffisamment pour lui dérober sa brosse à cheveux. Ce qui indiquerait qu'il s'agit d'un familier de sa famille adoptive. Il – ou *elle*, car il peut tout aussi bien s'agir d'une femme – va peut-être tenter par ce biais de vous extorquer de l'argent, ce qui, comme vous l'avez souligné, serait presque un soulagement. Mais cette situation pourrait durer des années. Il est donc clair qu'il nous faut démasquer cet individu aussi vite que possible.

– Je suis allée à Saint-Thomas de Canterbury ce matin, dit Jane, mais le prêtre qui officiait était l'un de ceux qui ne viennent que le dimanche. Il m'a conseillé d'attendre demain pour aller au presbytère et demander au curé l'autorisation de consulter les registres de baptême. Depuis j'ai réfléchi à sa proposition. Le curé hésitera peut-être à me montrer les registres. Il risque de croire que je tente simplement de retrouver Lily. »

Elle regarda Sam. « Cette idée vous a aussi traversé l'esprit, n'est-ce pas ?

– Quand Alice m'a parlé de vous, je me suis fait la même réflexion, en effet, avoua Sam. Mais, depuis que je vous ai rencontrée, je ne doute pas un instant que la situation est telle que vous me la décrivez. Cependant, vous avez raison, le curé sera obligé de se montrer

135

prudent, et il vaut mieux que j'aille le trouver à votre place. Il me parlera plus volontiers qu'à vous, s'il est au courant qu'un bébé adopté a été baptisé à cette époque.

– J'y ai pensé, acquiesça Jane. Vous savez, tout au long de ces vingt années, je me suis demandé si je n'aurais pas dû garder Lily. Il n'y a pas si longtemps, quelques générations à peine, la norme pour les femmes était d'être déjà mères à l'âge de dix-huit ans. Maintenant que je dois la retrouver, je crois que je me contenterais de la voir même de loin. » Elle se mordit la lèvre. « Du moins je l'espère », ajouta-t-elle à mi-voix.

Le regard de Sam alla de Jane à Alice. Deux femmes qui, chacune d'une manière différente, avaient perdu leur enfant. Le cadet Reed Thornton était sur le point d'être nommé officier. S'il n'avait pas été tué dans cet accident, Jane se serait mariée avec lui et aurait gardé leur enfant. Si Karen n'était pas venue passer la nuit chez ses parents, Alice l'aurait encore auprès d'elle avec, probablement, des petits-enfants de surcroît.

La vie n'est jamais juste, pensa Sam, mais nous pouvons l'améliorer sur certains points. S'il n'avait pas été capable de résoudre l'énigme du meurtre de Karen, au moins pouvait-il tenter d'aider Jane aujourd'hui.

« Le Dr Connors a certainement eu recours à un avocat pour établir les actes d'adoption, dit-il. Quelqu'un doit bien savoir qui était cet avocat. Sa femme ou sa famille vivent-elles encore dans les environs ?

– Je l'ignore, dit Jane.

– Bon, commençons par là. Avez-vous apporté la brosse et les fax ?

– Non.

– J'aimerais que vous me les confiiez.

– La brosse est un de ces petits modèles pour sac à main qu'on achète dans les drugstores, dit Jane. Les fax n'ont aucune identification d'origine, mais je vous les apporterai tous les deux.

– Lorsque j'irai m'entretenir avec le curé, il me sera utile de les avoir. »

Jane et Sam partirent ensemble quelques minutes plus tard. Ils convinrent que Sam la suivrait dans sa voiture jusqu'à l'hôtel. Alice les regarda s'éloigner par la fenêtre, puis elle plongea sa main dans la poche de son sweater. Ce matin, elle avait trouvé sur la tombe de Karen une babiole qu'un enfant avait dû laisser tomber. Petite, Karen collectionnait les peluches. Alice se souvint du hibou qu'elle affectionnait particulièrement et, avec un sourire mélancolique, contempla le petit hibou métallique logé au creux de sa main.

32

Assis dans le hall du Glen-Ridge House, Jake Perkins observait les derniers participants à la réunion en train de régler leur note avant de regagner leurs pénates. La banderole de bienvenue avait disparu, et le bar était désert. Pas d'adieu de dernière minute, pensa-t-il. Ils en sont peut-être arrivés au point où ils ne peuvent plus se supporter.

Son premier soin, en arrivant, avait été de se rendre à la réception et de vérifier que Mme Wilcox n'était pas encore rentrée, qu'elle n'avait ni réglé sa note, ni annulé le taxi qu'elle avait commandé pour l'amener à l'aéroport à quatorze heures.

À l'heure dite, il vit un chauffeur en uniforme entrer dans le hall et se diriger vers la réception. Jake alla rapidement se poster près de lui et comprit qu'il venait chercher Mme Laura Wilcox.

À quatorze heures trente le chauffeur repartit, manifestement furieux. Jake l'entendit maugréer qu'on aurait pu le prévenir qu'elle n'était pas là, il aurait pris une autre course, et qu'il serait inutile de faire appel à lui la prochaine fois qu'on aurait besoin d'une voiture.

À seize heures, Jake traînait toujours dans le hall. C'est alors que le Pr Sheridan réapparut, accompagnée de l'homme plus âgé avec lequel elle s'était entretenue après le dîner. Ils se dirigèrent tout de suite vers la réception. Elle demande s'ils ont des nouvelles de Laura Wilcox, pensa-t-il. Il avait deviné juste – Laura Wilcox avait disparu.

Il décida d'aller l'interroger. Une déclaration de Jane Sheridan pouvait toujours lui être utile. Il la rejoignit à temps pour entendre l'homme dire : « Jane, je suis d'accord avec vous. Je n'aime pas la tournure que prennent les choses, mais Laura est adulte : elle a le droit de changer d'avis, de décider de retarder son départ ou de prendre un autre avion. »

« Excusez-moi, monsieur. Je suis Jake Perkins, journaliste pour la *Stonecroft Academy Gazette*, l'interrompit Jake.

– Sam Deegan. »

Il était clair que sa présence n'enchantait ni Jane Sheridan ni Sam Deegan. Je vais aller droit au but, se dit-il. « Mademoiselle Sheridan, je sais que vous étiez préoccupée par l'absence de Mme Wilcox au brunch. Maintenant la voiture qui devait la conduire à l'aéroport est repartie. Pensez-vous qu'il lui soit arrivé quelque chose ? La question se pose. Surtout si l'on se souvient du sort de ces cinq femmes qui déjeunaient toujours à la même table à Stonecroft. »

Il vit le regard surpris que Sam Deegan adressa à Jane. Visiblement, elle ne l'avait pas mis au courant de cette histoire de table. Il ignorait qui était ce type, mais il serait intéressant de connaître sa réaction à cette affaire qui, Jake en était convaincu, ne manquerait pas de faire sensation. Il sortit de sa poche la photo des cinq filles. « Vous voyez, monsieur, voilà le groupe de ces jeunes filles qui déjeunaient à la même table que le Pr Sheridan lorsqu'elles étaient toutes en terminale à Stonecroft. Au cours des vingt dernières années, cinq d'entre elles ont trouvé la mort. Deux ont été tuées dans un accident, une s'est suicidée, une autre a disparu, apparemment emportée par une avalanche en Suisse. Le mois dernier, la cinquième, Alison Kendall, est morte noyée dans sa piscine. D'après ce que j'ai lu dans la presse, il est possible que sa mort ne soit pas accidentelle. Et aujourd'hui on est sans nouvelles de Laura Wilcox. La coïncidence ne vous paraît-elle pas étrange ? »

Sam prit la photo et l'examina. Son visage s'était assombri. « Je ne crois pas à une coïncidence d'une telle ampleur, dit-il sèchement. À présent, si vous voulez bien nous laisser, monsieur Perkins.

– Oh ! je vous en prie. Ne vous occupez pas de moi. Je vais attendre au cas où Mme Wilcox réapparaîtrait. J'aimerais avoir un dernier entretien avec elle. »

Sans lui prêter attention, Sam sortit sa carte et la tendit au réceptionniste. « Il me faudrait la liste des employés qui étaient de service hier soir », ordonna-t-il d'un ton sec.

« J'avais l'intention de m'en aller plus tôt, mais j'ai trouvé une quantité de messages en revenant du brunch, expliqua Gordon Amory à Jane. Nous tournons un épisode de notre nouvelle série au Canada, et quelques sérieux problèmes ont surgi. J'ai passé deux heures au téléphone. »

Ses valises près de lui, il s'était présenté au comptoir au moment où le réceptionniste montrait à Sam les fiches de travail des employés de l'hôtel. Il examina le visage de Jane. « Jane, que se passe-t-il ?

— Laura a disparu, dit Jane, consciente du tremblement de sa voix. Elle avait demandé une voiture à quatorze heures pour la conduire à l'aéroport. Elle n'a pas dormi dans sa chambre et la femme de chambre a l'impression qu'il manque une partie de ses affaires de toilette. Peut-être a-t-elle simplement décidé de partir quelque part avec quelqu'un, ce qui n'aurait rien d'anormal, mais elle semblait si déterminée à se joindre à nous ce matin que je suis affreusement inquiète.

— Elle était en effet décidée à assister au brunch quand elle a parlé à Jack Emerson hier soir, dit Gordon. Comme vous le savez, elle m'a battu froid après que je lui ai dit qu'elle n'avait aucune chance d'obtenir un rôle dans notre future série, mais au bar, après le dîner, j'ai entendu ce qu'elle disait à Jack. »

Sam avait écouté leur conversation. Il se tourna vers Gordon et se présenta. « N'oublions pas que Laura Wilcox est majeure et vaccinée. Je pense pourtant qu'il faut rester attentifs et chercher si quelqu'un, un employé de l'hôtel ou un ami, était au courant de ses projets.

— Excusez-moi de vous avoir fait attendre, monsieur Amory, disait le réceptionniste en s'excusant. J'ai préparé votre note. »

Gordon Amory hésita puis regarda Jane. « Vous êtes inquiète pour Laura, n'est-ce pas ?

— Oui. Laura était très liée à Alison. Elle n'aurait pas manqué d'assister à la cérémonie, quels qu'aient été ses projets pour la soirée.

— Ma chambre est-elle toujours libre ? demanda Amory à l'employé.

— Naturellement, monsieur.

— Dans ce cas, je vais rester jusqu'à ce que nous ayons des nouvelles de Mme Wilcox. »

Il se tourna vers Jane et pendant un instant, en dépit de son inquiétude pour Laura, elle fut frappée par sa beauté et son élégance. Il me faisait pitié, se souvint-elle. C'était un pauvre minable, et voilà ce qu'il est devenu à force de volonté.

« Jane, j'ai blessé Laura hier soir. C'était moche de ma part – un désir de vengeance, sans doute, parce qu'elle m'a toujours repoussé quand j'étais gosse. J'aurais pu lui promettre de la faire engager dans cette série, même pour un second rôle. Je crains qu'elle ne soit désespérée. Ce qui expliquerait son absence de ce matin. Je parie qu'elle va revenir comme si de rien n'était, et quand elle sera là, je lui proposerai un engagement. Je tiens à le lui annoncer en personne. »

34

Décidé à ne pas quitter le hall du Glen-Ridge, Jake
Perkins regarda les employés qui avaient été de service
le samedi soir entrer l'un après l'autre dans le petit
bureau situé derrière la réception où Sam Deegan les
interrogeait. Lorsqu'ils sortirent, il parvint à en accro-
cher quelques-uns. Il apprit que Deegan pointait aussi
l'ensemble de la liste du personnel et avait l'intention
d'appeler tous ceux qui étaient en congé, mais avaient
travaillé la veille.

Personne n'avait vu Laura Wilcox quitter l'hôtel. Le
portier et les voituriers étaient certains qu'elle n'était
pas sortie par la porte principale.

Il devina que la jeune femme en petite robe noire
était la femme de chambre qui avait signalé la disparition de Laura Wilcox. Lorsqu'elle eut terminé son
entretien avec Deegan, Jake la suivit, monta dans l'ascenseur à sa suite et sortit au quatrième étage en même
temps qu'elle. « J'écris des articles pour le journal du
lycée de Stonecroft, expliqua-t-il en lui tendant sa
carte, et je suis aussi correspondant du *New York
Post*. » C'est presque vrai, pensa-t-il. Je le serai dans
pas longtemps.

Il n'eut aucun mal à la faire parler. Elle s'appelait

Myrna Robinson. Elle était étudiante au collège municipal et travaillait à temps partiel à l'hôtel. Un peu naïve, jugea Jake avec condescendance, en la voyant tout excitée d'avoir été interrogée par un inspecteur.

Il ouvrit son carnet. « Que vous a demandé l'inspecteur Deegan exactement, Myrna ?

– Il voulait savoir si j'étais vraiment certaine que certains produits de beauté de Laura Wilcox avaient disparu et je lui ai répondu que j'en étais absolument sûre. J'ai dit : "Monsieur Deegan, vous n'avez pas idée du nombre de produits qu'elle a réussi à empiler sur la petite coiffeuse de la salle de bains, et il en manque la moitié. Des trucs comme de la crème nettoyante pour le visage, de la lotion hydratante, une brosse à dents, sa trousse de toilette."

– Bref, ce qu'une femme emporte quand elle s'absente pour la nuit, fit Jake, l'encourageant à continuer. Et ses vêtements ?

– Je n'ai pas parlé des vêtements à M. Deegan », dit Myrna avec hésitation. Elle tripota nerveusement le bouton du haut de sa robe noire. « Je lui ai simplement dit qu'il manquait aussi une de ses valises, mais je n'ai pas voulu passer pour une fouineuse ou je ne sais quoi, aussi je n'ai pas mentionné que son pantalon, sa veste de cachemire bleue et ses bottines avaient disparu de la penderie. »

Myrna était à peu près de la taille de Laura. Jake aurait parié qu'elle avait essayé ses vêtements. Il manquait un pantalon et une veste – probablement la tenue que Laura avait prévu de porter à la cérémonie et au brunch. « Vous avez dit à M. Deegan qu'il manquait une valise dans sa chambre, n'est-ce pas ?

« – C'est ça. Elle avait beaucoup de bagages. Franchement, vous auriez cru qu'elle faisait le tour du monde. En tout cas, la plus petite des valises n'était plus là. Elle ne ressemblait pas aux autres : une Vuitton ; c'est pourquoi j'ai remarqué qu'elle n'était plus là. J'adore le motif, pas vous ? Tellement original. Les deux grandes sont en cuir beige. »

Jake se glorifiait d'avoir une bonne oreille pour la langue française, et il retint une grimace en entendant Myrna prononcer le mot Vuitton. « Myrna, pourrais-je jeter un coup d'œil à la chambre de Laura ? demanda-t-il. Je vous jure de ne toucher à rien. »

Jake était allé trop loin. Il vit une expression inquiète remplacer l'excitation sur son visage. Elle jeta un regard affolé dans le couloir, et il devina ses pensées. Si on la surprenait en train d'introduire quelqu'un dans la chambre d'un client, elle serait renvoyée. Il fit prestement marche arrière. « Je n'aurais pas dû vous demander ça. N'y pensez plus. Écoutez, vous avez ma carte. Si jamais vous apprenez quelque chose concernant Laura et que vous me prévenez, ça vaudra bien vingt dollars à mon avis. Qu'en pensez-vous ? Vous aimeriez jouer les journalistes ? »

Myrna hésita, réfléchissant à son offre. « Ce n'est pas une question d'argent, commença-t-elle.

– Bien sûr.

– Si vous publiez l'article dans le *Post*, mon nom ne devra pas y figurer. »

Elle est plus fine qu'elle ne le paraît, se dit Jake, hochant vigoureusement la tête. Ils se serrèrent la main pour sceller leur accord.

Il était presque six heures. Quand il regagna le hall,

il le trouva presque désert. Il alla à la réception et demanda si M. Deegan avait quitté l'hôtel.

Le réceptionniste avait l'air las et désemparé. « Écoute, fiston, il est parti et à moins que tu ne veuilles prendre une chambre à l'hôtel, je te suggère de rentrer chez toi, toi aussi.

— Je suppose qu'il vous a demandé de le prévenir si Mme Wilcox était de retour ou si vous aviez de ses nouvelles, poursuivit Jake sans se démonter. Puis-je vous donner ma carte ? J'ai sympathisé avec Mme Wilcox pendant le week-end, et je suis inquiet comme tout le monde. »

L'employé prit la carte et l'examina. « Journaliste à la *Stonecroft Academy Gazette* et grand reporter, hein ? » Il déchira la carte en deux. « Tu as la grosse tête, petit. Fais-moi plaisir, tire-toi. »

35

Le corps d'Helen Whelan fut découvert à dix-sept heures trente le dimanche après-midi dans une zone boisée de Washingtonville, une agglomération située à quelques quinze miles de Surrey Meadows. Un gamin de douze ans était tombé dessus en empruntant un raccourci à travers bois pour se rendre chez un ami.

Sam en fut averti alors qu'il terminait d'interroger les employés du Glen-Ridge. Il appela Jane dans sa chambre. Elle était montée avec l'intention de téléphoner à Mark Fleischman, Carter Stewart et Jack Emerson, dans l'espoir que l'un d'eux serait au courant des projets de Laura. Dans le hall, elle avait rencontré Robby Brent qui lui avait affirmé ne pas savoir où se trouvait Laura.

« Jane, je dois m'en aller, expliqua Sam. Avez-vous déjà passé vos coups de fil ?

— J'ai eu Carter en personne. Il est très inquiet, mais n'a pas la moindre idée de l'endroit où pourrait se trouver Laura. Je lui ai dit que je dînais avec Gordon et il a l'intention de se joindre à nous. Si nous parvenons à dresser une liste des gens avec lesquels Laura a été vue, nous aboutirons peut-être à un résultat. Jack Emerson n'est pas chez lui. J'ai laissé un message sur son répondeur. De même pour Mark Fleischman.

– Vous ne pouvez rien faire d'autre pour le moment, dit Sam. Légalement nous n'avons aucun moyen d'action. Si personne n'a de ses nouvelles d'ici à demain matin, je tâcherai d'obtenir un mandat de perquisition pour inspecter sa chambre. Peut-être a-t-elle laissé une indication sur l'endroit où elle est allée. De toute façon, soyez prudente.

– Comptez-vous aller au presbytère demain matin ?

– Certainement. »

Sam referma son téléphone mobile et se hâta vers sa voiture. Il n'avait pas envie d'annoncer à Jane qu'il se rendait sur la scène d'un crime dont venait d'être victime une autre femme.

Helen Whelan avait reçu un coup violent à l'arrière du crâne, avant d'être poignardée à plusieurs reprises. « Il l'a probablement frappée par-derrière avec le même instrument contondant qu'il a utilisé pour le chien », expliqua Cal Grey, le médecin légiste, à Sam quand il arriva sur place. Ils étaient en train d'enlever le corps et, éclairés par des projecteurs, les enquêteurs passaient au peigne fin la zone entourée d'un cordon, à la recherche d'indices éventuels laissés par l'assassin. « Je ne puis rien affirmer avant d'avoir procédé à l'autopsie, mais il semble à première vue que la blessure à la tête l'a assommée. Il l'a poignardée ensuite, après l'avoir traînée jusqu'ici. Espérons qu'elle était inconsciente. »

Sam observa la scène tandis que le corps était placé dans une housse de plastique. « Ses vêtements sont intacts, apparemment.

– En effet. À mon avis, son agresseur l'a amenée directement ici et l'a tuée. Elle a encore la laisse du chien autour du poignet.

– Attendez une minute », ordonna Sam au brancardier qui dépliait la civière. Il s'accroupit et sentit ses pieds s'enfoncer dans le sol boueux. « Passez-moi votre lampe torche, Cal.

– Qu'avez-vous vu ?

– Une trace de sang sur le côté de son pantalon. Je doute qu'elle provienne des blessures qu'elle a reçues à la poitrine et au cou. Je pense que l'assassin saignait abondamment, peut-être a-t-il été mordu par le chien. » Il se releva. « Ce qui signifie qu'il a probablement dû se rendre dans un service d'urgences. Je vais alerter les hôpitaux des environs, leur demander de signaler toutes les morsures qu'ils ont soignées durant le week-end et celles qu'ils pourraient soigner dans les jours à venir. Et assurez-vous que le labo analyse les traces de sang. Je vous retrouve à votre bureau, Cal. »

Durant le trajet qui le menait chez le légiste, Sam se sentit révolté par la mort d'Helen Whelan. Il éprouvait cette même rage chaque fois qu'il se trouvait confronté à des actes d'une pareille sauvagerie. Je veux avoir ce type, se dit-il, je veux lui passer les menottes. Quel que soit l'endroit où le chien l'a mordu, j'espère qu'il souffre l'enfer en ce moment.

Cette pensée en amena une autre. S'il était trop prudent pour aller dans un centre médical, l'assassin avait peut-être décidé de traiter seul sa blessure. Dans ce cas, même si les chances de le retrouver étaient minces, il fallait notifier aux pharmaciens des environs de signaler toute personne venue acheter des produits tels que de l'eau oxygénée, des pansements et des désinfectants.

S'il est assez intelligent pour éviter l'hôpital, il se gardera d'acheter ce genre de produits dans une petite pharmacie, il ira dans un ces drugstores où les queues sont interminables aux caisses et où personne ne se préoccupe du contenu des paniers, sauf pour lire les codes-barres.

Ça vaut quand même la peine de tenter le coup, décida Sam, l'air sombre, se souvenant de la photo d'Helen souriante qu'il avait vue dans son appartement. Elle avait vingt ans de plus que n'en avait Karen Sommers lorsqu'elle était morte, pensa-t-il, mais elle avait perdu la vie de la même manière. Sauvagement poignardée.

Les rideaux de brume qui n'avaient cessé de s'épaissir et de se dissiper durant la journée s'étaient maintenant transformés en une pluie battante. Sam fronça les sourcils en actionnant les essuie-glaces. Rien pourtant ne rapprochait ces deux meurtres. Il n'y avait pas eu de crime similaire dans la région depuis vingt ans. Karen se trouvait chez elle. Helen Whelan était dehors en train de promener son chien. Se pourrait-il qu'un maniaque soit resté pendant autant d'années sans se manifester ?

Tout était possible. Dans ce cas, conclut Sam, nous n'avons plus qu'à espérer une imprudence de sa part. Qu'il ait laissé derrière lui un indice qui nous mette sur la piste. Nous aurons probablement son ADN. Il doit y avoir des traces de son sang sur le museau du chien comme sur le pantalon de la victime.

Arrivé au cabinet du médecin légiste, il se gara dans

le parking et entra dans le bâtiment. La nuit serait longue et la journée du lendemain encore plus. Il devait voir le curé de Saint-Thomas et le convaincre d'ouvrir les registres des baptêmes célébrés vingt ans plus tôt. Il devait prendre contact avec les familles des cinq anciennes élèves de Stonecroft qui étaient décédées dans l'ordre où elles étaient placées à leur table – il avait besoin d'en savoir davantage sur les circonstances de leur mort. Et il lui fallait découvrir ce qui était arrivé à Laura Wilcox. *S'il n'y avait pas ces cinq morts, je dirais qu'elle est simplement partie avec un type*, songea-t-il. *D'après ce que je sais, elle n'a pas froid aux yeux et on la voit rarement sans un homme.*

Le médecin légiste et l'ambulance qui transportait le corps d'Helen Whelan arrivèrent quelques secondes après lui. Une demi-heure plus tard, Sam inspectait les effets d'Helen qu'on lui avait retirés. Sa montre et une bague étaient ses seuls bijoux. Elle n'avait sans doute pas de sac à main car son mouchoir et les clés de sa maison se trouvaient dans la poche droite de sa veste.

Posé sur la table à côté des clés, il y avait un autre objet, un petit hibou métallique d'environ trois centimètres de long. Sam saisit les pinces que l'assistant du légiste avait utilisées pour manipuler ces objets, attrapa le hibou et l'examina de près. Les yeux fixes, froids et ronds de l'oiseau lui renvoyèrent son regard.

« Il était au fond d'une poche de son pantalon, expliqua l'assistant. J'ai bien failli ne pas le trouver. »

Sam se souvint qu'il avait aperçu une citrouille devant la porte d'Helen et dans l'entrée un squelette de papier qu'elle avait sans doute eu l'intention de suspendre quelque part. « Elle préparait les décorations d'Halloween, dit-il. Cet oiseau en faisait sans doute partie. Mettez-moi tout ça dans un sac, je l'emporterai au labo. »

Quarante minutes plus tard, il regardait les types du labo examiner les vêtements d'Helen Whelan au microscope dans l'espoir de trouver un indice permettant d'identifier l'assassin. L'un d'eux relevait les empreintes digitales sur les clés.

« Toutes les empreintes sont les siennes », annonça-t-il avant de soulever le hibou avec ses pinces. Un moment plus tard, il fit remarquer : « C'est curieux. Il n'y a aucune empreinte sur ce truc, pas même une trace. Comment expliquez-vous ça ? Il n'est pas venu tout seul dans sa poche. Il y a été mis par quelqu'un qui portait des gants. »

Sam demeura songeur. Et si c'était l'assassin qui avait délibérément laissé le hibou ? « Je préfère que tout ça ne sorte pas d'ici », dit-il. S'emparant des pinces à son tour, il saisit le hibou et l'examina avec une attention nouvelle. « C'est toi qui vas me conduire à ce type, marmonna-t-il. Je ne sais pas encore comment, mais tu vas le faire. »

36

Ils étaient convenus de se retrouver à dix-neuf heures dans la salle à manger. À la dernière minute, Jane décida de se changer et d'enfiler un pantalon bleu marine et un pull bleu clair à large col qu'elle avait achetés en solde chez Escada. Depuis ce matin, elle n'avait pu se défaire du froid glaçant qui régnait au cimetière. Même l'ensemble qu'elle portait pendant la cérémonie semblait conserver l'humidité pénétrante qui l'avait transie. C'est ridicule, se dit-elle en recti-fiant son maquillage et en brossant ses cheveux. Debout devant la glace de la salle de bains, elle inter-rompit brusquement son geste, contemplant la brosse qu'elle tenait à la main. Qui avait pu s'approcher assez près de Lily pour lui dérober sa brosse chez elle ou dans son sac ?

À moins que Lily n'ait retrouvé ma trace et ne cherche à me punir de l'avoir abandonnée ? Jane se sentit gagner par le désarroi. Elle a dix-neuf ans et demi. Quelle vie a-t-elle eue ? Les gens qui l'ont adop-tée ont-ils été aussi merveilleux que me l'avait promis le Dr Connors ou sont-ils devenus de mauvais parents une fois qu'ils ont eu le bébé ?

Non. Au fond d'elle-même Jane savait que Lily ne

jouait à aucun jeu avec elle. C'est quelqu'un d'autre, se dit-elle, quelqu'un qui *me* veut du mal. Demandez-moi de l'argent, pria-t-elle tout bas. Je vous donnerai ce que vous voulez, mais ne lui faites rien à *elle*.

Elle se tourna à nouveau vers la glace et examina son reflet. On lui avait dit qu'elle ressemblait à Katie Couric, la présentatrice de l'émission *Today*, et ce compliment l'avait flattée. Est-ce que Lily me ressemble, se demanda-t-elle, ou a-t-elle les traits de Reed ? Ces mèches sont si blondes, et Reed disait en riant que sa mère comparait la couleur de ses cheveux à celle du blé d'hiver. Ce qui signifie que Lily a ses cheveux. Reed avait les yeux bleus tout comme moi, elle a donc presque certainement les yeux bleus, elle aussi.

Jane se laissait souvent aller à ce genre de réflexions. Secouant la tête, elle posa la brosse, éteignit la lumière de la salle de bains, prit son sac et descendit rejoindre ses compagnons pour le dîner.

Gordon Amory, Robby Brent et Jack Emerson étaient déjà assis à une table dans la salle à manger presque déserte. Comme ils se levaient pour l'accueillir, elle fut frappée par le contraste qu'ils offraient, tant dans leur apparence que dans leur habillement. Amory portait un polo en cachemire et une coûteuse veste de tweed. Il offrait l'image même de l'homme d'affaires qui a réussi. Robby Brent avait troqué le pull torsadé qu'il portait dans la matinée contre une chemise à col montant qui soulignait encore davantage son cou trop court et sa silhouette trapue. Un voile de transpiration couvrait son front et ses joues, lui donnant un aspect luisant peu engageant. La veste de velours côtelé de

Jack Emerson était de bonne coupe mais mal assortie à la chemise à carreaux rouges et blancs et à la cravate bariolée qui l'accompagnaient. Avec son visage rubicond et ses joues flasques, il évoqua à Jane cette ancienne affiche anti-Nixon qui disait : « Seriez-vous prêt à acheter une voiture d'occasion à cet homme ? »

Jack écarta de la table la chaise voisine de la sienne et posa la main sur son bras pendant qu'elle en faisait le tour. Instinctivement, Jane se raidit.

« Nous avons déjà commandé les apéritifs, Jeannie, dit Emerson. Je me suis permis de choisir pour vous un verre de chardonnay.

– C'est parfait. Êtes-vous tous en avance ou est-ce moi qui suis en retard ?

– Nous sommes arrivés un peu plus tôt. Vous êtes parfaitement à l'heure et Carter n'est pas encore là. »

Vingt minutes plus tard, alors qu'ils hésitaient à commencer sans lui, Carter arriva. « Désolé de vous avoir fait attendre, mais je n'imaginais pas qu'il faudrait nous réunir à nouveau aussi rapidement », fit-il observer d'un ton sec. Il portait un jean et un sweatshirt à capuche.

« Nous non plus, dit Gordon Amory. Vous devriez commander un verre et nous pourrons ensuite aborder le sujet qui nous réunit. »

Carter hocha la tête. Il accrocha le regard du serveur. « Le même », ordonna-t-il en désignant le Martini dry que buvait Emerson. Puis il se tourna vers Gordon. « Continuez, dit-il d'un ton cassant.

– Laissez-moi d'abord vous dire qu'après mûre réflexion, je pense que notre inquiétude au sujet de Laura est peut-être exagérée. Je me souviens d'une histoire qui courait sur elle voilà quelques années. Elle était invitée dans la propriété d'un type bourré aux as, que nous ne nommerons pas, et elle s'est barrée au milieu du dîner avec lui dans son avion privé. À ma connaissance, elle n'avait même pas pris la peine d'emporter sa brosse à dents, et encore moins ses produits de beauté.

– À ma connaissance, répliqua Robby Brent, personne n'est arrivé à Stonecroft en avion privé. À en juger par l'apparence de certains, je dirais plutôt qu'ils sont venus sac au dos.

– Allons, Robby, protesta Jack Emerson. Beaucoup de nos anciens élèves ont très bien réussi. D'ailleurs un bon nombre d'entre eux ont acheté des maisons dans les environs pour en faire des résidences secondaires.

– Oublions les boniments de représentant de commerce pour ce soir, le coupa sèchement Gordon. Écoutez, vous avez un paquet de fric, et vous êtes le seul, autant que nous le sachions, à posséder une maison en ville, donc le seul qui aurait pu inviter Laura à une petite réunion en privé. »

Le visage déjà rouge d'Emerson devint pourpre. « J'espère que c'est censé être drôle, Gordon.

– Je ne veux pas faire de l'ombre à notre comique maison, dit Gordon en grignotant une olive qu'il avait prise dans la coupelle que le serveur venait de poser sur la table. Bien sûr que je plaisantais s'agissant de Laura et de vous, mais pas en ce qui concerne les boniments. »

Jane estima qu'il était temps de donner un autre tour à la conversation. « J'ai laissé un message à Mark sur son portable, dit-elle. Il m'a rappelée au moment où je m'apprêtais à vous rejoindre. Si nous n'avons pas de nouvelles de Laura d'ici à demain, il changera ses plans et reviendra ici.

– Il avait un faible pour Laura quand nous étions mômes, dit Robby Brent. Je ne serais pas surpris qu'il en pince encore pour elle. Hier, il a tenu à s'asseoir à côté d'elle sur l'estrade. Et il a même changé les cartons sur la table pour se retrouver à la place voisine de la sienne. »

Voilà donc pourquoi il a décidé de revenir, pensa Jane, comprenant qu'elle avait mal interprété ce qu'il lui avait dit au téléphone : « Jeannie, je veux croire que Laura n'est pas en danger, mais s'il lui arrivait quelque chose, ce serait bien la preuve qu'il existe une logique effrayante derrière la disparition de vos anciennes camarades. Vous ne devez pas l'ignorer. »

Et je me suis imaginé qu'il s'inquiétait pour moi, se dit-elle. J'ai même songé à lui parler de Lily. J'ai pensé qu'en tant que psychiatre, il pourrait cerner la personnalité de celui qui la menace à travers moi.

L'atmosphère se détendit lorsqu'un frêle et vieux serveur vint leur apporter les menus. « Puis-je vous indiquer les spécialités du jour ? » demanda-t-il.

Robby lui adressa un sourire encourageant. « Je meurs d'impatience, murmura-t-il.

– Tournedos aux champignons, filets de sole farcis au crabe... »

Une fois qu'il eut fini sa tirade, Robby demanda : « Puis-je vous poser une question ?

– Naturellement, monsieur.

– Est-ce une habitude dans cet établissement de

158

transformer les restes de la veille en spécialités du jour ?

– Oh, monsieur, je vous assure que non, répondit précipitamment le vieil homme, comme s'il cherchait à s'excuser. Je suis ici depuis quarante ans et nous avons toujours été très fiers de notre cuisine.

– Ne vous en faites pas, c'était juste une petite plaisanterie pour détendre l'atmosphère. Jane, à vous l'honneur.

– La salade César et le carré d'agneau, rosé mais pas saignant », dit doucement Jane.

Robby n'est pas seulement sarcastique, pensait-elle. Il est méchant et cruel. Il se plaît à blesser les gens qui ne peuvent lui rendre la pareille, comme Mlle Binder, la professeur de maths au dîner d'hier soir, et ce pauvre homme à présent. Il dit que Mark avait un faible pour Laura. Mais personne n'en pinçait pour elle autant que lui.

Une pensée troublante lui traversa soudain l'esprit. Robby était très riche aujourd'hui. Célèbre. S'il avait invité Laura à le retrouver quelque part, elle l'aurait rejoint, sans nul doute. Jane s'aperçut avec effroi qu'elle pensait sérieusement que Robby avait pu attirer Laura dans un piège.

Jack Emerson fut le dernier à commander. Tout en rendant le menu au serveur, il dit : « J'ai promis à des amis de passer prendre un verre chez eux après le dîner, nous pourrions donc dresser sans plus tarder la liste de ceux auxquels Laura a accordé une attention particulière durant le week-end. » Il lança un coup d'œil à Gordon. « En dehors de vous, naturellement, Gordie. Vous êtes en tête de liste. »

Dieu du ciel ! pensa Jane, ils vont se sauter à la gorge si ça continue sur ce ton. Elle se tourna vers Carter Stewart. « Commençons par vous, Carter. À qui pensez-vous en particulier ?

— Elle s'est longuement entretenue avec Joel Nieman, notre célèbre Roméo dont la mémoire a flanché le jour de la représentation théâtrale de l'école. Sa femme n'a assisté qu'au cocktail et au dîner du vendredi soir et elle est aussitôt rentrée chez elle. Elle travaille pour le magazine de marketing *Target* et devait prendre un avion pour Hong Kong samedi matin.

— N'habitent-ils pas dans les environs, Jack ? demanda Gordon.

— Ils vivent à Rye.

— Pas loin d'ici.

— J'ai parlé à Joel et à sa femme vendredi soir, les coupa Jane. Il n'est certainement pas le genre d'homme à inviter une femme chez lui dès que la sienne a le dos tourné.

— Ce n'est peut-être pas son genre, cependant je sais qu'il a eu une ou deux petites amies, insinua Emerson. Et qu'il a échappé de justesse à une condamnation pour des affaires douteuses dans lesquelles était impliqué son cabinet comptable. C'est pourquoi nous ne l'avons pas sélectionné dans la liste des lauréats.

— Et notre lauréat absent, Mark Fleischman ? demanda Robby Brent. Il est peut-être, comme l'a décrit son présentateur, "grand, mince, réconfortant, plein d'humour et de sagesse", mais lui aussi était pendu aux basques de Laura. Il a failli se casser la figure dans sa précipitation pour s'asseoir à côté d'elle dans le bus de West Point. »

Jack Emerson but la dernière goutte de son Martini et fit signe au serveur de lui en apporter un autre. Puis il haussa les sourcils. « J'y pense. Mark aurait un endroit parfait pour inviter Laura. Je sais que son père n'est pas en ville. J'ai rencontré Cliff Fleischman à la poste, la semaine dernière, et lui ai demandé s'il viendrait féliciter son fils à l'occasion de la remise des prix. Il m'a répondu qu'il avait prévu depuis longtemps de rendre visite à des amis à Chicago, mais qu'il téléphonerait à Mark. Peut-être lui a-t-il proposé sa maison. Cliff ne sera pas de retour avant mardi.

– M. Fleischman a dû changer d'avis dans ce cas, dit Jane. Mark m'a dit être passé devant son ancienne maison et qu'elle était éclairée *a giorno*. Il n'a pas dit qu'il avait été en contact avec son père.

– Cliff Fleischman laisse toujours les lumières allumées quand il s'en va, répliqua Emerson. Sa maison a été cambriolée il y a plusieurs années pendant qu'il était en vacances. D'après lui, c'était parce qu'elle était plongée dans l'obscurité. Signe qu'elle était inhabitée. »

Gordon brisa un gressin. « J'ai l'impression que Mark est plus ou moins brouillé avec son père.

– En effet, et je sais pourquoi, dit Emerson. Après la mort de la mère de Mark, son père a remercié leur femme de ménage et elle est venue travailler chez nous pendant quelque temps. Une vraie pipelette, elle nous a tout raconté sur les Fleischman. Personne n'ignorait que le frère aîné de Mark, Dennis, était le chouchou de sa mère. Elle ne s'était jamais remise de sa perte et accusait Mark d'être responsable de l'accident. La voiture était garée en haut de la longue allée de leur maison et Mark harcelait son frère pour qu'il lui apprenne à conduire. Il avait à peine treize ans à l'époque et n'était autorisé à prendre le volant qu'à condition que Dennis soit à côté de lui. Cette après-midi-là, il est monté dans la voiture, a mis le contact, et oublié de serrer le frein à main avant de quitter la voiture. Quand elle a commencé à dévaler la pente, Dennis ne l'a pas vue arriver sur lui.

– Comment sa mère l'a-t-elle su ? demanda Jane.

– D'après la femme de ménage, il s'est passé quelque chose un soir, peu avant sa mort, et elle s'est définitivement fâchée avec Mark. Il n'a même pas assisté à ses funérailles. Elle l'a déshérité aussi ; elle avait une grosse fortune familiale. Mark faisait ses études de médecine à l'époque.

– Mais il n'avait que treize ans au moment de l'accident, protesta Jane.

– Et il avait toujours été jaloux de son frère, dit Carter Stewart. Personne ne dira le contraire. Mais peut-être est-il entré en contact avec son père, peut-être a-t-il toujours une clé de la maison et savait-il que son père serait absent. »

Mark mentait-il en disant qu'il devait retourner à Boston ? se demanda Jane. Il a fait un détour pour venir me rejoindre à la cafétéria à la table où je m'étais installée avec Alice et Sam Deegan, et il nous a dit qu'il était passé devant la maison de son père. Se pourrait-il qu'il y soit en ce moment même avec Laura ?

Non. Je refuse de le croire, décréta-t-elle en son for intérieur tandis que Gordon Amory reprenait : « Nous présumons tous que Laura est partie en compagnie de quelqu'un. Mais il se peut aussi qu'elle soit allée rejoindre quelqu'un. Nous ne sommes pas loin de

Greenwich, de Bedford et de Westport, où résident beaucoup de ses amis célèbres. »

Jack Emerson avait apporté une liste des participants à la réunion. Ils décidèrent de se partager les appels. Ils expliqueraient les raisons de leur inquiétude, et demanderaient à chacun s'il avait une idée de l'endroit où se trouvait Laura.

En quittant la salle à manger, après s'être promis de se rappeler le lendemain, Carter Stewart et Jack Emerson se dirigèrent vers leurs voitures respectives. Dans le hall, Jane dit à Gordon et à Robby qu'elle devait s'arrêter à la réception.

« Je vous quitterai donc ici, lui dit Gordon. J'ai encore quelques coups de fil à passer.

– Nous sommes dimanche soir, Gordie, s'étonna Robby Brent. Qu'y a-t-il de si important qui ne puisse attendre jusqu'à demain matin ? »

Gordon Amory contempla le visage faussement naïf de Brent. « Comme vous le savez, mon vieux, je préfère qu'on m'appelle Gordon, fit-il. Bonsoir, Jane.

– Il est tellement imbu de sa personne, fit Robby en regardant Amory traverser le hall et appeler l'ascenseur. Je parie qu'il va monter et allumer la télévision. Le premier épisode d'un nouveau feuilleton est diffusé ce soir sur l'une de ses chaînes. À moins qu'il ne désire seulement admirer dans la glace son nouveau visage. Franchement, Jeannie, ce chirurgien plasticien est un génie. Vous souvenez-vous de la tête d'abruti de ce pauvre Gordie quand il était à l'école ? »

Peu m'importe la raison pour laquelle il monte dans sa chambre, pensa Jane. Je veux seulement savoir si Laura a téléphoné et ensuite aller moi-même me coucher. « Tant mieux pour lui s'il a été capable de transformer sa vie. Il a eu une jeunesse difficile.

– Comme nous tous, rétorqua Robby d'un ton dédaigneux. À part, naturellement, notre reine de beauté disparue. » Il haussa les épaules. « Je vais enfiler une veste et sortir prendre l'air. J'aime entretenir ma forme et je n'ai fait aucun exercice physique durant tout le week-end, à part un peu de marche. Le gymnase local est une horreur !

– Existe-t-il dans cette ville quelque chose ou quelqu'un qui ne soit pas une horreur d'après vous ? demanda Jane sans se soucier du ton acerbe de sa voix.

– Pas grand-chose, répondit Robby du tac au tac, sauf vous-même bien sûr, Jeannie. J'ai été navré de vous voir si affectée en nous entendant insinuer que Mark s'était beaucoup intéressé à Laura pendant ce week-end. Entre nous, j'ai remarqué qu'il tournait aussi autour de vous. C'est un type difficile à cerner, mais il est vrai que la plupart des psys sont plus cinglés que leurs patients. Si Mark a réellement desserré le frein de la voiture qui a tué son frère, je me demande s'il l'a fait involontairement, ou au contraire si c'était délibéré de sa part. Après tout, c'était la nouvelle voiture du grand frère, un cadeau de papa et maman pour le diplôme de leur fiston. Réfléchissez à tout ça. »

Avec un clin d'œil et un geste de la main, il se dirigea vers les ascenseurs. Furieuse, humiliée qu'il ait si bien percé ses sentiments concernant Mark et Laura, Jane se tourna vers la réception. Amy Sachs était de service, une petite femme à la voix douce et aux cheveux grisonnants coiffés court, avec de grosses lunettes perchées sur le bout de son nez.

« Non, nous n'avons aucune nouvelle de Mme Wilcox, répondit-elle à Jane. Mais il y a un fax pour vous, mademoiselle Sheridan. » Elle saisit une enveloppe dans un casier derrière le comptoir.

Jane sentit sa gorge se contracter. Sans attendre d'être dans sa chambre, elle ouvrit l'enveloppe à la hâte.

Le message qu'elle contenait comprenait dix mots :

LE LYS QUI SE CORROMPT
SENT PIS QUE MAUVAISE HERBE.

Le lys qui se corrompt, pensa Jane. Lily. *Le lys mort.*

« Quelque chose ne va pas, mademoiselle Sheridan ? s'inquiéta la réceptionniste. J'espère que ce ne sont pas de mauvaises nouvelles.

— Comment ? Oh... non... tout va bien, merci. »

Hébétée, Jane monta dans sa chambre, ouvrit son sac et fouilla fébrilement dans son portefeuille à la recherche du numéro du portable de Sam Deegan. Son bref « Sam Deegan » lui rappela qu'il était presque dix heures du soir et qu'il était peut-être déjà en train de dormir. « Sam, je vous réveille sans doute... »

Il l'interrompit. « Non, pas du tout. Que se passe-t-il, Jane ? Avez-vous eu des nouvelles de Laura ?

— Non, il s'agit de Lily, un nouveau fax.

— Lisez-le-moi. »

D'une voix tremblante elle lui lut les dix mots. « Sam, c'est un vers d'un sonnet de Shakespeare. Il fait allusion à des lys fanés. Sam, celui qui a envoyé ce fax menace de mort mon enfant. » Jane perçut le ton affolé que prenait sa voix et elle s'écria en sanglotant : « Que puis-je faire pour l'en empêcher ? Que puis-je faire ? »

37

Elle avait probablement reçu le fax à présent. Il ignorait pourquoi il prenait plaisir à tourmenter Jane, surtout maintenant qu'il avait pris la décision de la tuer. Pourquoi retourner le couteau dans la plaie en menaçant Meredith, ou Lily, comme l'appelait Jane ? Pendant presque vingt ans, il avait tu qu'il était au courant de sa naissance et de son adoption. Un petit secret en apparence inutile, une chose anodine, comme ces menus cadeaux qui encombrent définitivement les rayons d'une bibliothèque.

C'était l'année précédente, lorsqu'il avait fait la connaissance des parents de Meredith à un déjeuner et compris qui ils étaient, qu'il avait tout mis en œuvre pour se lier avec eux. En août, il les avait même invités à passer un long week-end dans sa propriété et à amener Meredith qui était en vacances chez eux. Il avait alors eu l'idée de lui subtiliser quelque chose qui permettrait de déterminer son ADN.

L'occasion de dérober sa brosse lui avait été offerte sur un plateau. Ils étaient tous à la piscine et le téléphone portable de Meredith avait sonné pendant qu'elle se brossait les cheveux après son bain. Elle avait répondu et s'était éloignée pour parler tranquillement.

Il avait glissé la brosse dans sa poche et ensuite s'était mis à circuler parmi ses autres invités. Le lendemain, il avait envoyé la brosse et le premier message à Jane.

Le pouvoir de vie et de mort ; jusque-là il l'avait exercé sur cinq des filles de la Stonecroft Academy, et sur bien d'autres femmes, choisies au hasard. Mettraient-ils longtemps à découvrir le corps d'Helen Whelan ? Avait-il eu tort de glisser le hibou dans sa poche ? Jusqu'à présent il avait toujours laissé son symbole dans un endroit caché, discret, impossible à repérer. Comme le mois dernier, quand il l'avait mis dans le tiroir d'un meuble de la cabine de bain où il avait attendu Alison.

Les lumières étaient éteintes. Il prit ses lunettes de vision nocturne dans sa poche, les chaussa, introduisit sa clé dans la serrure, ouvrit la porte à l'arrière de la maison et entra. Il referma la porte, donna un tour de clé, traversa la cuisine jusqu'à l'escalier du fond, puis monta sans bruit à l'étage.

Laura était dans la chambre qu'elle avait occupée jusqu'à l'âge de seize ans, avant que sa famille ne s'installe dans Concord Avenue. Il lui avait attaché les bras et les jambes et mis un bâillon. Elle était étendue sur le lit, sa robe en lamé scintillant faiblement dans l'obscurité.

Elle ne l'avait pas entendu entrer et, quand il se pencha sur elle, il entendit son cri d'épouvante à travers le bâillon. « Je suis de retour, Laura, chuchota-t-il. Tu n'es donc pas contente ? »

Elle tenta de se reculer.

« Je suuuuis le le hiiiiboubou et et je viviiiis dans dans un... un arbre, chuchota-t-il. Tu trouvais très drôle de m'imiter, n'est-ce pas ? Est-ce que tu trouves toujours ça drôle, Laura ? Hein ? Dis-moi ? »

Avec ses lunettes de nuit, il pouvait voir la terreur dans ses yeux. Des sons inarticulés sortaient de sa gorge tandis qu'elle agitait la tête de droite à gauche.

« Ce n'est pas la bonne réponse, Laura. Tu trouves ça drôle. Vous autres, les filles, vous trouvez toujours ça drôle. Montre-moi que ça t'amuse. Montre-le-moi. »

Elle se mit à secouer la tête de haut en bas. D'un geste rapide, il dénoua son bâillon. « Ne hausse pas la voix, Laura, murmura-t-il. Personne ne t'entendra de toute façon et, si tu cries, je presserai cet oreiller sur ton visage. Tu comprends ce que je dis ?

— Je vous en prie, souffla Laura, je vous en prie...

— Non, Laura, je ne veux pas t'entendre dire : "Je vous en prie." Je veux que tu m'imites, que tu prononces ma réplique sur scène, et ensuite je veux t'entendre rire.

— Je... je je suisuis un hibououou et je visvis dans dans un arbre. »

Il hocha la tête avec satisfaction. « C'est presque ça. Tu es une excellente imitatrice. Maintenant fais comme si tu étais avec les autres filles à la table du déjeuner, pouffe, glousse, esclaffe-toi, ris. Je veux voir comment vous vous réjouissiez toutes après m'avoir tourné en ridicule.

— Je ne peux pas... pitié... »

Il souleva l'oreiller et le tint en suspens au-dessus de sa tête.

Laura se mit à rire, désespérément, d'un rire aigu,

hystérique. « Ha... ha... ha. » Des larmes coulaient de ses yeux. « Je vous en supplie... »

Il posa sa main sur sa bouche. « Tu allais prononcer mon nom. C'est interdit. Tu dois seulement m'appeler le Hibou. Il faudra t'entraîner à imiter le rire de tes amies. Maintenant je vais te détacher les mains et te laisser manger. Je t'ai apporté de la soupe et un petit pain. C'est gentil de ma part, non ? Ensuite, je te permettrai d'utiliser les toilettes.

« Plus tard, je composerai le numéro de l'hôtel sur mon téléphone mobile. Tu diras à la réception que tu es chez des amis, que tes projets ne sont pas encore fixés, et tu demanderas que l'on te garde la chambre. Tu comprends ce que je te dis ? »

Son « oui » fut à peine audible.

« Si tu essaies d'une manière ou d'une autre d'appeler au secours, tu mourras sur-le-champ. Tu comprends ?

— Ou-oui.

— Bon. »

À vingt-deux heures trente, le dimanche, un appel extérieur parvenait au standard téléphonique informatisé du Glen-Ridge, et était orienté vers la réception.

L'employée décrocha. « La réception, Amy à l'appareil. » Puis elle poussa un cri. « Mademoiselle Wilcox, je suis si contente de vous entendre ! Nous étions tous tellement inquiets à votre sujet. Vos amis vont se réjouir en apprenant que vous avez appelé. Nous vous garderons votre chambre, bien sûr. Êtes-vous certaine que tout va bien ? »

Le Hibou coupa la communication. « Tu t'en es très

bien sortie, Laura. La voix un peu oppressée, mais c'est naturel, je suppose. Peut-être as-tu l'étoffe d'une comédienne, après tout. » Il remit le bâillon sur sa bouche. « Je reviendrai plus tard. Tâche de dormir un peu. Je t'autorise à rêver de moi. »

38

Jake savait que l'employé qui l'avait viré du Glen-Ridge quittait son service à vingt heures. Cela signifiait qu'à partir de cette heure-là il pourrait revenir à l'hôtel et rôder autour de la réception dont était chargée Amy Sachs, l'autre préposée à l'accueil. Il saurait ainsi si quelque chose de nouveau était arrivé.

Après avoir dîné avec ses parents que son récit du déroulement des événements avait littéralement captivés, il relut les notes qu'il avait l'intention de proposer au *Post*. Il avait décidé d'attendre jusqu'au lendemain matin pour appeler le journal. Laura aurait alors disparu depuis un jour entier.

À vingt-deux heures donc, il était de retour au Glen-Ridge, pénétrait dans le hall maintenant désert. Il s'avança vers le comptoir derrière lequel se tenait Amy Sachs.

Amy l'avait à la bonne. Le printemps précédent, alors qu'il faisait un reportage sur un déjeuner d'affaires pour la *Stonecroft Academy Gazette*, elle lui avait dit qu'il ressemblait à son petit frère. « La seule différence c'est que Danny a quarante-six ans et vous seize, avait-elle ajouté en riant. Il a toujours voulu travailler dans la presse lui aussi, et c'est ce qu'il fait d'une certaine manière. Il a une société de transport qui distribue des journaux. »

Jake se demandait combien de personnes se doutaient que, sous son apparence effacée et serviable, Amy était sacrément futée et pleine d'humour.

Elle l'accueillit avec un sourire timide. « Bonsoir, Jake.

— Bonsoir, Amy. Je suis venu voir si vous aviez des nouvelles de Laura Wilcox.

— Pas la moindre. » À ce moment, le téléphone sonna près d'elle et elle souleva le récepteur. « La réception, Amy à l'appareil », dit-elle doucement.

Jake vit alors son expression changer et l'entendit s'exclamer : « Oh ! madame Wilcox... »

Jake se pencha par-dessus le comptoir et fit signe à Amy d'écarter le récepteur de son oreille afin qu'il puisse écouter lui aussi. Il entendit Laura dire qu'elle était chez des amis, que ses projets n'étaient pas encore arrêtés, qu'elle leur demandait de garder sa chambre.

Elle ne paraît pas dans son assiette, se dit-il. Elle est bouleversée. Sa voix tremble.

La conversation dura à peine vingt secondes. Quand Amy reposa le récepteur, elle échangea un regard avec Jake. « Où qu'elle soit, elle n'est pas en train de faire la noce, dit-il d'un ton catégorique.

— À moins qu'elle n'ait la gueule de bois, insinua Amy. J'ai lu un article sur elle dans le magazine *People* l'année dernière et ils disaient qu'elle avait suivi une cure de désintoxication.

— C'est peut-être l'explication », admit Jake. Il haussa les épaules. Au temps pour mon article à sensation. « Où croyez-vous qu'elle soit allée, Amy ? Vous

172

avez été de service pendant tout le week-end. L'avez-vous vue traîner avec quelqu'un en particulier ? »

Les grosses lunettes d'Amy Sachs dansaient sur son nez quand elle fronçait les sourcils. « Je l'ai vue à deux reprises marcher bras dessus, bras dessous avec le Dr Fleischman, dit-elle. Et il a été le premier à quitter l'hôtel dimanche matin, avant même l'heure du brunch à Stonecroft. Peut-être l'avait-il laissée dessoûler quelque part et était-il pressé d'aller la retrouver. »

Elle ouvrit un tiroir et en sortit une carte. « J'ai promis à cet inspecteur, M. Deegan, de lui téléphoner si jamais nous avions des nouvelles de Mme Wilcox.

— Je m'en vais, Amy, dit Jake. À bientôt. »

Avec un signe de la main, il se dirigea vers la porte d'entrée tandis qu'elle composait le numéro. Une fois dehors, il resta hésitant sur le trottoir, fit la moitié du trajet jusqu'à sa voiture, puis rebroussa chemin et revint à la réception.

« Avez-vous joint M. Deegan ? s'enquit-il auprès d'Amy.

— Oui. Je lui ai raconté que j'avais eu des nouvelles de Mme Wilcox. Il a paru satisfait et il a demandé que je le prévienne lorsqu'elle reviendrait chercher ses bagages.

— C'est bien ce que je craignais. Amy, donnez-moi le numéro de téléphone de Sam Deegan. »

Elle eut l'air inquiet. « Pourquoi ?

— Parce que je pense que Laura Wilcox avait l'air effrayé et que M. Deegan devrait le savoir.

— Si quelqu'un découvre que vous avez écouté cette conversation téléphonique, je perdrai ma place.

— Mais non. Je dirai que je me suis emparé du téléphone en vous entendant prononcer le nom de Laura et que je vous ai forcée à tourner l'écouteur dans ma direction. Amy, cinq des amies de Laura sont mortes. Si elle est retenue contre sa volonté, il ne lui reste peut-être plus beaucoup de temps à vivre. »

Sam Deegan avait à peine raccroché après s'être entretenu avec Jane quand la réception du Glen-Ridge l'appela. Il eut d'abord une réaction de colère. Laura Wilcox était une femme d'un égoïsme incroyable, pensa-t-il. Non seulement elle n'avait pas daigné assister à la cérémonie à la mémoire de son amie, mais elle avait inquiété ses autres amis et agi de façon désinvolte avec le chauffeur du taxi en n'annulant pas sa course. Pourtant cette première réaction avait été atténuée par le fait que ses propos avaient paru confus à la réceptionniste : celle-ci s'était demandé si elle était nerveuse ou ivre.

Tout de suite après, le coup de fil de Jake Perkins vint renforcer cette impression. Le jeune garçon, en effet, mit l'accent sur le ton effrayé de Laura Wilcox. « Êtes-vous certain, comme Mme Sachs, qu'il était exactement dix heures et demie quand Laura Wilcox a appelé l'hôtel ? demanda Sam.

— Vingt-deux heures trente exactement, confirma Jake. Pensez-vous pouvoir retrouver l'origine de l'appel, monsieur Deegan ? Si elle a utilisé son mobile, vous devez pouvoir retrouver la zone d'où provenait l'appel, n'est-ce pas ?

— Oui », répondit sèchement Sam.

Ce gosse était un vrai Monsieur Je-sais-tout. Mais il

essayait de se rendre utile, aussi Sam était-il enclin à lui faire crédit.

« Je serais heureux de continuer à ouvrir l'œil pour vous, si vous voulez », dit Jake avec entrain.

Penser que Laura Wilcox courait peut-être un danger et que lui, Jake, allait participer aux recherches destinées à la retrouver l'emplissait d'importance.

« D'accord », dit Sam, puis il ajouta un peu à contre-cœur : « Merci, Jake. »

Sam ferma son téléphone, se redressa et passa ses jambes par-dessus le bord de son lit. Il savait qu'il n'était plus question de dormir pour l'instant. Il allait prévenir Jane que Laura avait contacté la réception, et il lui fallait obtenir du juge un mandat lui permettant de consulter les relevés téléphoniques de l'hôtel. Il savait que le Glen-Ridge avait un système d'identification des appels. Dès qu'il aurait repéré le numéro, il assignerait la compagnie du téléphone pour obtenir le nom de l'abonné et l'emplacement de l'émetteur d'où provenait l'appel.

Le juge Hagen à Goshen était probablement le juge le plus proche, dans le comté d'Orange, qui fût habilité à délivrer un mandat. En composant le numéro du bureau du procureur, Sam mesura son degré d'inquiétude au fait qu'il s'apprêtait à troubler le sommeil d'un magistrat notoirement grincheux, au lieu d'attendre le matin pour tenter de retrouver Laura.

39

Jane avait réglé la sonnerie de son téléphone au maximum, tant elle craignait de manquer un appel une fois qu'elle serait couchée. Sam avait laissé entendre que l'individu qui la harcelait pourrait franchir un pas de plus et lui téléphoner. « Tenez-vous-en à l'idée qu'il s'agit sans doute d'une question d'argent, lui avait-il dit. Quelqu'un veut vous faire croire que Lily court un danger. Espérons que sa prochaine initiative sera de vous appeler directement. Dans ce cas, nous pourrons déterminer l'origine de l'appel. »

Il était parvenu à la calmer un peu. « Jane, si vous vous laissez paralyser par l'inquiétude, vous deviendrez votre pire ennemie. Vous m'avez dit n'avoir confié à personne que vous aviez eu un enfant, et qu'à Chicago on vous connaissait sous le nom de jeune fille de votre mère. Quelqu'un a néanmoins découvert la vérité et cette découverte, il peut l'avoir faite récemment ou à la naissance du bébé, il y a dix-neuf ans et demi. Qui sait ? Il faut vous ressaisir. Vous souvenez-vous d'avoir vu quelqu'un dans le cabinet du Dr Connors lorsque vous êtes allée le consulter ? Peut-être une infirmière ou une secrétaire qui a su pourquoi vous étiez là et a cherché à savoir à qui votre bébé avait été confié. N'oubliez pas, votre best-seller vous a rendue célèbre. Le nouveau contrat que vous avez signé avec votre éditeur a été mentionné lors des interviews. Je ne serais pas étonné que quelqu'un pouvant approcher Lily ait décidé de vous faire chanter. Je vais aller voir le curé de Saint-Thomas dans la matinée de demain et vous dresserez une liste de toutes les personnes avec lesquelles vous avez sympathisé à cette époque, en particulier celles qui auraient pu avoir accès à votre dossier. »

Les calmes arguments de Sam eurent pour effet de mettre un frein à la panique qui gagnait Jane. Après l'avoir quitté, elle s'assit devant le bureau avec un stylo et un bloc-notes et inscrivit sur la première page : CABINET DU DR CONNORS.

Son infirmière : la cinquantaine, enjouée, de forte carrure. Peggy. C'était son prénom. Son nom de famille était irlandais, et commençait par un K... Kelly... Kennedy... Keegan... ça me reviendra sûrement.

C'était un début.

La sonnerie de son téléphone mobile la fit sursauter. Elle consulta le réveil. Presque onze heures. Laura, pensa-t-elle. Elle était peut-être revenue.

L'appel de Sam lui annonçant que Laura avait appelé la réceptionniste aurait dû la rassurer, mais Jane perçut de l'inquiétude dans sa voix. « Vous n'êtes pas certain qu'elle ne court aucun danger, n'est-ce pas ? demanda-t-elle.

— Pas tout à fait, mais au moins a-t-elle appelé »

Ce qui signifie qu'elle est toujours en vie, pensa Jane. C'est ce qu'il veut dire. Elle choisit ses mots avec

177

soin : « Croyez-vous que, pour une raison quelconque, Laura pourrait être empêchée de revenir ?

— Jane, en vous téléphonant, mon intention était de vous rassurer, mais je préfère être franc avec vous. Deux personnes ont entendu son appel et toutes les deux ont indiqué qu'elle paraissait bouleversée. Laura et vous êtes les deux seules filles de cette fameuse table encore en vie. Jusqu'à ce que nous sachions exactement où elle se trouve et avec qui, vous devez vous montrer très prudente. »

40

Il allait la tuer. Elle le savait. Mais quand ? Aussi incroyable que cela puisse paraître, elle s'était endormie après son départ. Un jour tremblant filtrait à travers les stores baissés, sans doute l'annonce du matin. Était-on lundi ou mardi ? se demanda Laura, cherchant à prolonger encore un peu l'état de sommeil.

Lorsqu'ils étaient arrivés ici le samedi soir, il avait rempli leurs coupes de champagne et avait trinqué avec elle. Puis il avait dit : « C'est Halloween la semaine prochaine. Veux-tu que je mette le masque que j'ai acheté ? »

C'était une tête de hibou avec deux yeux énormes, troués d'une grande pupille noire dans un iris jaunâtre, et bordée de touffes de duvet gris qui s'assombrissait autour du bec pointu, devenant d'un marron presque noir. J'ai ri, se souvint Laura, croyant lui faire plaisir. Avant même qu'il ait retiré le masque et m'ait empoigné les mains, j'ai su que j'étais tombée dans un piège.

Il l'avait traînée jusqu'au premier étage, lui avait lié les poignets et les chevilles, l'avait bâillonnée, sans trop serrer pour éviter qu'elle ne s'étouffe. Puis il lui avait passé une corde autour de la taille et l'avait attachée au cadre du lit. « As-tu lu *Cette chère maman*[1], avait-il demandé. Joan Crawford attachait ses enfants au montant du lit pour s'assurer qu'ils ne se levaient pas la nuit. Elle appelait ça : "dormir en sécurité". »

Puis il lui avait fait réciter la réplique du hibou dans l'arbre, la réplique de la pièce de théâtre qu'ils avaient jouée à l'école. Il l'avait forcée à la répéter, et ensuite à imiter les filles à la table du réfectoire qui riaient de lui. Et chaque fois, elle voyait une lueur meurtrière passer dans son regard. « Vous vous moquiez toutes de moi, avait-il dit. Je te méprise, Laura, ta vue me dégoûte. »

Avant de la quitter, il avait délibérément posé son téléphone portable sur le dessus de la commode. « Réfléchis, Laura. Si tu parviens à atteindre ce téléphone, tu pourras appeler au secours. Mais n'essaie pas. Si tu tentes de te débarrasser de ces cordes, elles se resserreront. Crois-moi. »

Laura avait essayé malgré tout, du coup ses poignets et ses chevilles la faisaient horriblement souffrir. Elle avait la bouche sèche, voulut humecter ses lèvres. Sa langue effleura le tissu rugueux de la chaussette qu'il avait appliquée sur sa bouche avec du scotch, et elle sentit le goût amer de la bile monter dans sa gorge. Elle craignit de vomir et de s'étouffer. Oh, mon Dieu ! aidez-moi, pria-t-elle, prise de panique, s'efforçant de refouler la nausée.

Quand il était revenu, il y avait un peu de jour dans la pièce. Elle avait calculé que ce devait être le dimanche après-midi. Il a détaché mes poignets et m'a

---

1. Histoire de Joan Crawford écrite par sa fille adoptive Christina, Robert Laffont, 1980, trad. T. Lauriol. (*N.d.T.*)

donné un bol de soupe et un petit pain. Ensuite il m'a laissée utiliser les toilettes. Il n'est revenu que beaucoup plus tard. Il faisait très sombre, c'était sans doute la nuit. Il m'a alors forcée à téléphoner à l'hôtel. Pourquoi me fait-il souffrir ainsi ? Pourquoi ne pas me tuer et en finir ?

Ses idées devenaient plus claires. Elle essaya de bouger ses poignets et ses chevilles – la douleur lancinante devint insupportable. Samedi soir. Dimanche matin. Dimanche soir. On était probablement lundi matin à présent. Elle contempla le téléphone portable. Laura n'avait aucun moyen de l'atteindre. S'il l'obligeait à téléphoner à nouveau, tenterait-elle de hurler dans l'appareil le nom de son agresseur ?

Elle imagina l'oreiller étouffant les mots avant qu'ils ne franchissent ses lèvres, le sentit pressé contre ses narines et sa bouche, étouffant la vie en elle. Non, c'est impossible, songea-t-elle. Impossible. Si je parviens à l'amadouer, quelqu'un finira peut-être par comprendre que je suis en danger et essaiera de me retrouver. On peut repérer les appels des portables. Je sais que c'est possible. La police découvrira qui est le propriétaire de l'appareil.

Cet espoir était sa seule chance et, aussi mince qu'il fût, elle se sentit un peu rassérénée. Jane... Il a l'intention de la tuer elle aussi. On dit que la télépathie existe. Je vais essayer de transmettre mes pensées à Jane. Elle ferma les yeux et se représenta son amie telle qu'elle était apparue au dîner, dans sa robe du soir bleu roi. Remuant les lèvres sous son bâillon elle prononça son nom à voix haute. « Jane, dit-elle, je suis avec lui. C'est lui qui a tué les autres filles. Il va nous tuer toi et moi.

Au secours, Jane. Je suis dans mon ancienne maison. Trouve-moi, Jane. » À plusieurs reprises elle répéta le nom du Hibou.

« Je t'ai interdit de prononcer mon nom. »

Elle ne l'avait pas entendu revenir. À travers le bâillon, le hurlement de Laura rompit le silence de la chambre qu'elle avait occupée pendant les seize premières années de sa vie.

Le lundi matin, au point du jour, Jane finit par sombrer dans un sommeil lourd et agité de rêves confus où
un sentiment de menace imminente se mêlait à l'impuissance, la tirant par instants de sa torpeur. Lorsqu'elle se réveilla pour de bon, elle constata avec
surprise qu'il était presque neuf heures et demie.

Elle s'apprêtait à appeler le service d'étage, mais elle
renonça à l'idée de prendre son petit déjeuner dans sa
chambre. La pièce était étriquée et triste, et les couleurs
déprimantes des murs, du couvre-lit et des rideaux lui
faisaient regretter sa confortable demeure d'Alexandria. Dix ans auparavant, dans une vente immobilière
par adjudication, elle avait acquis une maison de style
fédéral, une bâtisse d'un étage vieille de soixante-dix
ans, habitée par un même et unique propriétaire pendant quarante ans. Qu'elle fût sale, mal entretenue et
encombrée d'un incroyable fatras ne l'avait pas empêchée d'en tomber amoureuse. Ses amis avaient tenté de
la dissuader, lui prédisant des ennuis financiers sans
fin, mais ils reconnaissaient aujourd'hui qu'ils s'étaient
trompés.

Passant outre les crottes de souris, les papiers peints
décollés, la moquette salie, les éviers et lavabos qui

fuyaient, la vieille cuisinière et le réfrigérateur crasseux, elle n'avait vu que les hauts plafonds et les grandes fenêtres, les vastes pièces et la vue spectaculaire sur le Potomac, masquée à l'époque par des arbres trop grands.

Jane s'était à moitié ruinée pour acheter la maison et faire refaire le toit. Par la suite, elle avait accompli elle-même les travaux mineurs, s'attelant à gratter, peindre, poser le papier peint. Elle avait même poncé le parquet, qu'elle avait eu la surprise de découvrir en arrachant la moquette usée et déchirée.

Restaurer la maison a été une véritable thérapie pour moi, pensa Jane en se lavant les cheveux sous la douche. C'était le genre d'endroit où je rêvais de vivre quand j'étais jeune. Sa mère était allergique aux fleurs et aux plantes. Un sourire lui vint aux lèvres en revoyant en esprit la serre, devant sa cuisine, où s'épanouissaient tous les jours des fleurs nouvelles.

Les couleurs qu'elle avait privilégiées dans la maison étaient gaies et vives : jaune, bleu, vert et rouge. Pas un seul mur beige, faisaient remarquer ses amis. Avec l'avance de ses droits sur son dernier contrat, elle avait fait lambrisser sa bibliothèque et son bureau, moderniser la cuisine et les salles de bains. Sa maison était son havre, son refuge, la preuve de sa réussite. Comme elle était située à proximité de Mount Vernon, elle l'avait ironiquement baptisée Mount Vernon Junior.

Être ici, dans cet hôtel, mis à part son besoin de retrouver Lily, avait ravivé les pénibles souvenirs des années qu'elle avait vécues à Cornwall. Elle avait l'impression de redevenir enfant, lorsque ses parents étaient la risée de la ville.

Et ce séjour ravivait aussi son amour éperdu pour Reed et la cruelle nécessité de dissimuler à tous son chagrin de l'avoir perdu. Pendant toutes ces années, pensa-t-elle, j'ai eu des remords d'avoir abandonné Lily. Mais je sais aujourd'hui que, sans l'aide de mes parents, je n'aurais pu ni la garder ni subvenir correctement à ses besoins.

Tout en se séchant les cheveux, elle se persuada que les menaces qui pesaient sur Lily étaient liées à l'argent, que Sam avait raison. « Jane, réfléchissez, lui avait-il dit. Connaissez-vous une seule personne qui ait une raison de vous vouloir du mal ? Avez-vous jamais intrigué pour obtenir un poste convoité par quelqu'un d'autre ? Avez-vous jamais "arnaqué" quelqu'un, comme on dit ?

– Jamais », avait-elle répondu avec franchise.

Sam était plus ou moins parvenu à la convaincre que l'expéditeur des fax finirait par la contacter pour lui demander de l'argent. Mais dans ce cas, pensa Jane, quelqu'un a appris que j'étais enceinte et s'est débrouillé pour savoir qui avait adopté l'enfant. Et, parce qu'il y a eu beaucoup de tapage autour de notre réunion et que j'étais l'une des lauréates, il a peut-être décidé que c'était le bon moment pour se manifester.

Elle se regarda dans la glace et se trouva une mine affreuse. Contrairement à ses habitudes, elle se farda discrètement les joues et choisit un rouge à lèvres un peu plus vif que d'ordinaire.

Elle avait heureusement emporté quelques vêtements de rechange. Elle enfila un de ses pull-overs préférés, un col roulé de couleur prune, et un pantalon gris foncé.

Sa détermination à retrouver Lily avait un peu dissipé son sentiment désespéré d'impuissance. Elle accrocha ses boucles d'oreilles, se coiffa une dernière fois et, en reposant la brosse sur la commode, se rendit compte qu'elle avait la même taille et la même forme que celle qu'elle avait reçue par la poste avec les mèches des cheveux de Lily.

Et soudain lui revint en mémoire le nom de l'infirmière qui travaillait avec le Dr Connors : Peggy Kimball.

Jane ouvrit le tiroir de la table de nuit et en sortit l'annuaire du téléphone. Un rapide coup d'œil lui révéla qu'il y avait plusieurs Kimball, mais elle décida d'essayer en premier celui qui était inscrit sous le nom de « Kimball, Stephen et Margaret ». C'était une heure convenable pour téléphoner. Une voix de femme se fit entendre sur le répondeur : « Bonjour, Steve et Peggy sont absents pour le moment. Après le bip ayez la gentillesse de laisser un message avec votre numéro de téléphone et nous vous rappellerons. »

Peut-on se souvenir d'une voix après vingt ans ou suis-je seulement en train d'espérer que je reconnais cette voix ? se demanda Jane tout en choisissant avec soin ses mots : « Peggy, ici Jane Sheridan. Si vous étiez l'infirmière du Dr Connors il y a vingt ans, je dois absolument vous parler. Pouvez-vous me rappeler à ce numéro dès que possible ? »

Profitant que l'annuaire était ouvert, elle consulta la page des C. Le Dr Edward Connors aurait eu au moins soixante-quinze ans aujourd'hui s'il avait vécu. Sa femme était sans doute du même âge. Sam Deegan allait interroger le curé de Saint-Thomas à son sujet, mais son nom figurait peut-être encore dans l'annuaire. Le docteur habitait Winding Way alors ; il y avait une Mme Dorothy Connors dans cette rue. Pleine d'espoir, Jane composa le numéro. Une voix frêle lui répondit. Lorsque Jane raccrocha quelques minutes plus tard, Mme Connors lui avait fixé un rendez-vous à onze heures trente le matin même.

42

Le lundi matin à dix heures trente, Sam était dans le bureau de Rich Stevens, le procureur du comté d'Orange, et le mettait au courant de la disparition de Laura et des menaces qui visaient Lily.

« J'ai lancé le mandat concernant les appels téléphoniques du Glen-Ridge à une heure ce matin, dit-il. Aussi bien la réceptionniste que ce môme qui se pose en journaliste affirment que l'appel émanait de Laura Wilcox, et ils s'accordent également pour dire qu'elle semblait désemparée. D'après les enregistrements de l'hôtel, il s'agissait d'un appel du 917. Elle utilisait donc un téléphone mobile. Le juge n'a pas particulièrement apprécié que je le tire de son sommeil.

« Une fois l'assignation émise, j'espérais obtenir le nom et l'adresse de l'abonné, mais j'ai dû attendre jusqu'à neuf heures que le bureau soit ouvert.

– Que vous ont appris d'autre les enregistrements ? demanda Stevens.

– Le genre d'information confirmant que Laura Wilcox est en danger. Le téléphone utilisé est un de ces appareils que vous achetez avec un crédit de cent minutes d'utilisation avant de le jeter.

– Un de ces trucs employés par les dealers et les terroristes, coupa Stevens.

– Ou peut-être par un kidnappeur aujourd'hui. L'émetteur est situé à Beacon dans le comté de Dutchess, et vous connaissez comme moi l'étendue du territoire qu'il couvre. J'ai déjà parlé à nos techniciens. D'après eux, il existe deux autres relais importants à Woodbury et à New Windsor. Si nous recevons un nouvel appel, nous pourrons le trianguler et déterminer l'endroit exact d'où il émane. C'est ce que nous aurions fait si l'appareil était toujours en marche, mais malheureusement il a été éteint.

– Je n'éteins jamais mon portable, fit remarquer Stevens.

– Moi non plus. La plupart des gens ne le coupent pas. Raison de plus pour penser que Laura Wilcox a été contrainte de passer cet appel. Elle a son propre téléphone listé sous son nom. Pourquoi ne l'a-t-elle pas utilisé, et pourquoi est-il coupé maintenant ? »

Il décrivit alors son plan d'action. « Je veux des extraits du casier judiciaire de tous les anciens élèves qui assistaient à la réunion, dit-il, hommes et femmes. Beaucoup d'entre eux n'ont pas remis les pieds dans la région depuis vingt ans. Peut-être trouverons-nous quelque chose dans le passé de l'un ou de l'autre, peut-être découvrirons-nous que l'un d'eux a commis des actes de violence ou a été interné. Je veux que soient contactées les familles des cinq femmes qui étaient à la même table du réfectoire. Nous devons savoir si on a relevé quelque chose de suspect au moment de leur mort. Nous essayons également d'entrer en rapport avec les parents de Laura. Ils sont en croisière.

– Cinq de ces femmes sont mortes et une sixième a disparu, dit Stevens d'un ton incrédule. S'il n'y a rien de suspect, c'est parce qu'on n'a rien remarqué à l'époque. À votre place je commencerais par la dernière. L'affaire est si récente que, si la police de Los Angeles entend parler des cinq autres femmes, ils y regarderont peut-être à deux fois avant de classer la mort d'Alison Kendall dans la rubrique "noyade accidentelle". Nous allons nous faire communiquer tous les rapports de police concernant les autres cas.

– L'administration de Stonecroft va nous envoyer une liste des anciens élèves invités à la réunion, ainsi que celle des autres personnes qui assistaient au dîner, poursuivit Sam. Ils ont les adresses et les numéros de téléphone de tous les élèves, et d'une partie des habitants de la ville qui étaient présents. Bien entendu, certaines personnes ont réservé une table sans indiquer les noms de leurs invités, et il faudra un peu plus de temps pour les identifier. »

Sam ne put retenir un bâillement.

Rich Stevens avait si bien perçu l'urgence de la situation qu'il ne suggéra pas à son inspecteur chevronné d'aller prendre un peu de repos. Il lui dit seulement : « Chargez des types de la brigade de se mettre sur l'affaire. Et vous, Sam, que comptez-vous faire maintenant ? »

Sam eut un sourire gêné. « J'ai rendez-vous avec un curé, dit-il, et j'espère que c'est lui qui va se confesser. »

43

La découverte du corps d'Helen Whelan fit la une de tous les journaux. Sa disparition quarante-huit heures plus tôt avait déjà été amplement relatée, mais la confirmation de son assassinat devenait à présent un sujet d'intérêt majeur car elle répandait l'inquiétude dans les petites villes de la vallée de l'Hudson.

Le fait que son chien ait été sauvagement attaqué et qu'on ait retrouvé sa laisse enroulée autour du poignet de la victime donnait un regain de vraisemblance à l'hypothèse d'un tueur en série opérant dans cette région baignée d'histoire et de tradition.

Le Hibou avait somnolé par intermittence dans la nuit de dimanche. Après sa visite à Laura à dix heures et demie du soir, il avait pris quelques heures de repos. À sa visite suivante au petit matin, il avait eu la satisfaction de l'entendre le supplier, implorer grâce d'une voix tremblante. Une grâce qu'elle lui avait refusée à l'école, lui avait-il rappelé. Ensuite, il s'était longuement attardé sous la douche, espérant que l'eau chaude soulagerait son bras endolori. La morsure du chien s'était envenimée. Il était entré dans l'ancien drugstore de la ville où il faisait ses achats quand il était jeune, mais en était ressorti aussitôt. Il avait failli acheter de l'eau oxygénée, une pommade aux antibiotiques et des pansements. Puis il s'était dit que les flics n'étaient pas forcément stupides. Ils avaient sans doute prévenu les pharmacies du voisinage de signaler toute personne qui achèterait ce genre de remèdes.

Pour plus de sécurité, il s'était donc rendu dans une grande chaîne pharmaceutique où il avait acheté des produits de rasage, de la pâte dentifrice, des vitamines, des crackers et des sodas. Au dernier moment, il avait ajouté dans son panier des cosmétiques, de la crème hydratante et du déodorant. Enfin, il avait mêlé au tout les produits dont il avait besoin, eau oxygénée, onguents et pansements.

Il espérait ne pas avoir un accès de fièvre. Il avait chaud et sentait qu'il avait les joues rouges. Avec tout ce fatras inutile qu'il avait fourré dans le panier, il avait oublié l'aspirine. Mais il pourrait en acheter sans risque n'importe où. Le monde entier a mal à la tête, pensa-t-il, satisfait de l'image qu'évoquait cette réflexion.

Il augmenta le volume de la télévision. Le reportage montrait la scène du crime. Il l'observa avec attention, notant que le sol paraissait extrêmement boueux. Il n'avait pas le souvenir d'une zone aussi marécageuse. Cela signifiait que les pneus de sa voiture de location étaient sans doute chargés d'une croûte de boue qui provenait de là. Dans ce cas, mieux valait planquer cette bagnole dans le garage de la maison où il laissait Laura en vie, pour l'instant, et en louer une autre. Il choisirait une voiture de taille moyenne, une berline noire, discrète. De cette façon, si pour une raison quelconque quelqu'un se mettait à vérifier les voitures qui avaient été utilisées par les participants à la réunion, la sienne n'attirerait pas l'attention.

Au moment où le Hibou sortait une veste de la penderie, un communiqué était diffusé à l'antenne : « Un jeune journaliste de la Stonecroft Academy de Cornwall-on-Hudson révèle que la disparition de l'actrice Laura Wilcox pourrait être liée aux agissements d'un monstre qu'il appelle : "le tueur en série de la table du réfectoire". »

44

« Mon père, je n'insisterai pas sur l'urgence de notre demande », dit Sam Deegan au père Robert Dillon, curé de l'église de Saint-Thomas de Canterbury. Le prêtre l'avait reçu dans le presbytère. Mince, couronné de cheveux prématurément blanchis, ses yeux gris pétillant derrière des lunettes sans monture, il était assis à son bureau. Les fax que Jane avait reçus étaient étalés dessus. Dans un fauteuil en face de lui, Sam remettait la brosse à cheveux de Lily dans un sachet en plastique.

« Comme vous pouvez le constater, la dernière missive laisse supposer que la fille du Pr Jane Sheridan est en danger. Notre intention est de retrouver son certificat de naissance, mais nous ignorons si elle a été enregistrée ici ou à Chicago où elle est née », continua Sam.

À l'instant où il prononçait ces paroles, il comprit qu'il était vain d'espérer progresser rapidement. À première vue, le père Dillon n'avait pas plus de quarante ans. Il était vraisemblable qu'il n'était pas ici vingt ans auparavant lorsque Lily avait été baptisée, à supposer qu'elle l'ait été dans cette église. En outre, ses parents adoptifs l'auraient enregistrée sous leur nom de famille et son nom de baptême.

« Je saisis parfaitement l'urgence de la situation, et je suis convaincu que vous comprendrez que je suis tenu à la prudence, dit lentement le père Dillon. Mais, inspecteur, le hic est que les gens ne font pas nécessairement baptiser leurs enfants avant quelques semaines ou quelques mois, voire davantage. Autrefois, un nouveau-né était baptisé six semaines au maximum après sa naissance. Aujourd'hui, nous voyons des enfants qui reçoivent le sacrement en même temps qu'ils font leurs premiers pas. Nous n'approuvons pas cette tendance, mais elle existe et elle existait déjà il y a vingt ans. Notre paroisse est étendue et active, et non seulement nos paroissiens ont été baptisés ici, mais leurs petits-enfants continuent à l'être.

— Je comprends, mais si vous pouviez commencer par les trois mois qui ont suivi la naissance de Lily, nous aurions au moins la possibilité de retrouver la trace de ces bébés. La plupart des gens ne font pas mystère de leurs adoptions, n'est-ce pas ?

— Non, en général ils en sont fiers.

— Donc, à moins que les parents adoptifs eux-mêmes soient les auteurs des fax envoyés à Jane Sheridan, je pense qu'ils voudraient être prévenus d'une éventuelle menace pesant sur leur fille.

— Certainement. Je vais demander à ma secrétaire de dresser cette liste, mais vous comprendrez qu'avant de vous la communiquer, je veuille me mettre en rapport avec ces gens personnellement et leur expliquer la raison de cette demande.

— Mon père, cela prendra du temps, et c'est justement ce qui nous manque, protesta Sam.

— Le père Arella pourra me seconder. Je demanderai

à ma secrétaire de se charger des appels et tandis que je parlerai à l'un, elle préviendra le suivant de se tenir prêt à m'écouter. Ce ne sera pas long.

— Et que faites-vous de ceux que vous ne pourrez pas joindre ? Mon père, cette jeune fille court peut-être un terrible danger. »

Le père Dillon prit le fax et l'examina, l'air sombre. « Ce dernier message est effrayant en effet, mais comprenez-moi inspecteur, nous devons être prudents. Pour nous protéger d'éventuels problèmes juridiques, je préférerais que vous obteniez un mandat. Nous pourrons ainsi vous communiquer les noms sans plus tarder. Toutefois je vous demanderais de m'autoriser à prévenir ces familles dans la mesure du possible.

— Merci, mon père. Je ne vous dérangerai pas davantage. »

Ils se levèrent. « Il m'est venu à l'esprit que votre correspondant est une sorte d'érudit shakespearien, fit remarquer le père Dillon. Peu de gens auraient utilisé ce vers obscur sur le lys pourrissant.

— Je me suis fait la même réflexion, mon père. » Sam s'interrompit un instant. « J'aurais dû penser à vous poser cette question : Y a-t-il encore dans le diocèse des prêtres qui étaient affectés à la paroisse à l'époque où le bébé de Jane Sheridan aurait pu y être baptisé ?

— Frère Doyle y était vicaire, il est décédé voilà quelques années. Le curé de la paroisse était alors le père Sullivan. Il est parti s'installer en Floride avec sa sœur et son beau-frère. Je peux vous donner sa dernière adresse.

— J'aimerais l'avoir, en effet.

– Je l'ai dans mes dossiers. » Il ouvrit le tiroir de son bureau, sortit une chemise, la consulta et inscrivit un nom, une adresse et un numéro de téléphone sur une feuille de papier qu'il tendit à Sam. « La veuve du Dr Connors est une de nos paroissiennes. Si vous le désirez, je peux lui téléphoner et lui demander de vous recevoir. Elle se souviendra peut-être de quelque chose concernant cette adoption.

– Merci, mais ce ne sera pas nécessaire. J'ai parlé à Jane Sheridan avant de venir ici. Elle a trouvé l'adresse de Mme Connors dans l'annuaire et se prépare probablement à lui rendre visite en ce moment même. »

Tandis qu'ils se dirigeaient vers la porte, le père Dillon dit : « Inspecteur, quelque chose me vient subitement à l'esprit. Alice Sommers est également notre paroissienne. Est-ce vous qui avez continué à enquêter sur la mort de sa fille ?

– C'est moi.

– Elle m'a parlé de vous. Vous n'imaginez pas combien l'a réconfortée votre obstination à rechercher le meurtrier de sa fille.

– Je suis heureux d'avoir pu l'aider un peu. Alice Sommers est une personne d'un grand courage. »

Ils se tenaient devant la porte. « J'ai entendu à la radio ce matin qu'on avait retrouvé le corps de cette femme qui promenait son chien, dit le père Dillon. Est-ce votre service qui s'occupe de l'affaire ?

– Oui.

– J'ai cru comprendre qu'il s'agirait d'un meurtre perpétré au hasard et que, comme Karen Sommers, elle a été poignardée. Je sais que cela semble improbable, mais pensez-vous qu'il puisse exister un lien entre ces deux meurtres ?

– Mon père, Karen est morte voilà vingt ans », dit Sam avec précaution.

Il ne voulait pas laisser voir au père Dillon que la même idée l'avait traversé, sachant que les coups avaient été portés au même endroit.

Le curé secoua la tête. « Je crois que je ferais mieux de vous laisser mener l'enquête. C'est juste une pensée qui m'a effleuré, et j'ai cru bon de vous en faire part parce que vous vous êtes tellement impliqué dans l'affaire Sommers. » Il ouvrit la porte et serra la main de Sam. « Dieu vous bénisse, inspecteur. Je prierai pour Lily et je vous communiquerai les noms dès que nous les aurons rassemblés.

– Merci, mon père. Et lorsque vous prierez pour Lily, pouvez-vous avoir une pensée pour Laura Wilcox ?

– L'actrice ?

– Oui. Je crains qu'elle ne soit en danger, elle aussi. Personne ne l'a revue depuis samedi soir. »

Le père Dillon regarda Sam s'en aller. Laura Wilcox était à la réunion de Stonecroft, se rappela-t-il, songeur. Il lui était donc arrivé quelque chose ? Mon Dieu, que se passait-il par ici ?

Avec une prière silencieuse pour Lily et Laura, il regagna son bureau et appela sa secrétaire. « Janet, voulez-vous laisser tomber ce que vous faites en ce moment et sortir les archives des baptêmes qui ont été administrés dans la paroisse il y a dix-neuf ans, entre mars et juin ? Dès que frère Arella sera de retour, dites-lui que j'ai une tâche urgente à lui confier et qu'il annule ses projets pour la journée.

– Bien sûr, mon père. »

Janet raccrocha le téléphone et jeta un regard de regret au sandwich bacon-fromage et au café qu'on venait de déposer sur son bureau. Elle se leva à contre-cœur, murmurant : « Seigneur, au ton de sa voix on croirait qu'il s'agit d'une question de vie ou de mort. »

45

Dorothy Connors était une frêle vieille dame de soixante-dix ans qui souffrait visiblement de polyarthrite chronique. Elle se déplaçait lentement, les articulations de ses doigts étaient gonflées et des rides douloureuses creusaient son visage. Elle portait ses cheveux blancs coupés très court, sans doute, songea Jane, pour diminuer l'effort de lever les bras.

Sa maison était l'une des belles propriétés qui surplombaient l'Hudson. Elle invita Jane à la suivre dans le jardin d'hiver attenant à la salle de séjour où, comme elle l'expliqua, elle passait le plus clair de son temps.

Ses yeux bruns au regard vif s'éclairèrent quand elle parla de son mari. « Edward était le plus merveilleux des hommes et des maris et le meilleur médecin du monde, dit-elle. C'est cet affreux incendie qui l'a tué, la perte de son cabinet et de tous ses dossiers. Ce fut l'origine de sa crise cardiaque.

– Madame Connors, commença Jane, je vous ai dit au téléphone que j'avais reçu des menaces concernant ma fille. Elle a dix-neuf ans et demi aujourd'hui. Il faut absolument que je retrouve ses parents adoptifs, que je les prévienne de l'éventuel danger qu'elle court. Je suis originaire de cette ville. Je vous en prie, aidez-moi. Le

Dr Connors vous a-t-il jamais parlé de moi ? Cela n'aurait rien eu d'étonnant. Mon père et ma mère étaient la risée de la ville. Ils se querellaient en public et ne sont restés ensemble qu'en attendant de pouvoir enfin m'expédier à l'université. Votre mari a compris que je ne pourrais jamais me tourner vers eux. Il m'a trouvé un prétexte pour aller m'installer à Chicago. Il est même venu là-bas et m'a accouchée lui-même dans le service des urgences de la maison de repos.

— Oui, il l'a fait pour un bon nombre de jeunes filles. Il voulait les aider à préserver leur vie privée. Jane, il y a cinquante ans, ce n'était pas facile pour une jeune fille de donner naissance à un bébé hors mariage. Vous souvenez-vous d'Ingrid Bergman qui fut dénoncée au Congrès quand elle a mis au monde un enfant illégitime ? Les règles de conduite ont changé, pour le meilleur ou pour le pire, à vous de décider. Aujourd'hui, la plupart des gens se fichent qu'une femme célibataire porte puis élève seule un enfant, mais mon mari était de l'ancienne école. Il y a vingt ans, il était profondément soucieux de protéger l'intimité de ses jeunes patientes, même avec moi. Jusqu'à ce que vous m'en parliez, je n'ai jamais su que vous aviez été sa patiente.

— Mais vous *saviez* qui étaient mes parents. »

Dorothy Connors contempla Jane pendant un long moment. « Je savais qu'ils avaient des problèmes. Je les ai vus parfois à l'église et j'ai quelquefois bavardé avec eux. À mon avis, ma chère enfant, vous ne vous souvenez que des mauvais moments. Votre père et votre mère étaient aussi des gens charmants, intelligents qui malheureusement n'étaient pas faits l'un pour l'autre. »

Jane perçut un reproche voilé dans ces paroles qui, bizarrement, la mirent sur la défensive. « Je peux vous garantir qu'ils n'étaient pas faits l'un pour l'autre », dit-elle, espérant que la colère qui montait en elle ne perçait pas dans sa voix. « Madame Connors, je vous suis très reconnaissante de m'avoir reçue ainsi, presque à l'improviste, mais je vais être brève. Ma fille court peut-être un réel danger. Je sais que vous êtes extrêmement fidèle à la mémoire du Dr Connors, pourtant, si vous avez la moindre indication concernant les gens qui l'auraient adoptée par son intermédiaire, vous avez le devoir, envers elle et envers moi, de me le dire.

— Je vous jure qu'Edward ne discutait jamais avec moi de patientes dans votre situation, et je ne l'ai jamais entendu mentionner votre nom.

— Il ne gardait aucun dossier chez lui ? Toutes les archives de son cabinet ont-elles disparu ?

— Oui. Le bâtiment a été réduit en cendres. On a tout de suite pensé à un incendie criminel sans jamais trouver de preuves. Il n'est resté aucun dossier. »

Il était clair que Dorothy Connors ne pouvait lui apporter aucune aide. Jane se leva, prête à partir. « Je me souviens que Peggy Kimball était l'infirmière du Dr Connors lorsque je l'ai consulté. Je lui ai laissé un message et j'espère qu'elle me rappellera. Peut-être saura-t-elle quelque chose. Je vous remercie, madame Connors. Je vous en prie, ne vous levez pas. Je trouverai seule mon chemin. »

Elle tendit la main à Dorothy et fut alarmée à la vue du visage que la vieille dame levait vers elle. Un visage qui trahissait une immense inquiétude.

46

Mark Fleischmann se présenta au Glen-Ridge House à treize heures, déposa ses bagages, demanda la chambre de Jane au téléphone, n'obtint aucune réponse et descendit à la salle à manger. Il fut agréablement surpris d'y trouver Jane assise seule à une table d'angle, et traversa la pièce en quelques enjambées. « Attendez-vous quelqu'un ou acceptez-vous qu'on vous tienne compagnie ? » demanda-t-il en arrivant à sa hauteur. Il vit aussitôt son expression préoccupée s'éclairer d'un sourire.

« Mark, je ne m'attendais pas à vous voir ! Asseyez-vous, bien sûr. Je m'apprêtais à déjeuner et, non, personne ne doit me rejoindre.

— Eh bien, c'est chose faite à présent. » Il prit place sur la chaise en face d'elle. « J'avais rangé par mégarde ma serviette avec mon téléphone mobile dans le coffre de la voiture, dit-il, si bien que je n'ai eu votre message qu'en défaisant mes bagages hier soir. J'ai appelé l'hôtel tôt dans la matinée, et la standardiste m'a répondu que Laura n'avait pas réapparu et que la police vérifiait les appels téléphoniques. C'est alors que j'ai décidé de changer mon emploi du temps et de revenir. J'ai pris l'avion et loué une voiture.

– C'est vraiment gentil de votre part. Nous sommes tous très inquiets à propos de Laura. »

Elle lui fit un rapide compte rendu des événements qui s'étaient produits depuis son départ, la veille, après le brunch.

« Vous dites que vous êtes revenue à l'hôtel avec Sam Deegan, ce policier avec qui vous preniez un verre l'autre soir, et quand vous avez constaté l'absence de Laura, il a ouvert une enquête, c'est bien ça ? demanda Mark.

– Oui, dit Jane, consciente d'avoir éveillé la curiosité de Mark sur la raison de la présence de Sam auprès d'elle. Sam m'a suivie à l'hôtel parce que je devais lui donner quelque chose qui intéresse notre amie Alice Sommers. »

Alice désire voir les fax, se dit-elle, ce n'est donc pas tout à fait un mensonge. Jetant un regard à Mark par-dessus la table, elle vit une lueur d'inquiétude dans ses yeux. Jane eut soudain envie de lui parler de Lily, de demander au psychiatre si ces menaces lui paraissaient sérieuses, ou si quelqu'un cherchait seulement à la faire chanter.

« Vous voulez commander maintenant ? interrompit la serveuse d'une voix haut perchée.

– Oui, merci. »

Ils se décidèrent pour un sandwich club et du thé. « Du café au petit déjeuner, du thé au déjeuner et un verre de vin avant le dîner, dit Mark. J'ai noté que c'est une habitude chez vous aussi, Jeannie.

– Sans doute.

– J'ai remarqué beaucoup de choses à votre propos,

pendant ce week-end, et elles m'ont rappelé nos années à Stonecroft.

– Par exemple ?

– Eh bien, vous étiez brillante en classe. Et extrêmement silencieuse. Je me souviens que vous étiez d'un naturel très doux – ce qui n'a pas changé. Puis je me suis rappelé un jour en première année où je broyais du noir et où vous vous êtes montrée particulièrement gentille avec moi.

– Je ne m'en souviens pas.

– Je n'entrerai pas dans les détails, mais je n'ai pas oublié. Et j'admirais aussi la façon dont vous restiez digne quand vous étiez malheureuse à cause de vos parents.

– Pas toujours. »

Jane rougit au souvenir des quelques occasions où elle s'était mise à pleurer en classe parce qu'elle n'en pouvait plus de voir ses parents se disputer à la maison.

Comme s'il lisait dans ses pensées, Mark continua : « J'ai voulu vous tendre un mouchoir un jour où vous étiez en larmes, mais vous avez refusé et épongé furieusement vos yeux avec un Kleenex. Je voulais vous aider alors, et je veux vous aider aujourd'hui. Sur le trajet de l'aéroport, j'ai entendu à la radio que le jeune journaliste qui nous a cassé les pieds pendant toute la réunion parle à qui veut l'entendre de ce qu'il appelle "le tueur en série de la table du réfectoire". Même si cette hypothèse ne vous inquiète pas, moi elle me préoccupe. Et avec la disparition de Laura, vous êtes la seule qui reste de ce groupe.

– J'aimerais n'avoir à me préoccuper que de moi-même, lui répondit Jane.

– Pour qui vous inquiétez-vous ? Allons, Jane, dites-le-moi. L'angoisse est un symptôme que j'observe couramment dans mon métier et si j'ai vu quelqu'un d'angoissé, c'était bien vous l'autre soir pendant que vous parliez à Sam Deegan, dont j'apprends à l'instant qu'il est inspecteur de police. »

Un garçon remplissait leurs verres d'eau, donnant à Jane le temps de réfléchir. Je me souviens en effet que Mark a voulu me tendre un mouchoir, se rappela-t-elle. Je m'en voulais de pleurer et je lui en voulais de l'avoir remarqué. Il désirait seulement m'aider. Comme aujourd'hui. Devait-elle lui parler de Lily ?

Il la regardait, attendant qu'elle se livre. Pouvait-elle lui faire confiance ? Elle lui rendit son regard. Il fait partie de ces hommes qui ont autant de charme avec des lunettes que sans, pensa-t-elle. Il a des yeux merveilleux. Bruns avec des petits points dorés qui ressemblent à des taches de soleil.

Elle haussa les épaules et fronça les sourcils. « Vous me rappelez un de mes professeurs à l'université. Quand il posait une question, il vous fixait jusqu'à ce que vous lui fournissiez la réponse.

– Je ne fais rien d'autre, Jane. Un de mes patients appelle ça mon regard de chouette. »

La serveuse leur apporta leurs sandwiches. « Je reviens avec le thé », dit-elle d'un ton enjoué.

Jane attendit que le thé fût servi, puis dit calmement : « Votre regard de chouette m'a convaincu, Mark. Je vais vous parler de Lily. »

47

Sitôt arrivé à son bureau, Sam Deegan appela le procureur de Los Angeles et demanda à être mis en communication avec Carmen Russo, l'inspectrice qui avait mené l'enquête sur la mort d'Alison Kendall.

« Mort accidentelle par noyade, a conclu l'enquête, et nous nous en sommes tenus là, lui dit Carmen Russo. Ses amis ont reconnu qu'elle avait l'habitude de nager tous les jours au petit matin. La porte de la maison était ouverte, mais il ne manquait rien. Ses bijoux étaient sur le dessus de sa coiffeuse. Cinq cents dollars en liquide et ses cartes de crédit dans son portefeuille. Elle était très ordonnée. Rien n'était dérangé dans la maison, tout était à la même place dans le jardin et dans la cabine de bain. Sauf qu'elle était morte, elle était en parfaite santé. Son cœur était solide. Aucune trace d'alcool ni de drogue.

— Aucun signe de violence ? demanda Sam.

— Une légère meurtrissure à l'épaule, c'est tout. Sans davantage d'indices, difficile de penser qu'il s'agissait d'un meurtre. Nous avons pris des photos, naturellement, mais ensuite nous avons rendu le corps à la famille.

— Oui, je sais. Ses cendres ont été rapportées ici

dans la concession familiale, dit Sam. Merci, Carmen. » Il eut un moment d'hésitation avant d'interrompre la communication. « Qu'est-il advenu de sa maison ?

– Ses parents vivent à Palm Springs. Ils ne sont plus très jeunes. D'après ce que je sais, ils ont gardé la femme de ménage de Mlle Kendall pour s'occuper de la propriété jusqu'à ce qu'ils se décident à la mettre en vente. Ils n'ont visiblement pas besoin d'argent. Avec sa situation, on peut en tirer au moins deux millions de dollars. »

Découragé, Sam raccrocha. Son instinct profond lui disait qu'Alison Kendall n'était pas décédée de mort naturelle. En soulignant que ces cinq femmes aujourd'hui mortes avaient l'habitude de s'asseoir à la même table de refectoire, Jake Perkins avait mis le doigt sur quelque chose. Sam en était convaincu. Mais si le décès d'Alison Kendall n'avait pas éveillé le moindre soupçon, c'était une vraie gageure de chercher à relier entre elles les quatre autres morts, dont la première remontait à presque vingt ans.

Son téléphone sonna. C'était Rich Stevens. « Sam, à cause de ce baratineur de Perkins, nous avons été obligés de convoquer une conférence de presse pour faire certaines déclarations. Rejoignez-nous au bureau, nous verrons quoi dire. »

Cinq minutes plus tard, dans le bureau de Stevens, ils discutaient de la meilleure façon de désamorcer les attaques des médias.

« Nous sommes peut-être en présence d'un tueur en série. Il faut que ce type continue à se croire à l'abri, déclara Sam. Nous nous en tiendrons aux faits. Alison

Kendall est morte accidentellement à la suite d'une noyade. Même en sachant que sont également mortes quatre autres femmes qui furent jadis ses proches amies, la police de Los Angeles n'y voit rien de suspect. Laura Wilcox a téléphoné à l'hôtel pour dire que ses projets n'étaient pas encore fixés. Qu'elle ait paru nerveuse n'est qu'une supposition de la part d'une employée de l'hôtel. Nous enquêtons sur la mort de ces autres femmes qui ont partagé la même table de réfectoire voilà des années, mais il est évident que ni les accidents qui leur ont coûté la vie ni, dans le cas de Gloria Martin, le suicide, ne correspondent au schéma d'un tueur en série.

— Pareille déclaration nous fera passer pour d'incroyables naïfs, dit sèchement Rich Stevens.

— C'est justement ce que je veux, rétorqua Sam. Je veux que celui qui est derrière tout ça nous prenne pour une bande de gogos. Si Laura est encore en vie, je ne veux pas qu'il s'affole avant que nous ayons une chance de la sauver. »

Il y eut un coup frappé à la porte. Le jeune inspecteur qui apparut dans le bureau du procureur était visiblement tout excité. « Monsieur, nous avons examiné les dossiers scolaires de chacun des anciens élèves de Stonecroft qui assistaient à la réunion et nous avons peut-être déniché quelque chose sur l'un d'eux, Joel Nieman.

— Qu'avez-vous trouvé ?

— Quand il était en terminale, il a été soupçonné d'avoir trafiqué le casier d'Alison Kendall. Les vis des charnières avaient été ôtées, si bien qu'en l'ouvrant

Alison a reçu la porte sur elle et s'est retrouvée par terre. Elle a souffert de contusions sans gravité.

– Pourquoi l'a-t-on soupçonné ? demanda Sam.

– Parce qu'il n'avait pas supporté ce qu'elle avait écrit dans le journal de l'école. La pièce de théâtre de fin d'année était *Roméo et Juliette*. Nieman tenait le rôle de Roméo et Kendall a écrit quelque chose de franchement méchant sur lui, soulignant qu'il était incapable de retenir son texte. Il s'est vanté de savoir Shakespeare par cœur, et a raconté à tout le monde qu'elle ne l'emporterait pas au paradis. Il a dit qu'il avait eu le trac pendant deux secondes et que ça n'avait aucun rapport avec un manque de mémoire. Peu après, Alison recevait la porte de son casier sur la tête. Ce n'est pas tout. Il a un caractère de chien et il a été interpellé à la suite de deux bagarres dans des bars. L'an passé, il a failli être inculpé pour avoir trafiqué sa comptabilité, et sa femme est la plupart du temps absente, comme en ce moment.

– Le père Dillon et moi-même avons relevé que l'individu qui envoie ces fax à Jane a cité un sonnet de Shakespeare », se rappela Sam.

Il se leva. « Ô Roméo, Roméo, pourquoi es-tu Roméo ? »

Comme Rich Stevens et le jeune inspecteur le regardaient, stupéfaits, Sam ajouta : « C'est exactement ce que je m'en vais découvrir sans tarder, ensuite nous verrons quels autres vers de Shakespeare Joel Nieman sera capable de nous citer. »

48

Le hibou revint à dix-huit heures trente, gravit sans bruit l'escalier. Cette fois Laura avait perçu sa présence ou deviné qu'il allait bientôt réapparaître, car elle tremblait déjà lorsqu'il entra dans la pièce et braqua la lampe torche dans sa direction.

« Bonsoir, Laura, murmura-t-il. Contente de me revoir ? »

Elle respirait difficilement. Il la regarda se recroqueviller au fond du lit.

« Laura, réponds-moi. Voyons, laisse-moi desserrer le bâillon. Mieux encore, je vais l'ôter. Je t'ai apporté de quoi te nourrir. À présent, dis-moi, es-tu heureuse de me revoir ?

— Ou-oui, je suis heureuse, murmura-t-elle.

— Tu bégaies. Cela me surprend de ta part. Tu te moquais des gens qui bégayaient. Montre-moi comment tu les ridiculisais. Non, peu m'importe maintenant. Je ne peux pas m'attarder. Tiens, voilà un sandwich au beurre de cacahuètes, et un verre de lait. C'est ce que tu mangeais à l'école. Tu te rappelles ?

— Oui... oui.

— Je suis content que tu t'en souviennes. C'est important de ne pas oublier le passé. Maintenant je t'autorise à utiliser la salle de bains. Puis tu pourras manger ton sandwich et boire le lait. »

D'un geste preste, il l'aida à s'asseoir et trancha la corde qui liait ses poignets. Ses mouvements étaient si rapides que Laura vacilla et tendit la main, agrippant malgré elle le bras du Hibou.

Il étouffa un cri sous l'effet de la douleur et serra le poing, prêt à la frapper, puis retint son geste. « Tu ne pouvais pas savoir que j'avais mal au bras, je ne t'en veux pas. Mais ne me touche plus jamais. Compris ? »

Laura hocha la tête.

« Lève-toi. Lorsque tu seras sortie de la salle de bains, je t'autoriserai à t'asseoir et à manger. »

Chancelante, à pas hésitants, Laura lui obéit. Dans la salle de bains, la lumière de la veilleuse lui permit de distinguer les robinets du lavabo et de les ouvrir. Fébrilement, elle se rafraîchit le visage et les mains, repoussa ses cheveux en arrière. Faites que je reste en vie, pria-t-elle. Ils sont probablement en train de me chercher. Pitié, mon Dieu, faites qu'ils me trouvent.

La poignée tourna. « Laura, c'est l'heure maintenant. »

L'heure. Allait-il la tuer tout de suite ? Seigneur...

La porte s'ouvrit. Le Hibou désigna la chaise à côté de la coiffeuse dans la chambre. Sans dire un mot, Laura se dirigea lentement vers elle, s'assit. « Allez, la pressa-t-il. Commence à manger. » Il saisit la lampe torche et dirigea la lumière sur son cou afin de pouvoir étudier son expression sans l'éblouir. Il constata avec satisfaction qu'elle s'était remise à pleurer.

« Tu crèves de peur, hein ? Et je parie que tu te demandes comment j'ai su que tu te moquais de moi.

Je vais te raconter une histoire. Voilà vingt ans exactement nous étions quelques étudiants à passer le week-end chez nous et nous nous sommes retrouvés un soir. À une fête. Comme tu le sais, je ne faisais pas partie de ton groupe, du cercle restreint. J'en étais très loin, à vrai dire. Mais pour une raison quelconque, j'ai été invité à cette soirée, et tu t'y trouvais. Ravissante Laura. Ce soir-là, tu étais assise sur les genoux de ta dernière conquête en date, Dick Gormley, notre ancienne star du football. J'ai rongé mon frein en silence, Laura, j'avais un sacré béguin pour toi alors.

« Alison était là, bien sûr. Complètement soûle. Elle est venue me trouver. Je ne l'avais jamais aimée. Franchement, je redoutais sa langue de vipère quand elle la tournait contre moi. Elle m'a rappelé qu'en terminale j'avais eu le culot de te demander de sortir avec moi. "Toi..., a-t-elle dit avec un rire méprisant... Le hibou qui voulait sortir avec Laura." Et c'est alors qu'elle m'a raconté comment tu m'avais imité quand nous étions en classe et que je jouais dans la pièce de fin d'année. "Je suuuuis le le hiiiiboubou et et je viviiiis dans un un un..."

« Laura, ton imitation était certainement parfaite. Alison m'a assuré que les filles de votre groupe hurlaient de rire chaque fois qu'elles y repensaient. Et ensuite tu leur as rappelé que j'avais pissé dans mon froc sur la scène avant de m'enfuir. Tu leur as même raconté ça. »

Il la regardait mordre dans son sandwich. Elle le laissa tomber sur ses genoux. « Je regrette....

— Laura, tu ne comprends toujours pas que tu as vécu vingt ans de trop. Je vais te dire pourquoi. Le soir de cette réunion, j'étais ivre moi aussi. Tellement ivre que j'ai oublié que vous aviez déménagé. Je suis venu ici, dans cette maison, pour te tuer. Je savais que ta famille planquait un double des clés sous le faux rocher derrière la maison. Les nouveaux propriétaires avaient gardé la même habitude. Je suis entré dans cette maison, je suis monté dans cette chambre. J'ai vu les cheveux répandus sur l'oreiller et j'ai cru que c'était toi. Laura, je me suis trompé quand j'ai poignardé Karen Sommers. C'était toi que je tuais. *Toi*.

« Le lendemain matin je me suis réveillé avec le vague souvenir d'être venu ici. Puis j'ai découvert ce qui s'était passé et me suis rendu compte que j'étais devenu célèbre. »

La voix du Hibou se précipita sous l'effet de l'excitation à mesure qu'affluaient ses souvenirs. « Je ne connaissais pas Karen Sommers. Personne ne pouvait imaginer que j'avais un rapport avec elle, mais cette erreur m'a libéré. Ce matin-là, j'ai compris que j'avais le pouvoir de vie et de mort. Et je l'ai toujours exercé depuis. Toujours, Laura. Sur des femmes dans tout le pays. »

Il se leva. La terreur se lisait dans les yeux écarquillés de Laura ; sa bouche était ouverte ; le sandwich reposait sur ses genoux. Il se pencha en avant. « Je dois m'en aller maintenant, mais pense à moi, Laura. Songe à la chance que tu as eue de profiter d'une rallonge de vingt ans. »

Brusquement, il lui attacha les mains, la bâillonna, la força à se lever de sa chaise, la repoussa sur le lit et la ligota avec la longue corde.

« Tout a commencé dans cette pièce, et tout finira

dans cette pièce, dit-il. La phase finale du plan est sur le point de se dérouler. Je te laisse imaginer la conclusion. »

Il était parti. Dehors la lune se levait, et depuis le lit Laura distingua la forme vague du téléphone mobile posé sur la coiffeuse.

49

À dix-huit heures trente, Jane était dans sa chambre d'hôtel quand elle reçut l'appel qu'elle attendait. Il provenait de Peggy Kimball, l'infirmière du Dr Connors à l'époque où elle était venue le consulter. « Vous avez laissé un message urgent, mademoiselle Sheridan. De quoi s'agit-il ? » Son ton était dénué d'amabilité.

« Peggy, nous nous sommes rencontrées il y a vingt ans. J'étais une patiente du Dr Connors et il s'était occupé de l'adoption de mon bébé. J'ai besoin... de vous parler à ce sujet. »

Peggy Kimball resta un moment sans répondre. Dans le fond, Jane entendait des voix d'enfants. « Je regrette, mademoiselle Sheridan, dit-elle enfin avec fermeté. Il m'est impossible de parler des adoptions dont s'occupait le Dr Connors. Si vous désirez retrouver la trace de votre enfant, il existe des moyens légaux pour y parvenir. »

Jane sentit que son interlocutrice était sur le point de raccrocher. « Je me suis déjà mise en rapport avec Sam Deegan, un enquêteur du bureau du procureur, dit-elle précipitamment. J'ai reçu trois messages anonymes dont le contenu montre indiscutablement qu'une menace pèse sur ma fille. Ses parents adoptifs doivent être prévenus pour pouvoir la protéger. Je vous en prie, Peggy. Vous vous êtes montrée extrêmement bienveillante à mon égard il y a vingt ans. Aidez-moi aujourd'hui, je vous en supplie. »

Elle fut interrompue par un cri affolé à l'autre bout du fil. « Tommy, fais attention. Ne touche pas à ce plat. »

Jane entendit un bris de verre.

« Oh, mon Dieu, dit Peggy avec un soupir. Écoutez, mademoiselle Sheridan, je garde mes petits-enfants. Je ne peux pas vous parler maintenant.

— Peggy, puis-je vous rencontrer demain ? Je vous montrerai les fax que j'ai reçus. Vous pouvez vous renseigner à mon sujet. Je suis responsable du département d'histoire à l'université de Georgetown. Je vais vous donner le numéro du président de l'université. Ainsi que celui de Sam Deegan.

— Tommy, Betsy, ne vous approchez pas de ce verre ! Attendez. Responsable du département d'histoire... Seriez-vous par hasard la Jane Sheridan qui a écrit ce livre sur Abigail Adams ?

— Oui.

— Oh, grands dieux ! Je l'ai adoré ! Je sais tout sur vous. Je vous ai vue à l'émission *Today* avec Katie Couric. On vous aurait prises pour deux sœurs. Est-ce que vous serez encore au Glen-Ridge demain matin ?

— Oui, j'y serai.

— Je travaille dans le service néonatal de l'hôpital. Le Glen-Ridge est sur mon chemin. Je crains de ne pouvoir vous être d'une grande aide, mais nous pourrions prendre un café vers dix heures ?

— Volontiers, dit Jane. Merci Peggy. Merci.

– Je vous ferai appeler depuis la réception, dit Peggy rapidement, puis sa voix reprit une inflexion sévère : Betsy, ça suffit. Ne tire pas les cheveux de Tommy ! Oh, mon Dieu ! Désolée, Jane, ça devient la mêlée générale ici. À demain. »

Jane raccrocha lentement. C'est peut-être la pagaille chez Peggy, songea-t-elle mais, aussi fou que cela puisse paraître, je l'envie. J'envie les problèmes normaux des gens normaux. Qui s'occupent de leurs petits-enfants, de changer les bébés, de nettoyer les plats renversés, les assiettes cassées. Qui peuvent voir leurs filles, les toucher, leur dire de conduire prudemment, d'être rentrées à la maison à minuit.

Elle était assise devant le petit bureau de sa chambre d'hôtel lorsque Peggy Kimball avait téléphoné. Devant elle s'étalait une liste de noms qu'elle avait tenté de rassembler, ceux des personnes avec lesquelles elle s'était liée dans la maison de retraite, ceux des professeurs de l'université de Chicago où elle avait suivi des cours pendant son temps libre.

Elle se massa les tempes, espérant faire disparaître un début de mal de tête. Dans une heure, à sept heures et demie, à la demande de Sam, un dîner était prévu dans une salle à manger privée à l'entresol de l'hôtel. Les convives comprendraient les lauréats, Gordon, Carter, Robby, Mark et Jane. Plus Jack naturellement, l'organisateur de cette malheureuse réunion. Qu'espère Sam en nous réunissant tous à nouveau ? se demanda-t-elle.

Se confier à Mark lui avait procuré un soulagement mitigé. Il y avait de l'étonnement dans ses yeux quand il lui avait demandé : « Vous dites que le jour de la remise de votre diplôme à dix-huit ans, alors que vous

vous avanciez sur l'estrade pour recevoir le prix d'histoire et une bourse pour Bryn Mawr, vous saviez que vous attendiez un bébé et que le garçon que vous aimiez reposait dans un cercueil ? »

Elle avait répliqué : « Je n'en attends ni louanges ni reproches.

— Pour l'amour du ciel, Jane ! Je ne songe ni à vous féliciter ni à vous blâmer, avait-il dit. Mais quelle terrible épreuve ! J'allais souvent faire du jogging à West Point et je vous ai vue une ou deux fois avec Reed Thornton, mais je n'imaginais pas alors qu'il y avait plus qu'une amitié momentanée entre vous. Qu'avez-vous fait après la cérémonie des diplômes ?

— Je suis allée déjeuner avec mon père et ma mère. Un vrai repas de fête. Ils avaient rempli leur devoir à mon égard et pouvaient enfin se séparer sans mauvaise conscience. En sortant du restaurant, je suis allée à West Point. La messe de funérailles de Reed avait été célébrée dans la matinée. J'ai déposé sur sa tombe les fleurs que mes parents m'avaient offertes pour ma réussite.

— Et peu après vous avez vu le Dr Connors pour la première fois ?

— La semaine suivante.

— Jeannie, avait dit Mark, j'ai toujours eu l'impression que, comme moi, vous étiez une sorte de survivante, mais comment imaginer la peine que vous avez endurée, seule à une période comme celle-là ?

— Pas seule. Je suppose que quelqu'un a su ou découvert mon secret. »

Il avait hoché la tête. « J'ai lu beaucoup de choses sur votre vie professionnelle, mais je ne sais pas grand-chose de votre vie personnelle. Y a-t-il quelqu'un en particulier, ou y a-t-il eu quelqu'un autrefois à qui vous auriez pu vous confier ? »

Jane réfléchit à la réponse qu'elle lui avait faite. « Mark, vous souvenez-vous de ce poème de Robert Frost : "Mais j'ai des promesses à tenir, et des lieues à parcourir avant de m'endormir..." D'une certaine manière c'est ce que je ressens. Jusqu'à aujourd'hui, où je suis obligée de parler d'elle, il n'y a jamais eu une seule âme à qui j'aie eu envie de parler de Lily. Mon existence est très remplie. J'aime mon travail et j'aime écrire. J'ai beaucoup d'amis, hommes et femmes. Mais je serai franche. J'ai toujours eu le sentiment que quelque chose dans mon existence était resté sans réponse, le sentiment que ma vie elle-même était restée en suspens. J'ai besoin de mettre fin à cette incertitude avant de pouvoir passer à autre chose. Je crois que je commence à en comprendre la raison. Je me demande encore si je n'aurais pas dû garder mon bébé. Maintenant que ma fille a besoin de moi et que je me sens tellement impuissante, je voudrais remonter le temps, et cette fois pouvoir la garder. »

C'est alors qu'elle avait vu le doute sur le visage de Mark. *N'êtes-vous pas en train de fabriquer un scénario de toutes pièces à cause de votre besoin de la retrouver ?* Il aurait pu poser la question tout haut. Mais il se contenta de dire : « Bien entendu vous devez poursuivre votre recherche, Jane, et je suis heureux que Sam Deegan vous aide puisque vous avez visiblement affaire à un déséquilibré. Toutefois, en tant que psychiatre, je dois vous prévenir d'être très prudente. Si, à cause de ces menaces, vous avez accès à des dossiers confidentiels, vous risquez de pénétrer dans la vie d'une jeune femme qui n'est pas disposée à *vous* connaître.

– Vous croyez que je me suis envoyé ces fax à moi-même, n'est-ce pas ? » se rebiffa Jane, se rappelant sa fureur quand elle s'était rendu compte que certaines personnes en arrivaient à cette conclusion.

« Bien sûr que non, avait dit précipitamment Mark. Mais répondez-moi franchement : si vous receviez un appel en ce moment même vous demandant de rencontrer Lily, iriez-vous ?

– Oui, j'irais.

– Jane, écoutez-moi. La personne qui a découvert l'existence de Lily cherche délibérément à vous affoler, à ce que vous abandonniez toute prudence dans l'espoir de rencontrer votre fille. Jane, soyez prudente. Laura a disparu. Vos autres amies sont mortes. »

Là-dessus, il était parti.

Jane se leva. Elle était attendue en bas pour dîner dans quarante minutes. Elle espéra qu'une aspirine calmerait sa migraine et qu'elle se sentirait mieux après un bain chaud.

Le téléphone sonna à sept heures dix, au moment où elle sortait de la baignoire. Elle hésita un instant avant d'aller répondre, puis saisit un peignoir de bain et courut décrocher dans la chambre. « Allô ?

– Allô ! Jeannie », dit une voix joyeuse.

Laura ! C'était Laura.

« Laura, où es-tu ?

– Dans un endroit où je m'amuse comme une folle. Jeannie, dis à tous ces flics de rentrer chez eux. Je passe des moments merveilleux. Je te rappellerai bientôt. Bye, chérie. »

50

Le lundi en fin d'après-midi, Sam alla interroger Joel Nieman à son bureau de Rye, dans l'État de New York.

Après l'avoir fait patienter à la réception pendant presque une demi-heure, Nieman l'invita à entrer dans son élégant bureau personnel. Son attitude dissimulait mal son agacement.

Plus grand-chose à voir avec Roméo pensa Sam en étudiant les traits légèrement empâtés de Nieman et ses cheveux teints en auburn.

Nieman repoussa d'un geste de la main l'idée qu'il ait pu proposer un rendez-vous à Laura durant la réunion des anciens élèves. « J'ai entendu à la radio ces élucubrations à propos d'un prétendu tueur de la table du réfectoire, dit-il ensuite. C'est ce petit journaliste, Perkins, qui en est l'auteur, je crois. On devrait lui mettre une muselière et le garder à la maison jusqu'à ce qu'il ait grandi. Écoutez, j'étais en classe avec ces filles. Je les connaissais toutes. Penser que leurs morts ont un rapport quelconque est un non-sens. Commençons par Catherine Kane. Nous étions en première année à l'université quand sa voiture a dérapé et a fini dans le Potomac. Cath avait toujours conduit trop vite. Comptez les amendes pour excès de vitesse qu'elle a récoltées à Cornwall pendant son année de terminale et vous comprendrez ce que je veux dire.

— Peut-être, répliqua calmement Sam, mais ne trouvez-vous pas stupéfiant que l'histoire dans ce cas se répète non pas deux fois mais *cinq* ?

— Sans doute. Le fait que cinq filles toujours assises à la même table aient trouvé la mort est plutôt inquiétant, mais je pourrais vous présenter le garçon qui s'occupe de la révision de nos ordinateurs. Sa mère et sa grand-mère sont mortes d'une crise cardiaque le même jour, à trente ans d'intervalle. Le lendemain de Noël. Peut-être ont-elles calculé les sommes qu'elles avaient dépensées pour les cadeaux et le choc les a-t-elle emportées. Hein, qu'en pensez-vous ? »

Sam dévisagea Joel Nieman avec un profond mépris, pourtant il avait l'intuition que son arrogance cachait un sentiment de malaise. « Je crois savoir que votre femme a quitté la réunion dès le samedi matin pour partir en voyage d'affaires.

— C'est exact.

— Étiez-vous seul chez vous le samedi soir après le dîner, monsieur Nieman ?

— J'étais seul. Les réunions qui s'éternisent m'assomment. »

Ce type n'est pas du genre à rentrer seul chez lui quand sa femme n'est pas là, songea Sam. Il lança au hasard : « Monsieur Nieman, on vous a vu quitter le parking avec une femme dans votre voiture. »

Joel Nieman haussa les sourcils. « Eh bien, peut-être suis-je parti avec une femme en effet, mais elle était loin d'avoir quarante ans. Monsieur Deegan, si vous allez à la pêche au scandale avec moi parce que Laura a filé avec un type et n'a pas réapparu, je vous suggère d'appeler mon avocat. Et maintenant, si vous voulez bien m'excuser, j'ai du travail. »

Sam se leva et se dirigea d'un pas tranquille vers la porte. Comme il passait devant la bibliothèque, il s'arrêta et regarda l'étagère du milieu. « Vous avez une belle collection des œuvres de Shakespeare, monsieur Nieman.

– J'ai toujours pris plaisir à lire le Barde de Stratford-upon-Avon.

– J'ai entendu dire que vous teniez le rôle de Roméo dans la pièce que jouaient les élèves de terminale à Stonecroft.

– Exact. »

Sam choisit ses mots avec soin : « N'était-ce pas Alison Kendall qui avait critiqué votre jeu ?

– Elle a dit que j'avais oublié mon texte. Je ne l'avais pas oublié. J'ai eu un moment de trac. C'est tout.

– Alison a eu un accident à l'école quelques jours après la pièce, n'est-ce pas ?

– Je m'en souviens. La porte de son casier lui est tombée dessus. Tous les garçons ont été interrogés à ce sujet. J'ai toujours pensé qu'ils auraient pu interroger les filles également. Beaucoup d'entre elles ne pouvaient pas la sentir. Écoutez, tout ça ne vous mènera nulle part. Comme je vous l'ai dit, je parierais mon dernier dollar que ces cinq décès ont été accidentels. Sans aucun rapport entre eux. En outre, Alison était une peste. Elle n'avait de respect pour personne. D'après ce que j'ai lu à son propos, elle n'avait pas changé. Pas étonnant que quelqu'un ait décidé qu'elle avait assez nagé comme ça le jour où elle s'est noyée. »

Il marcha vers la porte et l'ouvrit d'un geste délibéré. « "Hâtez le départ des invités", aurait pu dire Shakespeare. »

Sam espéra être suffisamment maître de lui pour ne pas trahir ce qu'il pensait de Nieman et de son dédain pour la mort d'Alison Kendall. « Il y a aussi un proverbe danois qui dit que poisson et convives sentent mauvais au bout de trois jours », fit-il remarquer. En particulier les convives morts, ajouta-t-il *in petto*.

« Proverbe notamment paraphrasé par Benjamin Franklin, rétorqua Joel Nieman.

– Connaissez-vous la citation de Shakespeare à propos des lys morts ? demanda Sam. C'est dans la même veine. »

Le rire de Nieman ressembla à un hennissement déplaisant et sans joie. « "Le lys qui se corrompt sent pis que mauvaise herbe." Un vers d'un de ses sonnets. Bien sûr que je le connais. Si vous voulez savoir, je l'évoque souvent. Ma belle-mère s'appelle Lily. »

Sam parcourut le trajet de Rye au Glen-Ridge House plus vite qu'il ne l'aurait dû, laissant grimper l'aiguille du compteur. Il avait demandé aux lauréats et à Jack Emerson de le retrouver pour dîner à sept heures et demie. Son intuition le portait à croire que l'un des cinq hommes, Carter Stewart, Robby Brent, Mark Fleischman, Gordon Amory ou Jack Emerson détenait l'explication de la disparition de Laura. Maintenant, après avoir interrogé Joel Nieman, il n'en était plus aussi certain.

Nieman avait reconnu qu'il n'était pas rentré seul

chez lui le soir du dîner. À Stonecroft, il avait été le suspect principal dans l'incident du casier. Il avait failli faire de la prison pour avoir agressé un autre homme lors d'une bagarre dans un bar. Et il n'avait pas cherché à cacher sa satisfaction à l'annonce de la mort d'Alison Kendall.

À tout le moins, Joel Nieman méritait qu'on le garde à l'œil.

Il était sept heures trente tapantes lorsque Sam pénétra dans Glen-Ridge House. En se dirigeant vers la salle à manger privée, il passa devant l'omniprésent Jake Perkins, vautré dans un fauteuil du hall. Perkins se leva d'un bond. « Du nouveau, monsieur ? »

S'il y en avait, tu serais le dernier à l'apprendre, faillit dire Sam, mais il parvint à refouler son agacement. « Rien à signaler, petit. Tu devrais rentrer chez toi.

— Je vais m'en aller bientôt. Oh, voilà le Pr Sheridan. J'aimerais lui parler une minute. »

Jane sortait de l'ascenseur. Même de loin, son attitude trahissait un désarroi profond. Il suffisait de voir la hâte avec laquelle elle traversait le hall en direction de la salle à manger. Il y avait une urgence dans sa démarche qui incita Sam à presser le pas pour la rattraper.

Ils se retrouvèrent à la porte de la salle à manger. Jane commença à dire : « Sam, j'ai des nouvelles... », puis se tut en apercevant Jake Perkins.

Le lycéen l'avait entendue. « De qui avez-vous des nouvelles, mademoiselle Sheridan ? De Laura Wilcox ?

— Fiche le camp », fit Sam d'un ton ferme.

Il prit Jane par le bras et franchit avec elle la porte qu'il referma derrière eux.

Carter, Gordon, Mark, Jack et Robby étaient déjà arrivés. Un petit bar avait été dressé autour duquel les cinq hommes se tenaient, un verre à la main. Au claquement de la porte, ils se retournèrent de concert, mais sitôt qu'ils virent l'expression de Jane, les paroles de bienvenue qu'ils s'apprêtaient à prononcer furent oubliées.

« Je viens d'avoir des nouvelles de Laura, leur annonça-t-elle. Il y a juste un instant. »

Au cours du dîner, la première réaction de soulagement qu'ils avaient tous ressentie céda peu à peu la place à l'incertitude. « J'ai été bouleversée en entendant sa voix, rapporta Jane. Mais elle a raccroché avant que je puisse lui parler.

– Vous a-t-elle paru nerveuse ou inquiète ? demanda Emerson.

– Non, je dirais qu'elle semblait plutôt euphorique. Mais elle ne m'a pas laissé le temps de lui poser une seule question.

– Êtes-vous certaine que c'était Laura ? demanda Gordon Amory, posant la question que Sam savait présente dans l'esprit de chacun.

– Je *crois* que c'était elle, dit Jane lentement. Mais je ne pourrais pas le jurer. Ça lui *ressemblait*, pourtant... » Elle marqua une hésitation. « J'ai des amis en Virginie, un couple, qui ont exactement la même voix au téléphone. Ils sont mariés depuis cinquante ans, et ont un timbre similaire. Je dis : "Bonjour Susan", et David éclate de rire et dit : "Devine !" Ensuite, après avoir bavardé un moment, je peux reconnaître les différences d'intonation, bien sûr. J'ai eu cette même impression en entendant Laura. C'était sa voix, mais peut-être pas tout à fait. Elle ne m'a pas parlé assez longtemps pour que je puisse affirmer avec certitude s'il s'agissait d'elle ou non... »

Gordon Amory la coupa : « Le problème n'en demeure pas moins que si l'appel téléphonique provenait de Laura, et qu'elle se sait portée disparue, pourquoi ne s'est-elle pas montrée plus précise quant à ses intentions ? Je ne serais pas surpris qu'un type comme ce jeune Perkins ait inventé un coup de ce genre pour pimenter son histoire. Laura a joué dans une série télévisée pendant deux ans. Elle a une voix particulière. Peut-être a-t-il demandé à un comédien de sa connaissance de l'imiter ?

– Qu'en pensez-vous, Sam ? demanda Mark Fleischman.

– Si vous voulez mon avis de flic, que ce soit Laura Wilcox ou non qui ait passé ce coup de fil, ça ne me dit rien qu'y vaille. »

Fleischman hocha la tête. « C'est exactement mon sentiment. »

Carter Stewart découpait son steak avec application. « Il y a un autre facteur à prendre en considération. Laura est une actrice sur la pente descendante. J'ai appris qu'elle risque de se retrouver sans domicile. »

Il jeta un coup d'œil à la ronde et prit un air suffisant devant la stupéfaction peinte sur le visage des autres convives. « Mon agent m'a téléphoné. Il a lu un entrefilet intéressant dans la section Affaires du *L.A. Times* d'aujourd'hui. Le fisc s'apprête à saisir la maison de Laura pour rembourser une hypothèque. »

Il s'interrompit, porta sa fourchette à sa bouche avant de poursuivre : « En bref, cela signifie que Laura pourrait être aux abois. La publicité est essentielle pour une actrice. Bonne ou mauvaise, peu importe, pourvu que votre nom fasse les gros titres. Peut-être est-ce la façon dont Laura procède. Une disparition mystérieuse. Un mystérieux appel téléphonique. Franchement, je pense que nous perdons tous notre temps à nous tourmenter pour elle.

— Il ne m'est jamais venu à l'esprit que vous vous tourmentiez à son sujet, Carter, fit sèchement Robby Brent. Je pense qu'en dehors de Jane, la seule personne qui pourrait réellement s'inquiéter est notre cher Jack Emerson. N'est-ce pas, Jack ?

Qu'est-ce que ça veut dire ? » s'étonna Sam à voix haute.

Robby eut un sourire innocent. « Jack et moi avions rendez-vous ce matin pour visiter une propriété dont je pourrais faire l'acquisition si elle n'était pas hors de prix. Jack était au téléphone lorsque je suis arrivé chez lui, et pendant que j'attendais qu'il ait terminé de convaincre un éventuel gogo, j'ai jeté un coup d'œil sur les photos exposées dans son bureau. Il y avait une gentille dédicace sentimentale sur celle de Laura, datée d'il y a deux semaines. "À mon camarade de classe préféré que j'aime, embrasse et serre dans mes bras." En la voyant, je me suis interrogé. Jack, combien de baisers vous a-t-elle donnés durant le week-end ? Et combien vous en donne-t-elle encore ? »

Pendant un instant, Jane crut que Jack Emerson allait littéralement bondir sur Robby Brent. Il se leva brusquement, frappa des deux mains sur la table et jeta un regard noir à Robby. Puis, avec un effort visible pour se contrôler, il serra les dents et se rassit lentement. « Nous avons une dame parmi nous, dit-il calmement. Sinon, j'utiliserais le genre de langage que vous comprenez le mieux, misérable fumier. Peut-être gagnez-vous bien votre vie en ridiculisant les gens qui ont accompli quelque chose dans leur existence, mais à mes yeux, vous êtes toujours le même débile sans cervelle qui était incapable de trouver le chemin des toilettes à Stonecroft. »

Consternée par cet échange brutal, Jane balaya la pièce du regard pour s'assurer qu'aucun serveur n'avait surpris l'éclat de Jack Emerson. Lorsque son regard atteignit la porte, elle vit qu'elle était entrouverte. Elle sut immédiatement qui se tenait de l'autre côté, à l'affût de chaque mot de la conversation.

Elle échangea un regard avec Sam Deegan. Sam se leva. « Si vous voulez bien m'excuser, je vais me passer de café. Il faut que je localise un appel téléphonique. »

51

Peggy Kimball, la soixantaine plantureuse, respirait la bienveillance et l'intelligence. Ses cheveux poivre et sel encadraient naturellement son visage lisse, à l'exception de quelques fines rides autour de la bouche et des yeux. L'impression immédiate de Jane fut que Peggy était une femme sensée et qu'il en faudrait beaucoup pour la décontenancer.

Elles repoussèrent la carte et commandèrent un café. « Ma fille est venue reprendre ses enfants il y a une heure, dit Peggy. J'ai avalé des corn-flakes et du chocolat avec eux vers six heures et demie. » Elle sourit. « Vous avez dû croire que c'était l'apocalypse à la maison hier soir, n'est-ce pas ?

– J'ai des étudiants de première année à l'université, dit Jane. Et j'ai parfois l'impression d'avoir affaire à de vrais bambins. Ils peuvent même être plus bruyants. »

La serveuse servit le café. Oubliant son air enjoué, Peggy Kimball planta ses yeux dans ceux de Jane. « Je me souviens de vous, Jane, dit-elle. Le Dr Connors s'occupait souvent d'adoptions pour des jeunes filles dans votre situation. J'ai eu pitié de vous car vous étiez l'une des rares à venir seule au cabinet. Les autres étaient en général accompagnées par un parent ou un adulte, parfois même par le père du bébé, qui était fréquemment aussi jeune que la maman et tout aussi paniqué.

– C'est du passé, dit Jane calmement. Je suis aujourd'hui une femme adulte, inquiète pour une enfant de dix-neuf ans qui est ma fille et se trouve peut-être en danger. »

Sam avait pris les fax originaux, mais elle en avait fait faire des copies ainsi que du rapport d'ADN prouvant que les cheveux trouvés sur la brosse appartenaient à Lily. Elle les sortit de son sac et tendit le tout à Peggy. « Peggy, supposez qu'il s'agisse de votre fille, dit-elle. Ne seriez-vous pas inquiète ? Ne considéreriez-vous pas cela comme une menace ? » Elle regarda fermement Peggy droit dans les yeux.

« Si.

– Peggy, savez-vous qui a adopté Lily ?

– Non, je l'ignore.

– L'adoption s'accompagne en général d'un acte officiel. Savez-vous à quel avocat ou cabinet juridique le Dr Connors s'adressait la plupart du temps ? »

Peggy hésita, puis dit lentement : « Je doute qu'il ait fait appel à un avocat dans votre cas, Jane. »

Il y a quelque chose qu'elle a peur de me dire, pensa Jane. « Peggy, le Dr Connors est venu à Chicago quelques jours avant le terme de ma grossesse, il a provoqué l'accouchement et m'a enlevé Lily peu après sa naissance. Savez-vous s'il a déclaré sa naissance à Chicago ou s'il a attendu d'être de retour ici ? »

Peggy regarda d'un air pensif la tasse de café qu'elle tenait à la main, puis reporta son attention sur Jane. « J'ignore ce qu'il en a été pour vous, Jane, mais je sais qu'il arrivait au Dr Connors de faire la déclaration de naissance directement au nom des parents adoptifs, comme si la femme était la mère biologique.

– Mais c'est illégal ! protesta Jane. Il n'avait pas le droit d'agir ainsi.

– Je sais, mais le Dr Connors avait un ami qui savait qu'il était un enfant adopté et il a passé sa vie d'adulte à tenter de retrouver sa famille naturelle. C'était devenu une obsession chez lui, bien qu'il fût profondément attaché à ses parents adoptifs et traité exactement comme leurs autres enfants. Le Dr Connors disait qu'il aurait été plus heureux s'il avait ignoré qu'il était un enfant adopté.

– Donc, d'après vous, il n'existe peut-être pas d'extrait de naissance originel et personne n'a fait appel à un avocat. Lily croit sans doute que les gens qui l'ont adoptée sont ses parents biologiques !

– C'est possible, surtout si l'on considère que le Dr Connors est allé en personne à Chicago pour vous accoucher. Pendant des années, il a envoyé plusieurs filles dans cette maison de repos de Chicago. Cela signifiait le plus souvent qu'il omettait volontairement d'inscrire le nom de la mère biologique sur l'acte de naissance. Jane, il y a autre chose que vous devez prendre en considération : il n'est pas certain que la naissance de Lily ait été enregistrée ici ou à Chicago. On a pu considérer qu'elle avait eu lieu à domicile dans le Connecticut ou le New Jersey, par exemple. Le Dr Connors était connu dans la région pour prendre les dispositions nécessaires à des adoptions privées. »

Elle tendit la main à travers la table et saisit celle de Jane. « Vous vous êtes confiée à moi à l'époque, Jane.

Je m'en souviens. Vous avez dit que vous vouliez que votre bébé soit heureux et aimé, que vous espériez qu'il grandirait entre une mère et un père qui s'aimeraient toujours et considéreraient leur enfant comme le centre du monde. Je jurerais que vous avez dit la même chose au Dr Connors. Peut-être, dans un sens, a-t-il cru devancer vos souhaits en épargnant à Lily le désir de vous retrouver. »

Jane eut l'impression que de lourdes portes métalliques venaient de se refermer brutalement devant elle. « Pourtant je dois la retrouver, dit-elle lentement, la gorge serrée. Il le faut. Peggy, vous laissez entendre que le Dr Connors ne traitait pas toutes les adoptions de la même façon.

— Non, en effet.

— Il faisait donc appel à un avocat pour certaines d'entre elles ?

— Oui. Et c'était Me Craig Michaelson. Il est toujours en activité, mais il s'est installé à Highland Falls voilà quelques années. Vous savez où c'est, n'est-ce pas ? »

Highland Falls était la ville la plus proche de West Point. « Oui, je sais », dit Jane.

Peggy avala la dernière goutte de son café. « Je dois vous quitter. Je suis attendue à l'hôpital dans une demi-heure. J'aurais aimé vous aider davantage, Jane.

— Peut-être le pouvez-vous. Il reste que quelqu'un a découvert la vérité sur Lily, et cela date peut-être de l'époque où j'étais enceinte. Une autre personne que vous travaillait-elle au cabinet du Dr Connors, une personne qui aurait pu avoir accès à ses dossiers ?

234

— Non, dit Peggy. Le docteur conservait ses dossiers sous clé. »

La serveuse déposa la note sur la table. Jane la signa et les deux femmes gagnèrent ensemble le hall. Jack Emerson était assis dans un fauteuil près de la réception, un journal ouvert sur ses genoux. Il adressa un signe de tête à Jane au moment où elle disait au revoir à Peggy, puis l'arrêta quand elle passa devant lui pour se diriger vers l'ascenseur.

« Jane, d'autres nouvelles de Laura ?

— Non. »

Pour quelle raison Jack Emerson se trouvait-il à l'hôtel ? Après son échange détestable lors du dîner de la veille, il n'avait certainement pas envie de se retrouver nez à nez avec Robby Brent. Lorsqu'il reprit la parole, elle se demanda s'il avait deviné ses pensées.

« Je voudrais m'excuser pour cet éclat avec Robby hier soir, dit-il. J'espère que vous comprenez ce que son insinuation avait d'odieux. Je n'ai jamais demandé à Laura cette photo. Je l'avais priée par écrit d'être l'une des lauréates de notre réunion, et elle m'a envoyé ce portrait avec un mot d'acceptation. Elle a probablement distribué un millier de ces photos publicitaires avec la même dédicace passionnée au bas de chacune d'entre elles. »

Jack Emerson l'observait. Cherchait-il à voir sur son visage si elle avalait ses explications ? se demanda Jane. Peut-être. « Vous avez sans doute raison, dit-elle d'un air indifférent. Bon, vous voudrez bien m'excuser mais je dois me dépêcher. » Puis elle s'arrêta, poussée par la curiosité. « On dirait que vous attendez quelqu'un.

– Gordie, je veux dire *Gordon,* m'a demandé de l'emmener visiter quelques propriétés. Il n'a rien aimé de ce qu'on lui a montré jusqu'ici. J'ai l'exclusivité d'un ou deux endroits qui conviendraient parfaitement au siège d'une société.

– Bonne chance. Oh, voilà l'ascenseur. À bientôt, Jack. »

Jane marcha rapidement vers l'ascenseur et attendit que les gens en soient sortis. Gordon Amory fut le dernier à apparaître. « Avez-vous d'autres nouvelles de Laura ? demanda-t-il sans détour.

– Non.

– Bon. Tenez-moi au courant. »

Jane pénétra dans la cabine et appuya sur le bouton de son étage. Craig Michaelson. Je vais l'appeler dès que je serai dans ma chambre.

En sortant de l'hôtel, Peggy Kimball monta dans sa voiture et attacha sa ceinture de sécurité. Elle fronça les sourcils sous l'effet de la concentration. Qui était l'homme qui avait salué Jane Sheridan dans le hall ? Bien sûr ! se dit-elle. C'était Jack Emerson, ce type qui a fait fortune dans l'immobilier et acheté le terrain après l'incendie qui a ravagé notre immeuble voilà dix ans.

Elle mit le contact. Jack Emerson, pensa-t-elle avec mépris. Le bruit avait couru à l'époque qu'il n'était peut-être pas étranger à l'incendie. Non seulement il voulait cette propriété, mais on disait qu'il connaissait les lieux comme sa poche. Au lycée, il avait gagné son argent de poche en travaillant là-bas deux soirs par semaine dans l'équipe de nettoyage. Se pourrait-il qu'il ait été présent dans l'immeuble à l'époque où Jane voyait le Dr Connors ? Nous recevions toujours les jeunes filles dans sa situation en fin de soirée, afin de leur éviter de rencontrer d'autres patientes. Emerson aurait-il pu la repérer et faire le rapprochement ?

Elle sortit lentement du parking. Jane voulait savoir si quelqu'un d'autre que moi avait pu travailler dans le cabinet, pensa-t-elle. Elle devrait peut-être mentionner le nom de Jack Emerson, même si elle avait la certitude que ni lui ni personne d'autre n'avait pu avoir accès à ces dossiers enfermés sous clé.

52

Le mandat autorisant Sam Deegan à vérifier les enregistrements téléphoniques pour déterminer la provenance de l'appel de Laura avait permis de collecter les mêmes indications que la veille. Le second appel de Laura provenait du même type de téléphone mobile, le genre d'appareil à carte qui donne un crédit d'appels de cent minutes et n'exige aucun nom d'abonné.

À onze heures quinze le mardi matin, Sam se trouvait dans le bureau du procureur et lui exposait la situation. « Ce n'est pas le téléphone dont Laura Wilcox s'est servie dimanche soir, dit-il à Rich Stevens. Celui-ci a été acheté dans le comté d'Orange. Il a un préfixe 845. Eddie Zarro est allé vérifier les boutiques des environs de Cornwall qui les vendent. Bien sûr, il a été éteint ensuite, exactement comme celui qu'elle a utilisé pour appeler la réception du Glen-Ridge dimanche soir. »

Le procureur faisait tourner un crayon entre ses doigts. « Jane Sheridan ne semble pas sûre à cent pour cent d'avoir parlé à Laura Wilcox.

— Non, monsieur, elle n'en est pas sûre.

— Et l'infirmière, cette dénommée... Peggy Kimball, a dit à Jane Sheridan que le Dr Connors s'était peut-être arrangé pour que son bébé soit adopté hors des règles légales ?

– C'est ce que pense Mme Kimball.

– Avez-vous obtenu du curé de Saint-Thomas des renseignements concernant les extraits de baptême ?

– Pour l'instant, mes hommes ont fait chou blanc. Ils sont assez facilement parvenus à retrouver les gens qui avaient fait baptiser des petites filles durant cette période de trois mois, mais personne qui ait reconnu que l'enfant était adopté. Le curé, le père Dillon, a agi intelligemment. Il a fait appel à quelques-uns des anciens du conseil paroissial qui étaient là voilà une vingtaine d'années. Ils connaissaient les familles qui avaient adopté des enfants, mais aucune n'a une fille aujourd'hui âgée de dix-neuf ans et demi.

– Le père Dillon continue-t-il ses recherches ? »

Sam passa sa main sur son crâne et crut entendre Kate le prévenir qu'il perdrait ses cheveux s'il continuait. Il mit sur le compte de la fatigue le fait que son esprit sautât de Kate à Alice Sommers. Comment croire que deux jours seulement s'étaient écoulés depuis qu'il l'avait vue ? À partir de samedi matin, quand Helen Whelan avait été portée disparue, tout semblait s'être engouffré dans un tourbillon irrésistible.

« Le père Dillon cherche-t-il toujours dans les dossiers, Sam ? répéta Rich Stevens.

– Excusez-moi, monsieur. Je crois que j'étais dans les nuages. La réponse est oui, et il a aussi appelé les paroisses voisines et leur a demandé de procéder à une vérification discrète de leur côté. S'il y a quelque chose, le père Dillon nous le fera savoir, et nous pourrons demander à compulser leurs archives.

239

– Et Jane Sheridan a-t-elle contacté Craig Michael-son, l'avocat qui s'occupait des adoptions légales du Dr Connors ?

– Elle le voit à deux heures.

– Quelle est la prochaine étape, Sam ? »

Ils furent interrompus par la sonnerie du téléphone mobile de Sam. Il le sortit de sa poche, regarda s'afficher l'identification de la personne qui l'appelait et la fatigue déserta subitement ses traits. « C'est Eddie Zarro, dit-il en appuyant sur le bouton de l'appareil. Qu'est-ce que tu as trouvé, Eddie ? » demanda-t-il d'un ton brusque.

Le procureur vit Sam rester bouche bée sous le coup de la surprise. « Tu te fiches de moi ? Bon Dieu, quel crétin je suis. Pourquoi n'y ai-je pas pensé, et qu'est-ce que cette petite fouine a découvert ? Entendu. Je te retrouve au Glen-Ridge. Espérons qu'il n'a pas décidé de plier bagage aujourd'hui. »

Sam éteignit le téléphone et regarda son patron. « Un mobile avec un crédit de cent minutes a été acheté à Cornwall, au drugstore de Main Street, hier un peu après sept heures du soir. Le vendeur se souvient distinctement de l'homme qui a fait l'achat parce qu'il l'a vu à la télévision. C'est Robby Brent.

– L'acteur comique ! Croyez-vous que Laura Wil-cox et lui soient ensemble ?

– Non, monsieur. Le vendeur du drugstore a regardé Brent après son départ. Brent se tenait sur le trottoir et il a passé un coup de fil. D'après ce qu'il dit, c'était exactement à l'heure où Jane Sheridan a reçu l'appel censé provenir de Laura Wilcox.

– Vous voulez dire que vous pensez... »

Sam l'interrompit. « Robby Brent est un acteur comique de première classe, mais c'est surtout un imitateur incomparable. Mon intuition est que ce type imitait la voix de Laura pour parler à Jane Sheridan. Je vais de ce pas au Glen-Ridge. J'ai l'intention d'aller trouver ce fumier et de lui demander de m'expliquer ce qu'il trafique.

– Allez-y, dit Rich Stevens. Il ferait mieux d'avoir une bonne excuse, sinon flanquez-lui un mandat d'arrêt pour entrave aux recherches de la police. »

53

Combien de temps s'était-il écoulé ? Laura avait l'impression de sombrer par intermittence dans un état de profonde somnolence. Depuis quand le Hibou était-il là ? Elle ne savait plus. Hier au soir, au moment où elle avait deviné qu'il allait réapparaître, il s'était passé quelque chose. Elle avait entendu des bruits dans l'escalier... puis des voix... une voix d'homme qu'elle connaissait.

« *Non !...* » il avait ensuite crié le nom qu'elle avait l'interdiction de prononcer.

C'était la voix de Robby Brent, et elle avait un ton terrifié.

Le Hibou s'était-il attaqué à Robby Brent ?

Probablement, pensa Laura avant de glisser à nouveau dans un monde où elle pouvait oublier que le Hibou allait revenir d'un moment à l'autre, qu'il s'emparerait de l'oreiller, le plaquerait sur son visage et...

Qu'était-il arrivé à Robby ? Peu après avoir entendu sa voix, elle avait vu le Hibou s'approcher d'elle. Il lui avait donné quelque chose à manger. Il était furieux, dans une colère telle que sa voix tremblait quand il lui raconta que Robby Brent s'était fait passer pour elle au téléphone.

« Je me suis inquiété pendant tout le dîner, craignant que tu sois parvenue à saisir le téléphone. Puis le simple bon sens m'a rappelé que si tu avais pu l'atteindre, tu aurais d'abord appelé la police, et non Jane pour lui raconter que tu allais bien. Je me méfiais de Brent, Laura, mais ensuite ce petit fouineur de journaliste s'est amené et j'ai cru qu'il manigançait quelque chose. Robby est tellement bête, Laura, tellement bête. Il m'a suivi jusqu'ici. J'ai laissé la porte ouverte et il est entré. Oh, Laura, il s'est montré si stupide. »

Ai-je rêvé tout ça ? se demanda Laura dans une sorte de brouillard. Est-ce un effet de mon imagination ?

Elle entendit un claquement. La porte ? Saisie d'effroi, elle ferma les yeux de toutes ses forces.

« Réveille-toi, Laura. Lève la tête pour montrer que tu es contente de me revoir. Il faut que je te parle, et je veux te sentir concernée par ce que j'ai à te dire. » Il se mit à parler d'une voix plus précipitée. « Robby me soupçonnait et il a essayé de m'avoir. Je ne sais pas à quel moment j'ai baissé ma garde, mais je lui ai quand même fait son affaire. Tu peux me croire. Maintenant c'est Jane qui s'approche trop près de la vérité, Laura, mais je sais comment égarer ses soupçons et l'attirer dans un piège. Tu m'aideras, n'est-ce pas ? »

« *N'est-ce pas ?* hurla-t-il.

— Oui », murmura Laura, s'efforçant d'être audible à travers le bâillon.

Le Hibou parut s'apaiser. « Laura, je sais que tu as faim. Je t'ai apporté de quoi te restaurer. Mais je dois d'abord te parler de Lily, la fille de Jane, et t'expliquer pourquoi tu as adressé à ton amie ces messages menaçants. Tu te souviens de les avoir envoyés, n'est-ce pas, Laura ? »

Jane... sa fille... Laura leva vers lui un regard stupéfait.

Le Hibou avait allumé la petite lampe torche et l'avait posée sur la table de chevet, braquée dans sa direction. La lumière éclairait son cou et formait un halo autour d'elle dans l'obscurité. Levant les yeux, elle le vit immobile au bord du lit, la contemplant fixement. Soudain il leva les bras.

« Je m'en souviens », articula-t-elle avec difficulté à travers le bâillon.

Lentement ses bras s'abaissèrent. Laura ferma les yeux, près de défaillir, soulagée. Elle avait cru sa fin venue. Elle n'avait pas répondu assez rapidement.

« Laura, murmura-t-il. Tu n'as pas l'air de comprendre. Je suis un oiseau de proie. Lorsqu'une émotion trop violente s'empare de moi, je ne connais qu'un seul moyen de retrouver mon calme. Ne me tente pas, ne fais pas preuve d'entêtement. Obéis-moi. »

Laura avait la gorge sèche. Le bâillon appuyait sur sa langue. Outre qu'elle avait les mains et les pieds engourdis, ses muscles se contractaient douloureusement sous l'effet de la peur. Elle ferma les yeux, s'efforçant de se concentrer.

« Jane... sa fille... j'ai envoyé ces messages. »

Quand elle rouvrit les yeux, la lampe torche était éteinte. Il n'était plus penché au-dessus d'elle. Elle entendit le claquement de la porte. Il était parti.

D'un coin de la pièce lui parvinrent les effluves imperceptibles du café qu'il avait oublié de lui donner.

54

Les bureaux de Craig Michaelson, avocat à la cour, étaient situés dans Old State Road, à deux rues du motel où Jane et le cadet Carroll Reed Thornton avaient passé leurs quelques nuits ensemble. En approchant du motel, Jane ralentit et retint ses larmes.

L'image de Reed était si présente, le souvenir des moments qu'ils avaient vécus si intense. Il lui sembla que, si elle pénétrait dans la chambre 108, il serait là, à l'attendre. Reed, avec ses cheveux blonds et ses yeux bleus, ses bras vigoureux qui l'enveloppaient tout entière, l'emplissant d'un sentiment de bonheur que la jeune fille de dix-huit ans qu'elle était alors n'aurait jamais cru possible.

« Je rêve de Jeannie... »

Longtemps après la mort de Reed, elle s'était réveillée avec cette chanson flottant dans sa tête. Nous nous aimions tant, pensa-t-elle. Il était le Prince Charmant et moi Cendrillon. Il était séduisant et intelligent, avec une maturité d'esprit bien supérieure à ses vingt-deux ans. Il aimait la vie militaire. Il m'encourageait à écrire. Il disait en riant qu'un jour, quand il serait général, j'écrirais sa biographie. Lorsque je lui ai annoncé que j'étais enceinte, il a paru soucieux au début. Il connaissait l'hostilité de son père à un mariage précoce. Mais il s'était repris : « Nous allons simplement avancer nos plans, Jeannie, un point c'est tout. Nous ne serons pas les premiers à nous marier jeunes dans ma famille. Mon grand-père venait de sortir diplômé de West Point quand il a épousé ma grand-mère, et elle n'avait que dix-neuf ans.

– Mais tu m'as dit que tes grands-parents se connaissaient depuis leur petite enfance, avait-elle fait remarquer. C'est différent dans notre cas. Ils me verront comme une petite intrigante qui s'est fait faire un enfant pour t'obliger à l'épouser. »

Reed lui avait recouvert la bouche de sa main. « Je ne veux pas entendre ce genre de sottises, avait-il dit fermement. Une fois qu'ils te connaîtront, mes parents t'aimeront. Et à propos, tu ferais bien de me présenter à ton père et à ta mère sans trop tarder. »

Je voulais attendre d'être entrée à l'université avant de faire la connaissance de sa famille, se rappela Jane. Mon père et ma mère seraient alors séparés. Si les parents de Reed les avaient rencontrés séparément, ils les auraient sans doute appréciés. Ils n'auraient pas nécessairement été au courant de leurs problèmes.

Si Reed avait vécu.

Ou s'il était mort plus tard, après que nous nous serions mariés, j'aurais pu garder Lily. Ses parents auraient peut-être désapprouvé notre mariage, mais ils auraient sûrement été heureux d'avoir une petite-fille.

C'est une telle perte pour nous tous, pensa Jane. Appuyant sur l'accélérateur, elle dépassa le motel.

Les bureaux de Craig Michaelson occupaient un étage entier d'un immeuble qui n'existait pas du temps où Reed et elle se voyaient. La réception était accueillante avec ses murs lambrissés et ses larges fauteuils confortables, revêtus d'un tissu à motifs anciens. À première vue, les affaires du cabinet Michaelson semblaient prospères.

Elle ne savait pas à quoi s'attendre exactement. Elle avait réfléchi pendant le trajet jusqu'à Highland Falls. Si Michaelson avait aidé le Dr Connors à déclarer les naissances de manière irrégulière, il pouvait s'agir d'une sorte de charlatan qui par conséquent se tiendrait sur la défensive.

Après dix minutes d'attente, Craig Michaelson apparut en personne à la réception et la conduisit dans son bureau. C'était un homme de haute taille d'une soixantaine d'années, avec une silhouette robuste et des épaules légèrement tombantes. Son abondante chevelure à peine grisonnante semblait sortir des mains du coiffeur. Son costume gris était de bonne coupe, éclairé d'une cravate discrète gris-bleu. Tout, aussi bien dans son apparence que dans le mobilier et les tableaux qui ornaient son bureau, donnait l'image d'un homme réservé et conventionnel.

Il était sans doute honnête et Jane se rendit compte que c'était peut-être la situation la plus défavorable. Si Craig Michaelson n'avait pas été impliqué dans l'adoption de Lily, ses recherches aboutiraient à une nouvelle impasse.

Le regardant droit dans les yeux, elle lui exposa l'histoire de Lily et lui montra les copies des fax et l'analyse d'ADN. Elle esquissa également un portrait d'elle-même, soulignant à son corps défendant son rang à l'université, les distinctions et récompenses qu'elle avait reçues, et le fait que les ventes records de son livre et ses revenus financiers avaient été abondamment commentés par la presse.

Michaelson ne la quitta pas du regard, excepté pour examiner les fax. Elle savait qu'il la jaugeait, cherchait à savoir si ce qu'elle lui racontait était le reflet de la vérité ou une habile supercherie.

« Grâce à l'infirmière du Dr Connors, Peggy Kimball, je sais que certaines des adoptions arrangées par le docteur étaient illégales, dit-elle. J'ai besoin de savoir une chose, et vous seul pouvez me répondre : Vous êtes-vous occupé vous-même de l'adoption de mon enfant, et savez-vous qui l'a adopté ?

— Mademoiselle Sheridan, laissez-moi d'abord vous dire que je ne me suis jamais occupé d'une seule adoption en dehors du strict respect de la loi. Si, à un moment ou un autre, le Dr Connors a transgressé cette loi, il l'a fait à mon insu, et a fortiori sans que je sois impliqué.

— J'en déduis que si vous vous étiez occupé de l'adoption de mon enfant, mon nom figurerait sur l'extrait de naissance ainsi que celui de son père, Carroll Reed Thornton ?

— Je dis que toutes les adoptions dont je me suis occupé étaient légales. »

Des années d'enseignement à des étudiants, dont quelques-uns étaient des virtuoses de la dissimulation, avaient appris à Jane à flairer ce genre de comportement au premier coup d'œil. Et c'est ce qu'elle percevait chez son interlocuteur aujourd'hui.

« Maître Michaelson, une jeune fille de dix-neuf ans et demi court probablement un réel danger en ce moment même. Si vous avez établi l'acte d'adoption, vous savez qui sont ses parents adoptifs. Vous êtes en mesure de la protéger aujourd'hui. En fait, selon moi, vous avez une obligation morale envers elle. »

C'était ce qu'il ne fallait pas dire. Derrière les lunettes à monture d'acier, le regard de Craig Michaelson se glaça.

« Mademoiselle Sheridan, vous avez insisté pour que je vous reçoive aujourd'hui. Vous me racontez une histoire à dormir debout en me demandant de vous croire sur parole. Vous insinuez que j'aurais pu enfreindre la loi dans le passé, et à présent vous *exigez* que je l'enfreigne afin de vous aider. Il existe des moyens légaux pour consulter les actes de naissance. Je vous incite vivement à demander au bureau du procureur d'adresser une requête au juge afin qu'il vous donne accès à ces dossiers. Je peux vous assurer que c'est la seule façon pour vous de faire aboutir cette enquête. Comme vous l'avez vous-même souligné, il est possible qu'à l'époque où vous étiez enceinte, quelqu'un vous ait aperçue dans le cabinet du Dr Connors. Vous avez également fait remarquer qu'il s'agit peut-être d'une question d'argent. J'ai l'intuition que vous avez raison. Quelqu'un sait qui est votre fille, et s'est mis en tête de vous faire chanter. »

Il se leva.

Jane demeura assise pendant un instant. « Maître Michaelson, mon instinct me trompe rarement et il me dit que vous vous êtes occupé de l'adoption de ma fille et que vous l'avez probablement fait légalement. Il me dit aussi que la personne qui m'a écrit est assez proche de Lily pour lui avoir dérobé sa brosse à cheveux, et qu'elle est dangereuse. Vous avez raison, je vais demander au tribunal d'avoir accès au dossier. Mais il n'en reste pas moins que, dans l'intervalle, quelque chose peut arriver à mon enfant uniquement parce que vous faites barrage à ma requête. S'il en est ainsi et que je l'apprends, vous vous en repentirez, croyez-moi. »

Jane ne put contrôler les larmes qui jaillissaient de ses yeux. Elle se détourna et sortit à la hâte de la pièce, sans se soucier des regards stupéfaits que lui jetèrent la réceptionniste et plusieurs personnes dans la salle d'attente quand elle passa devant elles. Arrivée à sa voiture, elle ouvrit violemment la porte, s'assit au volant et enfouit son visage dans ses mains.

Soudain un froid glacial la saisit. Aussi clairement que si Laura était dans la voiture elle entendit sa voix supplier : « *Jane, aide-moi ! Je t'en prie, viens à mon secours.* »

55

De la fenêtre de son bureau, le visage crispé, Craig Michaelson regarda Jane Sheridan regagner précipitamment sa voiture. Elle dit la vérité, pensa-t-il. Ce n'est pas une femme qui veut à tout prix retrouver son enfant et invente une histoire à dormir debout. Dois-je prévenir Charles et Gano ? Si jamais un malheur arrive à Meredith, ils ne s'en remettront jamais.

Il ne voulait pas, ne pouvait pas leur révéler l'identité de Jane Sheridan, mais il pouvait au moins faire en sorte que Charles soit averti des menaces qui pesaient sur sa fille adoptive. À lui ensuite de décider ce qu'il dirait à Meredith, ou de trouver le moyen de la protéger. Si cette histoire de brosse à cheveux était vraie, Meredith se souviendrait peut-être de l'endroit où elle l'avait égarée. Ce qui permettrait de retrouver la trace de l'expéditeur des fax.

Jane Sheridan a dit que si quelque chose arrivait à son enfant, un malheur que j'aurais pu empêcher, je m'en repentirais, se rappela-t-il. Charles et Gano réagiraient comme elle.

Sa décision prise, Craig Michaelson alla à son bureau et décrocha le téléphone. Il n'eut pas besoin de vérifier le numéro. Étrange coïncidence, pensa-t-il en le composant, Jane Sheridan n'habite pas loin de chez Charles et Gano. Elle habite Alexandria. Ils vivent à Chevy Chase.

Le téléphone ne sonna qu'une fois. « Bureau du général Buckley, dit une voix sèche.

– Ici Craig Michaelson, je suis un ami du général Buckley. Je dois lui parler d'un sujet d'une extrême importance. Est-il là ?

– Je regrette, monsieur. Le général est en voyage à l'étranger et ne sera pas de retour avant vendredi. Désirez-vous parler à quelqu'un d'autre ?

– Non, je vous remercie. Aurez-vous l'occasion de communiquer avec le général ?

– Bien sûr, monsieur. Son bureau est régulièrement en contact avec lui.

– Dans ce cas, demandez-lui de me rappeler le plus tôt possible. C'est très urgent. »

Craig épela son nom et laissa le numéro du cabinet. Il hésita, puis préféra ne pas dévoiler que son appel concernait Meredith. Charles répondrait à un message urgent dès qu'il le recevrait – il n'en doutait pas.

De toute façon, pensa Craig Michaelson en raccrochant, Meredith était plus en sécurité à West Point que nulle part ailleurs.

Une pensée fâcheuse lui traversa alors l'esprit : le fait d'être à West Point n'avait pas protégé de la mort le père de Meredith, le cadet Carroll Reed Thornton Jr.

56

La première personne que vit Carter Stewart en entrant dans le hall du Glen-Ridge à trois heures et demie fut Jake Perkins, affalé comme à son habitude dans un fauteuil. Ce gosse n'avait donc nulle part où habiter ? se demanda-t-il. Il se dirigea vers le téléphone à l'extrémité du comptoir de la réception et composa le numéro de la chambre de Robby Brent.

Il n'obtint pas de réponse. « Robby, nous étions censés nous retrouver à trois heures et demie, dit sèchement Stewart en réponse à la voix synthétique qui le priait de laisser un message. J'attendrai dans le hall pendant une quinzaine de minutes. »

En raccrochant il aperçut l'inspecteur Deegan, assis dans le bureau derrière la réception. Leurs regards se croisèrent et Deegan se leva, avec l'intention manifeste de lui parler. Vu son pas résolu, il était évident qu'il n'avait pas l'intention de lui débiter des banalités.

Les deux hommes se firent face.

« Monsieur Stewart, dit Sam. Je suis content de vous voir. J'ai laissé un message à votre hôtel et j'espérais que vous me rappelleriez.

— J'étais occupé avec mon metteur en scène. Nous

travaillions au script de ma nouvelle pièce, répondit Carter d'un ton dénué d'aménité.

– Je vous ai vu utiliser le téléphone intérieur de l'hôtel. Attendez-vous quelqu'un ? »

La question du policier irrita Stewart. Pas vos oignons, faillit-il répliquer, mais quelque chose dans l'attitude de Deegan l'en retint. « J'ai rendez-vous avec Robby Brent à trois heures et demie. Avant que vous ne me demandiez la raison de ce rendez-vous, ce qui sera visiblement votre question suivante, laissez-moi satisfaire votre curiosité. Brent a accepté d'être la vedette d'un nouveau feuilleton. Il a lu les premiers scripts et les juge ineptes ; en clair, il trouve que les dialogues tombent à plat et m'a demandé d'y jeter un coup d'œil et de lui donner mon opinion sur ce qui pouvait être ou non sauvé.

– Monsieur Stewart, on vous a comparé à des dramaturges célèbres tels que Tennessee Williams et Edward Albee, le coupa Sam. Je ne suis qu'un homme ordinaire, mais la plupart de ces feuilletons sont indigents, des insultes à l'intelligence. Je m'étonne que vous preniez la peine de porter un jugement sur l'un d'eux.

– Ce n'est pas moi qui l'ai demandé. » La voix de Stewart était cassante. « Hier soir après le dîner, Robby Brent m'a prié de lire les scripts. Il m'a offert de les apporter à mon hôtel, mais comme vous le comprendrez, cela m'aurait contraint à me débarrasser de lui après y avoir jeté un coup d'œil. Il m'était plus facile de m'arrêter ici en sortant de ma réunion de travail. Et bien que je n'écrive pas moi-même de feuilletons, je suis assez bon juge de l'écriture sous toutes ses formes. Savez-vous si Robby doit revenir bientôt ?

– Je n'ai pas la moindre idée de ses projets, dit Sam. Je suis venu lui parler moi aussi. Comme il n'avait pas répondu à mon appel téléphonique et que personne ne l'avait vu, j'ai demandé qu'on aille voir dans sa chambre. Le lit n'a pas été défait. Il semble que M. Brent se soit volatilisé. »

Sam avait hésité avant de donner ces informations à Carter Stewart, mais il voulait observer la réaction de Stewart. Elle s'avéra plus vive qu'il ne l'avait imaginé.

« *Volatilisé !* Oh, allons, monsieur Deegan, ne croyez-vous pas que ce scénario est éculé ? Je vais vous expliquer : il y a dans cette série un rôle pour une blonde sexy qui ressemblerait assez à Laura Wilcox. L'autre jour à West Point, précisément lors du déjeuner, Brent disait à Laura qu'elle serait parfaite pour ce rôle. Je commence à croire que tout ce cirque entourant sa disparition n'est rien de plus qu'un coup de publicité. Et maintenant, si vous voulez bien m'excuser, je n'ai pas envie de perdre davantage de temps à attendre Robby. »

Je n'aime vraiment pas ce type, pensa Sam en regardant Carter Stewart s'en aller. Il portait un vague survêtement gris défraîchi et des tennis poussiéreuses, une tenue de clochard dont Sam estima qu'elle avait néanmoins dû coûter très cher.

Cependant, se dit-il, abstraction faite de mes réticences à son égard, je me demande s'il n'a pas mis le doigt sur la vérité. Durant les trois heures où il était resté à attendre dans le bureau, il s'était creusé les méninges, et ses réflexions l'avaient mis de fort méchante humeur.

Nous savons que c'est Brent qui a téléphoné en se faisant passer pour Laura. Il a acheté le mobile d'où provenait l'appel destiné à Jane, et le vendeur qui le lui a fourni l'a vu composer un numéro au moment même où Jane a cru entendre Laura lui parler. Je commence à croire que Stewart a raison, que tout ceci n'est qu'un moyen de s'attirer de la publicité. Et dans ce cas, pourquoi est-ce que je perds mon temps ici alors qu'un tueur se balade en liberté dans le comté d'Orange après avoir attiré une pauvre femme dans sa voiture pour la poignarder ?

En arrivant au Glen-Ridge, il avait trouvé Eddie Zarro qui l'attendait et l'avait renvoyé au bureau. « À quoi bon être deux à espérer voir Robby Brent se pointer ? » lui avait-il dit. Sam hésita un instant, puis décida de faire revenir Eddie et de rentrer chez lui. Il avait besoin de se reposer. Je suis tellement crevé que je suis incapable d'avoir une idée cohérente.

Il s'apprêtait à ouvrir son téléphone mobile pour appeler le bureau du procureur quand il s'aperçut que la réceptionniste, Amy Sachs, s'était approchée de lui. « Monsieur Deegan, commença-t-elle d'une voix chuchotante. Vous êtes arrivé à l'hôtel avant midi, et je sais que vous n'avez rien mangé. Puis-je vous commander un café et un sandwich ?

– C'est très gentil de votre part, mais je ne vais pas m'attarder plus longtemps », lui dit Sam.

Au moment où il prononçait ces mots, il se demanda si Amy Sachs s'était approchée assez près pour entendre sa conversation avec Carter Stewart. Elle marchait d'un pas silencieux, et on l'entendait à peine quand elle parlait. Qu'est-ce qui me fait supposer qu'elle a l'ouïe aussi fine ? se demanda Sam en la regardant échanger un regard avec Jake Perkins. Et pourquoi suis-je certain qu'à la minute où j'aurai tourné les talons, elle répétera à Jake que Robby Brent a disparu et que Carter Stewart est persuadé que tout ce cinéma n'est qu'un numéro destiné à faire parler de Laura ?

Sam regagna le bureau à l'arrière de la réception. De là il avait une vue d'ensemble sur l'entrée principale. Quelques minutes plus tard, il vit entrer Gordon Amory et se hâta derrière lui avant qu'il ne prenne l'ascenseur.

Amory n'était visiblement pas d'humeur à parler de Robby Brent. « Je ne l'ai pas vu depuis sa sortie grossière d'hier soir, dit-il. À la vérité, puisque vous y avez assisté, monsieur Deegan, et que vous avez entendu Robby agresser verbalement Jack Emerson, vous devriez savoir que j'ai passé la matinée avec Emerson, en vue d'éventuelles acquisitions immobilières. Il a l'exclusivité de quelques belles parcelles de terrain. Il m'a également montré les propriétés qu'il a proposées à Robby. Je dois avouer qu'elles me paraissent d'un prix raisonnable et, à mon sens, elles représentent d'excellents investissements. Ceci pour dire que les insinuations de Robby Brent, comme ses faits et gestes, méritent qu'on recherche quelles motivations se cachent sous les apparences. Je vous quitte à présent, j'ai des coups de fil à passer. »

La porte de l'ascenseur s'ouvrait. Avant qu'Amory pénètre à l'intérieur de la cabine, Sam l'interpella : « Un instant, je vous prie, monsieur Amory. »

Avec un sourire résigné qui tenait presque du rictus, Amory se retourna vers lui.

« Monsieur Amory, Robby Brent n'a pas dormi dans sa chambre la nuit dernière. Nous croyons qu'il a imité la voix de Laura Wilcox au téléphone pour appeler Jane Sheridan. Votre collègue, M. Stewart, pense que Robby Brent et Laura Wilcox ont monté une sorte de coup pour la promotion de la nouvelle série télévisée de M. Brent. Qu'en pensez-vous ? »

Gordon Amory haussa les sourcils. Pendant une minute il eut l'air interloqué ; puis une expression amusée se peignit sur son visage. « Un coup publicitaire ! Bien sûr, c'est logique. D'ailleurs, si vous lisez la page six du *New York Post*, c'est ce qu'ils insinuent déjà à propos de la disparition de Laura. Maintenant voilà Robby qui se volatilise et vous me dites que c'est lui qui a téléphoné à Jane hier soir. Et pendant ce temps, nous étions là à nous faire un sang d'encre !

— D'après vous, il est donc possible que nous perdions tous notre temps à nous inquiéter au sujet de Laura ?

— *Au contraire*, ce n'est pas une perte de temps, monsieur Deegan. La seule chose positive est que la supposée disparition de Laura m'a prouvé qu'un reste d'humanité coule encore dans mes veines. J'étais tellement bouleversé à son sujet que j'avais l'intention de lui offrir un rôle dans une de mes nouvelles séries télévisées. Je parie que vous avez raison. La chère enfant a un autre poisson à ferrer, et elle le fait avec succès. Et maintenant, je dois vous laisser.

— Je suppose que vous vous apprêtez à quitter l'hôtel, dit Sam.

– J'ai encore une propriété à visiter. Mais je ne vous reverrai sans doute pas car j'imagine que vous allez vous atteler à résoudre de véritables crimes. Au revoir. »

Sam regarda Amory pénétrer dans l'ascenseur. Encore un qui se croit intellectuellement supérieur à un policier, pensa-t-il. Attends la suite, mon bonhomme. Il tourna les talons et traversa le hall d'un pas furieux. Et que la disparition de Laura soit un coup de pub ou non, le fait demeure que cinq des femmes qui déjeunaient à la même table qu'elle sont mortes.

Il avait espéré voir revenir Jane avant de s'en aller, et il se réjouit quand il l'aperçut devant la réception. Il la rejoignit rapidement, impatient de l'entendre raconter son entrevue avec l'avocat.

Elle demandait si elle avait des messages. Toujours inquiète de recevoir un autre fax concernant Lily, pensa Sam. Qui l'en blâmerait ? Il posa la main sur son bras. Quand elle se tourna vers lui, il vit qu'elle avait pleuré. « Je vous offre un café ? demanda-t-il.

– Je préférerais une tasse de thé.

– Madame Sachs, lorsque M. Zarro se présentera, voulez-vous lui dire de nous rejoindre au bar ? » dit Sam à la réceptionniste.

Une fois qu'ils furent installés à une table, il attendit que le thé de Jane et son café soient servis avant de parler. Jane s'efforçait visiblement de retrouver son calme. « Je suppose que ça ne s'est pas très bien passé avec Craig Michaelson, lui dit-il enfin.

– Oui et non, répondit lentement Jane. Sam, je donnerais ma tête à couper que Michaelson s'est occupé de l'adoption et qu'il sait où se trouve Lily aujourd'hui.

J'ai été brutale avec lui. Je l'ai pratiquement menacé. Sur le chemin du retour, je me suis garée sur le bord de la chaussée et je lui ai téléphoné pour m'excuser. J'en ai profité pour lui dire que s'il était en mesure de la contacter et que si elle se souvenait de l'endroit où elle avait égaré sa brosse, cela nous permettrait d'établir un lien avec la personne qui la menace.

– Que vous a répondu Michaelson ?

– C'est étrange. Il a dit que cette pensée l'avait déjà effleuré. Sam, je vous assure qu'il sait où est Lily, ou du moins comment la retrouver. Il m'a conseillé, ou plutôt m'a incitée fortement à adresser une requête au juge afin de faire ouvrir immédiatement les dossiers et prévenir les parents adoptifs de la situation.

– Il a donc pris au sérieux ce que vous lui avez dit ? »

Jane acquiesça. « Je ne crois pas qu'il l'ait pris au sérieux quand j'étais dans son bureau, mais ma sortie – croyez-moi, j'étais sur le point de lui jeter un cendrier à la tête – a dû le convaincre. Son attitude était complètement différente lorsque je lui ai parlé vingt minutes plus tard. » Elle leva la tête. « Tiens, voilà Mark. »

Mark Fleischman se dirigeait vers leur table. « J'ai mis Mark au courant en ce qui concerne Lily, dit Jane précipitamment, vous pouvez parler devant lui.

– Vous l'avez mis au courant, Jane. Pourquoi ? »

Sam était consterné.

« Il est psychiatre. J'ai pensé qu'il pourrait apporter un certain éclairage sur ces fax, savoir s'ils constituent ou non de véritables menaces. »

Comme Mark s'approchait, Sam vit le visage de Jane s'illuminer d'un vrai sourire. Attention, Jane, aurait-il voulu la prévenir. À mes yeux, ce type n'est pas clair. Il y a une tension qui bout sous la surface. Un flic comme moi perçoit cela à des kilomètres.

Sam ne manqua pas non plus de remarquer la façon dont Fleischman laissa sa main posée sur celle de Jane lorsqu'elle l'invita à se joindre à eux.

« Je ne suis pas indiscret, j'espère ? demanda-t-il, cherchant le regard de Sam pour s'en assurer.

– Au contraire, je suis heureux de vous rencontrer, lui dit Sam. J'allais demander à Jane si elle avait des nouvelles de Robby Brent. À présent, je vous le demande à vous deux. »

Jane secoua la tête. « Je n'en ai aucune.

– Pas plus que moi, Dieu merci, dit Fleischman. Y a-t-il une raison qui vous fait penser que nous pourrions en avoir ?

Je m'apprêtais à vous en parler, Jane. Robby Brent a visiblement quitté l'hôtel dans la soirée d'hier, après le dîner. Il n'a pas réapparu depuis. Nous sommes à peu près certains que le coup de téléphone que vous avez pris pour un appel de Laura provenait d'un appareil mobile prépayé que Brent venait d'acheter, et nous sommes pratiquement convaincus que la voix que vous avez entendue était la sienne. Comme vous le savez, c'est un formidable imitateur. »

Jane regarda Sam, l'air interdit et bouleversé. « Mais *pourquoi* ?

– Samedi dernier à West Point, avez-vous entendu Brent dire à Laura qu'il y aurait peut-être un rôle pour elle dans sa nouvelle série télévisée ?

– Je l'ai entendu, dit Mark. Mais je suis incapable de dire s'il plaisantait ou non.

– Il a déclaré en effet qu'il y avait un rôle qui pourrait plaire à Laura, confirma Jane.

– Carter Stewart et Gordon Amory croient tous les deux que Brent et Laura ont monté un canular. Qu'en pensez-vous ? »

Les yeux de Sam se plissèrent tandis qu'il observait Mark.

Derrière ses lunettes, le regard du psychiatre devint songeur. Il se porta au-delà de Sam, puis revint vers lui. « Je crois que c'est possible, dit-il lentement.

– Je n'en crois rien, protesta Jane avec vigueur. Je n'en crois absolument rien. Laura a des ennuis, je le sens, je le sais. » Elle hésita, puis se résolut à leur raconter qu'elle avait cru l'entendre la supplier de l'aider. « Je vous en prie, Sam, ne vous laissez pas influencer. Ne renoncez pas à chercher Laura. J'ignore ce que Robby Brent concocte, mais peut-être cherche-t-il seulement à brouiller les pistes en se faisant passer pour Laura et en disant qu'elle va très bien. Elle ne va pas bien. Je sais qu'elle ne va pas bien.

– Calmez-vous, Jeannie », dit doucement Mark.

Sam se leva. « Jane, nous en reparlerons à la première heure demain. Je voudrais que vous passiez à mon bureau pour cette autre affaire dont nous discutions précédemment. »

Dix minutes plus tard, laissant Eddie Zarro sur place au cas où Robby Brent réapparaîtrait, Sam regagna sa voiture d'un pas lourd. Il tourna la clé de contact, hésita, réfléchit pendant un instant, puis composa le numéro d'Alice Sommers. Lorsqu'elle répondit, il fut frappé à nouveau par le son argentin de sa voix. « Un détective fatigué a-t-il une chance de se voir offrir un verre de sherry ? »

Une demi-heure plus tard, il était assis dans un profond et confortable fauteuil, les pieds sur le repose-pied, face au feu qui flambait dans le petit salon d'Alice. La dernière goutte de sherry avalée, il posa son verre sur la table basse à côté de lui. Alice n'eut pas à insister longtemps pour le convaincre de faire un petit somme pendant qu'elle préparait un dîner léger. « Vous devez manger, dit-elle, ensuite vous rentrerez chez vous et vous vous offrirez une bonne nuit de repos. »

Alors que ses paupières s'abaissaient malgré lui, Sam jeta un regard ensommeillé à la vitrine de curiosités, à côté de la cheminée. Il aperçut un objet, mais avant que son subconscient ne l'enregistre, il dormait déjà.

57

Amy Sachs termina son service à seize heures trente, peu après que Sam Deegan eut quitté Glen-Ridge House. Jake Perkins et elle s'étaient donné rendez-vous dans un McDonald's à un mile de là. Pendant qu'ils mangeaient leurs hamburgers, elle le mit au courant des allées et venues de l'inspecteur et lui rapporta la conversation qu'elle avait surprise entre lui et Carter Stewart, « cet auteur dramatique qui se donne des airs ».

« M. Deegan était à la recherche de M. Brent, expliqua-t-elle. Eddie Zarro, l'autre policier, l'attendait. Ils avaient l'air furieux. Comme M. Deegan n'arrivait pas à joindre Brent au téléphone, il a demandé à Pete, le groom, de les conduire à la chambre de Brent. Voyant que M. Brent ne répondait pas, M. Deegan a ordonné à Pete d'ouvrir la porte. C'est alors qu'ils ont découvert que M. Brent n'était pas rentré la nuit précédente. »

Entre les bouchées de hamburger, Jake noircissait les pages de son calepin. « Je croyais que Carter Stewart avait quitté l'hôtel après la réunion, dit-il. Pour quelle raison est-il revenu cette après-midi ? Qui a-t-il rencontré ?

– M. Stewart a dit à l'inspecteur Deegan qu'il avait accepté de lire des scénarios pour la nouvelle série télévisée de Robby Brent. Puis ils ont parlé d'un téléphone mobile. Je n'ai pas tout compris parce que M. Deegan ne parle pas fort. M. Stewart non plus, mais il a une voix qui porte, et j'ai la chance d'avoir l'ouïe fine. Vous savez, Jake, ma grand-mère, à quatre-vingt-dix ans, avait la réputation de pouvoir entendre un ver ramper dans l'herbe.

— Ma grand-mère, elle, dit toujours que je parle dans ma barbe, dit Jake.

— Elle n'a pas tellement tort, approuva tout bas Amy. En tout cas, l'inspecteur Deegan a demandé à M. Stewart s'il ne pensait pas que toute cette histoire était un coup monté par Laura Wilcox et Robby Brent. Stewart a semblé d'accord. J'ai peut-être mal compris, mais Jane Sheridan n'a-t-elle pas reçu un appel de Laura Wilcox hier soir ? »

Jake était littéralement transporté par ce flot d'informations. Pendant l'après-midi il avait eu l'impression de regarder un film muet. Il était resté assis dans le hall de l'hôtel, à observer ce qui se passait autour de lui, sans oser s'approcher du comptoir de la réception ni tenter de surprendre les conversations. « Oui, Jane Sheridan a bien reçu un appel de Laura Wilcox. Je rôdais par là quand ils en ont parlé dans la salle à manger privée.

— Jake, je n'ai pas une idée claire de toute cette histoire. Vous savez ce qu'il en est, on entend un bout d'une conversation, puis un autre. Il faut pouvoir s'approcher des gens sans en avoir l'air. J'ai l'impression que Robby Brent a pu en effet donner ce coup de téléphone hier soir en se faisant passer pour Laura Wilcox. »

La main de Jake s'était immobilisée, tenant fermement la moitié intacte de son hamburger. Il l'abaissa lentement vers son assiette. Il analysait ce qu'Amy venait de lui dire.

« Robby Brent a passé ce coup de téléphone, il a disparu, et maintenant ils semblent penser que tout ça n'est qu'un coup publicitaire pour une nouvelle série télévisée ? »

Les grosses lunettes d'Amy dansèrent sur son nez tandis qu'elle approuvait avec enthousiasme. « On dirait une émission de télé-réalité, pas vrai ? Croyez-vous qu'ils ont des caméras cachées en train de filmer ce qui se passe dans l'hôtel en ce moment ?

— On peut se poser la question, dit Jake. Vous avez oublié d'être bête, Amy. Quand je créerai mon propre journal, je vous chargerai d'une rubrique. Avez-vous remarqué autre chose ? »

Elle fit la moue. « Une seule chose. Mark Fleischman, vous savez, ce psychiatre si charmant...

— Je le connais. Et alors ?

— Je parie qu'il a le béguin pour Jane Sheridan. Il est sorti tôt ce matin, et à son retour son premier geste a été de se précipiter à la réception et de la demander au téléphone. Je l'ai entendu.

— Ça ne m'étonne pas, fit Jake avec un sourire moqueur.

— Je lui ai dit que Jane Sheridan était au bar de l'hôtel. Il m'a remerciée, mais avant d'aller la rejoindre, il m'a demandé si elle avait reçu d'autres fax. Il a eu l'air presque déçu quand je lui ai dit que non, et il m'a demandé si j'en étais bien certaine. Même s'il est amoureux d'elle, je le trouve un peu culotté de s'intéresser à son courrier, vous ne trouvez pas ?

— C'est plutôt gonflé.

— Mais il est sympathique et je lui ai demandé s'il avait passé une bonne journée. Il m'a répondu que oui, qu'il avait été rendre visite à des amis à West Point. »

58

Après le départ de Sam Deegan, Jane et Mark restèrent près d'une heure à la cafétéria. Gardant sa main posée sur celle de Jane, Mark l'écouta attentivement raconter son entrevue avec Craig Michaelson. Elle lui confia qu'elle était de plus en plus convaincue qu'il s'était occupé de l'adoption de Lily, lui rapporta qu'elle l'avait agressé verbalement quand il avait refusé de croire que Lily courait un réel danger.

« J'ai téléphoné ensuite pour m'excuser », expliqua-t-elle. Puis elle dit lui avoir parlé de la brosse à cheveux.

« Avez-vous l'intention de suivre le conseil de Michaelson et d'adresser une requête au tribunal pour avoir accès au dossier ? demanda Mark.

— Certainement. J'ai rendez-vous avec Sam à son bureau demain matin.

— Bien. Parlons de Laura. Pour vous, il ne s'agit pas d'un simple coup publicitaire, n'est-ce pas ?

— Non, je n'y crois pas. »

Jane hésita. Il était déjà dix-sept heures et les derniers rayons du soleil jetaient des ombres obliques dans la salle presque déserte. Elle étudia Mark assis en face d'elle. Il portait une chemise de sport à col ouvert et un pull vert foncé. Il fait partie de ces hommes qui auront toujours l'air juvéniles, pensa-t-elle. À l'exception du regard.

« Quel était ce professeur qui vous qualifiait de "vieux sage" ? demanda-t-elle.

– M. Hastings. Pourquoi ?

– Il disait que vous faisiez preuve d'une perspicacité inhabituelle pour votre âge.

– Je ne suis pas sûr que ce soit un compliment. Vous pensez à quelque chose en particulier, Jeannie ?

– Je crois que oui. À mes yeux, les vieux sages font preuve d'une grande compréhension. Lorsque je suis montée dans ma voiture après avoir quitté Craig Michaelson, j'étais bouleversée. Je vous l'ai dit. Mais ensuite, Mark, la voix de Laura m'est parvenue aussi clairement que si elle s'était trouvée à côté de moi. Je l'ai entendue dire : "Jane, aide-moi ! Je t'en prie, viens à mon secours." »

Elle scruta son visage. « Vous ne me croyez pas, n'est-ce pas ? Vous me prenez pour une folle, ajouta-t-elle, sur la défensive.

– Non, Jeannie. Si quelqu'un croit en la transmission de pensées, c'est bien moi. Mais si Laura est véritablement en danger, comment expliquer le rôle de Robby Brent ?

– Je n'en ai pas la moindre idée. » Jane leva la main en signe d'impuissance. Regardant autour d'elle, elle fit remarquer : « Nous ferions mieux de partir. Ils dressent déjà les tables pour le dîner. »

Mark demanda l'addition d'un signe de la main. « J'aurais aimé vous inviter à dîner ce soir, mais je vais avoir le privilège unique de rompre le pain avec mon père. »

Jane lui jeta un regard interrogateur. L'expression du visage de Mark était impénétrable. « Je croyais que vous étiez brouillés, dit-elle enfin. C'est lui qui vous a appelé ?

– Je suis passé devant la maison aujourd'hui. J'ai vu sa voiture. Saisi d'une impulsion, j'ai gravi les marches du perron et sonné. Nous avons eu une longue conversation. Pas suffisante pour tout résoudre, mais il m'a demandé de dîner avec lui, et j'ai répondu oui à la condition qu'il veuille bien répondre à certaines de mes questions.

– Qu'a-t-il dit ?

– Il a accepté. On verra s'il tient parole.

– Je souhaite que vous puissiez combler le fossé qui vous sépare.

– Moi aussi, Jeannie, mais je n'y compte guère. »

Ils prirent l'ascenseur ensemble. Mark appuya sur les boutons du quatrième puis du sixième.

« J'espère que vous avez une plus jolie vue que la mienne, dit Jane. Elle donne sur le parking à l'arrière de l'hôtel.

– Je suis mieux loti. Ma chambre est en façade. Je peux voir le soleil se coucher.

– Et moi, si je suis réveillée, je peux voir les noctambules qui rentrent au lever du soleil. » L'ascenseur s'arrêtait au quatrième étage. « À bientôt, Mark », dit Jane.

Son répondeur clignotait lorsqu'elle entra dans sa chambre. L'appel provenait de Peggy Kimball et elle avait tout juste raccroché. « Jane, j'ai cinq minutes de

269

pause à l'hôpital, je vais être brève. Après vous avoir quittée, je me suis rappelée que Jack Emerson faisait partie de l'équipe qui nettoyait les bureaux de notre immeuble à l'époque où vous avez rencontré le Dr Connors. Je vous ai dit que le docteur gardait toujours les clés de son classeur dans sa poche, mais il en cachait sans doute un double quelque part, car un jour il a oublié d'apporter son trousseau et a néanmoins pu ouvrir le tiroir. Il est donc possible qu'Emerson ait eu accès à votre dossier. En tout cas, j'ai cru bon de vous en informer. »

Jack Emerson. Jane reposa le récepteur et se laissa tomber sur le lit. Se pourrait-il que ce soit lui ? Il est le seul à n'avoir jamais quitté Cornwall. Si les parents adoptifs de Lily habitent aussi en ville, il est possible qu'il les connaisse.

Elle entendit un bruit, tourna la tête, et aperçut une enveloppe de papier Kraft que quelqu'un glissait sous la porte. Elle se leva d'un bond, traversa la pièce et ouvrit brusquement la porte.

Un groom à l'air penaud se redressait maladroitement. « Mademoiselle Sheridan, vous avez reçu un fax qui est arrivé en même temps que ceux d'un autre client et lui a été remis par erreur. Il vient de s'en apercevoir et de le rapporter à la réception.

– C'est sans importance », dit doucement Jane, la gorge nouée. Elle referma la porte et, d'une main tremblante, ouvrit l'enveloppe. Elle était sûre que le fax concernait Lily.

Elle ne s'était pas trompée.

Jane, pardonne-moi, j'ai honte. Je connais depuis toujours Lily et ses parents adoptifs. C'est une fille délicieuse, intelligente et heureuse. Elle est étudiante en deuxième année d'université. Je n'avais pas l'intention de t'affoler, je ne voulais pas que tu la croies en danger. J'ai un besoin urgent d'argent, et j'ai imaginé ce moyen pour en obtenir. Ne t'inquiète pas pour Lily, je t'en prie. Elle va très bien. Je reprendrai contact avec toi bientôt. Pardonne-moi, et dis aux autres que je suis en pleine forme. Le coup de pub était une idée de Robby Brent. Il va tout arranger. Il veut parler à ses producteurs avant de faire une déclaration à la presse.

Laura

Les genoux tremblants, Jane s'assit sur son lit. Puis, pleurant de soulagement et de joie, elle composa le numéro de Sam.

L'appel de Jane tira Sam du sommeil auquel il avait paisiblement succombé pendant qu'Alice Sommers s'activait à la cuisine. « Un nouveau fax, Jane ? Calmez-vous, lisez-le-moi. » Il écouta. « Mon Dieu ! s'exclama-t-il, comment cette femme a-t-elle pu agir ainsi avec vous ?

— Vous parlez à Jane ? Comment va-t-elle ? »

Alice se tenait dans l'encadrement de la porte.

« Elle va bien. Laura Wilcox est l'auteur des fax. Elle demande pardon et dit qu'elle n'a jamais eu l'intention de faire du mal à Lily. »

Alice lui prit le récepteur des mains. « Jane, êtes-vous en état de conduire ? » Elle écouta. « Alors venez nous rejoindre. »

Lorsque Jane arriva, Alice scruta son visage et y vit la joie qu'elle-même aurait ressentie quelques années auparavant si Karen avait été épargnée. Elle la prit dans ses bras. « Oh, Jane, je n'ai cessé de prier pour vous ! »

Jane lui rendit son étreinte. « Je sais. J'ai peine à croire que Laura se soit conduite ainsi, mais je suis persuadée qu'elle n'aurait jamais fait de mal à Lily. Ce n'était donc qu'une question d'argent, Sam. Mon Dieu, si Laura était dans une telle détresse, pourquoi ne m'a-t-elle pas simplement demandé de l'aider ? Il y a une demi-heure, j'étais prête à accuser Jack Emerson.

— Jane, venez vous asseoir et calmez-vous. Prenez un verre de sherry et expliquez-vous. Qu'est-ce que Jack Emerson a à voir dans cette affaire ?

— Je viens d'apprendre quelque chose qui m'a fait penser qu'il avait tout manigancé. »

Docilement Jane retira son manteau, entra dans le petit salon, s'assit dans un fauteuil près du feu et, s'efforçant de parler d'un ton ferme, leur raconta l'appel de Peggy Kimball. « Jack faisait le ménage dans le cabinet du Dr Connors à l'époque où je le consultais. C'est lui qui a organisé la réunion des anciens élèves. Il a dans son bureau cette photo de Laura dont parlait Robby Brent. Le fax est arrivé vers midi, mais il a été mélangé par erreur avec ceux d'un autre client de l'hôtel.

— Vous auriez dû le recevoir à *midi* ? l'interrompit vivement Sam.

— Oui, et dans ce cas je ne serais pas allée voir Craig Michaelson. Dès que je l'ai reçu, j'ai essayé de lui téléphoner au cas où il aurait projeté de joindre les parents adoptifs de Lily. Je voulais lui dire d'attendre que j'aie d'autres nouvelles de Laura. Il est inutile de les alarmer désormais.

– Avez-vous parlé de ce dernier fax à quelqu'un d'autre ?

– Non. Je venais de remonter dans ma chambre lorsqu'il m'a été apporté. Mark et moi sommes restés à bavarder pendant près d'une heure après votre départ. À propos, ce serait plus gentil que j'appelle Mark avant qu'il n'aille dîner chez son père. Il sera heureux d'apprendre la nouvelle. Il sait que j'étais horriblement inquiète. »

Jane s'est confiée à Fleischman, pensa sombrement Sam en la voyant sortir son téléphone mobile. Elle a probablement évoqué devant lui la possibilité de retrouver l'endroit où Lily avait perdu sa brosse, ou de savoir avec qui elle se trouvait le jour où elle l'a égarée.

Il échangea un regard avec Alice, et comprit aussitôt qu'elle partageait son inquiétude. Ce fax émanait-il vraiment de Laura, ou s'agissait-il d'un nouvel épisode d'un cauchemar sans fin ?

Il y a un autre scénario, pensa Sam. Si Jane a raison, et que Craig Michaelson a organisé l'adoption, il est possible qu'il ait déjà contacté les parents adoptifs de Lily et les ait mis au courant de cette histoire de brosse.

À moins que le fax de Laura ne soit authentique, Lily était devenue un danger pour celui ou celle qui avait envoyé les précédents. Et leur auteur, quel qu'il soit, pouvait craindre que la brosse ne permette de remonter jusqu'à lui.

Jusqu'à preuve du contraire, je me refuse à croire que ces fax émanent de Laura, pensa Sam. Jack Emerson s'occupait de l'entretien des bureaux du Dr Connors, il a toujours vécu dans cette ville, et a pu se lier avec le couple qui a ensuite adopté Lily.

Mark Fleischman a peut-être gagné la confiance de Jane, mais je reste sceptique à son sujet. Il y a quelque chose chez cet homme qui ne cadre pas avec l'image du psychiatre qui apparaît à la télévision et conseille les familles en difficulté.

Jane laissait un message à Fleischman. « Il n'est pas là », dit-elle, puis elle huma l'air et se tourna vers Alice avec un large sourire. « Ça sent merveilleusement bon. Si vous ne m'invitez pas à dîner, je vais vous le demander. Oh, mon Dieu, je suis tellement heureuse, *tellement heureuse* ! »

59

La nuit est mon royaume, pensa le Hibou en attendant impatiemment l'obscurité. Retourner dans la maison pendant la journée était une erreur stupide. On aurait pu le voir. Mais il avait eu l'étrange sensation que Robby Brent n'était peut-être pas mort, qu'en bon comédien il avait pu feindre l'inconscience. Il l'avait imaginé en train de ramper hors de sa voiture, de sortir dans la rue, de monter à l'étage, d'y découvrir Laura et de composer le 911.

L'image de Robby encore vivant et capable d'appeler des secours était devenue si obsédante que le Hibou n'avait pas eu d'autre choix que de revenir sur les lieux pour s'assurer qu'il était bien mort, à l'endroit même où il l'avait laissé, dans le coffre de sa voiture.

C'était presque comme la première fois où il avait tué, cette nuit-là, dans la maison de Laura. Dans le brouillard de sa mémoire, il se souvenait d'avoir gravi sur la pointe des pieds l'escalier du fond, de s'être dirigé vers la chambre où il croyait trouver Laura. Vingt ans s'étaient écoulés depuis.

La veille, sachant que Robby le suivait, il n'avait eu aucun mal à se montrer plus malin que lui. Mais ensuite il avait dû fouiller dans ses poches pour y trouver ses clés et amener sa voiture dans le garage. Celle qu'il avait louée en premier, dont les pneus étaient incrustés de boue, y était déjà garée. Il avait rangé à côté la voiture de Robby, et tiré le corps de ce dernier depuis l'escalier où il l'avait tué jusqu'au coffre du véhicule.

Il ignorait comment il s'était trahi aux yeux de Robby Brent. Robby avait compris. Mais les autres ? Le cercle allait-il se refermer bientôt, l'empêchant de s'échapper dans la nuit ? Il n'aimait pas rester dans l'incertitude. Il avait besoin d'être rassuré, il avait besoin de cette assurance que seuls lui apportaient les actes qui réaffirmaient son pouvoir de vie et de mort.

À vingt-trois heures il se mit en route, traversa le comté d'Orange. Il resterait à une certaine distance de Cornwall. Ne s'approcherait pas de Washingtonville non plus, où on avait trouvé le corps d'Helen Whelan. Pourquoi ne pas choisir Highland Falls ? Les environs de ce motel où Jane Sheridan descendait avec son jeune officier n'étaient pas un mauvais endroit à explorer.

Une des rues voisines du motel. C'est peut-être là que le destin lui désignerait sa victime.

Il était vingt-trois heures trente. Il roulait lentement dans une rue bordée d'arbres quand il distingua deux femmes sur un perron, dans le halo de l'éclairage extérieur. Il regarda l'une d'elles se tourner vers la porte, pénétrer dans la maison et refermer derrière elle. L'autre descendit les marches. Le Hibou s'arrêta le long du trottoir, éteignit les phares, et l'attendit, tandis qu'elle traversait la pelouse et s'avançait dans sa direction.

Elle marchait d'un pas vif, tête baissée, et elle ne le

vit pas sortir de la voiture et se dissimuler à l'ombre d'un arbre. Il surgit au moment où elle passait devant lui. Il sentit le Hibou jaillir de sa cage à l'instant où, couvrant la bouche de sa victime, il passait la cordelette autour de son cou.

« Navré, murmura-t-il, mais c'est tombé sur vous. »

60

Le corps d'Yvonne Tepper fut découvert à six heures du matin par Bessie Koch, une veuve septuagénaire qui arrondissait le montant de sa pension en livrant le *New York Times* dans Highland Falls.

Elle s'apprêtait à engager sa voiture dans l'allée des Tepper. Un de ses arguments de vente était : « Ne sortez plus dehors pieds nus. Votre journal livré sur le pas de votre porte. » Cette démarche rendait un hommage affectueux à son mari défunt, qui sortait tous les jours pieds nus pour aller chercher le journal du matin là où le livreur l'avait laissé, habituellement plus près du bord du trottoir que des marches du perron.

La première réaction de Bessie fut de refuser l'évidence qui s'offrait à ses yeux. Il avait gelé durant la nuit et Yvonne Tepper était étendue entre deux buissons sur l'herbe où scintillaient encore des plaques de givre. Elle avait les jambes repliées et les mains enfoncées dans les poches de sa parka bleu marine. Son apparence était si soignée et nette que Bessie crut qu'elle venait de faire une chute. Quand la réalité lui apparut, elle freina et s'arrêta d'un coup. Ouvrant brusquement la portière, elle s'élança, parcourut en quelques enjambées la courte distance qui la séparait du corps d'Yvonne Tepper. Pendant un instant elle resta penchée sur elle, saisie d'effroi à la vue des yeux exorbités, de la bouche ouverte et de la cordelette serrée autour du cou.

Bessie tenta en vain d'appeler au secours, aucun son ne sortait de sa gorge. Elle tourna les talons et regagna sa voiture en chancelant. En s'affalant sur le siège du conducteur, elle appuya sur le klaxon. Les lumières s'allumèrent dans les maisons du voisinage et les habitants furieux se précipitèrent aux fenêtres. Plusieurs hommes sortirent pour voir qui causait pareil raffut – par une ironie du sort, tous pieds nus.

Le mari de la voisine à qui Yvonne Tepper avait rendu visite avant d'être agressée par le Hibou se précipita vers la voiture de Bessie et la força à retirer ses mains de l'avertisseur.

Alors seulement Bessie put enfin hurler.

Sam Deegan était recru de fatigue et dormit du sommeil du juste, malgré les soupçons qu'il nourrissait
concernant le dernier fax qu'avait reçu Jane. Son flair
de bon policier le faisait douter de son authenticité.

Le réveil le tira du sommeil à six heures et il resta
sans bouger pendant quelques minutes, les yeux clos.
Il repensa immédiatement au fax. Trop facile, se dit-il.
Ça résout toutes les questions. Par-dessus le marché,
aucun juge désormais ne délivrera une ordonnance
autorisant l'accès au dossier de Lily.

Et si c'était la véritable raison de ce fax ? Si quelqu'un avait été pris de panique à l'idée que le tribunal
autorise l'accès au dossier et que Lily soit questionnée
à propos de sa brosse ?

C'était ce dernier scénario qui inquiétait Sam. Il
ouvrit les yeux, s'assit et rejeta les couvertures. Par
ailleurs, réfléchit-il, se faisant l'avocat du diable, il
était plausible que Laura ait appris à l'époque que
Jane était enceinte. Pendant le dîner, Jane leur avait dit
qu'avant sa disparition Laura avait mentionné le nom
de Reed Thornton. « Je ne suis pas sûre qu'elle ait prononcé son nom, avait-elle ajouté. Mais j'ai été étonnée
qu'elle ait su que je sortais avec un cadet de West
Point. »

Ce fax ne me dit rien qui vaille, persistait-il à penser, si cinq femmes sont mortes dans l'ordre où elles étaient assises à table je suis sûr que ce n'est pas une simple coïncidence. L'air sombre, Sam se dirigea vers la cuisine, mit en marche la cafetière électrique, puis alla ensuite prendre sa douche.

Le café était prêt quand il regagna la cuisine, pour déjeuner avant de partir au bureau. Il se prépara un verre de jus d'orange, introduisit un muffin dans le grille-pain. Du vivant de Kate, il prenait toujours du porridge au petit déjeuner. Il avait eu beau se convaincre que ce n'était pas sorcier – mettre un tiers de tasse de flocons d'avoine dans un bol, verser le contenu d'une tasse de lait, placer le bol dans le four à micro-ondes pendant deux minutes, c'était chaque fois raté. Le porridge de Kate était bien meilleur. Il avait fini par renoncer.

Trois ans auparavant, Kate avait perdu sa longue bataille contre le cancer. Heureusement, la maison n'était pas si vaste qu'il ait ressenti le besoin de la vendre après le départ des garçons. Son salaire d'inspecteur ne lui avait pas permis d'acheter plus grand. D'autres femmes se seraient plaintes, mais pas Kate, elle aimait cette maison. Elle en avait fait un nid agréable, qu'il était toujours heureux de retrouver après une journée harassante.

C'est toujours la même maison, songea Sam en ramassant le journal près de la porte de la cuisine avant de s'asseoir à la table devant son petit déjeuner. Mais elle est différente sans Kate. Hier soir, pendant qu'il somnolait dans le petit salon d'Alice, il avait retrouvé l'impression que lui procurait autrefois sa maison. Une sensation de confort. De chaleur. Les bruits que faisait Alice en préparant le dîner. Les effluves alléchants du rôti qui flottaient dans la pièce.

Puis il se souvint que quelque chose avait attiré son attention dans son demi-sommeil. Quoi ? Il crut se rappeler que cela avait un rapport avec la vitrine de curiosités d'Alice. À sa prochaine visite, il irait y jeter un coup d'œil. Peut-être sa collection de tasses à café ? Sa mère avait eu le même hobby. Quelques modèles étaient encore exposés chez lui.

Il hésita à beurrer son muffin, puis décida à regret d'y renoncer. J'ai fait une entorse à mon régime hier soir, se souvint-il. Le Yorkshire pudding d'Alice était délicieux. Jane l'a apprécié autant que moi. Elle était à deux doigts de s'effondrer à force de s'inquiéter pour Lily. C'était merveilleux de la voir brusquement aussi détendue, comme soulagée d'un poids.

Espérons que ce fax n'est pas un leurre, et que Laura donnera bientôt d'autres nouvelles.

Il s'apprêtait à ouvrir le journal quand le téléphone sonna. C'était Eddie Zarro. « Sam, le chef de la police de Highland Falls vient d'appeler. Une femme a été trouvée étranglée devant sa maison. Le procureur veut nous voir tous rassemblés dans son bureau illico. »

Sam eut l'impression qu'Eddy ne lui disait pas tout. « Il y a autre chose ? demanda-t-il sèchement.

— Ils ont trouvé un petit hibou métallique dans sa poche. Sam, nous voilà avec une affaire de psychopathe sur les bras en plus du reste. Et ce matin la radio a annoncé que la disparition de Laura Wilcox était un coup promotionnel qu'elle a monté avec ce comique, Robby Brent. Résultat, Rich Stevens est dans une rage noire, il nous reproche d'avoir perdu tout ce temps avec Laura Wilcox alors qu'un tueur se balade tranquillement dans le comté d'Orange. Alors un bon conseil, ne prononcez pas le nom de Laura Wilcox. »

62

Jane se réveilla à neuf heures, étonnée d'avoir dormi si tard. Elle se leva en frissonnant. La fenêtre était entrouverte, et un vent froid entrait dans la pièce. Elle alla rapidement la fermer puis remonta le store. Dehors, le soleil perçait le ciel couvert, comme pour s'accorder à son humeur. En effet, les nuages se dissipaient autour d'elle, l'emplissant d'une sensation d'allégresse. C'est donc Laura qui m'a écrit au sujet de Lily, et je suis bien certaine d'une chose, c'est qu'elle serait incapable de lui faire du mal. Toute cette histoire n'est qu'une question d'argent.

Je devrais lui en vouloir, pensa-t-elle, mais je mesure aujourd'hui l'état de désespoir dans lequel elle se trouvait. Il y avait une sorte de fébrilité dans son comportement samedi soir. J'ai essayé de lui parler avant le dîner. Je lui ai demandé si elle avait vu quelqu'un apporter une rose au cimetière. Elle a cherché à couper court à mes questions, et a fini par me mettre pratiquement à la porte de sa chambre. S'est-elle sentie coupable en me voyant aussi bouleversée ? Je parie que c'est elle qui a déposé la rose au cimetière. Elle a dû deviner que j'irais sur la tombe de Reed.

Avant de s'endormir la veille, Jane s'était promis de

mettre au plus vite Craig Michaelson au courant du fax de Laura. S'il avait décidé de prévenir les parents adoptifs de Lily, il était injuste de les laisser s'inquiéter plus longtemps.

Elle enfila sa robe de chambre, alla jusqu'au bureau, sortit de son portefeuille la carte de Michaelson et téléphona à son cabinet. Il prit immédiatement la communication, et Jane sentit son cœur se serrer devant sa réaction.

« Mademoiselle Sheridan, avez-vous vérifié que ce dernier fax a été réellement envoyé par Laura Wilcox ?

– Non, et je n'ai aucun moyen de le savoir. Mais demandez-moi si je crois que c'est elle qui l'a envoyé et je vous dirai oui. J'avoue que j'ai été choquée en apprenant que Laura connaissait l'existence de Lily et savait que j'étais sortie avec Reed. Elle ne m'en avait jamais rien dit. Quoi qu'il en soit, nous savons aussi, grâce au téléphone mobile que Robby Brent a acheté et à l'heure à laquelle j'ai reçu un appel provenant soi-disant de Laura, que c'est Robby qui l'a sans doute passé en imitant sa voix. Nous avons deux éléments à prendre en compte. D'une part Laura sait qui est Lily et elle a un besoin urgent d'argent. D'autre part Robby concocte la pseudo-disparition de Laura parce qu'il a l'intention de l'engager dans sa nouvelle série télévisée, et qu'il veut créer le maximum de bruit autour d'elle. Si vous connaissiez Robby Brent, vous comprendriez que c'est le genre de jeu – plutôt sordide – auquel il est capable de se livrer. »

Elle attendit à nouveau la réaction de Craig Michaelson.

« Mademoiselle Sheridan, dit-il enfin, je comprends

votre soulagement. Comme vous l'avez très justement supposé hier lorsque vous êtes venue à mon bureau, je me suis demandé pendant un moment si vous-même n'aviez pas monté de toutes pièces cette histoire, guidée par l'obsession de retrouver votre fille. En réalité, c'est votre accès de colère qui m'a convaincu que vous disiez la vérité. Je vais donc être franc avec vous. »

C'est lui qui a été chargé de l'adoption, pensa Jane. Il sait qui est Lily, et il sait *où* elle se trouve !

« J'ai considéré que l'éventuel danger couru par votre fille était suffisamment sérieux pour que j'en avertisse son père adoptif. Il est à l'étranger à l'heure actuelle, mais j'aurai très rapidement de ses nouvelles. En fait, il a cherché à me joindre hier soir, et a laissé un message me prévenant qu'il rappellerait aujourd'hui à dix heures. Je n'ai pas pensé à communiquer à sa secrétaire mon numéro de portable sinon je lui aurais déjà parlé. Je vais lui transmettre tout ce que vous m'avez dit, y compris votre identité. Le secret professionnel ne joue pas entre vous et moi, et je pense que son épouse et lui ont le droit de savoir que vous êtes une personne à la fois crédible et responsable.

– Vous avez mon accord, acquiesça Jane. Mais je ne veux pas que ces personnes connaissent les tourments que j'ai endurés durant ces derniers jours. Je ne veux pas leur donner l'impression que Lily court un danger, car je pense que ce n'est plus le cas aujourd'hui.

– J'espère que vous avez raison, mais jusqu'à ce que Mme Wilcox se manifeste, gardons-nous d'être trop optimistes et de penser que toute menace sérieuse a disparu. Avez-vous montré le fax à cet inspecteur de votre connaissance ?

— Sam Deegan ? Bien sûr. Je le lui ai même remis.

— Puis-je avoir son numéro de téléphone ?

— Naturellement. »

Jane connaissait le numéro de Sam par cœur mais l'inquiétude qui persistait dans la voix de Craig Michaelson la troubla au point qu'elle dut le vérifier avant de le lui communiquer. « Maître, dit-elle, j'ai l'impression que nous n'avons pas la même vision des choses. Pourquoi semblez-vous si inquiet, alors que je suis soulagée ?

— C'est à cause de cette brosse, mademoiselle Sheridan. Si Lily a un souvenir précis de la manière dont elle l'a perdue — où elle était, avec qui —, il sera facile d'établir un lien direct avec la personne qui l'a envoyée. Si elle se souvient d'avoir été en compagnie de Laura Wilcox, nous pourrons alors nous fier au contenu de ce dernier fax. Mais connaissant les parents adoptifs, et connaissant par la presse le genre de vie mené par Mme Wilcox, je doute que votre fille ait pu la fréquenter.

— Je comprends », fit Jane, soudain glacée par la logique du raisonnement.

Elle mit fin à sa conversation avec Michaelson, après avoir confirmé qu'elle resterait en contact avec lui, et composa le numéro de Sam sans obtenir de réponse.

Son appel suivant fut pour Alice Sommers. « Alice, dit-elle, en prenant une longue aspiration. Répondez-moi franchement. Croyez-vous possible que le fax envoyé par Laura, ou prétendument envoyé par Laura, soit un stratagème pour nous endormir, pour m'empêcher de communiquer avec les parents adoptifs de Lily et de les questionner à propos de la brosse à cheveux ? »

La réponse fut celle qu'elle avait redoutée intérieurement. « Je n'ai pas cru à ce fax, Jeannie, dit Alice à regret. Ne me demandez pas pourquoi, mais cette histoire m'a paru louche, et je peux vous dire que Sam a eu exactement la même impression que moi. »

63

Comme l'avait prévu Eddie Zarro, Rich Stevens était
furieux. « Ces maudits acteurs viennent dans ce comté
et nous font perdre notre temps avec leurs mani-
gances et leurs histoires de relations publiques, alors
qu'on a un psychopathe sur les bras, fulmina-t-il. Je
vais faire une déclaration à la presse et leur mentionner
que Robby Brent et Laura Wilcox risquent des pour-
suites pour avoir monté ce canular. Laura Wilcox a
reconnu avoir envoyé les fax qui menaçaient la fille du
Pr Sheridan. Je me fiche pas mal que celle-ci soit prête
à lui pardonner. Moi pas. C'est un délit d'envoyer des
lettres de menace, et Laura Wilcox devra en rendre
compte. »

Inquiet, Sam se hâta de calmer Stevens. « Attendez,
Rich. La presse ne sait rien de la fille de Jane Sheridan
ni des menaces qu'elle a reçues. Nous ne pouvons pas
le révéler maintenant.

— Je suis le premier à le savoir, Sam, répliqua sèchement Rich Stevens. Nous parlerons seulement de l'opé-
ration promotionnelle douteuse que Wilcox reconnaît
avoir montée avec Brent. » Il tendit à Sam le dossier
qui était sur son bureau. « Ce sont des photos de la
scène du crime, expliqua-t-il. Jetez-y un coup d'œil.

Joy a été la première de notre équipe à arriver sur place. Vous autres, vous avez déjà entendu son récit, mais s'il vous plaît, Joy, racontez à Sam qui est la victime et ce que les voisins vous ont dit. »

Quatre autres inspecteurs en dehors de Sam et d'Eddy Zarro faisaient partie de la brigade du procureur. Joy Lacko, la seule femme du groupe, était inspecteur depuis moins d'un an, mais Sam avait appris à respecter son intelligence et sa capacité à recueillir des informations auprès de témoins en état de choc ou frappés par le chagrin.

« La victime, Yvonne Tepper, était une femme de soixante-trois ans, divorcée, avec deux fils adultes, mariés et résidant en Californie. » Joy avait son carnet de notes à la main, mais elle parlait sans le consulter, le regard fixé sur Sam. « Yvonne Tepper était propriétaire d'un salon de coiffure, elle était très appréciée, et n'avait apparemment pas d'ennemis. Son ex-mari s'est remarié et vit dans l'Illinois. » Elle marqua une pause. « Sam, tout ceci est probablement secondaire à côté de la découverte du hibou de métal dans sa poche.

– Pas d'empreintes, j'imagine ? s'enquit Sam.

– Pas d'empreintes. Nous pouvons être certains qu'il s'agit du même type qui s'est attaqué à Helen Whelan vendredi.

– Qui avez-vous interrogé dans le voisinage ?

– Tous les résidents de sa rue, mais la seule à savoir quelque chose est la voisine à laquelle Yvonne Tepper avait rendu visite, et qu'elle venait sans doute de quitter quand elle a été agressée. Elle s'appelle Rita Hall. Tepper et elles étaient très liées. Tepper avait apporté à son amie des produits de beauté de son salon et elle était passée la voir vers dix heures du soir. Les deux femmes sont restées ensemble pendant un moment et elles ont regardé les informations de onze heures à la télévision. Le mari de Rita Hall, Matthew, était déjà monté se coucher. À propos, c'est lui qui a été le premier ce matin à se précipiter auprès de Bessie Koch, la femme qui a découvert le corps et qui klaxonnait sans cesse pour appeler à l'aide. Il a eu la présence d'esprit d'empêcher les autres voisins de s'approcher du corps et il a appelé le 911.

– Yvonne Tepper a-t-elle quitté immédiatement la maison après la fin du bulletin d'information ? demanda Sam.

– Oui. Mme Hall l'a accompagnée à la porte, et est sortie sur le perron avec elle. Elle se souvient qu'elle voulait rapporter à Yvonne Tepper une anecdote concernant un ancien voisin. Elle dit qu'elles ne se sont pas attardées plus d'une minute, que la lumière extérieure était allumée et qu'on avait pu les voir. Elle dit avoir remarqué une voiture qui ralentissait et s'arrêtait le long du trottoir, mais elle n'y a pas prêté attention sur le moment. Les gens qui habitent de l'autre côté de la rue ont des enfants adolescents qui vont et viennent constamment.

– Mme Hall a-t-elle repéré quelque chose de particulier concernant la voiture ? demanda Sam.

– Seulement que c'était une berline de taille moyenne, bleu foncé ou noire. Mme Hall est rentrée chez elle et a refermé la porte, pendant que Mme Tepper traversait la pelouse en direction du trottoir.

– Je parierais qu'elle était morte une minute plus tard, dit Rich Stevens. Le mobile n'est pas le vol. Son sac était par terre. Elle avait deux cents dollars dans son portefeuille et portait une bague et des boucles d'oreilles en diamants. Ce type ne voulait qu'une chose : la tuer. Il l'a attrapée, l'a attirée sur la pelouse devant chez elle et l'a étranglée, puis il a abandonné son corps derrière un buisson avant de repartir avec sa voiture.

– Il a pris le temps de glisser le hibou dans sa poche », fit remarquer Sam.

Rich Stevens regarda ses inspecteurs à tour de rôle. « J'ai longuement réfléchi, hésité à révéler ou non l'existence du hibou aux médias. Quelqu'un pourrait avoir une information concernant un individu qui fait une fixation sur les hiboux ou en élève chez lui en guise de hobby.

– Vous imaginez les choux gras que feront les médias de toute cette affaire s'ils apprennent qu'on découvre chaque fois un hibou dans les poches des victimes ! se récria Sam. Si ce malade mental ne cherche qu'à doper son ego, et je pense que c'est le cas, nous lui offrirons exactement ce qu'il recherche, sans parler du risque de donner des idées à un imitateur.

– Et nous ne mettrions même pas les femmes en garde en livrant cette information, ajouta Joy Lacko. Il laisse le hibou *après* avoir tué ses victimes, pas avant. »

À la fin de la réunion il fut décidé que la meilleure ligne de conduite était de conseiller aux femmes de ne pas s'aventurer seules dans les rues après la tombée du jour, et de faire savoir que Helen Whelan et Yvonne Tepper avaient vraisemblablement été assassinées par la même ou les mêmes personnes.

Comme ils se levaient pour partir, Joy Lacko ajouta doucement : « Le plus effrayant c'est qu'en ce moment même, une femme vaque innocemment à ses occupations, sans se rendre compte qu'un jour prochain, uniquement parce qu'elle se trouve au mauvais endroit au mauvais moment, ce type peut la croiser et lui ôter la vie.

– Je n'en suis pas encore arrivé à ce genre de conclusion », dit sèchement Rich Stevens.

Moi si, pensa Sam. Moi si.

64

Le mercredi matin, Jake Perkins assista à ses cours habituels, hormis l'atelier d'écriture, matière qu'il s'estimait plus apte à enseigner que l'actuel professeur. Avant la pause du déjeuner, en sa qualité de journaliste de la *Stonecroft Academy Gazette*, il se rendit dans le bureau du président Downes, pour une interview au cours de laquelle Downes était censé commenter le brillant succès de la réunion des anciens élèves.

Alfred Downes était visiblement de méchante humeur. « Jake, je sais que j'ai promis de vous consacrer du temps, mais cela ne me paraît pas possible en ce moment.

— Je comprends parfaitement, monsieur, répondit Jake d'un ton conciliant. Je présume que vous avez écouté les informations et vu que le procureur du comté envisage de porter plainte contre deux de nos lauréats de Stonecroft pour avoir monté cette mystification.

— Je suis au courant », répondit Downes d'une voix cassante.

Si Jake nota le ton glacial, il n'en montra rien. « Pensez-vous que tout ce battage puisse avoir un impact négatif sur l'image de l'école ?

— Je crois que cela va de soi, répliqua Downes. Si

vous avez l'intention de me faire perdre mon temps avec des questions stupides, sortez.

– Loin de moi l'idée de vous poser des questions stupides, répliqua Jake, je voulais seulement souligner le fait que durant le dîner Robby Brent vous a remis un chèque de dix mille dollars pour l'école. Au regard de son récent comportement, seriez-vous prêt à refuser ce don ? »

C'était le genre de question qui mettrait à coup sûr le président Downes mal à l'aise. Jake savait à quel point Downes souhaitait que la nouvelle aile de l'école soit construite sous sa présidence. Personne n'ignorait que l'idée de cette réunion avait germé dans l'esprit de Jack Emerson, mais qu'Alfred Downes l'avait adoptée avec enthousiasme. Cela signifiait de la publicité pour l'école, l'occasion de faire valoir la réussite des anciens élèves – le message étant qu'ils avaient appris tout ce qu'il fallait savoir dans cette bonne vieille école de Stonecroft – et un moyen de récolter des dons auprès d'eux et de leurs condisciples.

Aujourd'hui dans les médias les spéculations concernant les cinq anciennes élèves de cette même promotion, qui, par une coïncidence étrange, étaient mortes au cours des vingt dernières années, allaient bon train. Jake savait que cela n'inciterait personne à envoyer ses enfants à Stonecroft. Et voilà que Laura Wilcox et Robby Brent portaient un nouveau coup au prestige de l'établissement. Le visage grave, ses cheveux roux encore plus hérissés qu'à l'habitude, il dit : « Monsieur Downes, comme vous le savez, je dois rendre mon article à la *Gazette* aujourd'hui, dernier délai. J'aurais juste besoin d'un commentaire de votre part à propos de la réunion. »

Alfred Downes lança au jeune homme un regard excédé. « Je prépare un communiqué, et vous en aurez une copie dès demain matin.

– Oh, merci, monsieur. »

Jake n'éprouvait qu'une sympathie limitée pour l'homme assis en face de lui. Il s'inquiète pour son job, pensa-t-il. Le conseil d'administration pourrait le virer. Ils savent que Jack Emerson a été l'initiateur de cette malheureuse réunion parce qu'il est propriétaire du terrain qu'ils devront acquérir pour construire la nouvelle aile, et ils savent que Downes l'a soutenu.

« Monsieur, je pensais....

– Ne pensez pas, Jake. Contentez-vous de sortir.

– Encore un moment, monsieur, je vous prie. Il se trouve que je sais que Mlle Sheridan, le Dr Fleischman et Gordon Amory sont encore au Glen-Ridge House, et que Carter Stewart séjourne de l'autre côté de la ville, à l'Hudson Valley. Il me semble que si vous les invitiez à dîner et que nous prenions des photos chez vous, vous auriez un moyen de montrer Stonecroft sous un éclairage plus favorable. Personne ne doute de leur réussite, et les mettre en vedette compenserait l'effet négatif du comportement des deux autres. »

Alfred Downes contempla Jake Perkins. En trente-cinq ans d'enseignement, il n'avait jamais rencontré un élève aussi effronté et dégourdi que ce gosse. Il se renfonça dans son fauteuil et attendit une longue minute avant de répondre : « Quand finissez-vous votre scolarité, Jake ?

– J'aurai obtenu suffisamment de points à la fin de

cette année, monsieur. Comme vous le savez, j'ai suivi des cours supplémentaires. Mais mes parents estiment que je ne suis pas assez mûr pour entrer à l'université, aussi serai-je heureux de rester ici et de terminer ma scolarité en même temps que ma classe. »

Jake regarda Alfred Downes et constata qu'il ne partageait pas son enthousiasme. « J'ai une autre idée d'article qui pourrait vous intéresser, continua-t-il néanmoins. Je me suis renseigné sur Laura Wilcox. Je veux dire que j'ai compulsé des anciens numéros de la *Gazette* et du *Cornwall Times*. Comme l'écrivait le *Times*, elle était toujours la reine du bal. Sa famille avait de la fortune ; ses parents l'adoraient. Je vais écrire un article dans la *Gazette*. Je montrerai que malgré tous les avantages dont disposait Laura Wilcox, c'est elle dont la situation est le plus précaire aujourd'hui. »

Sentant qu'il allait être interrompu, Jake accéléra son débit : « Je pense qu'un tel article peut avoir deux effets, monsieur. Il prouvera aux élèves de Stonecroft qu'il ne suffit pas, pour réussir, d'avoir tous les atouts dans son jeu au départ, et soulignera par la même occasion que les autres lauréats, qui ont eu à se battre, s'en sont mieux sortis. Qu'il y a à Stonecroft des collégiens qui bénéficient de bourses et travaillent le soir pour payer leurs études. C'est quelque chose qui pourrait les motiver, et fera bon effet une fois imprimé. Les médias sont friands de ces sujets complémentaires ; c'est le genre d'article qu'ils voudront peut-être reproduire. »

Le regard fixé sur sa propre photo accrochée au mur derrière Jake, Alfred Downes réfléchit à la proposition du jeune homme. « C'est possible, admit-il à regret.

– Je vais prendre des photos des maisons où Laura a vécu dans sa jeunesse. La première est inoccupée aujourd'hui, mais elle a été rénovée récemment et elle a bel aspect. La deuxième dans Concord Avenue, où sa famille s'est installée par la suite, est ce que j'appellerais une "méga-résidence".

– Une méga-résidence ? interrogea Downes.

– Vous savez, ces groupes de maisons qui occupent tout un bloc et sont trop grandes et trop ostentatoires pour le voisinage.

– Je n'ai jamais entendu cette expression », marmonna Downes, s'adressant plus à lui-même qu'à Jake.

Jake se leva d'un bond. « C'est sans importance, monsieur. Mais croyez-moi, plus j'y pense, plus l'idée d'écrire un article sur Laura avec ses maisons à l'arrière-plan, et des photos d'elle à l'époque où elle était à Stonecroft, et plus tard lorsqu'elle est devenue célèbre, me plaît. »

« Maintenant je vous débarrasse de ma présence, monsieur. Mais peut-être puis-je vous donner un autre conseil. Si vous organisez le dîner dont nous avons parlé, je suggère de ne pas inviter M. Emerson. J'ai l'impression qu'aucun des autres lauréats ne peut le supporter. »

65

À dix heures, Craig Michaelson reçut l'appel qu'il attendait. « Le général Buckley est en ligne », lui annonça sa secrétaire.

Craig saisit le récepteur. « Charles, comment allez-vous ?

– Très bien, Craig. Mais qu'y a-t-il de si urgent ? Qu'est-il arrivé ? »

Craig Michaelson retint son souffle. J'aurais dû me douter qu'il n'y aurait pas moyen de tourner autour du pot avec Charles, pensa-t-il. Il n'était pas un général à trois étoiles sans raison. « D'abord, c'est peut-être moins inquiétant que je ne l'ai craint, dit-il, mais je crois préférable de montrer une certaine prudence. Comme vous vous en doutez, il s'agit de Meredith. Hier, Jane Sheridan m'a rendu visite. Avez-vous entendu parler d'elle ?

– L'historienne ? Oui. Son premier livre concernait West Point. Il m'a beaucoup plu, et je crois avoir lu tout ce qu'elle a écrit par la suite. C'est un écrivain de talent.

– Elle est davantage que cela, dit froidement Craig Michaelson. C'est la mère biologique de Meredith,

Charles, et si je vous ai appelé c'est à cause des révélations qu'elle m'a faites.

– Jane Sheridan est la mère de Meredith ! »

Le général Charles Buckley écouta avec attention Michaelson lui rapporter ce qu'il savait de l'histoire de Jane Sheridan, de la réunion de Stonecroft et de l'éventuelle menace qui pesait sur Meredith. Il l'interrompit peu, seulement pour demander des éclaircissements sur certains points. À la fin, il dit : « Craig, vous ne l'ignorez pas, Meredith sait qu'elle est adoptée. En grandissant, elle a laissé entendre qu'elle aimerait connaître ses parents naturels. À l'époque où vous et le Dr Connors avez arrangé son adoption, vous nous avez dit que son père avait été tué dans un accident juste avant de recevoir son diplôme d'une grande école, et que sa mère était une jeune boursière de dix-huit ans qui s'apprêtait à entrer à l'université. C'est tout ce que sait Meredith.

– J'ai averti Jane Sheridan que je vous révélerais son identité. Ce que je ne vous ai pas dit, il y a vingt ans, c'est que le père naturel de Meredith était un élève officier qui a trouvé la mort à cause d'un chauffard qui l'a heurté dans le parc de West Point. Vous auriez découvert trop facilement de qui il s'agissait.

– Un cadet de West Point ! Non, en effet, vous ne ne me l'avez pas dit.

– Son nom était Carroll Reed Thornton Jr.

– Je connais bien son père, dit doucement Charles Buckley. Carroll ne s'est jamais remis de la mort de son fils. Je n'arrive pas à croire qu'il est le grand-père de Meredith.

– N'en doutez pas, Charles, c'est son grand-père.

À présent, Jane Sheridan veut tellement croire que les menaces concernant Lily, comme elle appelle Meredith, émanaient de Laura Wilcox qu'elle prend pour argent comptant les prétendus regrets exprimés par Laura dans le dernier fax. Pas moi.

– Je ne vois pas où Meredith aurait pu rencontrer Laura Wilcox, dit lentement Charles Buckley.

– J'ai eu exactement la même réaction. Il y a autre chose. Si Laura Wilcox est réellement l'auteur de ces menaces, nous pouvons être certains que le procureur du comté va l'inculper.

– Jane Sheridan se trouve-t-elle toujours à Cornwall ?

– Oui. Elle a décidé d'attendre au Glen-Ridge d'avoir d'autres nouvelles de Laura.

– Je vais téléphoner à Meredith et lui demander si elle a jamais rencontré Laura Wilcox, et si elle se souvient de l'endroit où elle a égaré sa brosse. Je dois assister à plusieurs réunions au Pentagone, mais dès demain matin Gano et moi prendrons l'avion pour Cornwall. Voulez-vous contacter Jane Sheridan et lui dire que les parents adoptifs de sa fille aimeraient l'inviter à dîner demain soir ?

– Naturellement.

– Je ne veux pas inquiéter Meredith, mais je peux lui faire promettre de ne pas quitter l'enceinte de West Point avant vendredi.

– Pouvez-vous compter sur elle pour qu'elle tienne sa promesse ? »

Pour la première fois depuis le début de leur conversation, Craig sentit son vieil ami le général Buckley se détendre.

« Bien sûr que je peux compter sur elle. Je suis peut-être son père, mais je suis aussi son supérieur dans la hiérarchie militaire. Nous savons maintenant que Meredith est fille de militaire à la fois par sa famille biologique et par sa famille adoptive, mais elle fait aussi partie des cadets de West Point. Quand elle donne sa parole à un officier supérieur, elle la tient. »

J'espère que vous avez raison, pensa Craig Michaelson. « Tenez-moi au courant, Charles.

– Bien sûr. »

Une heure plus tard, Charles Buckley rappela. « Craig, dit-il d'une voix troublée, je crains que vous n'ayez raison au sujet de ce fax. Meredith est certaine de n'avoir jamais rencontré Laura Wilcox, et elle n'a pas le moindre souvenir de l'endroit où elle a perdu sa brosse. Je l'aurais volontiers questionnée davantage, mais elle a un examen important dans la matinée et elle est très anxieuse. Ce n'était pas le moment de l'inquiéter. Elle est ravie que sa mère et moi... » Il hésita puis continua d'une voix assurée : « ... que sa mère et moi venions lui rendre visite. Durant le week-end, si tout s'arrange comme prévu, nous lui parlerons de Jane Sheridan et tâcherons d'organiser une rencontre entre elles deux. J'ai demandé à Meredith de ne pas quitter l'enceinte de l'école jusqu'à notre arrivée. Elle a ri. Elle m'a dit qu'elle avait un autre examen à préparer pour vendredi, et qu'elle ne verrait pas la lumière du jour jusque-là. Néanmoins elle m'a promis de ne pas s'éloigner. »

C'est déjà ça, pensa Craig Michaelson en raccrochant, mais le plus angoissant est que Laura Wilcox n'a *pas* envoyé ce fax, et qu'il faut en avertir Jane Sheridan.

Il avait placé la carte de Jane directement sous le téléphone de son bureau. Il commença à composer son numéro, puis s'interrompit. Ce n'était pas elle qu'il fallait appeler. Elle lui avait donné le numéro de cet inspecteur de la brigade du procureur.

Où l'avait-il fourré ? Comment s'appelait-il ?

Il fouilla un moment dans les papiers posés sur son bureau avant de trouver le nom qu'il avait noté : « Sam Deegan », suivi d'un numéro de téléphone. « C'est lui qu'il me faut », fit-il, et il composa le numéro.

66

La nuit précédente – à moins que ce fût ce matin ? – il lui avait jeté une couverture. « Tu as froid, Laura, avait-il dit. Je regrette. J'aurais dû être plus attentionné. »

Il s'est adouci, pensa Laura, l'esprit engourdi. Il m'a même apporté de la confiture avec mon pain, et s'est rappelé que j'aimais le lait écrémé avec mon café. Il était si calme qu'elle se détendit un peu.

Elle ne voulait pas se souvenir d'autre chose, surtout pas de ce qu'il lui avait dit quand elle était assise dans le fauteuil, buvant son café, les jambes encore entravées, mais les mains libres.

« Laura, je voudrais te faire comprendre ce que j'éprouve lorsque je suis au volant de ma voiture dans les rues désertes, à l'affût d'une proie. C'est tout un art, Laura. Ne jamais rouler trop lentement. Des policiers qui font la chasse aux excès de vitesse peuvent aussi bien repérer une voiture qui se traîne. On voit des gens qui ont trop bu commettre l'erreur d'avancer comme des escargots, signe évident qu'ils n'ont pas confiance dans leurs capacités, évident pour la police également.

« Hier soir, Laura, je me suis mis en quête d'une

proie. En l'honneur de Jane, j'ai décidé d'aller à Highland Falls. C'est là qu'elle avait ses rendez-vous secrets avec son cher cadet. Étais-tu au courant, Laura ? »

Laura secoua la tête en guise de réponse. Il se mit en colère.

« Parle, bon sang ! Sais-tu que Jane avait eu une liaison avec un élève officier ? »

Elle lui dit qu'elle les avait vus ensemble à un concert à West Point mais n'y avait pas attaché d'importance. « Jeannie n'avait jamais parlé de lui à aucune d'entre nous. Nous savions qu'elle allait à West Point, car elle avait déjà le projet d'écrire un livre sur le sujet. »

Le Hibou avait hoché la tête, satisfait de sa réponse.

« Je savais qu'elle s'y rendait souvent le dimanche et qu'elle emportait son carnet de notes ; elle s'asseyait sur un banc qui dominait le fleuve. J'y suis allé un dimanche et je les ai surpris. Je les ai suivis pendant qu'ils se promenaient. Profitant d'un moment où ils se croyaient seuls, il l'a embrassée. À partir de ce jour-là, je les ai épiés. Oh ! ils se donnaient un mal fou pour ne pas être vus ensemble. Il ne l'accompagnait à aucun bal. J'ai observé Jane avec attention à cette époque. J'aurais voulu que tu puisses voir son expression quand ils étaient ensemble, à l'écart des autres. Elle était radieuse ! La douce et calme Jane, que je prenais pour ma compagne d'infortune parce qu'elle était malheureuse en famille, mon âme sœur, avait dorénavant une vie dont elle m'avait *exclu*. »

Je croyais qu'il était amoureux de moi, pensa Laura, et qu'il me haïssait parce que je me moquais de lui, mais c'était Jane qu'il aimait. L'horreur de ce qu'il lui avait avoué alors pénétrait lentement son esprit.

« La mort de Reed Thornton n'a pas été accidentelle, Laura, avait-il dit. J'étais au volant de ma voiture en ce dernier dimanche de mai, cherchant à les rencontrer. Le beau Reed aux cheveux blonds marchait seul sur la route qui mène au terrain de pique-nique. Peut-être avaient-ils prévu de s'y retrouver. Avais-je l'intention de le tuer alors ? Je l'ignore. Sans doute, oui. Il possédait tout ce que je n'avais pas – le physique, l'origine, un brillant avenir assuré. Et il avait l'amour de Jeannie. C'était injuste. N'est-ce pas, Laura ? Dis que c'était *injuste* ! »

Elle avait balbutié une réponse, désireuse de lui faire plaisir, d'éviter un accès de fureur. Puis il lui avait décrit en détail comment il avait tué une femme la nuit précédente. Il avait ajouté qu'il s'était excusé auprès d'elle, mais que lorsque viendrait leur tour de mourir, à elle et à Jane, il ne s'excuserait pas.

Il avait dit que Meredith serait la dernière de ses proies. Qu'elle assouvirait une fois pour toutes ses envies – du moins l'espérait-il.

Je me demande qui est Meredith, se demanda vaguement Laura en sombrant dans un sommeil peuplé de hiboux qui s'envolaient du haut de branches, fondaient sur elle avec un hululement terrifiant, battant des ailes en silence, tandis qu'elle tentait de leur échapper, de mouvoir ses jambes qui refusaient de lui obéir, ne voulaient ni ne pouvaient remuer.

67

Jane, aide-moi ! Je t'en prie, Jane, viens à mon secours ! La voix implorante de Laura, qui lui avait paru si réelle quand elle était assise dans sa voiture devant l'immeuble de Craig Michaelson, venait la hanter à nouveau, comme un écho des doutes exprimés par Alice sur l'authenticité du fax.

Pendant de longues minutes après avoir quitté Alice, Jane était restée assise à son bureau, obsédée par la voix de Laura, réfléchissant aux arguments de Sam et d'Alice. Avaient-ils raison ? Avait-elle cru trop vite à la véracité du fax parce qu'elle avait besoin de croire que Lily n'était pas menacée ?

Elle se leva, alla dans la salle de bains et resta longtemps sous la douche, laissant l'eau lui asperger la tête et le visage. Puis elle se lava les cheveux, se massant le crâne comme si la pression de ses doigts pouvait démêler la confusion qui régnait en elle.

J'ai besoin de marcher, pensa-t-elle en s'enveloppant d'un peignoir de bain et en branchant le séchoir. C'est la meilleure façon de m'éclaircir les idées. En préparant sa valise, elle avait ajouté à la dernière minute son survêtement rouge vif. Elle se prépara à l'enfiler puis, se rappelant le froid qui avait pénétré dans la chambre par la fenêtre ouverte, passa un pull sous le blouson.

Elle nota l'heure à sa montre. Dix heures quinze, et elle n'avait même pas avalé une tasse de café. Pas étonnant que j'aie le cerveau engourdi. Je vais prendre un gobelet à la cafétéria et le boire en route. Je n'ai pas faim et j'ai hâte de sortir d'ici.

Alors qu'elle fermait son blouson, une pensée étrange lui traversa l'esprit. Chaque fois que je quitte cette chambre, je risque de rater un appel de Laura. Je ne peux quand même pas rester enfermée entre ces murs jour et nuit. Mais j'y pense, il me semble que je peux laisser un message personnel sur le téléphone de la chambre.

Elle lut le mode d'emploi, décrocha le récepteur, et appuya sur le bouton d'enregistrement des messages. Prenant soin de parler clairement, elle dit : « Ici Jane Sheridan. Pour me joindre en cas d'urgence, vous pouvez appeler mon portable, 202-555-5314. Je répète : 202-555-5314. » Elle hésita avant d'ajouter précipitamment : « Laura, je veux t'aider. Appelle-moi je t'en prie. »

Jane raccrocha le récepteur et se tamponna les yeux. Toute l'euphorie qui l'avait habitée plus tôt à la pensée que Lily ne courait aucun danger s'était envolée ; pourtant, quelque chose en elle refusait obstinément de croire que le fax ne provenait pas de Laura. L'employée qui avait répondu à son premier appel avait mentionné qu'elle semblait nerveuse. Jake Perkins, qui s'était arrangé pour l'écouter lui aussi, avait eu la même impression. Le coup de téléphone de Robby Brent imitant la voix de Laura pour dire que tout allait bien était un autre de ses tours. Il avait probablement persuadé Laura d'y participer et maintenant elle avait peur des conséquences. Et si ce n'est pas elle qui m'a envoyé ces menaces concernant Lily, je pense qu'elle en connaît l'auteur. Voilà pourquoi je dois la persuader que je suis prête à l'aider.

Jane se leva, saisit son sac à bandoulière, le reposa de peur qu'il ne l'encombre, fourra dans sa poche un mouchoir, son téléphone portable et la clé de sa chambre, ajouta à la dernière minute un billet de vingt dollars. Ainsi je pourrai toujours m'arrêter pour manger un croissant si j'ai faim, décida-t-elle.

Sur le seuil, elle se rendit compte qu'elle oubliait quelque chose. Ses lunettes de soleil. Agacée, elle rentra dans la chambre, prit les lunettes dans son sac, et sortit en claquant la porte derrière elle.

Il n'y avait personne dans l'ascenseur quand il s'arrêta à son étage – contrairement au week-end, où elle avait passé son temps à rencontrer des gens qu'elle n'avait pas vus depuis vingt ans.

Dans le hall, des banderoles ornaient la réception et les portes de la salle à manger, souhaitant la bienvenue aux cent meilleurs vendeurs et vendeuses de la Starbright Electrical Fixtures Company. De Stonecroft à Starbright, pensa Jane. Je me demande combien de lauréats sont élus, à moins qu'ils ne le soient tous.

La réceptionniste aux grosses lunettes était derrière le comptoir, plongée dans un livre. Je suis sûre que c'est elle qui a pris l'appel de Laura, pensa Jane. Je vais l'interroger. Elle s'avança vers la réception, vérifia d'un regard rapide le badge épinglé à son uniforme. « Amy Sachs. »

« Amy, dit Jane avec un sourire aimable, je suis une amie de Laura Wilcox, et comme nous tous ici je suis très inquiète à son sujet. J'ai cru comprendre que Jake Perkins et vous lui aviez parlé dimanche soir.

– Jake a saisi le téléphone quand il m'a entendu prononcer le nom de Mme Wilcox. »

Sur la défensive, Amy parlait plus fort qu'à son habitude.

« Je comprends, dit Jane d'un ton apaisant. J'ai rencontré Jake et je connais ses façons. Au demeurant, je ne regrette pas qu'il ait entendu la voix de Laura. Il est intelligent, et je fais confiance à ses intuitions. Je sais que vous n'avez rencontré Mme Wilcox qu'à une ou deux reprises, mais pouvez-vous affirmer que c'est à elle que vous parliez ?

– Oui, j'en suis absolument sûre, mademoiselle Sheridan, dit Amy d'un air grave. Sa voix m'est familière depuis que je l'ai vue dans *Henderson County*. Pendant deux ans, je n'ai jamais manqué un épisode. Tous les mardis à huit heures du soir, ma mère et moi nous nous plantions devant la télévision pour la regarder. » Elle s'interrompit avant d'ajouter : « Sauf quand je travaillais, naturellement, ce que j'essayais d'éviter le mardi soir. Mais il est arrivé qu'on me demande de remplacer un employé malade et dans ce cas ma mère enregistrait l'émission pour moi.

– En effet, je ne doute pas que vous soyez capable de reconnaître la voix de Laura. Amy, pouvez-vous me dire comment vous l'avez trouvée ce soir-là ?

– Mademoiselle Sheridan, je dirais qu'elle m'a paru *bizarre*. Ou plutôt *différente*. Entre nous, j'ai d'abord cru qu'elle avait la gueule de bois. Je sais qu'elle a eu un problème d'alcoolisme il y a deux ans. Je l'ai lu dans *People*. Mais je pense maintenant que Jake avait

310

raison : Mme Wilcox n'avait pas trop bu. Elle paraissait nerveuse, très nerveuse. »

Le ton d'Amy redescendit à son niveau habituel. « En fait, après avoir parlé à Mme Wilcox dimanche soir, je suis rentrée à la maison et j'ai dit à ma mère que sa voix me rappelait la mienne quand notre professeur d'élocution au lycée me forçait à parler plus fort. Cette femme me terrifiait tellement que je me mettais à chevroter en retenant mes larmes. Je ne peux pas mieux vous décrire l'impression que j'ai eue en entendant Mme Wilcox !

– Je vois. »

Jane, aide-moi ! Je t'en prie, viens à mon secours. J'avais raison, pensa Jane. Il ne s'agit pas d'un coup de pub.

Le sourire de satisfaction d'Amy à la pensée d'avoir si bien décrit la voix de Laura s'effaça aussi vite qu'il était apparu. « Mademoiselle Sheridan, je regrette que le fax qui vous était adressé hier se soit mêlé au courrier de M. Cullen. Nous nous vantons de la rapidité et de la fiabilité de notre service de fax. Il faudra que je l'explique au Dr Fleischman lorsque je le verrai.

– Le Dr Fleischman ? s'étonna Jane. Pourquoi tenez-vous à le lui expliquer ?

– Eh bien, hier après-midi, au retour de sa promenade, il s'est arrêté à la réception et a appelé votre chambre. Je lui ai dit qu'il vous trouverait à la cafétéria. Il a demandé si vous aviez reçu de nouveaux fax, et a paru surpris quand j'ai répondu que non. J'ai compris qu'il savait que vous en attendiez un.

– Je comprends. Merci, Amy. »

Jane s'efforça de dissimuler son trouble. Pourquoi

Mark avait-il posé cette question ? Oubliant son intention d'aller chercher un café, elle traversa le hall et sortit.

Il faisait encore plus froid qu'elle ne l'avait craint, mais le soleil brillait et il n'y avait pas un souffle de vent. Elle mit ses lunettes de soleil et s'éloigna de l'hôtel, sans but précis. Elle ne pouvait s'empêcher de tourner et retourner les mêmes questions dans sa tête. Mark pouvait-il être l'auteur des fax ? Était-ce lui qui lui avait fait parvenir la brosse ? Mark, si réconfortant lorsqu'elle lui avait confié ses angoisses, qui avait su gentiment lui faire sentir qu'il partageait sa peine ?

Mark savait que je rencontrais Reed. Il m'a dit qu'il nous avait vus quand il faisait du jogging à West Point. A-t-il appris l'existence de Lily ? À moins d'être lui-même l'auteur des fax, pourquoi a-t-il paru inquiet en apprenant que je n'avais pas reçu le dernier ? Est-ce lui qui manigance tout ça, et si oui, est-il capable de faire du mal à mon enfant ?

Elle était effondrée à cette pensée. Je n'y crois pas, se persuada-t-elle. Je ne *peux* y croire ! Mais pourquoi alors a-t-il demandé à la réception si j'avais reçu un fax ? Pourquoi pas à moi ?

Jane marcha au hasard dans les rues qu'elle avait si souvent parcourues dans sa jeunesse. Elle passa machinalement devant la mairie, alla jusqu'à Angola Road à l'entrée de l'autoroute, revint sur ses pas et, une heure plus tard, entra dans un càfé à l'extrémité de Mountain Road. Elle s'assit au bar et commanda un thé. Abattue, en proie à l'inquiétude, elle se rendit compte que ni l'air froid ni sa longue marche ne lui avaient éclairci les idées. Je me sens encore moins bien que lorsque j'ai quitté l'hôtel, se dit-elle. Je ne sais plus que croire, ni à qui faire confiance.

D'après l'inscription cousue sur sa veste, l'homme décharné et grisonnant qui se tenait derrière le comptoir se prénommait Duke. Il était visiblement d'humeur bavarde. « Vous n'êtes pas d'ici, hein ? demanda-t-il en versant le thé.

– Non. Mais j'ai grandi dans cette ville.

Est-ce que par hasard vous assistiez à cette réunion des anciens élèves de Stonecroft ? »

Il n'y avait aucune raison de ne pas répondre à cet homme. « Oui, en effet.

– Et où vous habitiez autrefois ? »

Jane fit un geste vague vers l'arrière du café. « Un peu plus loin dans Mountain Road.

– Sans blague ? On n'était pas encore installés ici à cette époque. Il y avait une teinturerie à la place.

– Je m'en souviens. »

Le thé était brûlant, mais Jane commença à le boire à petites gorgées.

« La ville nous a plu, à ma femme et à moi, et nous avons acheté cet endroit il y a dix ans. Il a fallu tout rénover. On travaille dur, Sue et moi, mais ça nous plaît. Ouverture à six heures du matin, fermeture à neuf heures du soir. Sue est à la cuisine en ce moment, elle prépare les salades et deux ou trois plats. Nous ne faisons que de la cuisine rapide au bar, mais vous seriez étonnée de voir le nombre de gens qui viennent prendre un café et manger un sandwich. »

Écoutant d'une oreille distraite ce flot de paroles, Jane hocha la tête.

« Pendant le week-end on a eu des anciens élèves de Stonecroft qui se sont arrêtés ici, continua Duke. Ils avaient fait un tour en ville et étaient sidérés de voir les prix de l'immobilier aujourd'hui. À quel numéro vous avez dit que vous habitiez dans Mountain Road ? »

À regret Jane lui indiqua l'adresse de sa maison. Puis, impatiente de s'en aller, elle avala le reste de son thé, se leva, posa son billet de vingt dollars sur le comptoir et attendit la monnaie.

« Je vous en offre un deuxième. » Il était clair que Duke n'avait pas envie de perdre son auditrice.

« Non, je vous remercie. Je suis en retard. »

Pendant que Duke cherchait la monnaie dans le tiroir-caisse, le téléphone de Jane sonna. C'était Craig Michaelson. « Merci de m'avoir laissé un numéro où vous joindre, mademoiselle Sheridan. Puis-je vous parler tranquillement ? »

Jane s'éloigna du bar. « Oui.

– Je viens de parler au père adoptif de votre fille. Sa femme et lui ont l'intention de venir dans la région demain et ils aimeraient dîner avec vous. Lily, ainsi que vous appelez votre fille, sait qu'elle est une enfant adoptée et a toujours laissé entendre qu'elle aimerait connaître sa mère naturelle. Ses parents sont d'accord. Je ne veux pas vous donner trop de détails au téléphone mais sachez au moins ceci : il est à peu près impossible que votre fille ait jamais rencontré Laura Wilcox, je pense par conséquent que le fax est un faux. Mais je peux vous promettre que là où elle est, votre enfant est en sécurité. »

Abasourdie, Jane fut incapable de prononcer un mot.

« Mademoiselle Sheridan ?

— Oui, maître, murmura-t-elle.

— Êtes-vous libre demain pour dîner ?

— Oui, bien sûr.

— Je viendrai vous chercher à sept heures. J'ai proposé que nous dînions chez moi afin de vous protéger de toute indiscrétion. Ensuite, très bientôt, peut-être pendant le week-end, vous pourrez rencontrer Meredith.

— Meredith ? C'est son nom ? C'est le nom de ma fille ? »

La voix de Jane avait pris un ton aigu qu'elle ne put contrôler. Je vais la voir bientôt, pensait-elle. Je pourrai contempler son visage, la prendre dans mes bras. Peu lui importait que les larmes coulent sur ses joues, peu lui importait que Duke la regarde fixement depuis le bar, ne perdant pas un mot de ce qu'elle disait.

« Oui, c'est son nom. Je n'avais pas l'intention de vous le dire maintenant, mais c'est sans importance. » La voix de Craig Michaelson était pleine de bienveillance. « Je comprends ce que vous ressentez. Je serai donc à votre hôtel demain à sept heures.

— Demain à sept heures », répéta Jane.

Elle referma son téléphone et resta immobile. Puis elle essuya ses larmes du revers de la main. *Meredith, Meredith, Meredith.*

« On dirait que vous avez reçu des bonnes nouvelles, pas vrai ? dit Duke.

— C'est vrai. Oh ! oui, mon Dieu, c'est vrai ! »

Jane ramassa sa monnaie, laissa un dollar sur le comptoir, et sortit du café d'un pas vif.

Duke Mackenzie la regarda partir en plissant les yeux. Elle semblait plutôt déprimée en arrivant, pensa-t-il, mais après ce coup de téléphone, on aurait parié qu'elle venait de gagner au loto. Qu'est-ce qu'elle voulait dire quand elle a demandé si c'était le nom de sa fille ?

Il l'observa par la fenêtre, la vit remonter Mountain Road. Si elle n'était pas partie si vite, il lui aurait demandé si elle savait qui était ce type avec une casquette et des lunettes noires qui était venu les matins précédents à six heures, juste à l'ouverture. Il avait commandé chaque fois la même chose : jus de fruit, petit pain, beurre, café. Le tout à emporter. Quand il remontait dans sa voiture, il empruntait Mountain Road. Il était revenu hier soir, juste avant la fermeture, et il avait commandé un sandwich et un café.

Un drôle d'oiseau, pensa Duke en passant un coup d'éponge sur le comptoir. Je lui ai demandé s'il participait à la réunion de Stonecroft, et il a voulu faire son malin : « Je suis la réunion à moi tout seul. »

Duke pressa l'éponge. « Demain, si jamais il revient, songea-t-il, je dirai à Sue de le servir, j'attendrai dans la voiture et je le suivrai pour savoir chez qui il va dans Mountain Road. Peut-être chez Margaret Mills. Elle est divorcée depuis deux ans, et tout le monde sait qu'elle cherche de la compagnie. Ça fait jamais de mal de se renseigner. »

Duke se servit un café. Il s'en passe des choses depuis cette réunion, pensa-t-il. Si ce type pas bavard se pointe ce soir pour prendre un sandwich et un café, je l'interrogerai sur la fille qui était là tout à l'heure. C'est une ancienne élève et elle est drôlement chouette, il la connaît sûrement. C'est dingue qu'elle ait demandé quel était le nom de sa fille. Peut-être qu'il sait quelque chose à son sujet.

Satisfait, Duke avala une gorgée de café. Sue lui répétait tout le temps que la curiosité est un vilain défaut. Je ne suis pas curieux, se rassura-t-il. J'aime seulement savoir ce qui se passe.

68

À midi, Sam Deegan frappa à la porte du procureur et entra sans attendre de réponse.

Rich Stevens était plongé dans les notes étalées sur son bureau. Il leva les yeux, visiblement mécontent d'être interrompu.

« Rich, désolé de vous déranger, mais c'est important. Nous ferions une grave erreur en ne prenant pas au sérieux les menaces qui pèsent sur la fille de Jane Sheridan. Je viens de parler à Craig Michaelson, l'avocat qui s'est occupé de son adoption. Michaelson s'est mis en rapport avec les parents adoptifs. Le père est général de division, en poste au Pentagone. La fille est cadet en deuxième année à West Point. Le général lui a demandé si elle avait jamais rencontré Laura Wilcox. La réponse est : non. Et elle ne se souvient pas de l'endroit où elle a perdu sa brosse à cheveux. »

Toute trace d'irritation avait disparu du visage de Rich Stevens. Il se cala dans son fauteuil et joignit les mains, signe pour ceux qui le connaissaient d'une profonde préoccupation.

« On n'avait pas besoin de ça, dit-il. La fille d'un général menacée par un psychopathe inconnu. Lui ont-ils affecté un garde du corps à West Point ?

– Selon Michaelson, elle doit passer deux examens importants. Pas question pour elle d'aller se balader hors de l'enceinte de l'Académie. Son père n'a pas voulu l'inquiéter en lui parlant de ces menaces. Sa mère et lui prennent l'avion demain, ils veulent rencontrer Jane Sheridan. Le général aimerait s'entretenir avec vous vendredi matin.

– Comment s'appelle-t-il ?

– Michaelson n'a pas voulu me communiquer cette information par téléphone. La fille sait qu'elle a été adoptée, mais, jusqu'à ce matin, le général et sa femme ne connaissaient pas l'identité des parents biologiques. Jane Sheridan affirme qu'elle n'a jamais parlé de l'enfant à personne avant le jour où elle a commencé à recevoir les fax. À mon avis, celui ou celle qui a découvert l'existence du bébé et son adoption l'a appris au moment de la naissance. Michaelson est certain que personne n'a pu avoir connaissance de ses dossiers. Jane Sheridan soupçonne une fuite du cabinet du médecin qui l'a accouchée, ce qui nous fournit au moins une piste.

– En résumé, si Laura Wilcox n'a rien à voir avec les menaces, et n'a pas envoyé ce fichu fax où elle se confond en excuses, je me suis probablement fourvoyé en qualifiant sa disparition de coup de pub, dit amèrement Rich Stevens.

– Nous n'avons pour l'instant aucune certitude sur ce point, Rich, mais ce n'est certainement pas elle qui menace la fille. Ce qui soulève la question suivante : si Laura n'a *pas* envoyé le fax, a-t-il été envoyé pour nous inciter à stopper l'enquête ?

– Ce que je vous ai conseillé de faire. Très bien,

Sam. Je vous décharge de la brigade des homicides. Si seulement nous connaissions le nom de famille de Lily. Je vous pose à nouveau la question : le général est-il vraiment *certain* qu'elle est en sécurité ?

– Toujours d'après Michaelson, elle est en sécurité. Quand elle n'est pas en cours, elle révise ses examens dans sa chambre. Elle a promis à son père de ne pas quitter le campus.

– En principe, avec toute les mesures de sécurité qui sont en place à West Point, elle ne devrait courir aucun risque, du moins pour l'instant. C'est déjà ça.

– Je n'en suis pas aussi sûr. Être sur le campus de West Point n'a pas épargné la vie de son père naturel, fit remarquer Sam d'un ton amer. Il était cadet lui aussi. Il a été fauché par un chauffard une semaine avant la remise de son diplôme. On n'a jamais retrouvé l'individu qui l'avait tué.

– A-t-on mis en doute la thèse de l'accident ?

– Jane Sheridan m'a dit qu'il n'était jamais venu à l'esprit de personne que Reed Thornton, c'était son nom, ait été écrasé volontairement. On a pensé que le conducteur s'était affolé, et qu'ensuite il avait eu peur de se présenter à la police. Mais à la lumière des événements actuels, ce ne serait pas si bête de jeter un coup d'œil sur ce dossier.

– Allez-y, Sam. Bon Dieu, imaginez ce que les médias feraient d'un truc pareil si jamais ça leur tombait sous la main ! La fille d'un général à trois étoiles, élève à West Point, dont la vie est menacée. Son père biologique, lui-même cadet, tué dans un accident mystérieux sur le campus. Sa mère biologique historienne de renom et auteur à succès.

– Ce n'est pas tout, dit Sam. Le père de Reed Thornton est général de brigade à la retraite. Il ignore encore qu'il a une petite-fille.

– Sam, je vous le répète : êtes-vous absolument certain qu'elle ne risque rien ?

– Je dois me contenter des assurances de son père adoptif. »

Comme il se levait, Sam remarqua les notes éparpillées sur le bureau de Rich Stevens. « D'autres tuyaux concernant les meurtres ?

– Pendant les deux heures où vous avez été absent, Sam, on a reçu un nombre incalculable d'appels concernant d'éventuels suspects. L'un d'eux provenait d'une femme jurant qu'elle avait été suivie à la sortie d'un supermarché. Elle a relevé le numéro d'immatriculation de la voiture. Le suspect était un agent du FBI qui rendait visite à sa mère. Nous avons eu deux appels décrivant des voitures bizarres devant des écoles. Toutes les deux appartenaient à des pères qui attendaient leurs enfants. On a aussi un cinglé qui a avoué être l'auteur des meurtres. Le seul hic, c'est qu'il est en taule depuis un mois.

– Aucun voyant ne s'est encore manifesté ?

– Bien sûr que si. Trois. »

Le téléphone sonna. Rich le prit, écouta et posa la main sur le micro. « Je vais être mis en communication avec le gouverneur », dit-il, haussant les sourcils.

Au moment où Sam sortait de la pièce, il entendit Rich Stevens dire : « Bonjour, monsieur le gouverneur. En effet, c'est un sérieux problème, mais nous travaillons vingt-quatre heures sur vingt-quatre pour... »

... découvrir le criminel et le livrer à la justice, continua Sam *in petto*. Espérons qu'on y parviendra avant qu'on découvre de nouveaux hiboux de métal sur des cadavres de femmes.

Y compris sur celui d'une jeune fille de dix-neuf ans, cadet de West Point – cette possibilité effrayante lui traversa l'esprit tandis qu'il empruntait le couloir menant à son propre bureau.

69

« Lily… Meredith. Lily… Meredith », ne cessait de murmurer Jane en remontant Mountain Road, les mains enfoncées dans ses poches, ses lunettes noires dissimulant les larmes de joie qu'elle ne parvenait pas à retenir.

Elle ignorait la raison qui l'avait poussée à prendre cette direction, sinon qu'en sortant du café elle n'avait pas eu envie de regagner tout de suite son hôtel. Elle longeait des maisons qui avaient appartenu à ses voisins autrefois. Combien d'entre eux habitent encore ici ? se demanda-t-elle. J'espère seulement ne rencontrer personne de connaissance.

Elle ralentit le pas en approchant de la maison où elle avait vécu. En passant devant elle en voiture le dimanche matin, elle n'avait pas eu le temps de remarquer ce que les propriétaires actuels en avaient fait. Elle jeta un regard alentour. Il n'y avait personne dans la rue pour l'observer. Elle s'arrêta un instant, la main posée sur la barrière qui maintenant entourait la propriété.

Ils ont dû rajouter au moins deux chambres lorsqu'ils ont fait les travaux de rénovation, se dit-elle en examinant la maison. Lorsque j'habitais ici, il y en avait seulement trois, une pour chacun de nous, ma

mère, mon père et moi. Laura s'étonnait toujours :
« Ton père et ta mère ne dorment pas ensemble ? Ils
ne s'aiment pas ? »

J'avais lu une rubrique dans un magazine où il était
dit que les femmes n'étaient pas obligées de dormir
avec leur mari s'il ronflait trop. J'ai raconté à Laura
que mon père ronflait. Et elle m'a répondu : « Le mien
aussi, mais mes parents dorment quand même
ensemble. »

Elle contempla les deux fenêtres centrales au premier étage. C'étaient celles de ma chambre, soupira-
t-elle. Seigneur ! Je détestais son papier à fleurs. Il
était tellement chargé. À quinze ans, j'ai supplié papa
de recouvrir les murs de rayonnages. Il était très doué
pour ce genre de travaux. Ma mère y était opposée,
mais il l'a fait malgré tout. J'ai baptisé ma chambre *la
bibliothèque* par la suite.

Je me souviens du jour où j'ai compris que j'étais
enceinte et où j'aurais tout donné pour ne pas l'être.

Aujourd'hui, je suis heureuse d'avoir eu cet enfant,
pensa-t-elle farouchement. Lily... Meredith. Je vais la
revoir bientôt, pendant le week-end peut-être. Il m'arri-
vera probablement de me tromper et de l'appeler Lily.
Je lui expliquerai. Quelle taille a-t-elle ? Reed mesurait
plus d'un mètre quatre-vingts, et il m'avait dit que son
père et son grand-père étaient encore plus grands.

Lily est en sécurité – c'est la seule chose qui compte.
Mais Craig Michaelson affirme qu'elle n'a jamais rencontré Laura. Alors comment Laura aurait-elle été au
courant des fax ?

Jane avait eu l'intention de rebrousser chemin et de
regagner le Glen-Ridge, mais elle changea brusque-

ment d'avis, dépassa son ancienne maison et continua jusqu'à l'endroit où avait habité Laura. Arrivée là, elle s'immobilisa.

Comme elle l'avait constaté précédemment depuis sa voiture, la maison et le jardin étaient parfaitement entretenus. La façade semblait avoir été repeinte récemment, l'allée pavée était bordée de fleurs d'automne et la pelouse débarrassée des feuilles mortes. Pourtant, avec ses fenêtres aux stores baissés, elle avait une apparence fermée, peu accueillante. Pourquoi acheter, rénover et entretenir une maison, si c'est pour ne pas en profiter ? se demanda Jane. Le bruit courait que Jack Emerson en était propriétaire. Il a la réputation d'être un vrai don Juan, se dit-elle. L'aurait-il gardée pour y recevoir ses petites amies ? S'il en est véritablement propriétaire, maintenant que sa femme est partie s'installer dans le Connecticut, je me demande s'il en a encore besoin.

Ça ne me regarde pas et je m'en fiche, décréta-t-elle, et elle tourna les talons, repartit en direction de l'hôtel, s'efforçant de contenir son impatience de rencontrer Lily, de se concentrer sur Laura et le nouveau scénario qui avait pris forme dans son esprit.

Robby Brent.

Se pourrait-il que Robby soit à l'origine des fax ? Qu'il ait découvert que j'étais enceinte ? Et qu'aujourd'hui, craignant d'être poursuivi pour avoir formulé ces menaces, il ait décidé de faire porter le chapeau à Laura car il sait que j'aurai pitié d'elle ?

C'est possible, conclut-elle en accélérant le pas au moment où elle passait devant le café et répondait d'un signe de la main à Duke qui frappait à la vitre avec de grands gestes. Robby Brent est assez pernicieux pour avoir découvert l'existence de Lily et envoyé ces fax en manière de plaisanterie. Il paraît qu'il organise deux spectacles de charité par an. Il a pu rencontrer la famille de Lily à cette occasion. Il s'est montré infect en ridiculisant Alfred Downes et Mme Binder lors du dîner. Même la manière dont il a remis son chèque était insultante.

Le scénario tenait. Si Robby était l'auteur de ces envois, il redoutait probablement d'avoir affaire avec la justice. S'il avait voulu monter un coup avec Laura, ç'avait fait long feu. Dans ce cas, il va sans doute prendre contact avec ses producteurs et inventer une histoire quelconque. Les médias ne les lâcheront plus jusqu'à ce qu'ils s'expliquent.

Par ailleurs, Jack Emerson travaillait le soir dans le cabinet du Dr Connors et a pu avoir accès à ses dossiers. Et j'aimerais aussi savoir pourquoi Mark a demandé à la réceptionniste si j'avais reçu un fax, et paru décontenancé quand elle a répondu par la négative. C'est un point que je pourrai assez rapidement élucider, se dit Jane en s'engageant dans l'allée qui menait au Glen-Ridge.

Dès qu'elle entra dans le hall de l'hôtel, la chaleur qui régnait à l'intérieur l'enveloppa et elle s'aperçut qu'elle était parcourue de frissons. Impatiente de se plonger dans un bain chaud, elle se dirigea d'abord vers la réception où Amy Sachs était fort occupée à enregistrer l'arrivée des participants à la convention de la Starbright Electric Fixtures Company. Elle décrocha le téléphone intérieur, mais profita d'un moment où Amy attendait qu'un client extirpe son portefeuille de sa sacoche pour attirer son regard et lui demander si du courrier était arrivé pour elle.

« Aucun, murmura Amy. Vous pouvez compter sur moi, mademoiselle Sheridan. Il n'y aura plus de problèmes avec vos fax. »

Jane la remercia d'un hochement de tête et demanda au standard de la mettre en communication avec Mark. Il répondit aussitôt. « Jane, j'étais inquiet.

— J'étais inquiète, moi aussi, dit-elle d'un ton froid. Il est presque une heure, et je n'ai pris qu'un malheureux petit café depuis ce matin. Je vais me restaurer à la cafétéria. Venez m'y rejoindre, ça me fera plaisir. Mais ne prenez pas la peine de vous arrêter à la réception pour demander si j'ai reçu de nouveaux fax. La réponse est non. »

70

Dès qu'il eut quitté Alfred Downes, Jake Perkins alla directement dans la classe qui était devenue la rédaction du journal. Il fouilla dans les archives de la *Stonecroft Academy Gazette,* cherchant des photos prises durant les quatre années que Laura Wilcox avait passées à Stonecroft. Quand il s'était préparé à couvrir la réunion des anciens élèves, il avait déjà feuilleté les annuaires de l'école et trouvé quelques photos d'elle. Mais à présent il voulait en dénicher d'autres, peut-être plus ressemblantes que ces photos officielles.

Pendant l'heure qui suivit, il trouva plusieurs documents qui convenaient à son objectif. Laura avait participé à de nombreuses pièces de théâtre. L'une d'elles était une comédie musicale, et il trouva une grande photo d'elle en danseuse, jambe levée, sourire éblouissant, dans une troupe inspirée des Rockettes. Il n'y a pas à dire, elle était à tomber, pensa Jake. Si elle était au lycée aujourd'hui, je ne connais pas un type qui n'essayerait pas de la draguer.

Il songea ironiquement à la façon dont un garçon s'y prenait, à l'époque, pour gagner les faveurs d'une fille, probablement il lui offrait de lui porter ses livres. Aujourd'hui, il lui offrirait de la ramener chez elle en Corvette.

Mais en tombant sur la photo de la cérémonie de remise des diplômes de la classe de Laura, Jake écarquilla les yeux. Il saisit une loupe pour examiner les visages des diplômés. Laura, naturellement, était superbe avec ses longs cheveux répandus sur ses épaules. Elle parvenait même à être séduisante sous cette toque ridicule. Mais c'est la photo de Jane Sheridan qui le frappa. Ses mains étaient crispées, ses yeux gonflés. Elle a l'air triste, pensa Jake, vraiment triste. On ne dirait pas qu'elle a reçu le premier prix d'histoire et une bourse pour Bryn Mawr. À voir son expression, on jurerait qu'elle vient d'apprendre qu'il lui reste deux jours à vivre. Peut-être regrettait-elle de quitter cet endroit. Allez savoir.

Il fit glisser sa loupe d'un diplômé à l'autre, cherchant les lauréats, et finit par les repérer tous. Ils ont tous sacrément changé, se dit-il. Deux ont l'air de demeurés. Gordon Amory, par exemple, était quasi méconnaissable. Bon Dieu, qu'il était laid ! Jack Emerson était déjà un gros plein de soupe. Carter Stewart avait nettement besoin d'une coupe de cheveux – disons plutôt d'une transformation radicale. Robby Brent, avec sa tête dans les épaules, était déjà à moitié chauve. Quant à Mark Fleischman, il ressemblait à une asperge affublée d'une tête. Joel Nieman se tenait à côté de Fleischman. Tu parles d'un Roméo ! Si j'étais Juliette, je me serais tuée à la pensée d'être coincée avec lui.

Puis un détail le frappa. La plupart des diplômés arboraient un sourire débile, le genre de sourire que les gens réservent aux photos de groupe. Le plus large sourire, cependant, éclairait le visage d'un type qui ne fixait pas l'appareil photo mais regardait Jane Sheridan. Sacré contraste, pensa Jake. Elle a l'air d'avoir perdu sa meilleure amie, et il lui sourit d'un air béat.

Jake secoua la tête en examinant les photos entassées sur la table devant lui. Assez pour aujourd'hui, décida-t-il. La prochaine fois il irait trouver Jill Ferris, le professeur responsable de la *Gazette*. Elle est sympa. Je lui demanderai l'autorisation d'utiliser en première page du prochain numéro la photo de Laura en danseuse, et celle de la remise des diplômes en dernière page. Elles encadreront le thème de l'article – le déclin de la reine du bal, la réussite des nuls.

Il s'arrêta ensuite au studio où était rangé le matériel de photographie. Mlle Ferris lui permit d'emprunter le gros appareil démodé qu'il affectionnait particulièrement. À son avis, il possédait une netteté que n'égalait aucun appareil digital. Qu'il fût lourd à porter ne le rebutait pas quand il était en mission, et il s'agissait d'une mission qu'il avait lui-même conçue.

Il se dit que son permis de conduire tout neuf et la vieille Subaru de dix ans d'âge que ses parents lui avaient achetée facilitaient considérablement ses expéditions en ville par rapport aux rollers ou à la bicyclette.

Appareil à l'épaule, calepin et stylo dans une poche, magnétophone dans l'autre au cas où il rencontrerait quelqu'un à interviewer, Jake se mit en route.

J'ai hâte de photographier la maison où Laura Wilcox a grandi. Je prendrai la façade et l'arrière. Après tout, c'est la maison où Karen Sommers a été assassinée et la police, à l'époque, a toujours été convaincue que le meurtrier s'était introduit par la porte située à l'arrière de la maison. Ça ajoutera du piment à mon histoire.

71

Carter Stewart passa le plus clair de la matinée du mercredi dans sa suite de l'Hudson Valley. Il avait prévu de retrouver chez lui Pierce Ellison, le metteur en scène de sa nouvelle pièce. Ils devaient discuter de quelques aménagements de mise en scène, mais avant tout Stewart souhaitait changer certains aspects du scénario.

Merci, Laura, pensa-t-il avec un sourire pervers en apportant des modifications subtiles au personnage de la blonde écervelée assassinée au second acte. Le désespoir. Voilà l'élément qui manquait. C'est un feu follet en apparence, mais on doit sentir qu'en réalité elle est aux abois, qu'elle donnerait cher pour être en sécurité.

Carter détestait être interrompu pendant qu'il écrivait, et son agent, Tim Martin, était le dernier à l'ignorer. Pourtant, à onze heures, la sonnerie stridente du téléphone vint déranger sa concentration. C'était Tim.

Il commença par se répandre en excuses. « Carter, je sais que tu es en plein travail, et j'ai toujours pris soin de ne pas t'importuner à moins d'une nécessité absolue, mais...

– *Mieux* vaudrait *pour toi* que ce soit absolument nécessaire, Tim, le coupa Carter.

– Je serai bref, je viens d'avoir un appel d'Angus Schell, l'agent de Robby Brent, et il est hors de lui. Robby avait promis d'envoyer les modifications qu'il souhaitait apporter aux scripts de son nouveau feuilleton télévisé. Il devait les leur faire parvenir hier au plus tard, et ils n'ont encore rien reçu. Angus a laissé une douzaine de messages pour Robby, mais n'a aucune nouvelle de lui. Les sponsors sont déjà furieux de ce prétendu coup publicitaire monté par Robby Brent et Laura Wilcox. Ils menacent de retirer leurs billes.

– C'est le cadet de mes soucis, rétorqua Carter d'un ton cassant.

– Carter, tu m'as dit l'autre jour que Robby désirait te montrer ces corrections. Est-ce que tu les as vues ?

– Non. Quand j'ai pris la peine d'aller à son hôtel dans l'intention d'y jeter un coup d'œil, Robby n'était pas là et je n'ai plus entendu parler de lui depuis. Maintenant, si veux bien m'excuser, j'étais en plein travail avant que tu ne viennes m'interrompre.

– Carter, je t'en prie, comprends-moi. Crois-tu que Robby ait vraiment fait les changements qu'il a promis aux sponsors ?

– Tim, tâche de m'écouter. Oui, je crois que Robby a fait ces satanées modifications. Il me l'a dit. Il m'a demandé d'y jeter un coup d'œil, je lui ai promis de le faire. Ensuite je ne l'ai pas trouvé à son hôtel. En bref, pour être parfaitement clair : il a remanié son texte et m'a fait perdre mon temps.

– Carter, je suis désolé. Écoute, je suis vraiment navré, dit Tim Martin, soucieux de calmer son client. Mais Joe Dean et Barbara Monroe avaient déjà été sélectionnés pour jouer dans ce feuilleton et il est vital pour eux qu'il soit diffusé. D'après ce qu'on lit dans la presse, Laura et Robby ont laissé toutes leurs affaires dans leurs chambres d'hôtel... Pourrais-tu... voudrais-tu, s'il te plaît, vérifier si par hasard Rooby a laissé les scripts à l'hôtel ? La dernière fois que je l'ai eu au téléphone, il m'a dit que ses modifications rendraient le scénario hilarant. Il utilise très peu ce mot, et quand il le fait, il se trompe rarement. Si on pouvait nous les envoyer par courrier express, nous serions tirés d'affaire. Les sponsors veulent qu'on leur livre une comédie au succès garanti et nous savons tous que Robby en est capable. »

Carter resta silencieux.

« Carter, je n'aime pas te forcer la main, mais il y a dix ans, quand tu frappais encore aux portes, je me suis occupé de toi et c'est grâce à moi que ta première pièce a été jouée. J'en ai largement profité, je te l'accorde, mais aujourd'hui je te demande de me renvoyer l'ascenseur, non pour moi, mais pour Joe et Barbara. Je t'ai donné ta chance. Je voudrais que tu leur donnes l'occasion d'avoir la leur.

— Tim, tu es tellement éloquent que tu vas finir par me faire pleurer. » Une note amusée perçait dans la voix de Carter. « Il y a sûrement plus dans tout ce blabla que ton amitié pour ton vieux copain Angus, et tes sentiments paternels envers de jeunes talents. Un jour, tu me raconteras quoi. Néanmoins, puisque tu as complètement bousillé ma matinée, je vais aller à l'hôtel de Robby et voir si je peux me faire ouvrir sa chambre. Tu pourrais préparer le terrain en les prévenant au téléphone. Dis-leur que tu es l'agent de Robby, et qu'il t'a chargé de m'envoyer chercher les scénarios.

« – Carter, je ne sais comment...

– Me remercier ? Tu ne peux pas. Salut, Tim. »

Carter portait un jean et un sweater. Sa veste et sa casquette étaient sur la chaise où il les avait jetées un peu plus tôt. Avec un soupir exaspéré, il se leva, prit sa veste, et tendit la main vers sa casquette. Il s'apprêtait à quitter la chambre, quand le téléphone sonna. C'était Alfred Downes qui l'invitait à dîner dans sa résidence de Stonecroft.

Un dîner mondain. Vraiment la dernière chose dont il avait envie. « Je regrette sincèrement, dit-il, mais je suis pris ce soir, répondit-il.

– Dans ce cas, vous pourriez venir seulement pour le cocktail, insista Downes. Vous me feriez une grande faveur, Carter. Voyez-vous, un photographe viendra à la maison prendre des photos de tous les lauréats qui sont encore en ville. »

Les lauréats qui sont encore en ville... C'est une façon de dire les choses, pensa Carter avec ironie. « Je crains malheureusement..., commença-t-il.

– Je vous en prie, Carter. Je ne vous garderai pas longtemps, mais à la lumière des événements des derniers jours, j'ai besoin d'avoir des photos des quatre distingués lauréats de notre prix. Je dois remplacer les photos de groupe que nous avons prises au cours du dîner. Vous en comprendrez certainement l'importance à l'heure où nous lançons notre projet immobilier. »

Il n'y avait pas une once de gaieté dans l'éclat de rire de Carter Stewart. « Il semble que ce soit mon jour de payer pour les nombreux péchés de ma vie, dit-il. À quelle heure souhaitez-vous ma présence ?

– Sept heures et demie, ce serait l'idéal. »

Le ton d'Alfred Downes débordait de gratitude.

« Entendu. »

Une heure plus tard, Carter Stewart était dans la chambre de Robby Brent au Glen-Ridge. Justin Lewis, le gérant de l'hôtel, et Jerome Warren, son adjoint, l'avaient accompagné, tous deux visiblement ennuyés d'engager la responsabilité de l'hôtel en autorisant Stewart à prendre quelque chose dans la chambre d'un de leurs clients.

Stewart se dirigea vers le bureau. Plusieurs scénarios y étaient empilés. Stewart en feuilleta quelques-uns.

« Les voilà, dit-il. Comme je vous l'ai expliqué, et comme vous pouvez le constater, ce sont les scénarios modifiés par M. Brent, ceux dont sa maison de production a un besoin urgent. Je n'en prendrai pas possession moi-même. » Il désigna Justin Lewis. « Rassemblez-les. » Et, se tournant vers son adjoint : « Vous vous occuperez de les mettre dans une enveloppe postale adéquate. Et vous déciderez ensuite qui de vous deux ira la poster. Êtes-vous satisfaits ?

— Bien sûr, monsieur, dit Lewis nerveusement. J'espère que vous comprenez notre position et pourquoi nous devons nous montrer si prudents. »

Carter ne répondit pas. Il fixait du regard la note que Robby Brent avait laissée près du téléphone : « Prendre rendez-vous avec Howie à trois heures pour lui montrer les scénarios. »

Le gérant l'avait remarquée comme lui. « Monsieur Stewart, dit-il. Je croyais que c'était vous qui aviez rendez-vous avec M. Brent ?

— En effet.

— Alors, puis-je vous demander qui est Howie ?

« – M. Brent faisait allusion à moi. C'est une blague entre nous.

– Oh ! je comprends.

– Je suis certain que vous comprenez, en effet. Monsieur Lewis, vous connaissez le proverbe : "Rira bien qui rira le dernier" ?

– Oui. » Justin Lewis acquiesca vivement de la tête.

« Bon. » Carter se mit à rire. « Ça s'applique exactement à la situation. À présent, je vais vous communiquer l'adresse à laquelle envoyer ces scénarios. »

72

Après avoir quitté Rich Stevens, Sam descendit à la cafétéria du tribunal et commanda un café et un jambon-fromage à emporter.

« Vous voulez dire "à pattes" », dit d'un ton rieur le jeune serveur au comptoir. Devant l'expression étonnée de Sam, il expliqua : « On ne dit plus à emporter. On dit "à pattes". »

J'aurais pu vivre le restant de mes jours sans savoir ça, pensa Sam qui regagnait son bureau en sortant le sandwich de sa poche.

Il disposa son frugal repas devant lui et alluma son ordinateur. Une heure plus tard, le sandwich avalé, la dernière gorgée de café oubliée dans le gobelet, il rassemblait toutes les données qu'il avait obtenues concernant Laura Wilcox.

C'est vrai que l'on trouve une foule de renseignements sur l'Internet, songea-t-il, mais on peut aussi perdre un temps précieux. Il cherchait le genre d'information qui n'apparaissait pas dans la biographie officielle de Laura, sans avoir encore rien trouvé de significatif.

La liste des rubriques mentionnant Laura Wilcox était interminable. Il commença par celles qu'il espérait les plus révélatrices. Son premier mariage à l'âge de vingt-quatre ans, avec Dominic Rubirosa, ponte de la chirurgie plastique à Hollywood. « Laura est si belle que je ne me risquerais pas à gâcher mon talent sur elle », avait dit Rubirosa après la cérémonie.

Sam fit la moue. Touchant, surtout quand on sait que le mariage a duré exactement onze mois. Je me demande ce qu'est devenu ce Rubirosa. Peut-être est-il toujours en rapport avec Laura. Poursuivant ses recherches, il trouva un article accompagné d'une photo le représentant avec sa deuxième femme à leur mariage. « Monica est si belle qu'elle n'aura jamais besoin de mes compétences professionnelles », avait dit Rubirosa ce jour-là.

Une petite variation. « Quel sombre crétin ! » fit Sam à voix haute tout en revenant aux pages consacrées au premier mariage de Laura.

Il y avait une photo de ses parents à la cérémonie – William et Evelyn Wilcox, de Palm Beach. Lundi, lorsque Laura n'était pas réapparue, Eddie Zarro avait laissé un message sur leur répondeur téléphonique les priant de se mettre en rapport avec Sam. En l'absence de réponse de leur part, il avait envoyé un policier de Palm Beach à leur domicile. Une voisine avait raconté qu'ils étaient partis en croisière, mais qu'elle ignorait où. « Ils ne l'ont dit à personne, avait-elle ajouté. Ce sont de vieux grincheux. » Elle avait eu l'impression qu'ils étaient agacés par le tapage qu'on avait fait autour du second divorce de leur fille.

On n'est pas coupé du monde sur un bateau de croisière, pensa Sam. Avec toutes les rumeurs qui circulaient dans les médias à propos de Laura, on aurait pu imaginer qu'ils se manifesteraient. C'est étrange qu'on n'ait aucune nouvelle d'eux. Je vais demander aux flics de Palm Beach de se renseigner, ils sauront sur quel bateau ils se sont embarqués. À moins que Laura les ait prévenus de ne pas s'inquiéter.

Levant la tête, il vit Joy Lacko entrer dans son bureau. « Le patron m'a demandé de laisser tomber les homicides pour le moment, dit-elle. Il veut que je travaille avec vous. Il dit que vous m'expliquerez. » À son expression, il était clair que Joy n'était pas enchantée par sa nouvelle affectation.

Son mécontentement se dissipa quand Sam lui communiqua ce qu'il savait sur Jane Sheridan et sa fille Lily. Son intérêt s'accrut en apprenant que le père adoptif de Lily était un général de division et qu'il semblait improbable que Laura Wilcox ait envoyé le dernier fax.

« Quant à cette histoire à dormir debout, conclut Sam, ces cinq filles qui seraient mortes dans l'ordre où elles étaient assises à table, s'il ne s'agit pas d'un incroyable concours de circonstances, cela signifie que Laura est destinée à être la prochaine victime.

— Vous voulez dire que deux célébrités se sont volatilisées, peut-être pour une histoire de relations publiques ; qu'une élève officier de West Point, fille adoptive d'un général, fait l'objet de menaces, et que cinq femmes sont décédées dans l'ordre où elles étaient assises à la table de réfectoire de leur école. Pas étonnant que Rich ait pensé que vous aviez besoin d'aide, dit Joy d'un ton détaché.

— J'*ai besoin* d'aide, en effet, reconnut Sam. Trouver Laura Wilcox est la priorité, d'abord parce qu'elle est manifestement en danger si ces cinq décès sont des homicides, et ensuite parce qu'elle a pu apprendre l'existence de Lily et en avoir parlé.

– Et que sait-on de la famille de Laura ? De ses amis proches ? Avez-vous interrogé son agent ? »

Joy avait ouvert son carnet de notes. Stylo à la main, elle attendait les réponses de Sam.

« Bonnes questions, fit Sam. Lundi, j'ai passé un coup de fil à son agence. Alison Kendall s'occupait en personne de Laura. Alison est morte depuis un mois, mais personne dans l'agence n'a été désigné pour se charger de Laura à sa place.

– Bizarre, fit Joy. J'aurais pensé qu'ils n'auraient pas tardé.

– Apparemment, elle leur doit de l'argent. Ils lui ont consenti des avances. Alison avait accepté de la représenter, mais le nouveau directeur général n'est plus d'accord. Ils ont promis de nous prévenir s'ils avaient des nouvelles. Mais n'y comptez pas trop. J'ai l'intuition que l'agence se fiche éperdument du sort de Laura.

– Elle n'a rien fait de remarquable depuis *Henderson County*, qui a duré deux ans. Avec toutes ces stars de vingt ans qui envahissent les écrans, je suppose qu'elle appartient au troisième âge pour Hollywood, fit observer Joy.

– Sans doute. Nous tâchons aussi de retrouver ses parents, j'aimerais savoir si elle a communiqué avec eux. Je me suis entretenu avec l'inspecteur en Californie qui a enquêté sur la mort d'Alison Kendall. Selon lui, il n'y a aucune preuve indiquant qu'il s'agit d'un assassinat. Mais j'ai des doutes. Lorsque j'ai raconté à

340

Rich cette histoire des cinq filles qui s'asseyaient toujours à la même table, il a donné l'ordre de retrouver les rapports d'enquête concernant chacune d'elles. Le plus ancien remonte à une vingtaine d'années, ce qui signifie que nous n'aurons peut-être pas tout réuni avant la fin de la semaine. Ensuite, on passera les dossiers au peigne fin en espérant trouver quelque chose. »

Il attendit que Joy eût fini de prendre des notes. « Je veux consulter le site Web des journaux des différentes localités où ont eu lieu les trois prétendus accidents, voir si ces décès ont soulevé des interrogations à l'époque. La première victime est morte dans sa voiture qui a quitté la route et sombré dans le Potomac ; la deuxième a disparu dans une avalanche à Snow Bird ; la troisième se serait suicidée ; la quatrième a perdu la vie dans le crash de l'avion qu'elle pilotait elle-même. Alison était la cinquième. Enfin, je veux savoir ce qui a été écrit sur le suicide de Gloria Martin. »

Il anticipa la question que Joy s'apprêtait à poser. « J'ai ici leurs noms, les dates et lieux où elles sont mortes. » Il désigna une feuille tapée à la machine sur son bureau. « Vous pouvez en faire une copie. Je veux aussi voir ce que l'Internet peut nous cracher d'utile sur Robby Brent. Je vous préviens, Joy, même à deux nous risquons de mettre du temps pour en venir à bout. »

Il se leva et s'étira. « Une fois que nous en aurons fini avec tout ça, je téléphonerai à la veuve d'un certain Dr Connors et la prierai de me recevoir. C'est le Dr Connors qui a accouché Jane. Elle a été rendre visite à Mme Connors l'autre jour et a eu la nette impression qu'elle lui cachait quelque chose, qu'elle était nerveuse. J'essaierai d'en savoir plus.

– Sam, je me débrouille assez bien avec l'Internet, et je suis sans doute plus rapide que vous. Laissez-moi m'occuper des recherches, et allez voir la femme du toubib.

– La veuve du docteur », rectifia Sam, s'étonnant d'avoir jugé nécessaire de corriger Joy.

Peut-être parce qu'il n'avait cessé de penser à Kate pendant toute la journée. Je ne suis plus le mari de Kate, pensa-t-il. Je suis son veuf. C'est toute la différence.

Si Joy fut vexée qu'il la reprenne, elle n'en montra rien. Elle prit la liste sur la table. « Je vais voir ce que je peux trouver. On en reparle plus tard. »

Dorothy Connors avait reçu Jane à contrecœur et elle montra la même réticence lorsque Sam téléphona. Elle déclara d'un ton ferme qu'elle n'avait aucune information qui puisse lui être utile. Sentant qu'il devait lui forcer la main, il finit par lui dire : « Madame Connors, c'est à moi de juger si vous pouvez ou non nous aider dans notre enquête. Je ne vous dérangerai pas plus d'un quart d'heure. »

À regret, elle accepta de le recevoir à quinze heures.

Son téléphone sonna alors qu'il mettait de l'ordre sur son bureau. C'était Tony Gomez, le chef de la police de Cornwall. Un ami de longue date. « Sam, demanda Tony, est-ce que tu connais un petit emmerdeur du nom de Jake Perkins ? »

Si je le connais ! Sam leva les yeux au ciel. « Oui, je le connais, Tony. Pourquoi ?

– Il se balade en ville en photographiant des maisons et j'ai une plainte d'un couple qui le soupçonne d'être en train d'organiser un cambriolage.

– Ne t'inquiète pas, dit Sam. Il est inoffensif. Il a l'illusion d'être un grand journaliste d'investigation.

– C'est plus qu'une illusion. Il prétend qu'il est ton assistant personnel et qu'il enquête sur la disparition de Laura Wilcox. Tu peux me le confirmer ?

– Mon assistant personnel ! Bon sang ! » Sam éclata de rire. « Boucle-le, Tony. Et quand tu l'auras fait, jette la clé. Je te parlerai plus tard. »

73

« Jane, j'avais une bonne raison de demander à la réception si vous aviez reçu un fax, expliqua Mark calmement quand il l'eut rejointe à la cafétéria.

– Et quelle est cette raison, je vous prie ? » dit-elle sur le même ton.

La serveuse l'avait placée à la table qu'ils avaient occupée la veille. Mais il n'y avait plus entre eux ce sentiment de confiance et d'intimité naissante qu'ils avaient éprouvé durant ce long moment passé ensemble. Mark avait une expression soucieuse et Jane savait que son visage trahissait ses doutes et sa méfiance à son égard.

Lily – Meredith – est en sécurité, je vais bientôt faire sa connaissance, songea-t-elle. C'était l'essentiel, la seule chose qui comptait pour l'instant. Mais l'envoi de la brosse, les fax, la rose sur la tombe de Reed – tous ces incidents avaient fini par la miner.

J'aurais dû recevoir ce dernier fax hier à midi, se rappela Jane en dévisageant Mark assis en face d'elle. Il lui sembla qu'ils se jaugeaient mutuellement, se voyaient sous un jour différent. Je croyais pouvoir vous faire confiance, Mark, pensa-t-elle. Vous vous êtes montré si compatissant hier, si compréhensif lorsque je vous ai parlé de Lily. Vous moquiez-vous de moi ?

Comme elle, il portait un jogging. Le sien était vert foncé et faisait ressortir la dominante noisette de ses yeux bruns. Il semblait songeur. « Jane, je suis psychiatre, dit-il. Mon rôle est d'essayer de comprendre les mécanismes de l'esprit. Dieu sait les épreuves que vous traversez, pas besoin que j'en rajoute. Franchement j'espérais que l'auteur de ces messages continuerait à se manifester.

— Pourquoi ?

— Parce que ce serait le signe qu'il, ou elle, veut rester en contact avec vous. Vous avez eu des nouvelles de Laura et vous savez maintenant qu'elle ne pourrait pas faire de mal à Lily. Mais l'essentiel est qu'elle soit rentrée en communication avec vous. C'est ce que je voulais savoir hier. Oui, j'ai été troublé lorsque l'employée de la réception m'a répondu qu'il n'y avait rien au courrier. J'étais inquiet pour la sécurité de Lily. » Il la regarda et la préoccupation fit place à la stupéfaction sur son visage. « Jane, vous ne croyez tout de même pas que c'est moi qui vous ai envoyé ces fax, que je *savais* que le dernier aurait dû vous parvenir plus tôt ? C'est vraiment ce que vous pensez ? »

Son silence lui répondit.

Dois-je le croire ? se demanda Jane.

Le serveur attendait leur commande. « Je ne prendrai qu'un café, dit Jane.

— Vous m'avez pourtant avoué au téléphone que vous n'aviez rien mangé de la journée, dit Mark. À Stonecroft autrefois, vous aviez une prédilection pour les sandwiches grillés au fromage et à la tomate. Est-ce toujours le cas ? »

Jane hocha la tête.

« Deux fromage-tomate et deux cafés », commanda Mark. Il attendit que le serveur fût hors de portée de voix pour reprendre la conversation. « Vous êtes restée silencieuse, Jeannie. J'ignore si cela signifie que vous me croyez ou que vous doutez de moi. J'avoue que je suis déçu, mais c'est compréhensible. Répondez seulement à cette question : Êtes-vous toujours convaincue que c'est Laura qui vous a envoyé ces fax et que Lily est en sécurité ? »

Je ne lui parlerai pas de l'appel téléphonique de Craig Michaelson, pensa Jane. Je n'ai plus confiance en personne. « Je pense que Lily est en sécurité », dit-elle prudemment.

Mark vit bien qu'elle restait évasive. « Ma pauvre Jane, dit-il, vous ne savez plus à qui vous fier, n'est-ce pas ? Je ne vous le reproche pas, mais que comptez-vous faire à présent ? Simplement attendre que Laura réapparaisse ?

— Au moins pendant quelques jours, répondit Jane, s'appliquant à rester aussi vague que possible. Et vous ?

— Je vais rester jusqu'à demain matin, ensuite je dois m'en aller. J'ai des patients à voir. Heureusement, plusieurs émissions sont déjà enregistrées, mais je dois travailler sur les prochaines. Et à partir de vendredi ma chambre a été réservée pour le congrès des électriciens, ou je ne sais quoi.

— Une centaine de supervendeurs, dit Jane.

— Encore des lauréats, dit Mark. J'espère que tous pourront rentrer tranquillement chez eux. Je suppose que vous avez accepté l'invitation d'Alfred Downes nous priant d'assister au cocktail et à la séance de photos qui auront lieu chez lui ce soir.

– Je n'ai rien reçu, s'étonna Jane.

– Il a probablement laissé un message sur votre répondeur. La réception ne devrait pas s'éterniser. Downes voulait nous avoir tous à dîner, mais Carter et Gordon sont déjà pris. Moi aussi, d'ailleurs. Mon père souhaite à nouveau dîner avec moi.

– Je suppose qu'il a répondu aux questions que vous vouliez lui poser.

– Oui. Jeannie, vous connaissez la moitié de l'histoire. Vous méritez d'écouter le reste. Mon frère, Dennis, est mort un mois après être sorti diplômé de Stonecroft. Il devait intégrer Yale à l'automne.

– Je suis au courant de l'accident.

– On vous a donné une *version* de l'accident, corrigea Mark. Je venais de terminer ma quatrième année à Saint-Thomas et me préparais à entrer à Stonecroft en septembre. Mes parents avaient offert une décapotable à Dennis pour son diplôme. Je ne crois pas que vous l'ayez jamais connu, mais c'était un crack en tout. Premier de sa classe, capitaine de l'équipe de baseball, président du conseil des élèves, il était beau, drôle et naturellement gentil. Après quatre fausses couches, ma mère avait mis au monde l'enfant rêvé.

– J'imagine que vous avez eu du mal à exister face à lui.

C'est ce que pensaient les gens mais, en réalité, Dennis a été merveilleux avec moi. C'était mon grand frère. Je l'admirais. »

Jane eut l'impression que Mark se parlait davantage à lui-même qu'il ne s'adressait à elle. « Il jouait au tennis avec moi. Il m'a appris à jouer au golf. Il m'emmenait faire des tours dans sa décapotable. Puis, cédant à mes supplications, il m'a appris à la conduire.

— Mais vous aviez à peine treize ou quatorze ans alors, protesta Jane.

— J'avais treize ans. Oh ! je n'ai jamais conduit sur route, naturellement, et il était toujours à côté de moi. Nous habitions une grande propriété. L'après-midi de l'accident, j'ai harcelé Dennis pour qu'il m'emmène faire un tour. Finalement, vers quatre heures, il m'a jeté les clefs en disant : "D'accord, d'accord, monte dans la voiture. Je te rejoins tout de suite."

« J'étais au volant, à l'attendre, à compter les minutes, impatient de faire le fier au volant de la décapotable. Sont alors arrivés deux de ses amis et Dennis m'a dit qu'il allait faire quelques paniers de basket avec eux. "Je te promets de m'occuper de toi dans une heure", m'a-t-il dit. Puis il a ajouté : "Coupe le moteur et n'oublie pas de serrer le frein à main."

« J'étais affreusement déçu, et furieux. Je suis rentré à la maison en claquant la porte. Ma mère était dans la cuisine. Je lui ai dit que je serais content si la voiture de Dennis dévalait la pente et allait s'écraser contre la barrière. Quarante minutes plus tard, elle a dévalé la pente. Le panier de basket se trouvait au bout de l'allée. Les autres garçons se sont écartés. Pas Dennis.

— Mark, vous êtes psychiatre. Vous devez savoir que vous n'y êtes pour rien. »

Le serveur revenait avec les sandwiches et les cafés. L'effort que faisait Mark pour contenir son émotion était visible. « Je le sais, naturellement, mais mes parents ne furent jamais les mêmes après ça. Dennis était l'enfant chéri de ma mère. C'était normal. Il avait tout. Il était doué en tout. Je l'ai entendue dire à mon père que j'avais laissé le frein à main desserré exprès, non pas dans l'intention de tuer Dennis, bien sûr, mais en espérant le punir de m'avoir laissé tomber.

– Qu'a répondu votre père ?

– Il n'a pas répondu. Je m'attendais à ce qu'il me défende, mais il ne l'a pas fait. Il paraît que ma mère disait que si Dieu voulait reprendre un de ses fils, pourquoi avait-Il choisi Dennis ?

– J'ai entendu cette histoire, avoua Jane.

– Vous avez grandi en souhaitant échapper à vos parents, moi aussi. J'ai toujours eu l'impression que nous avions beaucoup en commun, vous et moi. Nous nous sommes jetés comme des perdus dans les études et nous nous sommes tus. Revoyez-vous souvent vos parents ?

– Mon père vit à Hawaï. Je lui ai rendu visite l'année dernière. Il a une compagne charmante, mais il proclame à qui veut l'entendre qu'un seul mariage l'a guéri à tout jamais de remonter l'allée d'une église. J'ai passé quelques jours à Noël avec ma mère. Elle semble sincèrement heureuse à présent. Elle et son second mari sont venus me voir à plusieurs occasions. J'avoue que cela me serre un peu le cœur de les voir roucouler main dans la main, quand je me rappelle la façon dont elle se comportait avec mon père. Je ne leur en veux plus, je ne leur reproche qu'une chose, c'est qu'à l'âge de dix-huit ans, je n'aie pas pu trouver de l'aide auprès d'eux.

– Ma mère est morte alors que j'étais encore à la faculté de médecine, dit Mark. Personne ne m'avait prévenu qu'elle avait eu une crise cardiaque et était mourante. J'aurais sauté dans un avion et je serais venu lui dire adieu. Mais elle n'a pas exprimé le souhait de me voir. Elle ne le désirait pas. J'ai ressenti une impression de rejet définitif. Je n'ai pas assisté à son enterrement. Après, je n'ai plus jamais remis les pieds à la maison, et mon père et moi sommes restés brouillés pendant quatorze ans. » Il haussa les épaules. « C'est peut-être pour cette raison que j'ai choisi d'être psychiatre. "Médecin, guéris-toi toi-même." C'est ce que j'essaye encore de faire.

— Quelles sont les questions que vous avez posées à votre père ? Vous m'avez dit qu'il y avait répondu.

— Je lui ai demandé pourquoi il ne m'avait pas prévenu que ma mère était mourante. »

Jane entoura sa tasse de thé de ses deux mains et la porta à ses lèvres. « Et quelle a été la réponse ?

— Il m'a dit que ma mère commençait à souffrir de delirium. Peu de temps avant d'avoir un infarctus, elle était allée consulter une voyante. Celle-ci lui avait raconté que son jeune fils avait intentionnellement desserré le frein à main par jalousie envers son frère. Ma mère avait toujours cru que j'avais seulement voulu abîmer la voiture de Dennis, mais cette voyante l'a anéantie. Provoquant peut-être l'infarctus. Voulez-vous savoir quelle était l'autre question que j'ai posée à mon père ? »

Jane hocha la tête.

« Ma mère ne supportait pas la vue de l'alcool, et mon père aimait prendre un verre en fin de journée. Il allait en cachette dans le garage où il cachait quelques bouteilles sur l'étagère derrière les pots de peinture. Là, il feignait de nettoyer l'intérieur de sa voiture et buvait un petit coup tout seul. Il lui arrivait de s'asseoir dans la voiture de Dennis à ces occasions. Je sais que j'avais serré le frein à main. Je sais que Dennis ne s'est pas approché de sa voiture. Il jouait au basket-ball avec ses copains. Ma mère ne serait jamais montée dans la décapotable. J'ai demandé à mon père s'il s'était assis dans la voiture de Dennis cette après-midi-là pour prendre son scotch habituel et, dans ce cas, s'il était possible qu'il ait desserré le frein par inadvertance.

– Qu'a-t-il répondu ?

– Il a reconnu qu'il s'était effectivement réfugié dans la voiture pour boire et qu'il en était sorti une minute avant qu'elle ne dévale la pente. Il n'avait jamais eu le courage de l'avouer à ma mère, pas même après que cette voyante l'eut dressée contre moi.

– Pourquoi l'avoue-t-il aujourd'hui ?

– Je marchais en ville l'autre soir, songeant aux gens qui traînent pendant toute leur existence le poids de conflits jamais résolus. Mon carnet de rendez-vous en est rempli. Lorsque j'ai vu la voiture de mon père dans l'allée, dans cette même allée, j'ai décidé d'entrer dans la maison et, après quatorze années de silence, d'avoir une explication avec lui.

– Vous l'avez vu hier soir et vous le revoyez ce soir. Est-ce le signe d'une réconciliation ?

– Il aura bientôt quatre-vingts ans, et il n'est pas en bonne santé. Il a vécu dans le mensonge pendant vingt-quatre ans. Son désir de se réconcilier à tout prix avec moi est presque pathétique. C'est impossible, bien sûr, mais ces rencontres m'aideront peut-être à comprendre et à oublier. Il dit que si ma mère avait appris qu'il buvait dans la voiture et qu'il avait provoqué l'accident, elle l'aurait quitté sur-le-champ.

– Alors que c'est *vous* qu'elle a rejeté.

– Ce qui, en retour, a été la cause du complexe d'infériorité et du sentiment d'échec qui ne m'ont jamais quitté tant que j'ai vécu à Stonecroft. Je m'efforçais de ressembler à Dennis, mais c'était peine perdue. Je n'étais pas aussi beau, je n'étais pas un athlète, je n'étais pas un leader. Je n'ai eu de relations de camaraderie qu'à de rares occasions, lorsque certains d'entre nous allaient travailler le soir en sortant de l'école. Nous mangions ensuite ensemble à la pizzeria du coin. Le côté positif de tout cela est peut-être que j'ai acquis de la compassion pour les enfants qui ont eu la vie dure. Devenu adulte, j'ai essayé de rendre leur existence un peu plus facile.

– D'après ce que je sais, vous faites un travail formidable.

– Je l'espère. Les producteurs veulent que l'émission soit produite à New York, et on m'a offert de rejoindre l'équipe psychiatrique du New York Hospital. Je crois que je suis prêt à vivre ce changement.

– Un nouveau départ ? demanda Jane.

– Exactement, quand ce qui ne peut être pardonné ou oublié peut au moins être relégué dans le passé. » Il leva sa tasse de café. « Pouvons-nous boire à ça, Jeannie ?

– Oui, bien sûr. »

Ç'a été pire pour vous que pour moi, pensa-t-elle. Mes parents étaient trop occupés à se haïr pour comprendre le mal qu'ils me faisaient. Les vôtres vous ont fait comprendre qu'ils préféraient votre frère, et ensuite votre père a laissé votre mère croire la seule chose qu'elle ne pouvait pas vous pardonner. Les conséquences profondes sur vous ont dû être terribles.

Elle faillit tendre la main par-dessus la table et la poser sur la sienne, comme il l'avait fait la veille pour la consoler. Mais quelque chose la retint. Elle n'arrivait pas à lui faire confiance. Puis elle se rendit compte qu'elle voulait revenir sur une chose qu'il venait de dire. « Mark, quel était ce job que vous aviez en sortant de l'école ?

— Je travaillais avec l'équipe de nettoyage dans un immeuble qui a brûlé depuis. Le père de Jack Emerson avait engagé quelques-uns d'entre nous. Je suppose que vous n'étiez pas là lorsque nous en avons plaisanté l'autre soir. Tous les lauréats ont poussé un balai ou vidé les corbeilles à papier là-bas.

— Tous ? demanda Jane. Carter, Gordon, Robby et vous ?

— Oui. Oh, et un autre. Joel Nieman, alias Roméo. Nous avons tous travaillé avec Jack. Ne l'oubliez pas, nous étions les seuls à ne participer à aucun match, à ne faire partie d'aucune équipe. Nous étions parfaits pour ce boulot. » Il se tut un instant. « À propos, reprit-il. Vous devez connaître cet immeuble, Jane. Vous étiez une patiente du Dr Connors. »

Jane sentit son sang se glacer. « Je ne vous l'ai pas dit, Mark.

— Vous avez dû me le dire. Comment l'aurais-je su sinon ? »

Comment en effet ? se demanda Jane, en repoussant sa chaise.

« Mark, j'ai quelques coups de fil à passer. Voyez-vous un inconvénient à ce que je n'attende pas qu'on vous apporte l'addition ? »

74

À son retour, Jake trouva Jill Ferris occupée à travailler dans le studio. « Alors, Jake, comment cela s'est-il passé ? demanda-t-elle en le regardant refermer la porte et déposer avec précaution l'appareil encombrant qu'il portait à l'épaule.

– Une véritable aventure, Jill, admit Jake, se reprenant immédiatement : Je veux dire madame. J'ai décidé de faire un reportage complet sur Laura Wilcox, du berceau jusqu'à aujourd'hui. J'ai pris une vue épatante de Saint-Thomas de Canterbury et, coup de chance, il y avait un landau devant la porte. Une vraie voiture d'enfant, pas une de ces poussettes ou un de ces trucs à trois roues dans lesquels on balade les bébés de nos jours. »

Il sortit le magnétophone de sa poche avant d'ôter son manteau. « On gèle dehors, mais au moins le poste de police était bien chauffé.

– Le poste de police ?

– Hum-hum. Je vais tout vous raconter. Après l'église, j'ai pris quelques photos des environs, pour donner aux gens qui n'habitent pas ici une impression globale de la ville. J'écris cet article pour la *Gazette*, bien sûr, mais j'ai l'intention qu'il soit repris par des publications plus importantes.

– Je comprends. Jake, je ne veux pas te presser, mais j'allais partir.

– J'en ai pour une minute. Ensuite j'ai photographié la deuxième maison de Laura, la McMansion. Très impressionnante si l'on aime ce genre de truc grandiose de mauvais goût. Il y a un grand jardin sur le devant et les propriétaires actuels ont planté quelques statues grecques sur la pelouse. Pour moi, c'est le comble de la prétention, mais les lecteurs comprendront ainsi que Laura n'a pas eu une enfance de déjeuners-surprises.

– De déjeuners-surprises ? répéta Jill Ferris, perplexe.

– Je vais vous expliquer. Mon grand-père m'a raconté l'histoire d'un acteur dénommé Sam Levinson dont la famille était si pauvre que la mère achetait des boîtes de conserve à deux *cents*. Elles coûtaient ce prix-là parce que les étiquettes étaient parties, et qu'on ignorait leur contenu. Elle disait à ses enfants qu'ils allaient avoir un "déjeuner-surprise". Ils ne savaient jamais ce qu'ils allaient manger. Quoi qu'il en soit, les photos de la deuxième maison de Laura montrent bien qu'elle a été élevée dans la soie. »

Le visage de Jake s'assombrit. « Après avoir pris des vues d'ensemble de la maison, j'ai traversé la ville jusqu'à Mountain Road, où elle a habité pendant les seize premières années de sa vie. Une rue très agréable et, franchement, la maison est davantage à mon goût que l'autre avec ses statues. J'avais à peine sorti mon appareil qu'une voiture de police s'est arrêtée, et un flic plutôt agressif m'a demandé ce que je fichais là. Quand j'ai répondu que je prenais des photos dans la rue, comme en a le droit tout simple citoyen, il m'a fait monter dans sa voiture et m'a emmené au commissariat.

— Il t'a *arrêté* ?

— Non m'dame, pas exactement. Le commissaire m'a interrogé, et, comme je pensais avoir rendu un fier service à l'inspecteur Deegan en le prévenant que Laura Wilcox semblait très nerveuse au téléphone, j'ai cru bon d'expliquer que j'étais un assistant personnel de Sam Deegan dans le cadre de l'enquête sur la disparition de Laura. »

Ce gosse me manquera quand il quittera l'école, pensa Jill Ferris, décidant qu'elle pouvait arriver quelques minutes en retard chez le dentiste. « Le commissaire t'a-t-il cru, Jake ?

— Il a appelé M. Deegan, qui non seulement ne m'a pas soutenu, mais lui a suggéré de me boucler dans une cellule et de perdre la clé. » Jake lança un regard noir à son professeur. « Ça n'est pas drôle, madame Ferris. M. Deegan a rompu une promesse. Le commissaire s'est avéré beaucoup plus sympathique. Il m'a dit que je pourrais terminer mon reportage demain, puisqu'il ne restait que quelques vues à prendre de la maison de Mountain Road. Il m'a néanmoins averti de ne pas m'aventurer sur une propriété privée. Je vais développer dès maintenant le film que j'ai pris ce matin et, avec votre permission, j'emprunterai à nouveau l'appareil demain pour les dernières photos.

— D'accord, Jake, mais souviens-toi que ces vieux appareils ne sont plus fabriqués. Prends-en soin, sinon c'est moi qui aurai des ennuis, pas toi. Maintenant, il faut que je me sauve.

« – J'y veillerai comme sur la prunelle de mes yeux », cria Jake derrière elle.

Vous pouvez compter sur moi, pensa-t-il en rembobinant le film et en le retirant de l'appareil. Mais même si ce commissaire m'a recommandé de ne pas enfreindre la loi, je serai obligé de le faire si je veux disposer d'un reportage photographique complet pour mon article. J'ai l'intention de prendre des vues de l'arrière de la maison de Laura. Puisqu'elle est inhabitée, personne ne me remarquera.

Il pénétra dans la chambre noire et entreprit de développer les films. C'était l'une de ses occupations favorites. Il adorait voir personnages et objets surgir lentement du révélateur. Une par une, il fixa les épreuves à sécher sur une corde, puis s'arma de sa loupe pour les examiner. Elles étaient toutes bonnes, mais l'unique photo qu'il avait prise de la maison de Laura dans Mountain Road avant l'arrivée de la police était la plus intéressante.

Une impression bizarre s'en dégage, se dit Jake. Elle me donne la chair de poule. Pourquoi ? Tout y est dans un état parfait. C'est peut-être ça. C'est trop parfait. Puis il regarda de plus près. J'ai trouvé ! Ce sont les stores intérieurs. Ceux de la chambre à l'extrémité de la maison sont différents des autres. Ils paraissent beaucoup plus sombres. Je ne l'avais pas remarqué quand j'ai pris la photo, le soleil était éblouissant à ce moment-là. Il émit un sifflement. Nom d'un chien ! Lorsque j'ai lu l'article concernant Karen Sommers sur l'Internet, je me rappelle avoir noté qu'elle avait été assassinée dans la chambre d'angle, sur le côté droit de la maison. Je me souviens d'une photo de la scène du crime où ces fenêtres étaient entourées d'un cercle.

Et si je montrais séparément ces deux fenêtres dans mon article ? se demanda-t-il. Je soulignerais qu'une sombre aura flotte autour de la chambre fatale dans laquelle a été assassinée une jeune femme, et où Laura a dormi pendant seize ans. Cela ajouterait une petite touche de mystère.

Mais à sa grande déception, l'agrandissement de la photographie révéla que la différence de couleur était sans doute due à la présence de stores vénitiens à l'intérieur, derrière ceux que l'on apercevait depuis la rue.

Et s'il y avait autre chose ? se demanda Jake. Supposons que quelqu'un habite là et veuille empêcher que l'on voie la moindre lumière depuis l'extérieur. Ce serait l'endroit idéal pour se planquer. La maison a été rénovée. Il y a des meubles dans la galerie extérieure, ce qui permet de supposer que le reste est également meublé. Personne n'y habite. Qui l'a achetée d'ailleurs ? Quel foin ça ferait si Laura Wilcox était propriétaire de son ancienne maison et s'y terrait en ce moment avec Robby Brent !

Ce n'est pas l'idée la plus stupide qui me soit jamais venue à l'esprit, décida-t-il. Dois-je en faire profiter Sam Deegan ?

Il peut se brosser. C'est probablement une idée farfelue, mais si elle se vérifie, c'est moi qui écris l'article. Deegan a dit à ce commissaire de me boucler. Qu'il aille se faire voir ! Je ne lui donnerai plus jamais un coup de main.

75

Comme il le lui avait promis, Sam Deegan ne s'attarda pas plus d'un quart d'heure chez Dorothy Connors. Constatant son infirmité, il lui parla avec ménagement et présuma que les réticences qu'elle avait manifestées concernaient la réputation de son défunt mari. Le sachant, il lui fut plus facile d'aborder franchement la question.

« Madame Connors, Jane Sheridan a parlé à Peggy Kimball, qui a travaillé avec votre mari à une époque. Afin d'aider Mlle Sheridan à retrouver sa fille, Mme Kimball lui a avoué que le Dr Connors avait pu, à l'occasion, contrevenir aux règles de l'adoption. Pour vous rassurer, je peux vous dire que la fille de Jane Sheridan a été légalement enregistrée et que l'adoption a été établie selon les règles. D'ailleurs, Jane Sheridan est invitée à dîner demain soir par les parents adoptifs de son enfant, et doit rencontrer sa fille pendant le week-end. Cette partie de l'enquête est donc close. »

L'expression de pur soulagement qui se peignit sur le visage de la vieille dame lui confirma qu'il avait dissipé son inquiétude. « Mon mari était un homme merveilleux, inspecteur, dit-elle. Je n'aurais pas supporté que, dix ans après sa mort, les gens le soupçonnent d'avoir commis une faute ou agi illégalement. »

C'est pourtant ce qu'il a fait, pensa Sam, mais je ne suis pas ici pour ça. « Madame Connors, je vous promets que rien de ce que vous me direz ne sera jamais utilisé d'une façon qui pourrait ternir la réputation de votre mari. Mais je vous prie de répondre à cette question : Savez-vous si quelqu'un a pu avoir accès au dossier médical de Jane Sheridan dans le cabinet de votre mari ? »

Il n'y avait plus aucune trace de nervosité dans la voix de Dorothy Connors ni dans le regard qu'elle fixait sur Sam. « Je vous donne ma parole que je n'en ai jamais entendu parler, mais si jamais j'en avais connaissance, je vous en ferais part immédiatement. »

Ils se tenaient dans le salon d'hiver qui semblait la pièce préférée de Mme Connors. Elle tint à l'accompagner jusqu'à la porte, mais marqua une hésitation avant de l'ouvrir. « Mon mari s'est occupé de douzaines d'adoptions pendant les quarante ans où il a pratiqué la médecine, dit-elle. Il prenait toujours une photo du bébé à sa naissance. Il inscrivait la date au dos de la photo avant de signer les documents d'adoption, et si la mère donnait un nom à son enfant avant de signer à son tour, il l'indiquait également. »

Elle fit demi-tour. « Accompagnez-moi dans la bibliothèque. »

Sam la suivit à travers la salle de séjour, franchit derrière elle la porte à deux battants qui ouvrait sur une petite pièce tapissée de rayonnages chargés de livres. « Les albums de photos sont ici, dit-elle. Après le départ de Mlle Sheridan, j'ai trouvé la photo de son bébé avec son nom, Lily, inscrit au dos. J'ai craint, je l'avoue, qu'il ne s'agisse d'une de ces adoptions dont on ne peut retrouver la trace. Mais maintenant que Mlle Sheridan sait où se trouve sa fille et s'apprête à la rencontrer, je suppose qu'elle serait heureuse d'avoir une photo de Lily âgée de trois heures. »

Des rangées d'albums occupaient une section entière des rayonnages. Chaque rangée portait des étiquettes où étaient inscrites des dates qui s'étendaient sur plus de quarante ans. L'album que retira Mme Connors était muni d'un marque-page. Elle l'ouvrit, retira la photo de son enveloppe plastifiée et la tendit à Sam. « Dites à Mlle Sheridan combien je suis heureuse pour elle. »

En regagnant sa voiture, Sam rangea soigneusement dans sa poche de poitrine la photo d'un nouveau-né aux yeux étonnés avec de longs cils et un léger duvet ombrant son petit crâne. Quelle beauté ! pensa-t-il. J'imagine le désespoir de Jane quand elle a dû l'abandonner. Je ne suis pas loin du Glen-Ridge. Je vais passer la voir. Michaelson devait lui téléphoner après notre entretien, le rendez-vous avec les parents adoptifs est probablement fixé.

Lorsque Sam l'appela au téléphone depuis la réception, Jane était dans sa chambre et accepta aussitôt de le rejoindre dans le hall. « Donnez-moi dix minutes, dit-elle. Le temps de m'habiller » Elle ajouta : « Il n'y a pas de mauvaise nouvelle, Sam ?

– Aucune, Jane. »

Pas pour le moment du moins, pensa-t-il, même s'il n'arrivait pas à chasser un obscur pressentiment.

Il s'était attendu à trouver Jane radieuse à la pensée de rencontrer Lily, mais il vit tout de suite que quelque chose la troublait. « Allons nous installer là-bas », dit-il en désignant un coin à l'écart dans le hall.

Jane ne mit pas longtemps à lui faire part de son inquiétude. « Sam, je commence à croire que Mark est l'auteur des fax. »

Une réelle souffrance se lisait dans ses yeux.

« Qu'est-ce qui vous fait penser ça ? demanda-t-il doucement.

— Il m'a dit, au détour d'une conversation, qu'il savait que j'avais été une patiente du Dr Connors. Or je ne le lui ai jamais dit. Et l'autre jour, il a demandé à la réception si j'avais reçu un fax, et a paru déçu en apprenant que non. Il s'agissait de celui qui avait été glissé par erreur au milieu du courrier d'un autre client. Mark m'a raconté qu'il travaillait parfois le soir au cabinet du Dr Connors, à l'époque où je le consultais. Enfin, il n'a pas caché qu'il m'avait aperçue en compagnie de Reed à West Point. Il connaissait même le nom de Reed.

— Jane, nous allons le surveiller de près. Je préfère vous parler franchement. J'aurais préféré que vous ne vous confiiez pas à lui. J'espère que vous ne lui avez pas fait part de ce que Michaelson vous a dit ce matin.

— Non, je ne lui ai rien dit.

— Je ne veux pas vous inquiéter, mais vous devez être prudente. Je parie que l'auteur des fax était dans la même classe que vous autrefois. Que ce soit Mark ou un autre, je ne pense plus à présent qu'il ait agi pour de l'argent. Je crois que nous avons affaire à un psychopathe qui peut à tout moment devenir dangereux. »

Il l'observa pendant une longue minute. « Fleischman commençait à vous plaire, n'est-ce pas ?

— Oui, reconnut Jane. Et je n'arrive pas à croire qu'il

est totalement différent de l'image qu'il donne de lui au premier abord.

– C'est trop tôt pour l'affirmer. Pour le moment, voilà quelque chose qui devrait vous remonter le moral. »

Il sortit la photo de Lily de sa poche, lui expliqua d'où il la tenait avant de la lui tendre. Puis du coin de l'œil il vit Gordon Amory et Jack Emerson franchir la porte d'entrée de l'hôtel.

« Vous préférerez sans doute l'emporter dans votre chambre pour la regarder tranquillement, suggéra-t-il. Amory et Emerson viennent d'arriver et, s'ils vous voient, ils vont rappliquer. »

Jane murmura rapidement : « Merci Sam. » Elle prit la photo et se hâta vers les ascenseurs.

Sam vit que Gordon l'avait aperçue et s'apprêtait à aller lui parler. Il alla rapidement vers lui. « Monsieur Amory, dit-il, comptez-vous rester encore longtemps à l'hôtel ?

– J'ai l'intention de partir au plus tard pendant le week-end. Pourquoi ?

– Parce que si nous n'avons pas de nouvelles de Mme Wilcox, nous serons obligés de la considérer comme disparue. Dans ce cas nous devrons interroger plus longuement les personnes qui se trouvaient avec elle peu avant sa disparition. »

Gordon Amory haussa les épaules. « Croyez-moi, vous aurez bientôt de ses nouvelles, dit-il d'un ton sarcastique. Pour votre information cependant, au cas où vous désireriez me joindre, je ne pense pas partir très loin. Par l'intermédiaire de Jack Emerson, nous sommes en train de faire une offre pour un grand terrain où j'ai l'intention de construire mon siège social. Dans l'immédiat donc, après avoir quitté l'hôtel, je séjournerai dans mon appartement de Manhattan pendant plusieurs semaines. »

Jack Emerson finissait de parler avec quelqu'un près de la réception. Il s'approcha d'eux. « Pas de nouvelles du crapaud ? demanda-t-il à Sam.

– Le crapaud ? »

Sam haussa les sourcils. Il savait très bien qui Emerson désignait par ce surnom, mais il fit mine de l'ignorer.

« Notre comique maison, Robby Brent. Il devrait savoir que les convives, morts ou non, sentent mauvais au bout de trois jours. Je veux dire que tout le monde en a marre de cette histoire. »

Il a bu deux whiskies avant le déjeuner, pensa Sam à la vue du teint rubicond de Jack.

Il ignora l'allusion. « Puisque vous habitez Cornwall, dit-il, je suppose que vous serez disponible au cas où j'aurais besoin de vous interroger à propos de Laura Wilcox. Comme je viens de l'expliquer à M. Amory, nous serons tenus d'enregistrer sa disparition si nous n'avons aucun nouvelle d'elle dans les prochaines heures.

– Pas si vite, inspecteur, le coupa Emerson. Dès que Gordie, je veux dire Gordon, et moi aurons réglé notre transaction, j'ai l'intention de mettre les voiles. Je possède une maison à Saint-Barth où il est grand temps que j'aille me reposer. L'organisation de cette réunion m'a pris tout mon temps. Ce soir, nous irons nous faire tirer le portrait chez Alfred Downes, trinquer avec lui, et ce sera fini pour de bon. Je me fiche que Laura

Wilcox et Robby Brent réapparaissent ou non. C'est le genre de publicité dont la Stonecroft Academy n'a aucun besoin. »

Gordon Amory l'avait écouté avec un sourire amusé. « Je dois dire, monsieur Deegan, que Jack a parfaitement résumé la situation. J'ai essayé de rattraper Jane avant qu'elle ne monte dans l'ascenseur et je l'ai ratée. Savez-vous quels sont ses projets ?

— Je l'ignore, dit Sam. Vous voudrez bien m'excuser, je dois retourner à mon bureau. »

Pour rien au monde je ne leur dévoilerais les plans de Jane, pensa-t-il en traversant le hall de l'hôtel, et j'espère qu'elle suivra mon conseil et ne fera confiance à aucun de ces types.

Son téléphone sonna au moment où il montait dans sa voiture. C'était Joy Lacko. « Sam, j'ai trouvé quelque chose, dit-elle. J'ai eu l'idée de vérifier le compte rendu concernant le suicide de Gloria Martin, avant de m'occuper des autres décès. À la mort de Gloria, un grand article a paru sur elle dans le journal local de Bethlehem. »

Sam attendit.

« Gloria Martin s'est suicidée en se mettant un sac plastique sur la tête. Et, Sam, écoutez ça, quand on l'a découverte, elle serrait un petit hibou de métal dans sa main. »

76

Ce soir-là, à neuf heures moins cinq, Duke Mackenzie eut le plaisir de voir réapparaître son taciturne
client. L'homme commanda un sandwich bacon-fromage et un café avec du lait écrémé. Pendant qu'il
passait le sandwich au gril, Duke engagea la conversation. « Il y a une dame de votre réunion qui est venue
ici aujourd'hui, dit-il. Elle a habité Mountain Road
autrefois.

— Savez-vous son nom ? demanda son visiteur d'un
air détaché.

— Non. Mais je peux vous la décrire. Très jolie, châtain aux yeux bleus. Sa fille s'appelle Meredith.

— Elle vous a dit ça !

— Non, monsieur. Ne me demandez pas comment
c'est arrivé, mais elle était au téléphone avec quelqu'un
qui le lui a annoncé. Je peux vous affirmer qu'elle était
drôlement bouleversée. Ça me dépasse qu'elle n'ait pas
su le nom de sa propre fille.

— Je me demande si elle parlait à un membre de
notre groupe, dit l'homme d'un air songeur. A-t-elle
mentionné le nom de son interlocuteur ?

— Non, elle a dit qu'elle allait le voir – lui ou elle –
demain à sept heures. »

Duke se retourna, prit une spatule et sortit le sandwich du gril. Il ne vit pas le sourire froid sur le visage de son client, pas plus qu'il ne l'entendit murmurer tout bas : « Non, mon vieux, elle ne risque pas de le voir. Certainement pas. »

« C'est prêt, monsieur, dit Duke, jovial. Je vois que vous prenez votre café avec du lait écrémé. Il paraît que c'est meilleur pour la santé, moi, je préfère la bonne vieille crème d'autrefois. J'ai pas à m'inquiéter, mon père faisait encore des scores du tonnerre au bowling à quatre-vingt-sept ans. »

Le Hibou déposa la monnaie sur le comptoir et partit en marmonnant un au revoir. Il devina que Duke le suivait du regard pendant qu'il se dirigeait vers sa voiture. Il serait capable de me filer, pensa-t-il. Il est assez fouineur pour ça. Rien ne lui échappe. Je ne m'arrêterai plus ici désormais, mais qu'importe. Demain, tout sera fini.

Il remonta lentement Mountain Road, mais préféra ne pas s'engager dans l'allée de la maison de Laura. C'est curieux que je continue à l'appeler ainsi, pensa-t-il. Il dépassa l'entrée et regarda dans le rétroviseur, s'assurant qu'il n'était pas suivi. Puis il fit demi-tour et rebroussa chemin, surveillant la circulation. Revenu à l'endroit voulu, il éteignit ses phares, s'engagea rapidement dans l'allée et se retrouva enfin à l'abri des regards dans le jardin clos.

Alors seulement il réfléchit à ce qu'il venait d'apprendre. *Jane connaissait le nom de Meredith !* C'était donc sans doute les Buckley qu'elle se préparait à rencontrer. Meredith avait certainement oublié l'endroit où elle avait perdu sa brosse, sinon cet inspecteur, Sam

Deegan, serait déjà venu frapper à sa porte. Il devait agir plus vite que prévu. Demain, il serait obligé d'entrer et de sortir de la maison à plusieurs reprises en plein jour. Mais il ne pouvait pas rester garé dehors. C'était hors de question. Même si on ne voyait pas le jardin de l'extérieur, un voisin risquait de remarquer la voiture depuis une fenêtre et de prévenir la police. La maison de Laura était théoriquement inhabitée.

La voiture de Robby avec son cadavre dans le coffre occupait la moitié du garage. Celle que le Hibou avait louée en premier et dont les pneus avaient peut-être laissé des traces révélatrices à l'endroit où il avait transporté le corps d'Helen Whelan était garée à côté. Il lui fallait dégager l'une des deux pour pouvoir accéder au garage. La voiture de location permettrait de remonter jusqu'à lui. Il la garderait en attendant de pouvoir la rendre sans risque.

Je suis allé trop loin, songea le Hibou. Le voyage a duré si longtemps ! Je ne peux plus m'arrêter. Il faut aller jusqu'au bout. Il contempla le sandwich et le café qu'il avait achetés pour Laura. Je n'ai rien avalé, pensa-t-il. Quelle importance si Laura ne mange pas ce soir ? Elle n'aura plus l'occasion d'avoir faim dorénavant.

Il ouvrit le sachet et mastiqua lentement le sandwich, but le café avec une grimace. Il l'aurait préféré noir. Lorsqu'il eut fini, il sortit de la voiture, se dirigea vers l'arrière de la maison et entra. Au lieu de monter directement jusqu'à la chambre de Laura, il ouvrit la porte qui menait de la cuisine au garage et la claqua délibérément derrière lui tout en enfilant les gants de plastique qu'il conservait toujours dans la poche de sa veste.

Laura avait certainement entendu du bruit et elle commençait sans doute à trembler à la pensée qu'il était revenu pour la tuer. Mais elle devait aussi avoir faim et attendre avec impatience ce qu'il lui avait apporté à manger. En ne le voyant pas apparaître, la peur et la faim iraient en augmentant, jusqu'à ce qu'elle craque, prête à faire ce qu'il voudrait, prête à obéir.

D'une certaine manière, il aurait aimé la rassurer, lui dire que le cauchemar prendrait bientôt fin, car c'était un moyen de se rassurer lui-même. Son bras douloureux l'empêchait de se concentrer. Si la morsure du chien était en partie cicatrisée, la plaie la plus profonde s'était envenimée à nouveau.

Il avait laissé les clés de Robby sur le contact. Dégoûté à la pensée de son cadavre enfoui sous les couvertures dans le coffre, il ouvrit la porte du garage, se mit au volant et sortit en marche arrière. En quelques minutes qui lui semblèrent une éternité, il gara dans l'emplacement vacant la deuxième voiture de location.

Roulant tous phares éteints jusqu'au bout de la rue, le Hibou conduisit ensuite le futur cercueil de Robby Brent jusqu'à sa destination finale au fond de l'Hudson River.

Quarante minutes plus tard, sa tâche accomplie, ayant parcouru à pied les quelques miles qui le séparaient de l'endroit où il avait immergé la voiture, il était de retour dans sa chambre. Sa mission du lendemain serait semée d'embûches, mais il s'appliquerait à réduire les risques. Il regagnerait la maison de Laura avant le point du jour. Peut-être la forcerait-il à appeler Meredith et à lui dire qu'elle était sa mère naturelle.

Elle lui demanderait de venir la retrouver à l'extérieur de West Point après le petit déjeuner. Meredith sait qu'elle a été adoptée, pensa le Hibou. Elle m'en a parlé librement. Il n'existe aucune jeune fille qui refuserait l'occasion de rencontrer sa vraie mère.

Ensuite, quand il se serait emparé de Meredith, il obligerait Laura à téléphoner à Jane.

Sam Deegan était loin d'être stupide. En ce moment même, il cherchait sans doute à en savoir plus sur la mort des autres femmes, enquêtait sur ces prétendus accidents. Ce n'est qu'à partir de Gloria que j'ai commencé à laisser ma signature et, comble de l'ironie, c'était elle-même qui avait acheté cette bricole.

« Vous avez fait du chemin depuis ces années, avait-elle dit. Quand je pense qu'on vous surnommait le Hibou. » Elle avait ri, un peu éméchée, toujours aussi indifférente. Elle lui avait alors montré le hibou métallique dans son enveloppe de plastique. « Je l'ai trouvé dans une boutique du centre commercial qui vend ce genre de babioles, avait-elle expliqué. Lorsque vous avez téléphoné que vous étiez en ville, j'y suis retournée et j'en ai acheté un. J'ai pensé que c'était un clin d'œil rigolo. »

Il avait des raisons de lui être reconnaissant. Après sa mort, il avait acheté une poignée de ces minuscules hiboux à cinq dollars. Il ne lui en restait que trois. Il pouvait en acheter d'autres, bien sûr, mais quand il aurait utilisé les trois derniers, il n'en aurait sans doute plus besoin. Laura, Jane et Meredith. Un pour chacune d'elles.

Le Hibou régla son réveil à cinq heures du matin et s'endormit.

77

« Dormir, rêver peut-être », pensa Jane en se retournant sur le côté, puis sur le dos. Finalement elle alluma la lumière. Il faisait trop chaud dans la chambre. Elle sortit de son lit et alla jusqu'à la fenêtre qu'elle ouvrit plus largement. J'arriverai peut-être à dormir maintenant, se dit-elle.

La photo de Lily bébé était posée sur la table de nuit. Elle s'assit sur le rebord du lit et la prit entre ses mains. Comment ai-je pu l'abandonner ? *Pourquoi ?* Les émotions se bousculaient en elle. Ce soir, je vais faire la connaissance du couple auquel on a donné Lily juste après sa naissance. Que vais-je leur dire ? Que je leur suis reconnaissante ? Je le suis, certes, mais j'ai honte d'avouer que je suis jalouse d'eux. J'aurais voulu connaître tout ce qu'ils ont connu avec elle. Et s'ils changeaient d'avis et décidaient qu'il est trop tôt pour que je la rencontre ?

J'ai besoin de la connaître, et ensuite je rentrerai chez moi. Je m'éloignerai de Stonecroft et de tous ces gens. Hier soir, l'atmosphère était lourde, détestable chez Alfred Downes, pensa-t-elle en se recouchant. Tout le monde était tendu, chacun à sa manière. Mark... il est resté silencieux et a tout fait pour m'éviter. Carter

Stewart était d'une humeur massacrante, grommelant à qui voulait l'entendre qu'il avait perdu sa journée à rechercher les scénarios de Robby. Jack Emerson avait l'air furieux contre lui, et avalait scotch sur scotch. Gordon semblait à peu près calme jusqu'au moment où Alfred Downes a voulu lui montrer les projets de la nouvelle aile. Là, il a pratiquement explosé. Il a fait remarquer qu'il avait fait un don de cent mille dollars pour le financement du bâtiment. Je n'oublierai jamais le ton qu'il a pris pour faire remarquer que plus vous donniez d'argent, plus on essayait de vous en soutirer.

Carter s'est montré tout aussi grossier. Il a déclaré que depuis qu'il ne donnait plus un sou à personne, il avait éliminé ce genre de problème. Puis Jack Emerson en a rajouté, se vantant d'avoir refilé un demi-million de dollars à Stonecroft pour le nouveau centre informatique.

Mark et moi avons été les seuls à ne rien dire, se souvint Jane. Je ferai un don, mais seulement pour l'attribution des bourses, pas pour les bâtiments.

Elle ne voulait plus penser à Mark pour le moment.

Elle regarda l'heure. Cinq heures moins le quart. Qu'est-ce que je vais me mettre sur le dos, ce soir ? se demanda-t-elle. Je n'ai pas grand choix. J'ignore à quoi ressemblent les parents adoptifs de Lily. S'habillent-ils décontracté, ou sont-ils plus conventionnels ? Le tailleur-pantalon de tweed marron que j'avais pour voyager devrait convenir. C'est une tenue passe-partout.

Je doute que les photos prises devant la maison d'Alfred Downes aient le moindre intérêt. Personne n'a fait l'effort de sourire, et moi j'ai pris l'air béat du chat du Cheshire. Ensuite, quand Jake Perkins a fait son apparition et a demandé de prendre une vue du groupe pour la *Gazette*, j'ai cru que Downes allait avoir une crise cardiaque. Il l'a pratiquement jeté dehors.

J'espère que ma fac, Georgetown, ne fait pas partie des universités où ce garçon veut s'inscrire, encore que ça donnerait du piment à l'existence.

Penser à Jake amena un sourire sur les lèvres de Jane, et dissipa légèrement l'anxiété qui s'était emparée d'elle depuis qu'elle avait appris qu'elle allait rencontrer les parents adoptifs de Lily.

Mais son sourire s'évanouit aussi vite qu'il était venu. Où était Laura ? Voilà cinq jours qu'elle a disparu, pensa Jane. Je ne puis demeurer ici indéfiniment. J'ai des cours la semaine prochaine. Pourquoi ai-je imaginé que j'allais avoir de ses nouvelles ?

Je n'arriverai pas à me rendormir, finit-elle par décider. Je n'ai plus qu'à attendre le lever du jour en lisant. J'ai à peine parcouru la presse d'hier. Je ne sais même pas ce qui se passe dans le monde.

Elle alla prendre le journal sur son bureau, regagna son lit, redressa l'oreiller et commença à lire. Ses yeux se fermèrent malgré elle. Elle ne sentit pas les feuillets lui glisser des mains et sombra dans un profond sommeil.

À sept heures moins le quart le téléphone la réveilla. En regardant l'heure au réveil près du téléphone, Jane sentit sa gorge se nouer. Si tôt, ce ne pouvait être qu'une mauvaise nouvelle, pensa-t-elle. Un malheur est arrivé à Laura, ou à Lily. Elle s'empara du téléphone. « Allô ? dit-elle d'une voix tremblante.

— Jeannie... c'est moi.

– Laura ! s'écria Jane. Où es-tu ? Comment vas-tu ? »

Laura sanglotait si fort qu'elle avait du mal à comprendre ce qu'elle disait. « Jane... aide-moi. J'ai si peur.... J'ai fait une chose si stupide... pardon... les fax... à propos... de Lily. »

Jane se raidit. « Tu n'as jamais vu Lily. Je le sais.

– ... Robby... il... il... a pris... sa... brosse. C'était... son... idée.

– Où est Robby ?

– Parti... en... Californie. Il... il dit... il dit que c'est moi... Jeannie.... viens... me... retrouver... je t'en prie... viens seule.

– Laura, où es-tu ?

– Dans... un... motel. Quelqu'un... m'a... reconnue. Je... je dois... m'en aller.

– Laura, où puis-je te retrouver ?

– Au... au Lookout

– Le Storm King Lookout ?

– Oui... oui. »

Les sanglots de Laura redoublèrent. « ... me suicider...

– Laura, écoute-moi, dit Jane précipitamment, je serai là-bas dans vingt minutes. Tout ira bien. Je te le promets, tout ira bien. »

À l'autre bout de la ligne, le Hibou coupa la communication. « Bravo, Laura, dit-il, admiratif. Tu es une bonne actrice au fond. C'était une scène digne d'un Oscar. »

Laura était retombée sur son oreiller. Elle détourna

la tête, ses sanglots se calmant peu à peu, cédant la place à de longs frissons. « Je ne l'ai fait que parce que vous avez promis de ne pas faire de mal à la fille de Jane.

— Je l'ai promis, c'est vrai, reconnut-il. Tu dois avoir faim maintenant. Tu n'as rien mangé depuis hier matin. Je ne suis pas sûr de la qualité du café. Le propriétaire du bistrot en bas de l'avenue s'intéressait trop à mes faits et gestes. Mais regarde ce que j'ai apporté. »

Elle ne réagit pas.

« *Tourne la tête, Laura, regarde-moi !* »

Elle lui obéit avec lassitude, ouvrit ses yeux gonflés et vit qu'il tenait trois housses de plastique.

Le Hibou éclata de rire. « Ce sont des cadeaux, expliqua-t-il. Un pour toi. Un pour Jane. Et un pour Meredith. Sais-tu ce que je vais en faire ? *Réponds-moi, Laura, sais-tu ce que je vais en faire ?* »

78

« Désolé, Rich, dit Sam. Qu'on ait trouvé un hibou métallique serré dans la main de Gloria Martin au moment de sa mort ne peut être une simple coïncidence. Personne ne me fera avaler ça. »

Une fois de plus il n'avait pas fermé l'œil de la nuit. Après l'appel de Joy Lacko, il était retourné directement à son bureau. Le dossier du suicide de Gloria Martin avait été transmis par les services de police de Bethlehem. Joy et lui en avaient analysé chaque mot ainsi que les articles de journaux consacrés à son décès.

Lorsque Rich Stevens était arrivé à huit heures, il les avait immédiatement convoqués. Après avoir écouté Sam, il se tourna vers Joy. « Qu'est-ce que vous en pensez ?

— Au début, il m'a paru impossible que ce malade mental qui se nomme le Hibou ait tué des filles de Stonecroft au cours des vingt dernières années et qu'il soit de retour dans la région, dit Joy. À présent, j'en suis moins sûre. J'ai parlé à Rudy Haverman, le flic qui a été chargé du cas de Gloria Martin il y a huit ans. Il avait mené une enquête très sérieuse. Il m'a dit que Gloria Martin s'intéressait à ce genre de babioles. Elle chinait des petites figurines bon marché, des animaux, des oiseaux, des trucs comme ça. Celle qu'elle tenait quand elle est morte était encore dans son emballage de plastique. Haverman a retrouvé la vendeuse qui la lui avait vendue dans le centre commercial du coin ; Gloria Martin lui avait raconté qu'elle l'achetait pour faire une blague.

– Vous dites que le taux d'alcool dans son sang indiquait qu'elle était complètement bourrée au moment de sa mort ?

– C'est exact. D'après Haverman, elle s'était mise à boire après son divorce, elle avait dit à ses amis qu'elle était dégoûtée de la vie.

– Joy, y a-t-il des références à ces hiboux dans les dossiers des autres femmes ? A-t-on trouvé un de ces objets sur elles ou dans leurs mains quand leurs corps ont été examinés ?

– Je n'ai rien vu jusqu'ici, monsieur.

– Je me fiche que Gloria Martin ait acheté elle-même ou non ce hibou, dit Sam avec obstination. Qu'elle l'ait eu dans la main prouve à mes yeux qu'elle a été assassinée. Qu'elle ait dit à ses amis qu'elle était déprimée importe peu. La plupart des gens broient du noir après un divorce, même s'ils l'ont voulu. Mais Gloria Martin était très proche de ses parents, et elle savait qu'ils seraient anéantis si elle se suicidait. Elle n'a laissé aucune lettre d'explication et, étant donné la quantité d'alcool qu'elle avait ingurgitée, c'est un miracle qu'elle soit parvenue à introduire sa tête dans le sac sans lâcher le hibou.

– Êtes-vous d'accord avec cette analyse, Joy ? demanda Rich Stevens.

– Oui, monsieur. Rudy Haverman est convaincu

qu'il s'agit d'un suicide, mais il n'était pas au courant des deux autres cas où l'on a retrouvé le même hibou dans les poches des victimes. »

Rich Stevens se cala dans son fauteuil et croisa les mains. « À titre d'hypothèse, disons que celui qui a tué Helen Whelan et Yvonne Tepper *peut*, je répète, *peut*, être mêlé à la mort des filles de Stonecroft.

— La sixième, Laura Wilcox, a disparu, les interrompit Sam. Il ne reste que Jane Sheridan. Je l'ai avertie hier de ne faire confiance à personne, mais je me demande si c'est assez. Elle aurait peut-être besoin d'une protection rapprochée.

— Où se trouve-t-elle en ce moment ? demanda Stevens.

— À son hôtel. Elle m'a appelé depuis sa chambre hier soir, aux environs de neuf heures, pour me remercier de quelque chose que je lui avais offert. Elle s'était rendue à un cocktail organisé par le directeur de la Stonecroft Academy, et s'apprêtait à faire monter son dîner. Elle doit faire la connaissance des parents adoptifs de sa fille ce soir, et m'a dit qu'elle voulait se reposer et essayer de retrouver son calme. »

Sam hésita avant de poursuivre : « Rich, il faut parfois faire confiance à son instinct. Joy fait un travail énorme en épluchant les dossiers qui concernent la mort de ces femmes. Jane Sheridan me rirait au nez si je lui proposais un garde du corps. Mais elle a confiance en moi et je pense qu'elle accepterait que je l'accompagne chaque fois qu'elle quittera l'hôtel.

— Ce n'est pas une mauvaise idée en effet, reconnut Stevens. Il ne manquerait plus qu'il arrive quelque chose à Jane Sheridan.

– Ah, j'oubliais, ajouta Sam. J'aimerais faire filer un des types qui participaient à la réunion. Il est encore en ville. Il s'appelle Mark Fleischman. »

Joy regarda Sam d'un air stupéfait. « Le Dr Fleischman ! Il donne les conseils les plus sensés que j'aie jamais entendus à la télévision. Il y a quinze jours, il parlait des enfants qui se sentent exclus à la maison ou à l'école et dont certains auront plus tard une vie détruite sur le plan émotionnel. Nous en avons suffisamment d'exemples, il me semble, non ?

– Sans doute. Mais d'après ce que je sais, Mark Fleischman a lui aussi été maltraité au sein de sa famille et à l'école, aussi est-il possible qu'il se base sur son propre cas.

– Je vais voir qui est disponible pour le surveiller, dit Rich Stevens. Un dernier point : nous ferions mieux de porter Laura Wilcox sur la liste des personnes disparues. Cela fait plus de cinq jours qu'on ne l'a plus vue.

– Si nous voulons être parfaitement honnêtes, nous devrions l'inscrire sous la rubrique "disparue, présumée morte" », rectifia Sam.

79

Après avoir raccroché, Jane s'aspergea le visage, se donna un coup de peigne, enfila son survêtement, mit dans sa poche son téléphone mobile et son portefeuille, quitta l'hotel et se hâta vers sa voiture. Le Storm King Lookout sur la Route 218 se trouvait à un quart d'heure de là. Il était encore tôt et la circulation était fluide. Conductrice habituellement prudente, Jane appuya sur l'accélérateur et vit le compteur atteindre 110. La montre de la voiture indiquait sept heures moins deux.

Laura est au fond de la détresse, pensa-t-elle. Pourquoi veut-elle me rencontrer là-bas ? Songe-t-elle vraiment à se suicider ? Le Lookout dominait l'Hudson de trente mètres. L'image de Laura arrivant la première et grimpant par-dessus la balustrade pour se jeter du haut de la falaise poursuivait Jane.

La voiture dérapa dans le dernier virage. Pendant un instant de panique, Jane eut du mal à reprendre le contrôle de la direction, mais les roues se redressèrent et elle aperçut une voiture stationnée près du télescope de l'observatoire. Faites que ce soit Laura, implorat-elle.

Elle s'arrêta dans un crissement de pneus au milieu du parking, coupa le moteur, sortit et s'élança vers l'autre voiture, ouvrit la portière. « Laura !... » Les mots moururent sur ses lèvres. L'homme qui était au volant portait un masque, un masque de plastique représentant une tête de hibou. Les yeux aux énormes pupilles noires au milieu de l'iris jaune étaient bordés d'un duvet blanc qui fonçait progressivement, devenait presque brun à l'approche du bec.

Il brandissait un pistolet.

Terrifiée, Jane voulut s'enfuir, mais une voix familière lui ordonna : « Monte dans la voiture, Jane, à moins que tu ne désires mourir ici. Et ne prononce pas mon nom. C'est interdit. »

Elle avait garé sa voiture à quelques mètres. Aurait-elle le temps de s'y précipiter sans qu'il l'abatte ? Il la tenait en joue.

Pétrifiée, elle ne bougea pas ; puis, cherchant à gagner du temps, elle avança lentement un pied à l'intérieur. Je vais faire un bond en arrière. Je garderai la tête baissée. Il devra sortir pour tirer sur moi. Je pourrai peut-être atteindre ma voiture. Mais d'un geste rapide comme l'éclair, il lui saisit le poignet, l'attira sur le siège, puis, passant son bras derrière elle, claqua la portière.

En un rien de temps, il fit marche arrière, tourna dans la Route 218 et reprit la direction de Cornwall. Il arracha son masque et lui adressa un sourire diabolique. « Je suis le Hibou, dit-il. En aucun cas tu ne dois m'appeler par mon nom. Compris ? »

Il est fou, pensa Jane en acquiesçant d'un signe de tête. Il n'y avait personne sur la route. Si une voiture apparaissait, pourrait-elle se pencher vers le volant et actionner l'avertisseur ? Mieux valait tenter sa chance ici sur la route plutôt que d'attendre qu'il l'emmène dans un endroit inconnu, où elle serait à sa merci. « *Je suuuis le le hiiiboubou et et je viviiis dans un un...* Tu te souviens, Jeannie ? Tu te souviens ?

— Je me souviens. »

Ses lèvres commencèrent à former son nom, puis s'immobilisèrent à temps. Il va me tuer, se dit-elle. Il faut que je saisisse le volant, que j'essaye de provoquer un accident.

Il se tourna vers elle et lui sourit, la bouche grande ouverte, grimaçante. Ses pupilles étaient deux puits noirs.

Mon téléphone mobile, se souvint-elle ; il est dans ma poche. Elle se recula imperceptiblement sur son siège, tâtonna, parvint à sortir l'appareil et à le coincer à côté d'elle. Mais avant qu'elle n'ait pu soulever le couvercle et composer le 911, la main droite du Hibou se détendit comme une flèche.

« On va arriver sur une route à grande circulation », dit-il. Ses doigts puissants, crochus comme des serres, la saisirent au cou.

Elle se rejeta en arrière et, dans un dernier effort, enfonça le portable entre le dossier et le fond du siège.

Lorsqu'elle se réveilla, elle était attachée à une chaise, un bâillon sur la bouche. La pièce était plongée dans l'obscurité mais elle distinguait la silhouette d'une femme couchée sur le lit à l'autre extrémité de la pièce, une femme vêtue d'une robe dont l'étoffe chatoyante accrochait les faibles rayons de lumière qui passaient de part et d'autre des stores.

Que s'est-il passé ? se demanda Jane. J'ai mal à la tête. Pourquoi ne puis-je bouger ? Est-ce un rêve ? J'allais retrouver Laura. Je suis montée dans la voiture et...

« Tu es réveillée, Jeannie, n'est-ce pas ? »

Elle tourna la tête au prix d'un effort. Il se tenait dans l'embrasure de la porte.

« C'est une surprise, hein Jane ? Te souviens-tu de la pièce de théâtre que nous avons jouée en primaire ? Tout le monde s'est moqué de moi. Tu t'es moquée de moi. T'en souviens-tu ? »

Non, je ne me moquais pas. J'avais pitié de vous, pensa Jane.

« Jane, réponds-moi. »

Le bâillon était si serré qu'elle n'était pas sûre qu'il puisse entendre sa réponse. « Je me souviens. » Pour s'assurer qu'il avait compris, elle hocha vigoureusement la tête.

« Tu es plus intelligente que Laura, dit-il. Je dois m'en aller maintenant. Je vous laisse toutes les deux. Mais je serai bientôt de retour. Et je serai accompagné d'une personne que tu meurs d'impatience de voir. Devine qui ? »

Il n'était plus là. Jane entendit une plainte provenant du lit. La voix étouffée par le bâillon, Laura gémissait : « Jeannie... promis... qu'il ne ferait pas de mal à Lily... mais il va... la tuer aussi. »

80

À neuf heures moins le quart, Sam se dirigeait vers le Glen-Ridge. Estimant que c'était une heure décente pour appeler Jane, il composa le numéro de sa chambre. Il fut déçu de ne pas obtenir de réponse mais ne s'inquiéta pas. Si elle avait dîné dans sa chambre la veille au soir, supposa-t-il, elle était probablement descendue à la cafétéria pour prendre son petit déjeuner. Il hésita à la joindre sur son portable. Le temps de m'arrêter sur le bord de la chaussée pour l'appeler, se dit-il, je serai déjà arrivé.

Un mauvais pressentiment s'empara de lui quand il ne la trouva pas dans la cafétéria, et qu'il la rappela en vain dans sa chambre. Le réceptionniste n'était pas certain de l'avoir vue sortir. C'était l'homme aux cheveux couleur acajou. « Ça ne veut pas dire qu'elle ne soit pas allée faire un tour, expliqua-t-il. Le début de la matinée est le moment le plus chargé de la journée. C'est l'heure où les clients règlent leur note. »

Sam aperçut Gordon Amory qui sortait de l'ascenseur. Il portait un costume gris anthracite de coupe sobre. En voyant Sam, il se dirigea vers lui. « Avez-vous parlé à Jane ce matin ? demanda-t-il. Nous étions censés nous retrouver pour le petit déjeuner, mais elle ne s'est pas manifestée. J'ai pensé qu'elle ne s'était pas réveillée, mais le téléphone ne répond pas dans sa chambre.

– J'ignore où elle est, dit Sam, s'efforçant de dissimuler l'inquiétude qui le gagnait.

– Bon, elle était fatiguée lorsque nous sommes rentrés hier soir. De toute façon, je crois qu'elle avait l'intention de rester jusqu'à demain. Je la rappellerai plus tard. »

Avec un bref sourire et un geste de la main, il se dirigea vers la porte principale de l'hôtel.

Sam sortit son portefeuille et chercha en vain le numéro du portable de Jane, exaspéré à l'idée de l'avoir laissé dans la poche de la veste qu'il portait la veille. Une seule personne de sa connaissance l'avait peut-être – Alice Sommers.

En composant son numéro, il s'avoua qu'il avait envie d'entendre le son de sa voix et même qu'il aimerait la revoir ce soir.

En effet, Alice connaissait le numéro de Jane qu'elle lui communiqua. « Sam, Jane m'a appelée hier. Elle était tout excitée à la pensée de faire la connaissance des parents adoptifs de Lily. Elle a ajouté qu'elle aurait peut-être l'occasion de voir Lily pendant le week-end. N'est-ce pas merveilleux ? »

Une rencontre avec sa fille qu'elle n'a pas vue pendant vingt ans. Alice est heureuse pour Jane, mais je suis certain que c'est un rappel douloureux pour elle. Karen est morte depuis pratiquement autant de temps. Il reconnut à regret que chaque fois qu'il était ému, il se protégeait en coupant court à la conversation. « C'est une grande nouvelle en effet, Alice. Il faut que je me sauve, maintenant. Si vous avez des nouvelles de Jane avant moi, demandez-lui de me passer un coup de fil, d'accord ?

– Vous vous inquiétez pour elle, Sam. Pourquoi ?

– Je me fais un peu de souci, c'est vrai. Il se passe trop de choses. N'y pensons plus, elle est sans doute sortie faire un tour.

– Prévenez-moi dès que vous lui aurez parlé.

– Comptez sur moi, Alice. »

Sam éteignit son portable et s'approcha de la réception. « J'aimerais savoir si Mlle Sheridan a demandé qu'on lui apporte son petit déjeuner dans sa chambre ce matin ? »

La réponse fut immédiate : « Non, monsieur. »

Au même moment, Mark Fleischman franchissait la porte d'entrée et pénétrait dans le hall. Il aperçut Sam et se dirigea vers lui. « Monsieur Deegan, je voudrais vous parler. Je suis inquiet pour Jane Sheridan. »

Sam le regarda froidement. « Pourquoi donc, docteur Fleischman ?

– Parce que, selon moi, l'auteur de ces messages est quelqu'un de dangereux. Après la disparition de Laura, Jane est la seule qui reste de ce prétendu groupe de filles. Elle est la seule qui soit en vie et indemne.

– J'y ai pensé, docteur Fleischman.

– Jane m'en veut et ne me fait pas confiance. Elle n'a pas compris pourquoi j'avais interrogé l'employée de la réception. Et maintenant elle ne veut plus rien écouter de ce que je lui dis.

– Comment avez-vous su qu'elle était la patiente du Dr Connors ?

– Jane m'a déjà posé cette question, et je lui ai répondu que c'était elle qui me l'avait appris. J'ai réfléchi depuis, et je sais comment le sujet est arrivé sur le tapis. Lorsque les autres lauréats – je veux dire Carter,

Gordon, Robby et moi – plaisantions avec Jack Emerson en nous rappelant l'époque où nous travaillions pour son père dans l'entreprise de nettoyage, l'un d'eux a fait allusion à Jane. J'ai oublié qui. »

Mark Fleischman disait-il la vérité ? se demanda Sam. Si oui, j'ai fait fausse route. « Essayez de repenser à cette conversation, docteur Fleischman, insista-t-il. C'est extrêmement important.

– Hier, Jeannie est sortie faire une longue marche à pied. Je suppose qu'elle en a fait autant ce matin. Elle n'est pas dans sa chambre, j'ai vérifié. Et je ne l'ai pas vue dans la salle à manger. Je vais faire un tour en voiture dans les environs et essayer de la retrouver. »

Le policier affecté à la surveillance de Fleischman n'était pas encore arrivé. « Pourquoi ne pas attendre un peu ? suggéra Sam. Elle va peut-être rentrer. Vous risquez de la rater.

– Je n'ai pas l'intention de rester assis à me tourner les pouces alors que je m'inquiète pour elle », rétorqua Fleischman d'un ton sec. Il tendit sa carte à Sam. « Je vous serais très reconnaissant de m'avertir si vous avez de ses nouvelles. »

Il traversa rapidement le hall et gagna la sortie. Sam l'observa avec des sentiments mitigés. Je me demande s'il a pris des cours d'art dramatique, se demanda-t-il. Soit il est sincère, soit c'est un acteur hors pair, car en apparence il a l'air aussi inquiet pour Jane que moi.

Sam plissa les yeux en regardant Fleischman franchir la porte d'un pas pressé. Je vais attendre encore un peu, décida-t-il. Elle est peut-être vraiment sortie se promener.

81

La chaise à laquelle il l'avait attachée était contre le mur, près de la fenêtre, face au lit. Il y avait quelque chose dans cette pièce qui lui était familier. Avec un effroi grandissant, l'impression d'être plongée en plein cauchemar, Jane tendit l'oreille pour tenter de saisir ce que disait Laura. Elle semblait à moitié inconsciente, mais un murmure continu sortait de sa bouche à travers le bâillon qui donnait à sa voix un son étrange et rauque.

Elle ne prononçait jamais le nom de son ravisseur. Le Hibou était le seul mot qu'elle utilisait pour le désigner. Parfois elle récitait sa réplique : « *Je suuuis le le hiiibouou....* » Puis elle retombait dans un silence inquiétant, et seuls des frissons entrecoupés de longs soupirs indiquaient à Jane qu'elle respirait encore.

Lily. Laura avait dit qu'il allait la tuer. Mais elle était en sûreté. Craig Michaelson le lui avait promis. Laura délirait-elle ? Elle était probablement ici depuis samedi soir. Elle dit sans cesse qu'elle a faim. Ne lui a-t-il rien donné à manger ? C'est impossible. Elle a sûrement avalé quelque chose.

Oh, mon Dieu ! pensa Jane, en se rappelant Duke, le propriétaire du café en bas de l'avenue. Il lui avait parlé d'un homme qui faisait partie des anciens élèves réunis à Stonecroft et qui venait régulièrement chercher des sandwiches. C'était de *lui* que parlait Duke !

Elle se tordit les mains, cherchant à distendre ses liens, mais ils étaient trop serrés. Se pouvait-il qu'il ait tué Karen Sommers dans cette même pièce ? Qu'il ait délibérément écrasé Reed à West Point ? Avait-il assassiné Catherine, Cindy, Debra, Gloria et Alison ? Était-il l'auteur des deux meurtres commis dans les environs la semaine précédente ? Je l'ai vu entrer dans le parking de l'hôtel au volant de sa voiture très tôt dans la matinée du samedi, avec ses phares éteints. Si elle en avait parlé à Sam alors, il l'aurait peut-être interrogé. Il l'aurait *arrêté*.

Mon mobile est dans la voiture, pensa Jane. S'il le trouve, il le jettera. Mais s'il ne le trouve pas, et que Sam parvienne à le localiser, alors nous aurons peut-être une chance d'être sauvées. Je vous en supplie, mon Dieu, avant qu'il ne fasse du mal à Lily, faites que Sam retrouve la trace de mon téléphone.

La respiration de Laura devint plus saccadée, haletante. « Les housses de plastique... les housses de plastique... non... non... non. »

Jane aperçut les formes des housses accrochées à des cintres suspendus au bras du lampadaire près du lit. Quelque chose était inscrit sur celle qui se trouvait en face d'elle. Quoi ? Un nom ? Était-ce... ? Elle ne le distinguait pas clairement.

Son épaule effleurait le bord du store. Elle se balança d'un côté puis de l'autre jusqu'à ce que la chaise se déplace de quelques centimètres et qu'elle puisse écarter le store avec son épaule.

Un filet de lumière éclaira les lettres tracées au marqueur sur la housse. Et elle put lire : LILY/MEREDITH.

82

Jake n'avait pas pu manquer le premier cours de huit heures, mais il en attendit impatiemment la fin pour se précipiter au studio. Les tirages des photos qu'il avait prises la veille étaient encore meilleurs au jour qu'à la lumière artificielle du soir. Il s'en félicita tout en les examinant.

La maison de Concord Avenue a un aspect tape-à-l'œil, le côté « Admirez comme je suis riche », pensa-t-il. Celle de Mountain Road est tout l'opposé. Une habitation bourgeoise, typique de la banlieue résidentielle, aujourd'hui chargée de mystère. Chez lui, il avait consulté le site Internet consacré au meurtre de Karen Sommers et il avait eu confirmation qu'elle avait été assassinée dans la chambre d'angle du premier étage à droite. Jane Sheridan habitait la maison voisine, se rappela Jake. Je m'arrêterai à l'hôtel tout à l'heure. Je lui demanderai si elle peut me confirmer qu'il s'agit de la chambre de Laura. D'après le plan de la maison qui figure sur le site Internet, c'est l'autre grande pièce de l'étage. Il serait normal que l'enfant chérie en ait bénéficié. Jane Sheridan me le dira. Elle s'est montrée coopérative. Pas comme ce vieux ronchon de Deegan.

Jake plaça les épreuves dans un sac avec les rouleaux de film supplémentaires. Il en aurait peut-être besoin.

À neuf heures, il arriva à proximité de Mountain Road. Il jugea plus prudent de ne pas se garer dans la rue. Les gens remarquent toujours les voitures inhabituelles, et ce flic pourrait reconnaître la sienne, un modèle unique auquel il tenait comme à la prunelle de ses yeux. Dans de telles circonstances, néanmoins, il regrettait de l'avoir peinte façon zèbre.

J'avalerai vite fait une pâtisserie et un soda, laisserai ma voiture garée devant le café et irai à pied jusqu'à la maison de Laura, décida-t-il. Il avait emprunté à sa mère un grand sac de chez Bloomingdale. Ainsi voiture et appareil photo passeraient inaperçus. Je me glisserai dans l'allée, prendrai mes photos de l'arrière de la maison. J'espère que les portes du garage ont des fenêtres. Ça me permettra de vérifier s'il y a des voitures à l'intérieur.

À neuf heures dix, il était assis au comptoir du café en bas de Mountain Road et bavardait avec Duke, qui lui avait déjà expliqué que Sue et lui étaient propriétaires de l'endroit depuis dix ans, que c'était une teinturerie avant, qu'ils étaient ouverts de six heures du matin à neuf heures du soir, et qu'ils aimaient leur boulot. « Cornwall est un endroit calme, dit Duke, en enlevant une miette imaginaire sur le comptoir, mais il y fait bon vivre. Vous dites que vous étudiez à la Stonecroft Academy ? C'est plutôt chic comme école. Des anciens élèves se sont arrêtés ici pendant le week-end. Tiens, le revoilà. »

Le regard de Duke s'était tourné vers la fenêtre qui donnait sur Mountain Road.

« Qui ? interrogea Jake.

– Un type qui vient tôt le matin et parfois tard le soir et emporte un café et un petit pain, ou un café et un sandwich.

– Vous savez qui c'est ? demanda Jake négligemment.

– Non, mais il participait aussi à la réunion des anciens, et il a fait des allées et venues pendant toute la matinée. Je l'ai vu partir dans sa voiture, revenir un peu plus tard, et le voilà qui repart.

– Hum-hum. » Jake se leva et sortit quelques billets froissés de sa poche. « J'ai envie de me dégourdir les jambes. Je peux laisser ma voiture devant chez vous pendant une dizaine de minutes ?

– Sans problème, mais pas après onze heures. Il y a affluence pour le déjeuner à partir de ce moment-là.

– Vous en faites pas. Je suis pressé moi aussi. »

Huit minutes plus tard, Jake se trouvait dans le jardin derrière l'ancienne maison de Laura. Il photographia l'arrière de la maison, prit quelques vues de la cuisine à travers la porte. Une grille ornementée recouvrait les carreaux vitrés de la porte, mais il pouvait distinguer une bonne partie de la pièce. On aurait dit une cuisine intégrée. Les plans de travail semblaient nus. Ni grille-pain, ni machine à café, ni dessous-de-plat fantaisie, ni plateaux, ni radio, ni pendule. Pas le moindre signe d'une présence humaine. Je crois que je fais fausse route, pensa-t-il à regret.

Il examina les traces de pneus dans l'allée. Il y avait deux voitures. Mais elles appartenaient peut-être au jardinier qui ramassait les feuilles. Les portes du garage étaient fermées et sans fenêtre. Dommage, il aurait bien aimé voir ce qu'il y avait à l'intérieur.

Il remonta l'allée, traversa la rue et prit plusieurs photos supplémentaires de la façade. Ça ira pour aujourd'hui, décida-t-il. Je vais passer à l'hôtel dans l'après-midi, je demanderai à Jane Sheridan si elle se rappelle quelle chambre occupait Laura autrefois.

Bien sûr j'aurais trouvé bien plus excitant de découvrir Laura Wilcox et Robby Brent planqués ici, songeait-il en rangeant l'appareil dans son sac et en traversant l'avenue. Mais je n'y peux rien. On peut couvrir une affaire, pas la fabriquer.

83

En sortant de son premier cours, Meredith Buckley se précipita dans sa chambre pour réviser une dernière fois son examen d'algèbre linéaire, la matière sans conteste la plus difficile de la seconde année d'études à West Point.

Elle ne leva pas la tête pendant vingt minutes. Au moment où elle rangeait ses notes dans leur chemise, le téléphone sonna. Elle fut tentée de ne pas répondre, puis se ravisa et décrocha, au cas où ce serait son père qui désirait lui souhaiter bonne chance pour son examen. Un sourire éclaira son visage. Avant qu'elle n'ait prononcé un mot, une voix enjouée disait : « Puis-je avoir le plaisir d'inviter le cadet Meredith Buckley, fille du distingué général Charles Buckley, à passer un autre week-end avec ses parents dans ma propriété de Palm Beach ?

– Quelle bonne idée ! » s'exclama Meredith, se rappelant le week-end de rêve qu'elle avait passé chez l'ami de ses parents. « Je viendrai volontiers, sauf si je suis retenue à West Point naturellement, ce qui est imprévisible. Je ne voudrais pas paraître impolie, mais je suis obligée de raccrocher, je dois aller passer mon examen.

– Accordez-moi seulement une minute. Meredith, j'ai assisté à une réunion des anciens élèves de notre classe à la Stonecroft Academy de Cornwall. Je crois vous avoir dit que j'avais l'intention d'y aller.

– En effet. Je regrette vraiment, mais je ne peux vous parler maintenant.

– Je serai bref. Une des anciennes élèves présentes à la réunion est une amie intime de Jane, votre mère naturelle, et vous a écrit une lettre à son sujet. J'ai promis de vous la remettre en main propre. Je vous attendrai dans le parking du musée à l'heure qui vous conviendra.

– Ma mère naturelle ! Vous avez rencontré quelqu'un qui la connaît ? »

Le cœur battant, Meredith se cramponna au téléphone. Elle regarda la pendule. Elle ne pouvait s'attarder une seconde de plus. « J'aurai terminé à midi moins le quart, dit-elle à la hâte. Je pourrais vous retrouver dans le parking à moins dix.

– Parfait. Bonne chance pour votre examen, mon général. »

Il fallut à Meredith toute sa détermination pour s'empêcher de penser que, dans un peu plus d'une heure, elle en apprendrait davantage sur la jeune fille qui, à l'âge de dix-huit ans, l'avait mise au monde. Elle n'avait eu que peu d'informations jusque-là. Elle savait seulement que sa mère était en terminale lorsqu'elle s'était aperçue qu'elle était enceinte, et que son père venait d'achever ses études universitaires quand il avait été tué par un chauffard avant sa naissance.

Ses parents adoptifs lui avaient parlé de sa mère naturelle. Dès qu'elle serait diplômée de West Point, lui avaient-ils promis, ils chercheraient à la retrouver et à organiser une rencontre entre elles deux. « Nous ignorons qui elle est, Meri, lui avait dit son père. Nous savons, par le médecin qui l'a accouchée et s'est occupé de l'adoption, qu'elle t'aimait profondément, et que la décision de t'abandonner a été la plus douloureuse et la moins égoïste qu'elle ait sans doute jamais prise de sa vie. »

Ces pensées tournaient dans la tête de Meredith pendant qu'elle se concentrait sur ses exercices d'algèbre. Elle avait conscience que chaque minute écoulée la rapprochait du moment où elle saurait qui était sa mère dont elle venait d'apprendre qu'elle s'appelait Jane.

Comme elle remettait sa copie et s'élançait vers la porte Thayer et le musée de l'Académie militaire, elle eut soudain la réponse à la question que son père lui avait posée la veille. Palm Beach. C'était là qu'elle avait égaré sa brosse à cheveux.

84

À dix heures, le visage fermé, Carter Stewart franchit la porte de l'hôtel. Assis dans le hall, Sam se leva et se dirigea droit vers lui. Il le rattrapa à la réception. « Monsieur Stewart, j'aimerais m'entretenir avec vous une minute, si c'est possible.

– Un instant, monsieur Deegan. »

Derrière le comptoir, le réceptionniste aux cheveux acajou attendait sans mot dire. « Je dois demander à la direction de l'hôtel l'autorisation d'entrer dans la chambre de M. Brent à nouveau, lui lança Stewart. La société de production a bien reçu le paquet envoyé hier. Apparemment il existe une nouvelle version du script dont ils ont un besoin urgent, et une fois de plus je suis chargé de les tirer d'affaire. Comme le script en question n'était pas sur le dessus du bureau, il va falloir fouiller les tiroirs.

– Je vais prévenir le directeur tout de suite, monsieur », dit l'employé avec empressement.

Stewart se tourna vers Sam. « Qu'ils acceptent ou non de me laisser fouiller le bureau de Robby m'est totalement indifférent. J'aurai ainsi fait preuve de gratitude envers mon agent, une reconnaissance à laquelle il prétend avoir droit. Il admet avoir été payé largement. Il l'ignore encore, mais cela me donne le droit moral de le virer, ce que j'ai l'intention de faire dès cette après-midi. »

Stewart se retourna vers le réceptionniste. « Le directeur est-il là, ou est-il allé à la pêche ? »

Ce type est odieux, pensa Sam.

« Monsieur Stewart, dit-il d'un ton froid, j'ai une question à vous poser et j'ai besoin d'une réponse. L'autre soir, j'ai cru comprendre que six d'entre vous, messieurs Amory, Brent, Emerson, Fleischman, Nieman et vous-même, aviez fait partie d'une équipe de nettoyage qui travaillait dans un immeuble *géré par le père de M. Emerson.*

– En effet, je ne sais plus ce qui a amené la conversation sur ce sujet. C'était au printemps de notre dernière année. Autre délicieux souvenir de mes jours de gloire à Stonecroft.

– Monsieur Stewart, ce point est très important. Avez-vous entendu quelqu'un mentionner que Mlle Sheridan avait été une patiente du Dr Connors, dont le cabinet se trouvait dans cet immeuble ?

– Non, je n'ai rien entendu de pareil. Et par ailleurs, pourquoi Jane serait-elle allée consulter le Dr Connors ? Il était obstétricien. » Stewart ouvrit des yeux ronds. « Allons donc ! Ne me dites pas que vous allez nous révéler un petit secret. Jeannie a-t-elle vraiment été une patiente du Dr Connors ? »

Sam lui jeta un regard noir. Il se serait giflé pour avoir posé la question aussi carrément, et il aurait volontiers flanqué son poing dans la figure de Stewart pour son ironie malveillante.

« Je vous ai simplement demandé si quelqu'un y

avait fait allusion, précisa-t-il. Je n'ai pas laissé entendre que c'était vrai. »

Justin Lewis, le directeur de l'hôtel, s'était approché d'eux par-derrière. « Monsieur Stewart, je crois savoir que vous désirez pénétrer dans la chambre de M. Brent et fouiller son bureau. Je crains de ne pouvoir vous en donner l'autorisation. J'ai parlé à nos avocats hier, après vous avoir laissé prendre ces scripts, et ils se sont montrés très réticents.

— Et voilà », dit Stewart. Il tourna le dos au directeur. « J'ai pratiquement terminé ce que j'avais à faire ici, inspecteur, dit-il. Mon metteur en scène et moi-même avons passé en revue les changements qu'il propose, et je commence à me lasser de la vie d'hôtel. Je retourne à Manhattan cet après-midi, et je vous souhaite bonne chance en attendant que Laura et Robby refassent surface. »

Sam et le directeur de l'hôtel le regardèrent quitter le hall. « Cet homme est franchement désagréable, dit Justin Lewis à Sam. Il est clair qu'il déteste M. Brent.

— Qu'est-ce qui vous fait dire ça ? demanda vivement Sam.

— Une note laissée par M. Brent sur son bureau et dans laquelle il donne à M. Stewart le surnom de "Howie" l'a rendu nerveux. D'après M. Stewart, c'était une manière de plaisanter de la part de M. Brent, mais ensuite il m'a demandé si je connaissais le dicton : "Rira bien qui rira le dernier." »

Le téléphone de Sam sonna avant qu'il ait eu le temps de réagir. C'était Rich Stevens.

« Sam, on vient de recevoir un appel de la police de Cornwall. Une voiture a été découverte dans l'Hudson.

Elle était en partie submergée, mais coincée contre les rochers. Il y a un corps dans le coffre. C'est celui de Robby Brent, et il semble que la mort remonte à au moins deux jours. Vous feriez mieux d'aller voir.

– Tout de suite, Rich. »

Sam claqua le couvercle de son téléphone. *Rira bien qui rira le dernier. Quand Laura et Robby referont surface.* Referont surface après avoir plongé dans l'eau ? Carter Stewart, le célèbre auteur dramatique qui répondait autrefois au doux surnom d'Howie, serait-il un tueur psychopathe en série ?

85

À dix heures, Jake développait ses photos dans la chambre noire de l'école. Celles qu'il avait prises de l'arrière de la maison de Mountain Road n'apporteraient rien à son article. Même la porte avec sa grille décorative à la Norman Rockwell avait un côté banalement banlieusard. La vue de l'intérieur de la cuisine était assez réussie, mais qui s'intéresserait à des plans de travail vides ?

Une matinée pour ainsi dire gâchée, conclut Jake. J'aurais mieux fait de ne pas rater mon deuxième cours. La photo de la façade de la maison commençait à apparaître. Il l'avait prise à la hâte et elle était floue. Autant la mettre à la corbeille. Elle ne lui servirait à rien.

Il entendit qu'on l'appelait. C'était Jill Ferris, et elle n'avait pas sa voix habituelle. Elle ne peut pas m'en vouloir, se rassura-t-il, ce n'est pas sa classe que j'ai manquée. « J'arrive », lui cria-t-il de l'intérieur de la chambre noire.

Dès qu'il ouvrit la porte, il vit à son expression que quelque chose l'avait bouleversée. Elle ne prit pas la peine de lui dire bonjour. « Jake, je savais bien que je vous trouverais ici. Vous avez interviewé Robby Brent, n'est-ce pas ?

– Oui. C'est une bonne interview, sans vouloir me vanter. »

Elle ne va pas la refuser, j'espère ? s'inquiéta Jake. Le vieux Downes préférerait probablement oublier que Brent et Laura Wilcox ont jamais mis les pieds à Stonecroft.

« Jake, on vient de l'annoncer aux informations. Le corps de Robby Brent a été découvert dans le coffre d'une voiture à demi immergée près de Cornwall Landing. »

Robby Brent mort ! Jake saisit l'appareil photo. Il lui restait encore de la pellicule. « Merci, Jill », lança-t-il en sortant précipitamment.

86

La voiture qui contenait le corps de Robby Brent était tombée dans l'Hudson. Le parc de Cornwall Landing, habituellement paisible, avec ses bancs et ses saules pleureurs, grouillait de policiers. La zone avait été hâtivement ceinturée d'un cordon afin de maintenir à l'écart badauds et journalistes qui s'attroupaient toujours plus nombreux.

Quand Sam arriva à dix heures trente, le corps de Robby Brent avait déjà été installé dans le fourgon de la morgue. Cal Grey, le médecin légiste, lui résuma ses observations. « Il est mort depuis plus de deux jours. Un coup de couteau à la poitrine a traversé le cœur. Je dois attendre de pouvoir prendre des mesures, mais je peux vous dire dès maintenant que la blessure a été portée par un couteau à lame crantée semblable à celui qui a causé la mort d'Helen Whelan. D'après mes observations, le meurtrier qui a tué Brent était soit beaucoup plus grand que lui, soit perché sur une marche d'escalier ou autre chose qui surplombait sa victime. Le couteau a pénétré suivant un angle significatif. »

Mark Fleischman est grand, pensa Sam. Soit dit en passant, il pouvait comprendre pourquoi Jane était attirée par lui. L'homme avait fourni une raison plausible expliquant pourquoi il s'était enquis de l'arrivée du fax, et comment il avait su que Jane avait été une des patientes du Dr Connors. Était-il sincère, ou un peu trop désinvolte ?

Avant de se rendre sur les lieux du crime, Sam avait en vain tenté de joindre Jane sur son portable. Il avait laissé un message lui demandant de le rappeler d'urgence. Puis il avait téléphoné à Alice Sommers.

Alice l'avait en partie rassuré. « Sam, quand Jane a dit qu'elle avait rendez-vous ce soir avec les parents adoptifs de Lily, elle a ajouté qu'elle regrettait de ne pas avoir apporté assez de vêtements. Woodbury Mall est à moins d'une demi-heure d'ici. Je ne serais pas surprise qu'elle ait décidé d'y faire un saut pour s'acheter de quoi s'habiller pour ce dîner. »

C'était une hypothèse raisonnable. Mais l'anxiété s'était à nouveau emparée de Sam, et son instinct l'avertissait de ne pas attendre davantage pour se mettre à la recherche de Jane.

« Le vol n'était pas le mobile du crime, disait Cal Grey. Brent portait une montre de prix, avait six cents dollars dans son portefeuille en plus d'une demi-douzaine de cartes de crédit. Depuis combien de temps n'avait-il pas réapparu ?

— Personne ne l'a plus vu depuis le dîner de lundi soir, répondit Sam.

— À mon avis, il a été tué peu après, dit Grey. Mais l'autopsie indiquera l'heure du décès de manière plus précise.

« – J'étais présent à ce dîner, dit Sam. Que portait-il quand vous l'avez sorti du coffre de la voiture ?

– Une veste beige, un pantalon marron foncé, un pull à col roulé.

– Donc, à moins qu'il n'ait dormi je ne sais où sans se changer, il est mort lundi soir. »

Les éclairs des flashes illuminaient la scène, les photographes mitraillaient la voiture qui avait été le cercueil de Robby Brent. Un camion-grue l'avait hissée hors du fleuve, et elle reposait sur la rive, encore attachée aux câbles, dégoulinante, pendant que les techniciens la photographiaient sous tous les angles.

Un policier local fournit à Sam quelques rapides explications. « Nous pensons que la voiture a été précipitée dans le fleuve hier soir aux environs de dix heures. Un couple faisait du jogging dans le coin vers dix heures moins le quart. Ils disent avoir vu une voiture stationnée près de la voie de chemin de fer et qu'il y avait quelqu'un à l'intérieur. Ils ont fait demi-tour un demi-mile plus loin et sont revenus sur leurs pas. La voiture avait disparu lorsqu'ils sont repassés au même endroit, mais un homme s'éloignait d'un pas pressé le long de Shore Road.

– L'ont-ils clairement distingué ?

– Non.

– Ont-ils remarqué s'il était grand, *réellement* grand ?

– Ils ne sont pas d'accord entre eux. Le mari dit que le type était de taille moyenne, la femme qu'il était plutôt grand. Tous les deux portent des lunettes et admettent n'avoir eu qu'une impression fugitive de l'homme, en revanche ils sont certains du reste. »

Dieu me garde des témoins oculaires, maugréa Sam *in petto*. Se retournant, il aperçut Jake Perkins qui se frayait un passage au premier rang derrière le cordon de sécurité. Il portait un appareil qui lui rappela le modèle qu'utilisait Robert Capa dont il avait vu un album consacré à la Seconde Guerre mondiale.

Je me demande si ce gosse a le don d'ubiquité, se demanda Sam. Ce n'est pas qu'il *semble* être partout, il *est* partout. Ses yeux croisèrent ceux de Jake, qui tourna immédiatement la tête. Il m'en veut d'avoir dit à Tony de le boucler lorsqu'il a prétendu être mon assistant. J'aurais pu être plus indulgent, dire qu'il essayait de rendre service, ce qui était exact. Après tout, c'est lui qui m'a indiqué que Laura avait l'air anxieuse au téléphone.

Sam hésitait à aller parler à Jake, quand son portable sonna. Il le sortit rapidement de sa poche, espérant entendre Jane. Mais c'était Joy Lacko. « Sam, un appel nous est parvenu du 911 il y a quelques instants. Une BMW décapotable appartenant à Jane Sheridan est parquée au Storm King Lookout sur la 218 depuis deux heures. L'appel provient d'un voyageur de commerce qui est passé devant elle une première fois à sept heures quarante-cinq et à nouveau voilà vingt minutes. Il a trouvé bizarre que la voiture soit restée là pendant si longtemps, et a décidé d'aller y jeter un coup d'œil. Les clés étaient sur le contact et il y avait un portefeuille sur le siège du passager. Ça ne me dit rien de bon.

— Voilà pourquoi elle ne répond pas au téléphone, dit Sam, atterré. Bon Dieu, Joy, pourquoi ai-je tellement attendu pour la faire protéger ? La voiture est-elle toujours au même endroit ?

– Oui. Rich savait que vous voudriez la voir sur place avant de la faire enlever. » Joy semblait navrée. « On se tient au courant, Sam. »

Le véhicule qui transportait le corps de Robby Brent faisait marche arrière. Trois cadavres en moins d'une semaine qui partent dans ce fourgon, pensa Sam. Pourvu que le prochain ne soit pas celui de Jane Sheridan. Mon Dieu, faites que le prochain ne soit pas celui de Jane.

87

Jake Perkins avait immédiatement regretté d'être resté de marbre quand son regard avait croisé celui de Sam Deegan. C'était une chose de ne pas lui communiquer toutes ses informations, une autre de se couper de tout contact avec lui. Aucun bon journaliste, même froissé dans son orgueil, n'agit comme ça.

Il aurait aimé demander à Deegan une déclaration concernant le meurtre de Robby Brent, mais il savait que c'était inutile. La position officielle serait que Brent avait été victime d'un homicide perpétré par un ou des inconnus. La cause du décès n'avait pas été révélée, mais à l'évidence ce n'était pas un suicide. Personne ne s'enferme dans le coffre d'une voiture pendant qu'elle roule vers la rivière.

Deegan sait peut-être où se trouve Jane Sheridan, pensa Jake. Lui-même n'avait pas pu joindre la jeune femme à l'hôtel. Il voulait obtenir d'elle la confirmation que Laura Wilcox avait bien occupé la chambre du meurtre dans la maison de Mountain Road.

Se débattant avec son appareil, Jake fendit la foule des photographes et des journalistes et retrouva Sam près de sa voiture. « Monsieur Deegan, j'ai vainement tenté de contacter Mlle Sheridan. Sauriez-vous où je pourrais la trouver ? Son téléphone ne répond pas. »

Sam s'apprêtait à monter dans sa voiture. « À quelle heure avez-vous essayé ?

– À neuf heures trente. »

C'était aussi l'heure où Sam avait cherché à joindre Jane. « J'ignore où elle est », dit-il sèchement à Jake en s'installant au volant. Il claqua la portière et mit en marche le gyrophare.

C'est bizarre, pensa Jake. Il s'inquiète pour Jane Sheridan, mais ne prend pas le chemin de l'hôtel. Il conduit trop vite pour que je puisse le suivre. Je n'ai plus qu'à retourner à l'école et à mettre un peu d'ordre dans le labo. Ensuite j'irai faire un tour du côté du Glen-Ridge.

88

En route, Sam appela l'hôtel et demanda à parler au directeur. Dès qu'il eut Justin Lewis en ligne, il dit : « Écoutez, je pourrais obtenir un mandat pour consulter vos relevés téléphoniques, mais je n'ai pas une minute à perdre. On vient de retrouver la voiture de Mlle Sheridan et elle-même a disparu. Je veux que vous me donniez immédiatement la liste des numéros correspondant aux appels qu'elle a reçus entre hier dix heures du soir et ce matin neuf heures. »

Il s'était attendu à des objections, mais Lewis obtempéra. « Donnez-moi votre numéro. Je vous rappelle immédiatement. »

Sam posa son portable sur le siège du passager et fonça vers le Storm King Lookout. Après un dernier virage, il aperçut la décapotable bleue de Jane auprès de laquelle était posté un policier. Il se gara derrière elle. Il sortait son carnet de notes et son stylo lorsque Lewis rappela. « Mlle Sheridan a reçu plusieurs appels téléphoniques ce matin, dit-il. Le premier à sept heures moins le quart.

— Sept heures moins le quart ? le coupa Sam.

— Oui, monsieur. Il émanait d'un téléphone mobile enregistré dans les environs. Le nom de l'abonné n'a pas été communiqué. Le numéro est... »

Stupéfait, Sam nota le numéro. C'était celui du portable que Robby Brent avait utilisé pour appeler Jane, le lundi soir en imitant la voix de Laura.

« Les autres appels ont été identifiés, ils proviennent d'une certaine Alice Sommers et de Jake Perkins. Ils ont tous les deux essayé de joindre Mlle Sheridan à plusieurs reprises. Les deux derniers proviennent de votre numéro, monsieur.

— Merci. Vous m'avez été très utile », dit Sam en raccrochant.

Robby Brent est mort depuis plus de deux jours, pensa-t-il, mais quelqu'un a utilisé son téléphone pour convaincre Jane de quitter l'hôtel. Elle a dû partir en toute hâte après cet appel. On a retrouvé sa voiture à sept heures quarante-cinq. Avec qui avait-elle rendez-vous ? Elle avait promis d'être prudente. Or, il n'y avait que deux personnes qu'elle aurait accepté de rencontrer sans hésiter.

Le policier en faction près de la voiture lui lança un regard interrogateur qu'il ignora. Jane s'attendait à retrouver Laura ou sa fille Lily, pensa Sam, son regard errant sur les montagnes de l'autre côté du fleuve. L'avait-on forcée à sortir de sa voiture sous la menace d'une arme, ou s'était-elle dirigée vers un autre véhicule de son plein gré ?

Qui que soit ce psychopathe, il détient Jane à présent, réfléchit Sam. Et la fille de Jane était-elle vraiment en sécurité ? se demanda-t-il soudain. Il ouvrit son portefeuille, chercha parmi ses cartes de visite et composa le numéro du portable de Craig Michaelson. Au bout de cinq sonneries, une voix lui indiqua de laisser un message. Jurant à part soi, Sam appela le cabinet de l'avocat.

« Je suis désolée, s'excusa sa secrétaire. Maître Michaelson est en réunion au cabinet d'un confrère et ne peut être dérangé.

– Vous allez le déranger, la coupa brutalement Sam. Inspecteur Deegan à l'appareil – il s'agit d'une question de vie ou de mort.

– Oh, monsieur, protesta la voix affectée, je regrette mais...

– Écoutez-moi, jeune fille, écoutez bien. Vous m'appelez Michaelson tout de suite et vous lui dites que Sam Deegan l'a appelé. Dites à votre boss que Jane Sheridan a disparu et qu'il est *impératif* qu'il contacte West Point immédiatement et les avertisse de placer sa fille sous protection. Est-ce que vous m'avez bien compris ?

– Naturellement j'ai compris. Je vais essayer de le joindre, mais...

– Il n'y a pas de mais. Joignez-le, nom de Dieu ! » hurla Sam, et il referma son appareil.

Il sortit de sa voiture. On peut toujours localiser le téléphone de Robby Brent, pensa-t-il. Mais ça ne donnera probablement rien. Il n'y a qu'un espoir.

Il passa devant le policier, qui commença à lui expliquer qu'il connaissait le voyageur de commerce qui les avait prévenus et qu'on pouvait lui faire entièrement confiance. Le sac que Jane portait toujours en bandoulière était resté sur le siège.

« On n'a rien retiré de la voiture ? demanda-t-il sèchement.

– Bien sûr que non, monsieur. »

Le jeune policier était visiblement vexé par la remarque.

Sam ne prit pas la peine de lui assurer qu'il n'y avait rien de personnel dans sa question. Il versa le contenu du sac sur le siège du passager, puis ouvrit la boîte à gants et inspecta tous les espaces de rangement de la voiture. « S'il n'est pas trop tard, nous avons peut-être une chance, dit-il. Il est possible qu'elle ait son portable sur elle. »

Il était onze heures trente.

89

Craig Michaelson ne rappela pas avant onze heures quarante-cinq. Il trouva Sam au Glen-Ridge. « Ma secrétaire a essayé de me joindre, mais j'avais quitté ma réunion et oublié d'allumer mon portable, expliqua-t-il rapidement. Je viens d'arriver à mon cabinet. Que se passe-t-il ?

– Il se passe que Jane Sheridan a été enlevée, répondit Sam laconiquement. Je me fiche que sa fille soit à West Point entourée par toute une armée. Je veux qu'on lui assure la protection spéciale d'un garde du corps. Nous sommes face à un psychopathe en pleine crise de folie. Le corps d'un des lauréats de Stonecroft vient d'être retiré de l'Hudson, il y a deux heures à peine. Il a été poignardé.

– Jane Sheridan a disparu ! Le général et son épouse ont pris la navette de onze heures depuis Washington et ils ont l'intention de dîner avec elle ce soir. Je ne peux pas les joindre tant qu'ils sont en vol. »

L'inquiétude et la frustration contenues de Sam explosèrent littéralement. « Si, vous le pouvez, hurla-t-il. Vous pouvez faire passer un message au pilote par l'intermédiaire de sa compagnie, mais il est trop tard de toute façon. Donnez-moi le nom de la fille de Jane

Sheridan et je vais appeler West Point moi-même. Donnez-le-moi tout de suite.

– Cadet Meredith Buckley. Étudiante en seconde année. Mais le général m'a assuré que Meredith ne quitterait pas le campus avant la fin de ses examens.

– Souhaitons qu'il ait raison, dit Sam. Monsieur Michaelson, au cas improbable où ma demande serait refusée par le général-commandant de l'Académie militaire, tenez-vous prêt à lui téléphoner.

– Je serai à mon cabinet.

– Et n'oubliez pas de laisser votre portable allumé. »

Sam se trouvait dans le bureau situé derrière la réception, à l'endroit même où avait débuté son enquête sur la disparition de Laura Wilcox. Eddie Zarro l'avait rejoint. « Vous voulez garder votre téléphone allumé, je présume ? »

Sam hocha la tête, et regarda Eddie composer le numéro de West Point. Pendant qu'il attendait que la communication soit établie, il chercha désespérément s'il existait une autre possibilité. Les techniciens étaient en train d'effectuer une triangulation du mobile de Jane, et ils espéraient avoir le résultat dans quelques minutes. Ils seraient alors à même de déterminer l'emplacement exact de l'appareil. À condition qu'il ne soit pas en miettes dans une poubelle, pensa Sam.

« Sam, ils appellent le bureau du général-commandant », annonça Eddie.

Le ton de Sam quand il prit le récepteur fut à peine moins autoritaire que lorsqu'il avait parlé à Craig Michaelson. Avec le secrétaire du général, il ne mâcha pas ses mots.

« Je suis l'inspecteur Deegan du bureau du procureur

du comté d'Orange. Le cadet Meredith Buckley court un grave danger, elle est menacée par un tueur fou. Il faut absolument que je parle au général-commandant. »

Il n'eut pas à attendre plus de vingt secondes. Le général écouta les brèves explications de Sam, puis dit : « Elle est probablement en salle d'examen en ce moment même. Je vais la faire venir dans mon bureau immédiatement.

— Prévenez-moi lorsqu'elle sera là. Je reste en ligne. »

Il patienta cinq minutes. Lorsque le général revint en ligne, sa voix était chargée d'inquiétude. « Il y a moins de cinq minutes, le cadet Buckley a été vue en train de franchir la porte Thayer et de se diriger vers le parking du musée de l'Académie militaire. Elle n'est pas revenue et on ne l'a trouvée ni dans le parking ni dans le musée. »

Sam resta sans voix. Pas elle aussi, pensa-t-il. Pas une jeune fille de dix-neuf ans ! « Je croyais qu'elle avait promis à son père de ne pas quitter l'enceinte de l'école, dit-il. Êtes-vous certain qu'elle soit sortie du campus ?

— Elle n'a pas manqué à sa parole, répondit son interlocuteur. Bien qu'accessible au public, le musée fait partie du campus de West Point. »

90

À son retour à Stonecroft, Jake trouva Jill Ferris dans le studio. « Le corps de Robby Brent était déjà dans le fourgon de la morgue quand je suis arrivé sur place, dit-il, mais la voiture avait été retirée de l'eau. Ils ont trouvé Brent dans le coffre. Downes va avoir une crise cardiaque. Est-ce que vous imaginez la publicité que cette histoire va faire à l'école ?

— Le directeur est très affecté, reconnut Jill. Jake, avez-vous encore besoin de cet appareil ?

— Non, je crois que j'ai fini, Jill — excusez-moi, madame Ferris. Je n'aurais pas été surpris s'ils avaient trouvé Laura Wilcox dans le coffre avec Brent. Que lui est-il arrivé ? Je parie qu'elle est morte elle aussi. Et dans ce cas, Jane Sheridan est la seule survivante du groupe. À sa place, j'engagerais un garde du corps sans attendre. Écoutez, quand on pense au nombre de prétendues célébrités qui ne font pas un pas dans la rue sans être entourées d'une paire d'armoires à glace, pourquoi quelqu'un comme Jane Sheridan, qui a de vraies raisons de s'inquiéter, n'aurait pas droit à un minimum de protection ? »

Il posait la question pour la forme, et il était déjà dans la chambre noire, si bien qu'il n'obtint pas de réponse.

Il se demandait quoi faire des photos qu'il avait prises sur les lieux du crime. Il était peu probable qu'elles soient jamais publiées dans la *Stonecroft Academy Gazette*. Pourtant il trouverait sûrement le moyen de les utiliser, bien qu'il n'ait reçu aucune offre de la part du *New York Post* jusqu'à présent.

Les photos une fois développées, il les examina avec attention. Il avait réussi à prendre la voiture sous différents angles, dégoulinante, cabossée, le coffre ouvert. Il avait également une vue intéressante du fourgon en train de reculer, ses gyrophares en action.

Celles qu'il avait prises de la maison de Mountain Road étaient alignées sur la corde. Son regard s'arrêta sur la dernière, la photo légèrement floue de la façade. Et soudain ses yeux s'agrandirent.

Il saisit la loupe, examina l'épreuve, la décrocha et se précipita hors de la chambre noire. Jill Ferris était encore là, en train de corriger des copies. Il déposa la photo devant elle, et lui tendit la loupe.

« Jake, protesta-t-elle.

— C'est important, vraiment important. Regardez cette photo, et dites-moi si vous remarquez quelque chose d'insolite. Je vous en prie, madame Ferris, regardez attentivement.

— Jake, vous finirez par me rendre folle, dit-elle avec un soupir en prenant la loupe. Je suppose que vous voulez dire que le store vénitien de la fenêtre du premier étage est un peu de travers ? C'est ça ?

— C'est *exactement* ça, exulta Jake. Or il ne l'était pas hier. Peu importe que la cuisine ait l'air déserte, quelqu'un habite cette maison. »

91

Sam avait préféré revenir au Glen-Ridge plutôt qu'à son bureau de Goshen car il était de plus en plus certain qu'un des lauréats, peut-être Jack Emerson ou Joel Nieman, était l'auteur des menaces qui visaient Lily. Ils avaient tous travaillé dans l'immeuble où était installé le cabinet du Dr Connors. À un moment donné durant le week-end, l'un d'eux avait mentionné que Jane avait été sa patiente. Mais lequel ?

Fleischman affirmait avoir entendu l'un de ses anciens condisciples en parler. Naturellement, il pouvait mentir. Stewart ne se souvenait pas que quelqu'un ait fait cette remarque. Lui aussi pouvait mentir. En restant à l'hôtel, Sam avait au moins la possibilité de surveiller Fleischman et Gordon Amory, qui y séjournaient encore. La disparition de Jane allait bientôt être rapportée par les médias et la nouvelle ferait revenir Jack Emerson en vitesse.

Sam avait demandé à Rich Stevens de faire surveiller toute la bande. Le résultat ne tarderait pas.

À midi dix, il reçut l'appel qu'il espérait des techniciens du bureau. « Sam, on a la position du téléphone de Jane Sheridan.

— Où est-il ?

– Dans une voiture.

– Peut-on la localiser ?

– Elle est près de Highland Falls. Se dirige vers Cornwall.

– Il vient de West Point, dit Sam. Il a Meredith. Ne perdez pas sa trace. Ne la perdez surtout pas.

– Comptez sur nous. »

92

« Soyez gentil, faites demi-tour. Je n'ai pas l'autorisation de quitter le campus, disait Meredith. Quand vous m'avez demandé de monter dans votre voiture, j'ai cru que vous vouliez me parler une minute. Je suis désolée que vous ayez laissé la lettre concernant ma mère dans votre autre veste, mais j'attendrai pour la lire. Je vous en prie, je dois rentrer, monsieur...

– Tu allais m'appeler par mon nom, Meredith. C'est interdit. Tu dois m'appeler Hibou. »

Elle le regarda, soudain saisie d'effroi. « Je ne comprends pas. Je vous prie de me reconduire. »

Meredith saisit la poignée de la portière. S'il s'arrête à un feu rouge, je saute, pensa-t-elle. Il n'est plus le même. Il a l'air différent. Non, pas seulement différent. Il a l'air fou ! Des doutes, des interrogations traversèrent son esprit. Pourquoi papa m'a-t-il demandé de ne pas quitter West Point ? Pourquoi m'a-t-il demandé où j'avais perdu ma brosse ? Quel rapport avec ma mère naturelle ?

La voiture roulait très vite sur la route 218 en direction du nord. Il dépasse la limite de vitesse, pensa Meredith. Mon Dieu, faites que nous croisions une voiture de police, faites qu'un policier nous voie. Elle songea à agripper le volant, mais des voitures venaient dans la direction opposée. Elle risquait de provoquer un accident. « Où m'emmenez-vous ? » demanda-t-elle. Quelque chose s'enfonçait dans son dos. Elle s'avança sur son siège, mais la sensation persista.

« Meredith, je t'ai menti en disant que j'avais rencontré une amie de ta mère. C'est ta *mère* que j'ai rencontrée. Tu vas la voir.

– Ma mère ! Jane ! Vous m'emmenez la voir ?

– Oui. Et ensuite vous irez toutes les deux rejoindre ton père au ciel. Ce seront de merveilleuses retrouvailles. Tu ressembles beaucoup à ton père, sais-tu ? Du moins avant que je ne l'aie écrasé. Tu sais ce qui est arrivé, Meredith ? Près de l'aire de pique-nique, à West Point. C'est là qu'est mort ton vrai père. J'aurais aimé que tu puisses aller sur sa tombe. Son nom est gravé dessus : Carroll Reed Thornton Jr. Il devait recevoir son diplôme une semaine plus tard. Je me demande si l'on t'enterrera avec lui, ainsi que Jeannie. Ce serait une bonne idée, non ?

– Mon père était à West Point, et *vous* l'avez tué ?

– Bien sûr. Tu aurais trouvé juste que Jane et lui soient heureux et me laissent à l'écart. *Tu aurais trouvé cela juste, Meredith ?* »

Il tourna la tête et lui jeta un regard empli de rage. Ses yeux lançaient des éclairs. Ses lèvres étaient si serrées que sa bouche semblait disparaître sous ses narines dilatées.

Il est fou, pensa-t-elle à nouveau. « Non, monsieur. Cela n'aurait pas été juste. » Meredith essayait de garder son sang-froid. Je ne dois pas lui montrer que je meurs de peur.

Il parut s'apaiser. « On t'a bien formée à West Point. Oui madame, non monsieur. Je ne t'ai pas demandé de m'appeler monsieur. Je t'ai dit de m'appeler Hibou. »

Ils avaient dépassé le raccourci de Storm King Mountain et atteint les faubourgs de Cornwall. Où allons-nous ? se demanda Meredith. Me conduit-il vraiment à ma mère ? A-t-il vraiment tué mon père, et s'apprête-t-il à nous tuer toutes les deux ? Que puis-je faire pour l'arrêter ? Je dois rester calme. Regarder autour de moi. Chercher quelque chose pour me défendre. Il y a peut-être une bouteille quelque part. Je pourrais le frapper au visage. Cela me donnerait le temps de couper le contact et d'arrêter la voiture. Il y a beaucoup de circulation maintenant. Quelqu'un pourrait remarquer des signes de lutte. Mais elle eut beau regarder autour d'elle, elle ne vit rien à utiliser pour se défendre.

« Meredith, je lis dans tes pensées. Ne crois pas pouvoir attirer l'attention, car dans ce cas tu ne vivras pas assez longtemps pour sortir de cette voiture. J'ai un pistolet et je sais m'en servir. Je t'offre la chance de faire la connaissance de ta mère. Ne la gâche pas stupidement. »

Meredith gardait les mains serrées. Elle sentit à nouveau quelque chose dans son dos. Quoi ? Avec d'infinies précautions elle déplaça lentement sa main droite sur le côté, se redressa imperceptiblement sur le siège et glissa sa main derrière son dos. Ses doigts effleurèrent le bord d'un objet étroit qui lui parut familier au toucher.

C'était un téléphone portable. Elle dut tirer d'un coup sec pour le déloger mais le Hibou parut ne rien remarquer. Ils traversaient Cornwall à présent et il regardait d'un côté et de l'autre, comme s'il craignait d'être arrêté.

Meredith ramena lentement sa main refermée sur le téléphone. Elle l'ouvrit, baissa discrètement le regard et appuya sur les touches 9...1...

Elle ne vit pas le bras du Hibou se détendre en travers du siège, mais le sentit s'abattre sur son cou. Elle s'affaissa en avant tandis qu'il s'emparait du téléphone, baissait la vitre et le jetait sur la chaussée.

Moins de dix secondes après, un camion postal roulait dessus, le brisant en mille morceaux.

« Sam, nous l'avons perdu. Il est dans Cornwall, mais nous ne recevons plus le signal.

— Comment avez-vous fait pour le perdre ? » hurla Sam. C'était une question stupide, inutile. Il connaissait la réponse – le téléphone avait été découvert et détruit.

« Qu'est-ce qu'on fait maintenant ? demanda Zarro.

— Il ne reste plus qu'à prier », dit Sam.

93

Jake demanda à nouveau à Duke l'autorisation de se garer devant son établissement, autorisation qui lui fut à nouveau accordée, mais la curiosité de Duke était maintenant à son paroxysme. « De qui prends-tu des photos, fiston ? demanda-t-il.

— Du quartier. Comme je vous l'ai dit, je fais un petit reportage pour la *Stonecroft Academy Gazette*. Je vous en donnerai un exemplaire quand j'aurai terminé. » Jake eut une inspiration. « Encore mieux, je vous citerai dans mon article.

— Ce serait drôlement gentil de ta part. Duke et Sue Mackenzie. Sans K majuscule.

— Entendu. »

Le téléphone de Jake sonna au moment où il franchissait le seuil. L'appel venait d'Amy Sachs. « Jake, chuchota-t-elle, vous devriez faire un tour par ici. C'est la panique. Mlle Sheridan a disparu. On a trouvé sa voiture abandonnée au Storm King Lookout. M. Deegan s'est installé dans le bureau. Je viens de l'entendre hurler à propos de quelque chose qui était perdu.

— Merci Amy. Je reviens tout de suite », dit Jake. Il se tourna vers Duke. « Finalement, je n'aurai pas besoin de cet emplacement, mais merci quand même.

« – Tiens, voilà ce type dont je vous ai parlé, dit Duke. Il roule drôlement vite. Il va choper une contravention s'il n'est pas plus prudent. »

Jake tourna la tête assez rapidement pour apercevoir et reconnaître le conducteur. « C'est lui qui vous achète des trucs à emporter ? demanda-t-il.

– Ouais. Je l'ai pas vu ce matin, mais il est venu presque tous les jours acheter un petit pain et un café. Et parfois il s'arrête le soir pour prendre un sandwich et un café. »

Se pourrait-il qu'il les achète pour Laura ? se demanda Jake. Et maintenant c'est Jane Sheridan qui a disparu. Je vais suggérer à M. Deegan d'aller fouiller l'ancienne maison de Laura. Ensuite j'irai l'attendre là-bas.

Il composa le numéro de l'hôtel. « Amy, passez-moi l'inspecteur Deegan. C'est important. »

Amy ne fut pas longue à revenir. « M. Deegan vous dit d'aller au diable.

– Amy, dites-lui que je sais où il peut trouver Laura Wilcox. »

94

Jane leva la tête en voyant s'ouvrir la porte de la chambre. Le Hibou se tenait dans l'embrasure. Il portait dans ses bras une frêle silhouette, vêtue de l'uniforme gris foncé des cadets de West Point. Avec un sourire de triomphe il traversa la pièce et déposa Meredith aux pieds de Jane. « Voilà votre fille, dit-il. Regardez-la. Ses traits vous sont sûrement familiers. Elle est ravissante, n'est-ce pas ? »

Reed, pensa Jane, c'est tout le portrait de Reed ! Le nez fin et légèrement recourbé, les yeux écartés, les pommettes saillantes, les cheveux d'un blond doré. Oh, mon Dieu ! l'a-t-il tuée ? Non, non, elle respire !

« Ne lui faites pas de mal ! Ne vous *avisez* pas de lui faire du mal ! » s'écria t elle. Sa voix s'étrangla. Venant du lit lui parvinrent les sanglots terrifiés de Laura.

« Je ne vais pas lui faire de mal, Jeannie. Je vais la *tuer* et tu vas regarder. Ensuite viendra le tour de Laura. Et pour finir le tien. Je pense d'ailleurs que ce sera une faveur de ma part. Comment pourrais-tu vivre après avoir vu mourir ta fille ? »

Avec une lenteur délibérée, le Hibou traversa la pièce, décrocha le cintre où pendait la housse de plas-

tique au nom de « LILY-MEREDITH », et revint vers Jane.
Il s'agenouilla près de la forme inconsciente de Meredith et retira le cintre de la housse. « Peut-être veux-tu
prier, Jane ? demanda-t-il. En cette occasion le vingt-
troisième psaume me paraît tout indiqué. Commence :
"Le Seigneur est mon berger"... »

Frappée de stupeur, horrifiée, Jane vit le Hibou glisser lentement le sac en plastique par-dessus la tête de
Lily.

« Non, non, non... » Avant que le sac ait recouvert
le nez de Lily, elle fit basculer sa chaise en avant, pro-
tégeant son enfant de tout son corps. La chaise heurta
le bras du Hibou et le coinça. Il poussa un hurlement de
douleur. Comme il luttait pour se dégager, il entendit le
bruit d'une porte qu'on enfonçait au rez-de-chaussée.

95

Lorsque Sam Deegan prit Jake au téléphone après qu'Amy lui eut transmis son message, il ne le laissa pas débiter son petit discours.

Jake aurait voulu lui dire : « Monsieur Deegan, bien que vous m'ayez envoyé promener alors que je vous proposais ma collaboration, je veux vous apporter mon aide dans votre enquête, pour la bonne raison que je suis très inquiet au sujet de Mlle Sheridan. »

Il n'alla pas plus loin que : « Bien que... » Sam l'interrompit. « Écoutez, Jake, Jane Sheridan et sa fille sont entre les mains d'un tueur psychopathe. Ne me faites pas perdre mon temps. Savez-vous, oui ou non, où se trouve Laura Wilcox ? »

Là-dessus, Jake se mit presque à bafouiller dans sa précipitation à raconter ce qu'il avait découvert.

« Quelqu'un habite l'ancienne maison de Laura dans Mountain Road, même si on la croit inoccupée. Un des lauréats de la réunion des anciens de Stonecroft achète presque tous les jours de quoi manger au café qui est en bas de l'avenue. Il vient de passer à la minute où je vous parle. Je crois qu'il se dirige vers la maison... » Jake avait à peine prononcé le nom de l'homme qu'il entendit Sam raccrocher.

Cette fois-ci, j'ai retenu son attention, pensa Jake. Il était posté dans la rue près de l'ancienne maison de Laura. À peine six minutes plus tard, Deegan et l'autre inspecteur, Zarro, s'arrêtaient dans un crissement de pneus, suivis par deux voitures de patrouille. Ils n'avaient pas actionné leurs sirènes, à la grande déception de Jake, mais il supposa qu'ils voulaient prendre le type au dépourvu.

Il avait dit aussi à Sam qu'à son avis celui qui occupait la maison se tenait dans la chambre à l'angle de la façade. Sans attendre davantage, les policiers avaient défoncé la porte d'entrée et s'étaient rués à l'intérieur. Sam lui avait crié de rester dehors.

Compte là-dessus ! pensa Jake. Il leur laissa le temps d'atteindre la chambre, puis les suivit, son appareil à l'épaule. En arrivant sur le palier, il entendit une porte claquer. Celle de l'autre chambre. Il y a quelqu'un à l'intérieur, pensa-t-il.

Sam Deegan sortait de la chambre d'angle, pistolet à la main. « Descendez, Jake, ordonna-t-il. Il y a un tueur qui se cache par ici. »

Jake pointa du doigt l'extrémité du couloir. « Il est là-bas. »

Sam, Zarro et deux autres policiers le dépassèrent en courant. Jake s'élança vers la porte de la chambre en façade, jeta un coup d'œil à l'intérieur et resta un instant stupéfait devant le spectacle qui s'offrait à son regard. Puis il pointa son appareil et commença à mitrailler.

Il photographia Laura Wilcox. Elle était couchée sur le lit. Sa robe était froissée, ses cheveux emmêlés. Un policier lui soulevait la tête et approchait un verre d'eau de ses lèvres.

Jane Sheridan était assise sur le sol, tenant dans ses bras une jeune fille portant l'uniforme des cadets de West Point. Jane pleurait et répétait : « Lily, Lily, Lily. » Jake crut d'abord que la jeune fille était morte, mais il la vit remuer.

Jake leva son appareil et fixa pour la postérité l'instant où Lily, ouvrant les yeux, les plongeait dans ceux de sa mère pour la première fois depuis le jour de sa naissance.

96

Dans quelques secondes ils auront ouvert la porte, pensa le Hibou. J'étais si près d'accomplir ma mission. Il contempla les hiboux métalliques qu'il tenait serrés au creux de sa paume, ceux qu'il avait eu l'intention de placer près des corps de Laura, de Jane et de Meredith.

Il n'en aurait plus jamais l'occasion.

« Rendez-vous ! criait Sam Deegan. C'est fini. Vous ne pouvez pas vous échapper. »

Oh ! si, je le peux ! pensa le Hibou. Avec un soupir, il sortit son masque de sa poche. Il l'enfila et se regarda dans la glace au-dessus de la commode pour s'assurer qu'il était correctement ajusté.

« Je suis un hibou et je vis dans un arbre », dit-il tout haut.

Le pistolet était dans son autre poche. Il le sortit et pointa le canon sur sa tempe. « La nuit est mon royaume », murmura-t-il. Il ferma les yeux et appuya sur la détente.

En entendant la détonation, Sam enfonça la porte d'un coup de pied. Suivi d'Eddie Zarro et des autres policiers, il se rua à l'intérieur.

Le corps gisait de tout son long sur le sol, l'arme à côté de lui. Il était tombé en arrière, et le masque était toujours en place, rougi par le sang qui s'écoulait au travers.

Sam se pencha, retira le masque et regarda le visage de l'homme qui avait ôté la vie d'un si grand nombre d'innocents. Dans la mort, les cicatrices des opérations chirurgicales apparaissaient clairement, et les traits qu'un plasticien était parvenu à rendre si séduisants semblaient soudain déformés et repoussants.

« Curieux, dit Sam, je n'aurais jamais imaginé que Gordon Amory était le Hibou. »

Ce même soir, Jane dîna avec Charles et Gano Buckley chez Craig Michaelson. Meredith avait déjà regagné West Point. « Après avoir été examinée par un médecin, elle a voulu y retourner tout de suite, expliqua le général Buckley. Elle tient à être prête pour son examen de physique qui a lieu demain matin. C'est une enfant disciplinée. Elle fera un bon soldat. »

Il s'efforçait de ne pas montrer à quel point il avait été bouleversé en apprenant que son unique enfant était passée si près de la mort.

« Comme la déesse Minerve, elle a jailli du crâne de son père, dit Jane. Il se serait comporté exactement de la même façon. »

Elle se tut. Elle savourait encore au plus profond d'elle-même la joie indescriptible qui l'avait envahie au moment où le policier l'avait libérée de la chaise et où elle avait pu serrer Lily dans ses bras, le moment où elle l'avait entendue murmurer « Jane – maman ».

On les avait emmenées à l'hôpital pour les examiner. Elles étaient restées à parler, commençant à rattraper le temps perdu depuis presque vingt ans. « J'essayais de t'imaginer, avait dit Lily. Je crois que je te voyais exactement telle que tu es.

– Moi aussi, je te voyais comme tu es. Il faudra que je m'habitue à t'appeler Meredith. C'est un beau nom. »

Le médecin ne les avait pas retenues longtemps. « La plupart des femmes auraient besoin de prendre des tranquillisants après une pareille épreuve. Pas vous, pas des femmes de votre trempe. »

Elles s'étaient arrêtées dans la chambre de Laura. Gravement déshydratée, la jeune femme était sous perfusion et elle dormait sous l'effet des sédatifs.

Sam était revenu les chercher à l'hôpital pour les ramener à l'hôtel. Mais les Buckley étaient arrivés au même moment. « Maman, papa », s'était écriée Meredith et, le cœur serré, Jane l'avait vue s'élancer dans leurs bras.

« Jane, vous lui avez donné la vie, et vous lui avez sauvé la vie, avait dit doucement Gano Buckley. Vous ferez pour toujours partie de son existence, dorénavant. »

Jane admira le couple qui lui faisait face. Ils étaient tous les deux âgés d'une soixantaine d'années. Avec ses cheveux gris, son regard pénétrant et ses traits énergiques, Charles Buckley avait un air d'autorité que compensaient l'élégance de ses manières et son sourire chaleureux. Gano Buckley était une femme menue d'une beauté délicate. Elle avait été pianiste de concert avant de devenir épouse de militaire. « Meredith joue très bien, dit-elle à Jane. J'ai hâte que vous l'entendiez. »

Tous trois iraient rendre visite à Meredith le samedi après-midi. Ils sont son père et sa mère, songea Jane. Ce sont eux qui l'ont élevée, qui se sont occupés d'elle, qui l'ont aimée et en ont fait la merveilleuse jeune fille qu'elle est aujourd'hui. Mais j'aurai une place dans son existence. Samedi, j'irai avec elle sur la tombe de Reed et je lui parlerai de lui. Elle doit savoir quel homme extraordinaire était son père.

Ce fut une soirée douce-amère pour elle, et elle sut que les Buckley la comprenaient quand, plaidant la fatigue, elle partit peu après le café.

Lorsque Craig Michaelson la déposa à l'hôtel à dix heures, elle y trouva Sam Deegan et Alice Sommers qui attendaient dans le hall.

« Nous avons pensé que vous aimeriez prendre un dernier verre avec nous, dit Sam. Malgré le congrès des électriciens, ils nous ont réservé une table au bar. »

Jane les regarda, les yeux brillants de larmes de gratitude. Ils savent combien cette soirée a été difficile pour moi, pensa-t-elle. Puis elle aperçut Jake Perkins près de la réception. Elle lui fit un signe, et il se précipita vers elle.

« Jake, dit-elle, tout s'est passé tellement vite que je ne crois pas vous avoir remercié. Sans vous, ni Laura, ni Meredith, ni moi-même ne serions en vie aujourd'hui. »

Elle lui passa les bras autour du cou et l'embrassa sur les deux joues.

Jake était visiblement ému. « Professeur Sheridan, dit-il. Je regrette seulement de n'avoir pas été un peu plus malin. Quand j'ai vu les hiboux sur la commode près du corps de Gordon Amory, j'ai dit à M. Deegan que j'en avais trouvé un sur la tombe d'Alison Kendall. Si je l'avais averti à ce moment-là, ils auraient peut-être pris des mesures de protection tout de suite.

– N'y pensez plus, dit Sam. Vous ne pouviez pas savoir ce que représentaient ces hiboux. Jane Sheridan a raison. Si vous n'aviez pas compris que Laura se trouvait dans cette maison, elles seraient toutes mortes. Maintenant, allons occuper notre table avant qu'on nous la prenne. » Il marqua une pause, soupira et ajouta : « Venez avec nous, Jake. »

Alice se trouvait près de lui. Sam vit que la remarque de Jake l'avait fait sursauter.

« Sam, la semaine dernière, j'ai trouvé un petit hibou métallique sur la tombe de Karen, dit-elle doucement. Je l'ai rapporté à la maison et rangé dans la vitrine de curiosités du bureau.

– C'était donc ça ! s'écria Sam. Je me suis creusé la cervelle pour retrouver ce qui m'avait frappé dans cette vitrine. Maintenant je sais ce que c'était.

– C'est sans doute Gordon Amory qui l'avait placé sur la tombe de Karen », dit Alice tristement.

Sam passa son bras autour de ses épaules et l'entraîna vers le bar. La journée a été éprouvante pour elle aussi, pensa-t-il. Il avait raconté à Alice que le Hibou avait avoué à Laura avoir tué Karen par erreur. Alice avait eu le cœur brisé en apprenant que sa fille avait été assassinée uniquement parce qu'elle était venue passer la nuit chez eux. Mais au moins cela innocentait-il complètement l'ex-petit ami de Karen, Cyrus Lindstrom, et, pour sa part, elle pourrait enfin faire son deuil.

« Lorsque je vous raccompagnerai ce soir, j'irai ôter ce hibou de la vitrine, dit-il. Je ne veux plus le revoir chez vous. »

Ils arrivaient à la table. « Vous aussi vous allez trouver le repos, n'est-ce pas, Sam ? demanda Alice. Pendant vingt ans, vous n'avez jamais cessé de tenter de résoudre le mystère de la mort de Karen.

– Vous avez raison, mais j'espère que vous me permettrez de vous rendre visite de temps en temps.

– Non seulement je vous le permets, Sam, mais je vous y engage. Vous m'avez soutenue pendant ces vingt années. Vous ne pouvez pas me laisser tomber à présent. »

Jake s'apprêtait à s'asseoir à côté de Jane quand il sentit une tape sur son épaule. « Vous permettez, jeune homme ? »

Mark Fleischman se glissa sur la chaise. « Je suis passé à l'hôpital pour voir Laura, dit-il à Jane. Elle va mieux, encore qu'elle soit sous le choc. Mais elle se remettra. » Il sourit malicieusement. « Elle dit qu'elle aimerait suivre une psychothérapie avec moi. »

Jake prit l'autre place à côté de Jane. « En tout cas, je crois que cette affreuse expérience marquera un tournant dans sa carrière, dit-il d'un ton convaincu. Avec toute cette publicité, elle va crouler sous les propositions. C'est ça le show-business. »

Sam le regarda. Mon Dieu, il a sans doute raison, pensa-t-il. Et du coup, il décida de commander un double scotch au lieu d'un verre de vin.

Jane avait appris par Sam que Mark avait parcouru toute la ville en voiture pour essayer de la retrouver. Quand Sam lui avait téléphoné, il s'était précipité à l'hôpital où Laura, Meredith et elle avaient été transportées. Il était reparti sans la voir en apprenant qu'elle allait en ressortir bientôt. Elle ne l'avait pas vu ni ne lui avait parlé de la journée. Elle le regardait à présent.

La tendresse qu'elle lisait dans son regard la troublait profondément tout en amplifiant ses remords de l'avoir si mal jugé.

« Je vous demande pardon, Mark, dit-elle. Je regrette tellement. »

Il posa sa main sur la sienne comme il l'avait fait quelques jours plus tôt, un geste qui l'avait réconfortée et touchée, éveillant en elle un émoi qu'elle n'avait pas connu depuis longtemps.

« Jeannie, dit-il avec un sourire, ne soyez pas désolée. Je vais vous donner beaucoup d'occasions de vous rattraper. Comptez sur moi.

— Avez-vous jamais soupçonné que c'était Gordon ? demanda-t-elle.

— Le fait est que, sous les apparences, tous nos camarades lauréats avaient beaucoup à cacher, sans oublier l'organisateur de cette réunion. Jack Emerson est peut-être un remarquable homme d'affaires, mais je ne lui ferais pas confiance. Mon père m'a raconté qu'on le tient ici pour un homme à femmes et un alcoolique au sale caractère, bien qu'il n'ait jamais agressé personne physiquement. Tout le monde est convaincu qu'il a incendié cet immeuble il y a dix ans. Pour la bonne raison que la nuit de l'incendie, un vigile, probablement payé par lui, avait fait une tournée d'inspection inhabituelle pour s'assurer qu'il n'y avait personne dans le bâtiment. Ce fut suffisant pour éveiller les soupçons, mais semble indiquer qu'Emerson n'a jamais voulu tuer personne.

« Pendant un moment, j'ai vraiment cru Robby Brent capable d'avoir tué ces jeunes femmes. Souvenez-vous du gosse renfermé qu'il était dans sa jeunesse, et il s'est montré tellement odieux lors du dîner de gala que j'ai pensé qu'il était capable de s'attaquer à quelqu'un aussi bien physiquement que verbalement. J'ai consulté des articles le concernant sur l'Internet. Il a raconté à un journaliste sa peur de la pauvreté, prétendant avoir de l'argent placé dans tout le pays, des terrains déclarés sous des noms d'emprunt. Il disait qu'il avait toujours été le raté d'une famille brillante, qu'on le considérait comme un crétin à l'école. Et il ajoutait qu'il avait appris l'art du ridicule parce que lui-même avait été constamment l'objet de moqueries. Il avait fini par haïr presque tout le monde en ville. »

Mark haussa les épaules. « Mais alors que je commençais à être convaincu qu'il était le Hibou, Robby a disparu.

– Nous pensons qu'il soupçonnait Gordon et qu'il l'a suivi dans la maison, dit Sam. On a relevé des traces de sang dans l'escalier.

– Carter était animé d'une telle fureur intérieure que je l'ai cru capable de meurtre », dit Jane.

Mark secoua la tête. « Pas moi. Carter évacue sa colère à travers un comportement odieux et la noirceur de ses pièces. J'ai lu tous ses textes. Vous devriez faire de même un jour. Vous reconnaîtriez dans certains de ses personnages des gens que vous avez connus. C'est ainsi qu'il se venge de ceux qu'il accuse de l'avoir tourmenté. Il n'a pas eu besoin d'aller plus loin. »

Jane vit que Sam, Alice et Jake écoutaient Mark avec attention. « Ne restaient alors que Gordon Amory et vous », dit-elle.

Mark sourit. « En dépit de vos doutes, Jeannie, je savais que je n'étais pas le coupable. Plus j'étudiais

Gordon, plus mes soupçons grandissaient. On peut arranger un nez cassé, éliminer des poches sous les yeux, mais modifier complètement son apparence est une chose qui m'a toujours paru étrange. Je ne l'ai pas cru quand il a promis de donner un rôle à Laura dans une de ses séries télévisées. Il était clair qu'il lui en voulait de s'être jetée à sa tête durant la réunion. Il n'était pas sans savoir qu'elle essayait seulement de se servir de lui. Mais ensuite, en apprenant que Gordon se trouvait à l'hôtel après votre disparition, j'ai pensé que je m'étais trompé à son sujet. Pendant que je vous cherchais en voiture, j'étais affolé. J'étais certain qu'il vous était arrivé malheur. »

Jane se tourna vers Sam. « Je sais que vous avez parlé à Laura à l'hôpital. Gordon lui a-t-il révélé comment il avait fait passer quatre autres morts pour des accidents, et celle de Gloria pour un suicide ?

— En effet, Gordon s'en est vanté devant Laura. Il lui a dit qu'il avait suivi toutes ces femmes avant de les tuer. La voiture de Catherine Kane a dérapé avant de tomber dans le Potomac après qu'il eut saboté ses freins. Cindy Lang n'a pas été prise dans une avalanche — il l'a accostée sur la piste et a précipité son corps dans une crevasse. Une avalanche s'est déclenchée au cours de l'après-midi, et tout le monde a cru qu'elle l'avait ensevelie. On n'a jamais retrouvé son corps. »

Sam but lentement une gorgée de scotch et continua ; « Il a téléphoné à Gloria Martin et lui a demandé de l'inviter à prendre un verre chez elle. Elle savait qu'il avait brillamment réussi et qu'il était devenu un très bel homme. Elle a accepté. Mais elle n'a pu résister à l'idée de le taquiner, et elle est allée acheter ce maudit hibou métallique. Gordon l'a fait boire, et il a attendu qu'elle soit endormie pour l'étouffer avec un sac en plastique. Ensuite, il a placé le hibou dans sa main. »

Alice laissa échapper un cri. « Mon Dieu, quel monstre !

– Oui, c'était un monstre, dit Sam. Debra Parker prenait des cours de pilotage sur un petit aérodrome voisin qui n'était pas très bien surveillé. Gordon avait lui-même son brevet de pilote, aussi sut-il exactement comment saboter son avion avant qu'elle ne décolle lors de son premier vol en solo. Et pour Alison ce fut simple – il lui a maintenu la tête sous l'eau dans sa piscine. »

Sam regarda Jane avec compassion. « Je sais, Jane, qu'il vous a dit ainsi qu'à Meredith qu'il avait écrasé Reed intentionnellement avec sa voiture. »

Mark n'avait pas quitté Jane des yeux. « Quand j'ai vu Laura tout à l'heure à l'hôpital, elle m'a dit qu'il avait préparé trois housses de plastique marquées à vos noms, et qu'il avait l'intention de les utiliser pour vous asphyxier, vous, Laura et Meredith. Mon Dieu, Jeannie, quand j'y pense, je deviens fou. Je n'aurais pas supporté qu'il vous arrive quelque chose. »

Lentement, d'un geste délibéré, il prit le visage de Jane entre ses mains et l'embrassa, un long et tendre baiser qui disait tout ce qu'il n'avait pas encore traduit par des mots.

Un flash éclata soudain et ils sursautèrent. Jake était planté devant eux, son appareil pointé dans leur direction. « Ce n'est qu'un appareil numérique, expliqua-t-il, ravi. Mais je sais reconnaître un bon sujet quand j'en vois un. »

Épilogue

West Point, jour de la remise des diplômes

« Je n'arrive pas à croire qu'il y a maintenant deux ans et demi que Meredith a réapparu dans ma vie », dit Jane à Mark. Les yeux brillants de fierté, elle regardait entrer sur le terrain les nouveaux diplômés, magnifiques dans leur uniforme tout neuf : tunique grise à parements et boutons dorés, pantalon blanc amidonné, gants blancs, shako.

« Il s'est passé tant de choses entre-temps », renchérit Mark.

C'était une belle après-midi de juin. Les familles des cadets, débordantes de fierté, emplissaient le stade Michie. Charles et Gano Buckley étaient assis devant eux. À côté de Jane, le général à la retraite Carroll Reed Thornton et son épouse regardaient avec fierté défiler devant eux leur petite-fille qu'ils s'étaient vite habitués à aimer tendrement.

Tant de bonheurs ont succédé à tant de chagrins, pensa Jane. Mark et elle venaient de fêter leur deuxième anniversaire de mariage, et le premier de leur petit garçon, Mark Dennis. Chérir son bébé, partager avec lui chaque moment de sa vie, le regarder s'épanouir, tous ces gestes la consolaient de n'avoir pu s'occuper de sa fille. Meredith était folle de son petit frère, même si, comme elle le faisait gentiment remarquer, il ne faudrait pas trop compter sur elle pour faire du baby-sitting. Dès la fin de la cérémonie, elle serait sous-lieutenant de l'armée des États-Unis.

Jake et elle étaient parrain et marraine de Mark. Le bonheur de Jake s'exprimait dans le flot d'articles sur les soins à donner aux bébés qu'il leur envoyait de l'université de Columbia où il était étudiant.

Sam et Alice étaient assis quelques rangs plus loin. Je suis si heureuse qu'ils se soient trouvés, pensa Jane. C'est une chance pour eux deux.

Jane faisait parfois des cauchemars où revenaient la hanter les événements de la réunion des anciens élèves. Mais ces mêmes événements l'avaient rapprochée de Mark. Et si elle n'avait pas reçu ces fax, elle n'aurait pas connu Meredith.

Tout avait commencé ici, à West Point, se souvint-elle, tandis qu'éclataient les premières mesures de *The Star Spangled Banner*.

Pendant la cérémonie lui revint en mémoire cette après-midi où, pour la première fois, Reed s'était assis à côté d'elle sur le banc. Il a été mon premier amour, pensa-t-elle avec tendresse. Il demeurera toujours dans mon cœur. Alors, tandis que le cadet Meredith Buckley s'avançait pour recevoir le diplôme de West Point qui n'avait pu être remis à son père trop tôt décédé, Jane sut que, d'une certaine façon, il était présent parmi eux aujourd'hui.

REMERCIEMENTS

On me demande souvent si, plus j'écris depuis long-temps, plus cela m'est facile. Je voudrais bien qu'il en soit ainsi, mais non, ce n'est pas le cas. Chaque livre est un nouveau défi, un nouveau paysage nu à remplir de personnages et d'événements. C'est pourquoi je suis toujours reconnaissante à ces mêmes personnes qui sont fidèlement à mes côtés, en particulier quand le doute m'assaille et que je commence à me demander si je vais pouvoir raconter mon histoire comme je l'espérais.

Michael Korda est mon éditeur depuis que j'ai écrit mon premier roman voilà trente ans. Il a été pour moi un ami, un mentor, et l'éditeur par excellence durant trois décennies. Chuck Adams fait partie de notre équipe depuis douze ans. Je leur dois à tous les deux une immense gratitude pour avoir su éclairer mon chemin.

Mes agents, Eugene Winick et Sam Pinkus, sont de vrais amis, des critiques avisés et de grands soutiens en toute circonstance. Le Dr Ina Winick m'a fait profiter de son expérience pour m'aider à comprendre le fonctionnement du cerveau humain.

Lisl Cade, mon amie et attachée de presse, est toujours là lorsque j'ai besoin d'elle.

Tous mes remerciements à Michael Goldstein, Esq., et à Meyer Last, Esq., pour leur aide inappréciable concernant les questions juridiques sur l'adoption.

Encore mille fois merci et un grand coup de chapeau à mon inlassable correctrice Gypsy da Silva et à son équipe : Rose Ann Ferrick, Anthony Newfield, Bill Molesky et Joshua Cohen, ainsi qu'à l'inspecteur Richard Murphy et au sergent Steve Marron pour leur soutien et leurs conseils.

Agnes Newton, Nadine Petry et Irene Clark ne sont jamais loin lorsque je pars dans mes voyages littéraires.

Ma plus grande joie est de célébrer la fin d'une nouvelle histoire avec mes proches, mes enfants et petits-enfants, et bien entendu avec mon merveilleux mari, John Conheeney.

Le Livre de Poche s'engage pour
l'environnement en réduisant
l'empreinte carbone de ses livres.
Celle de cet exemplaire est de :
750 g éq. CO$_2$
Rendez-vous sur
www.livredepoche-durable.fr

PAPIER À BASE DE
FIBRES CERTIFIÉES

Composition réalisée par Nord Compo

Imprimé en France par CPI
en novembre 2019
N° d'impression : 2047396
Dépôt légal 1re publication : janvier 2006
Édition 17 - novembre 2019
LIBRAIRIE GÉNÉRALE FRANÇAISE
21, rue du Montparnasse - 75298 Paris Cedex 06

30/1915/5